FROID D'ENFER

FROID D'ENFER

RICHARD CASTLE

Traduit de l'anglais (États-Unis)
par Françoise Fauchet

City
Poche

Publié aux états-Unis par Hyperion Books sous le titre *Heat Rises*

ISBN : 978-2-8246-0815-0
Code Hachette : 35 1183 0

Rayon : Romans
Collection dirigée par Christian English & Frédéric Thibaud
Catalogue et manuscrits : city-editions.com

Dépôt légal : Août 2016
Imprimé dans la C.E.E. par France Quercy, 46090 Mercuès - n° 60824/

Au capitaine Roy Montgomery
du NYPD qui, par son engagement,
m'a tout appris du courage
et du tempérament.

UN

Le truc à New York, c'est qu'on ne sait jamais ce qu'on va trouver derrière une porte, se disait une fois de plus l'inspecteur Heat en se garant dans la 74e au niveau d'Amsterdam, devant les vitrines balayées par les gyrophares de sa Crown Victoria et de l'ambulance. Nikki savait, par exemple, que la porte anodine du caviste cachait une déco tout en beige et ocre imitant l'intérieur d'une cave, où les bouteilles s'empilaient dans des niches ornées de pierres de rivière importées de France. Sur le trottoir d'en face, la porte d'une ancienne banque de l'époque de Roosevelt donnait sur un escalier en colimaçon qui descendait vers une immense salle de base-ball envahie, les samedis et dimanches après-midi, par les jeunes joueurs rêvant de ligue majeure et les enfants venus fêter leur anniversaire. Pourtant, ce matin-là, la plus banale de ces portes – celle en verre dépoli sans la moindre trace d'enseigne, avec juste un numéro autocollant or et noir acheté chez le quincaillier pour indiquer l'adresse au-dessus – allait s'ouvrir sur l'un des intérieurs les plus inattendus de ce quartier tranquille.

Il était tout juste 4 heures du matin. Le policier posté devant la porte dansait d'un pied sur l'autre pour se réchauffer. Sa silhouette se découpait dans la lumière industrielle projetée de l'intérieur par les lampes de la police technique et scientifique qui rendait le verre laiteux aussi aveuglant que la porte du vaisseau mère de *Rencontre du troisième type*. Nikki distinguait son haleine fumante à trente mètres.

Elle descendit de voiture sans boutonner son imperméable, malgré le froid mordant qui lui saisissait les narines et la faisait pleurer. Au contraire, du revers de la main, elle l'écarta d'un geste machinal, afin de pouvoir dégainer plus facilement son Sig Sauer.

Puis l'enquêtrice s'arrêta pour observer son rituel habituel : prendre un instant pour rendre hommage au mort qui l'attendait.

Ce petit moment intime et discret, Nikki Heat se l'accordait chaque fois qu'elle arrivait sur une scène de crime. Elle réaffirmait ainsi simplement qu'un corps, qu'il s'agisse d'une victime ou d'un criminel, appartient à un être humain et mérite donc le respect, que ce n'est pas une statistique, mais un individu devant être traité comme tel. Nikki prit une lente inspiration.

Cette bouffée d'air lui rappela ce soir-là où, dix ans auparavant, elle était rentrée de la fac pour les vacances de Thanksgiving, et avait découvert sa mère sauvagement poignardée et laissée pour morte sur le sol de la cuisine. Elle ferma les yeux un instant.

— Ça ne va pas, inspecteur ?

Retour au présent. Heat se retourna. Un taxi s'était arrêté, et son passager s'adressait à elle par la vitre arrière. En le reconnaissant, ainsi que son chauffeur, elle sourit.

— Non, Randy, tout va bien.

Heat s'approcha du véhicule pour serrer la main de l'inspecteur Randall Feller.

— Vous vous tenez à l'écart de la mêlée ?

— J'espère bien que non, rétorqua-t-il avec ce rire qu'elle trouvait irrésistible. Vous vous souvenez de Dutch ?

D'un signe de tête, il indiqua l'inspecteur Van Meter assis au volant.

Feller et Van Meter travaillaient comme agents infiltrés pour la brigade criminelle en taxi de la police de New York, un groupe d'intervention spécial, dépendant du département des opérations spéciales, qui sillonnait les rues de la ville dans des taxis jaunes un peu particuliers. Ces policiers en civil étaient plutôt de la vieille école. Il s'agissait pour la plupart de durs à cuire qui ne s'en laissaient pas conter. Ils continuaient de patrouiller à l'affût de tout crime en cours, même si, avec les progrès de la scientifique, on leur demandait depuis quelque temps de se concentrer davantage sur les zones plus particulièrement propices aux vols, aux cambriolages et aux délits sur la voie publique.

Le flic au volant la salua de la tête sans un mot, de sorte qu'elle se demanda pourquoi Van Meter avait pris la peine de baisser sa vitre.

— Pas si fort, Dutch, tu nous rends sourds ! s'esclaffa l'inspecteur Feller, ponctuant la remarque de son rire communicatif. Vous avez tiré le gros lot, Nikki, avec cet appel au beau milieu de la nuit.

— C'est pas des manières de se faire tuer à une heure pareille, glissa Dutch.

L'inspecteur Van Meter ne devait guère prendre le temps de réfléchir avant de se pencher sur un nouveau corps, pensa Heat.

— Écoutez, dit-elle. C'est pas que je n'apprécie pas de rester dehors par moins cinq avec vous, mais j'ai une victime qui m'attend.

— Le type qui vous accompagne d'habitude n'est pas avec vous ? s'enquit Feller, l'air plus qu'intéressé. L'écrivain bidule ?

Feller, toujours à la pêche. Comme chaque fois que leurs chemins se croisaient, il voulait savoir si Rook était toujours dans les parages. Feller s'intéressait à Nikki depuis le soir, des mois auparavant, où elle avait échappé à un tueur à gages chez Rook. Lors de cette bagarre avec le fameux Texan, lui et Dutch avaient fait partie de la première vague de flics venus à son secours. Depuis, Feller ne ratait jamais l'occasion de prétendre ne pas connaître le nom de Rook quand il la sondait à son sujet. Heat jouait le jeu ; elle savait l'effet qu'elle produisait sur les hommes, ce qu'elle appréciait, à condition qu'ils ne dépassent pas les bornes, mais Feller... Dans une comédie romantique, on lui aurait plutôt donné le rôle du frère taquin que celui de l'homme dont l'héroïne tombe amoureuse. L'inspecteur Feller était drôle et de bonne compagnie, mais du genre qu'on avait plus envie d'emmener boire des bières entre flics que d'accompagner à un tête-à-tête aux chandelles. Quinze jours plus tôt au bar, elle l'avait vu ressortir des toilettes avec un couvre-siège en papier autour du cou, demandant à la ronde si quelqu'un d'autre voulait un bavoir à homard.

— Bidule ? répéta Nikki. Il a été appelé ailleurs. Mais il sera là en fin de semaine, ajouta-t-elle, histoire de faire passer le message.

Toutefois, l'inspecteur décela quelque chose dans sa voix.

— Et c'est bien ou pas ?

— C'est bien, affirma Heat un peu trop vivement.

Le temps de se ressaisir, elle lui lança un sourire.

— Très bien. Parfait même, ajouta-t-elle pour se convaincre.

***

De l'autre côté de la porte, Nikki ne tomba pas sur des bouteilles vertes rangées avec goût dans un sanctuaire voué à l'œnologie, pas plus qu'elle n'entendit résonner des battes en aluminium heurtées par des balles atterrissant ensuite avec un bruit sourd dans les filets. En descendant l'escalier, elle fut prise à la gorge par une odeur d'encens mêlée aux vapeurs d'un puissant solvant de nettoyage qui montait du sous-sol. Derrière elle, l'inspecteur Van Meter lâcha un « pouah ! » à voix basse, puis, sur le palier desservant les dernières marches, elle l'entendit enfiler ses gants, aussitôt imité par Feller.

— Si j'attrape une MST là, en bas, je leur colle un de ces procès... murmura Van Meter à son coéquipier... La ville ne s'en remettra pas.

Arrivés au sous-sol, ils se retrouvèrent dans ce qu'avec un peu d'indulgence on aurait pu qualifier de hall d'accueil. Les murs de briques peints en rouge pourpre derrière le comptoir en formica et les chaises de catalogue en ligne lui évoquaient le vestibule d'un petit gymnase privé de second rang. Quatre portes s'alignaient sur le mur du fond. Toutes étaient ouvertes. Trois donnaient sur des pièces sombres, uniquement éclairées par les puissants spots de la police scientifique installés pour les besoins de l'enquête. Une autre lumière, ponctuée de flashs, provenait de la porte du fond où l'inspecteur Raley surveillait les activités, les bras ballants, les mains gantées de latex. Apercevant Nikki du coin de l'œil, il fit un pas vers elle.

— Bienvenue aux Délices du donjon, inspecteur Heat.

D'instinct, Nikki vérifia les trois autres pièces avant de pénétrer sur la scène de crime. Elle savait qu'elles avaient été sécurisées par Raley et les premiers agents arrivés sur les lieux ; néanmoins, elle passa la tête dans chacune pour y jeter un bref coup d'œil. Tout ce qu'elle distinguait dans l'obscurité, c'était la forme des équipements et des meubles utilisés par les amateurs de bondage. Elle put tout de même constater que chacune répondait à un thème différent.

Dans l'ordre : un boudoir de l'époque victorienne, un petit salon dédié aux jeux de rôles du genre animalier et une chambre de privation sensorielle. Dans les heures à venir, elles seraient passées au crible par la police scientifique, mais, pour l'instant, son examen lui suffisait. Heat retira ses gants et se dirigea vers la porte du fond où Feller et Van Meter attendaient avec déférence derrière Raley. Comme l'affaire se déroulait sur le territoire de l'enquêtrice, selon un protocole tacite, c'était à elle d'entrer la première.

Le corps était nu et ligoté par les poignets et les chevilles à un cadre en bois vertical en forme de « X », autrement dit une croix de Saint-André. La structure était rivée au sol et au plafond au centre de la pièce, et le cadavre de l'homme pendait en avant, les genoux pliés, les fesses en suspens au-dessus du lino. Son poids, que Heat estimait à près de cent quinze kilos et que les muscles ne soutenaient plus, faisait traction sur les lanières des poignets au-dessus de sa tête, de sorte que ses bras étaient étirés en « Y » vers le haut. L'inspecteur Feller entonna tout bas le refrain de *YMCA* jusqu'à ce que Nikki le tance du regard. Refroidi, il croisa les bras et tourna la tête vers son coéquipier, qui haussa les épaules.

— Qu'est-ce qu'on a, Raley ? demanda Heat à son enquêteur.

Raley consulta son unique page de notes.

— Pas grand-chose pour l'instant. Voyez plutôt.

D'un grand geste du bras, il indiqua l'intérieur de la pièce.

— Ni vêtement ni pièce d'identité, rien. Ce sont les gens du ménage qui l'ont découvert après la fermeture. Comme ils ne parlent pas anglais, Ochoa se charge de prendre leur déposition. D'après les premiers éléments recueillis, toutefois, ce club ferme à une heure, parfois deux. C'est là qu'ils arrivent. Ils ont vaqué à leurs tâches habituelles, se croyant seuls, et puis ils sont entrés ici, dans la... euh...

— ... La chambre de torture, termina Nikki. Il y a un thème pour chaque pièce. Ici, c'est la torture et l'humiliation. J'ai travaillé aux mœurs, ajouta-t-elle devant son expression.

— Moi aussi, rétorqua Raley.

— Disons que j'ai approfondi le sujet.

Le sourcil levé, Heat le regarda rougir.

— Donc, il n'y avait personne d'autre au moment de la découverte du corps. Ils ont vu quelqu'un partir ?

— Négatif.

— Il y a une caméra de surveillance à l'accueil, annonça Van Meter.

— Je m'en charge, fit Raley en hochant la tête. Puis il se tourna vers Nikki. Il y a un placard fermé à clé dans le bureau où, selon l'équipe de nettoyage, la patronne range le magnéto.

— Appelez-la, l'enjoignit Heat. Demandez-lui d'apporter la clé, mais ne lui parlez pas du corps. Contentez-vous d'évoquer une tentative de cambriolage. Autant éviter qu'elle ne passe des coups de fil avant d'arriver ici, j'aimerais bien voir sa réaction.

Une fois Raley sorti pour téléphoner, Heat demanda à l'agent de la police scientifique et au photographe s'ils avaient fouillé les lieux pour retrouver des vêtements, un portefeuille ou une pièce d'identité. Elle connaissait déjà la réponse – c'était des professionnels –, mais il ne fallait rien laisser au hasard. Ce qui va sans dire va toujours mieux en le disant et, pour éviter les lacunes dans une enquête, il était préférable de ne pas s'en tenir à des suppositions et tout vérifier. Ils confirmèrent n'avoir retrouvé aucun effet personnel lors de leur premier ratissage.

— Et si je sillonnais le quartier avec Dutch, histoire de voir si quelqu'un a vu quelque chose ? proposa l'inspecteur Feller.

Van Meter acquiesça.

— À cette heure, il n'y a pas grand monde dehors, mais on peut voir avec les serveurs, les éboueurs, les livreurs, etc.

— Tout à fait, approuva l'inspecteur Heat. Merci pour le coup de main.

Feller lui fit de nouveau les yeux doux.

— C'est parce que c'est vous, Nikki.

Il sortit son portable et s'agenouilla pour prendre en photo le visage du mort.

— Ça peut être utile pour voir si quelqu'un le connaît.

— Bien vu, remarqua-t-elle.

En partant, l'inspecteur Feller s'arrêta.

— Écoutez, je suis désolé pour les Village People. C'était juste histoire d'alléger un peu l'atmosphère.

Même si elle ne supportait pas le manque de respect envers les victimes, un regard lui suffit pour se rendre compte que son collègue était sincèrement gêné.

Forte de son expérience dans la maison, elle reconnut que ce qu'elle avait pris pour un manque de sensibilité n'était que de l'humour de flic mal placé.

— C'est déjà oublié.

Il sourit et lui adressa un hochement de tête avant de partir.

***

Agenouillée par terre à côté de la victime, Lauren Parry récitait sa litanie à Nikki tout en cochant les cases sur la liste de son rapport.

— Bon, alors, on a un inconnu approchant la cinquantaine, environ cent dix ou cent quinze kilos. Manifestement un fumeur porté sur l'alcool, fit la légiste en se tapotant le nez.

C'était toujours difficile avec les inconnus, se disait Nikki. Sans un nom, l'enquête piétinait au démarrage. On perdait un temps précieux à simplement identifier la victime.

— Heure estimée du décès...

Lauren lut le thermomètre.

— ... entre vingt et vingt-deux heures.

— Si tôt ? T'es sûre ?

Heat vit son amie lever un regard appuyé vers elle.

— Bon d'accord, t'en es sûre.

— C'est une estimation, Nikki. Je procéderai aux analyses habituelles dès qu'on l'aura ramené à la morgue, mais c'est déjà un début pour toi.

— La cause du décès ?

— Il n'y a vraiment que les détails qui t'intéressent, toi ! s'exclama la légiste sur un ton pince-sans-rire.

Puis, d'un air pensif, elle se tourna vers le corps.

— Peut-être l'asphyxie.

— Le collier ?

— C'est ce que j'ai d'abord pensé.

Lauren se releva et indiqua la position du collier qui entrait dans le cou de la victime ; il était tellement serré par les lanières derrière que la chair débordait tout autour.

— C'est sûr qu'il y avait de quoi comprimer la trachée. Et puis les vaisseaux éclatés au niveau des globes oculaires, ça correspond bien à la suffocation.

— Pas si vite : ce que tu as d'abord pensé ? fit Heat.

— Allons, Nikki, tu sais bien qu'on n'en est qu'à l'examen préliminaire.

Lauren Parry réfléchit de nouveau en regardant le mort.

— Quoi ?

— Disons, en attendant l'autopsie, qu'il a été étranglé.

Nikki savait qu'il valait mieux ne pas pousser Lauren dans ses retranchements, tout comme son amie savait s'abstenir de le faire avec elle.

— C'est parfait, dit-elle, sachant pertinemment que la légiste ruminait quelque chose.

Tandis que Lauren sortait plusieurs cotons-tiges de sa trousse, puis reprenait l'examen du corps, Nikki fit comme à son habitude : les mains croisées dans le dos, elle arpenta lentement la scène de crime pour examiner le corps sous tous ses angles, sans hésiter à s'accroupir ou se pencher de temps à autre. Plus qu'un rituel, cette manière de procéder lui était indispensable pour se clarifier les idées et éviter toute conclusion ou estimation hâtives. Il s'agissait pour elle de s'ouvrir l'esprit afin d'être réceptive à la moindre impression, de laisser venir ce qui voulait venir et surtout de prendre note de ce qu'elle remarquait.

À son avis, la victime ne devait pas être un homme physiquement très actif. Les bourrelets qu'il arborait à la taille laissaient penser qu'il passait beaucoup de temps assis, ou du moins qu'il ne travaillait ni dans le milieu du sport, ni dans celui du bâtiment ; il n'exerçait certainement pas un métier manuel exigeant du mouvement ou de la force. Comme la plupart des gens, il avait la peau des bras plus blanche au niveau des épaules que sur les avant-bras, mais le contraste n'était pas très marqué. Elle en déduisait qu'il ne travaillait pas dehors et que, soit il portait essentiellement des manches longues, soit il ne s'adonnait ni aux joies du jardinage ni à celles du golf. Même si l'été était depuis longtemps terminé, il serait encore un peu bronzé. Elle s'approcha pour examiner ses mains en veillant à ne pas poser son souffle sur elles. Corroborant son impression qu'il s'agissait d'un homme d'intérieur, elles étaient propres et douces.

Les ongles étaient soignés mais pas manucurés – une caractéristique plutôt réservée aux quinquagénaires aisés ou aux jeunes cadres branchés et en bien meilleure forme. La calvitie naissante correspondait à l'âge donné par Lauren, de même que la terne chevelure poivre et sel.

Il avait les sourcils épais et en bataille, ce qui pouvait être parfois signe de célibat ou de veuvage, et sa barbiche grisonnante lui donnait un air d'universitaire ou de prof de lettres. Nikki observa de nouveau le bout de ses doigts et remarqua une tache bleutée qui semblait avoir pénétré sous la peau ; elle ne provenait ni d'une marque de peinture ou d'encre ni d'un autre produit appliqué localement.

Partout, il présentait des contusions, des traces de flagellation et des écorchures : devant, dans le dos et sur les flancs, ainsi que sur le torse, les jambes et les bras.

S'efforçant de garder l'esprit ouvert, l'enquêtrice se garda d'attribuer ces marques à une orgie de pratiques sadomasochistes – une possibilité fortement envisageable compte tenu du contexte, mais pas incontestable. Elle ne distinguait aucune coupure, ni perforation ni blessure par balle ou trace de sang.

Le reste de la pièce était impeccable, du moins pour un donjon de torture. Les relevés effectués par la police scientifique fourniraient peut-être des indices, mais là, rien de visible ne traînait, ni mégot de cigarette ni, ce qui aurait été bien commode, de pochette d'allumettes publicitaire abandonnée par le tueur avec le numéro de chambre d'hôtel dessus, comme dans les vieux films en noir et blanc.

Là encore, Nikki se refusa à conclure à l'existence d'un tueur au sens classique. S'agissait-il d'un homicide ? Possible. Volontaire ? Toujours une simple possibilité. La porte pouvait être restée ouverte parce que la dominatrice, ou le maître dominateur, avait pris la fuite après une mort accidentelle survenue lors d'une séance de torture un peu trop poussée.

Heat esquissait son propre plan de la pièce, comme elle le faisait toujours pour accompagner celui du dossier de la police scientifique, quand l'inspecteur Ochoa arriva après avoir interrogé l'équipe de nettoyage. Sur un ton froid, il salua brièvement Nikki, puis son expression se radoucit lorsqu'il posa les yeux sur la légiste.

— Inspecteur, fit Lauren, un peu trop formelle.

— Docteur, répliqua-t-il avec la même réserve.

Puis Nikki vit Lauren sortir quelque chose de la poche de sa veste et le lui glisser dans la main.

— Ah oui, merci, se contenta de dire Ochoa sans regarder l'objet, avant de traverser la pièce pour, le dos tourné, remettre sa montre à son poignet.

Nikki comprit aussitôt la mascarade et où se trouvait l'enquêteur quand l'appel du central lui était parvenu. Elle en eut un pincement au cœur.

Le stylo en l'air, elle marqua une pause et repensa à l'époque, pas si lointaine, où elle intriguait de la même manière avec Jameson Rook pour ne pas ébruiter leur liaison – sans tromper personne, bien sûr. C'était lors de la canicule, l'été passé, alors que le journaliste l'accompagnait parce qu'il faisait un reportage sur sa brigade, et finalement sur elle aussi, pour *First Press*. Avoir sa photo en couverture d'une revue nationale respectée n'avait pas eu que du mauvais pour Nikki, qui n'aimait guère la publicité.

Si l'on passait outre les désagréments et les regrettables complications qu'il avait entraînés, ce quart d'heure de gloire lui avait aussi permis, chose inattendue, de partager quelques moments très chauds avec Rook. Et maintenant, ils étaient ensemble. Enfin, corrigea-t-elle – ce qui lui arrivait de plus en plus fréquemment ces derniers temps –, pas vraiment ensemble, mais... Quoi, alors ?

Après l'effervescence de la passion du début, quelque chose de plus profond s'était installé entre eux. Au fil du temps, Nikki avait commencé à éprouver le sentiment que cela allait plus loin. Mais voilà qu'elle se retrouvait au bord du gouffre et que tout semblait en suspens.

Cela faisait un mois maintenant que Rook avait disparu. Quatre semaines qu'il était parti faire un reportage sur une histoire de trafic d'armes international pour *First Press*. Quatre semaines qu'il n'avait pas fait signe alors qu'il devait se rendre dans des villages reculés des montagnes d'Europe de l'Est, dans des ports africains, sur des terrains d'atterrissage au fin fond du Mexique et Dieu sait où encore. Quatre semaines que Nikki se posait des questions sur leur relation.

Rook ne brillait pas par sa gestion de la communication, ce qui n'aidait pas. Il l'avait prévenue qu'il allait travailler sous couverture et qu'elle devait s'attendre à un silence radio, mais tout de même. Qu'il parte si longtemps tout seul sans lui passer un seul coup de fil la rongeait. Elle se demandait s'il était encore en vie, s'il croupissait au fond d'une geôle chez un seigneur de guerre quelconque. Comment se faisait-il qu'il n'ait pas pu communiquer depuis tout ce temps ? Avait-il seulement essayé ? Au début, Nikki refusait d'envisager cette éventualité, mais après des jours et des nuits passés à tenter de chasser cette idée de son esprit, le charme du globe-trotter solitaire commençait à ne plus faire effet. Bien sûr, elle respectait la carrière de Jameson Rook et savait intellectuellement ce qu'impliquait d'être un journaliste d'investigation deux fois lauréat du prix Pulitzer. En revanche, compte tenu de la manière dont il avait pris la tangente, de la facilité avec laquelle il s'était évanoui dans la nature, elle s'interrogeait non seulement sur leur couple mais sur son engagement à lui.

Nikki consulta sa montre et se demanda quelle heure il pouvait être, là où se trouvait Jameson Rook. Puis elle regarda la date. Rook avait dit qu'il serait de retour dans cinq jours. La question était de savoir où ils en seraient à ce moment-là.

***

Après mûre réflexion, Heat décida qu'il serait plus productif d'attendre elle-même que la patronne du club vienne ouvrir le placard de la vidéo. Ainsi, elle pourrait libérer ses deux inspecteurs pour qu'ils sillonnent le voisinage à pied en compagnie d'agents en uniforme. Puisque l'équipe en taxi s'était portée volontaire pour s'occuper des serveurs, des travailleurs de nuit et des livreurs, elle chargea Raley et Ochoa (affectueusement surnommés « les Gars ») de chercher une pièce d'identité ou un portefeuille appartenant à la victime.

— Vérifiez poubelles, bennes à ordures, grilles de métro, perrons et autres endroits habituels pratiques pour se débarrasser vite fait de ce genre de choses. Il n'y a pas beaucoup d'immeubles avec des portiers dans le coin, mais si vous en voyez un, interrogez-le. Oh ! Et allez voir au centre d'aide aux toxicos, un peu plus loin. Certains des pensionnaires étaient peut-être debout et ils ont pu voir ou entendre quelque chose.

Les téléphones portables des Gars se mirent à sonner à deux secondes d'écart. Heat brandit le sien.

— C'est une photo de la victime que je viens de vous envoyer par mail, expliqua-t-elle. À l'occasion, montrez ce visage : on ne sait jamais.

— C'est sûr, quel régal de regarder la photo d'un étranglé avant le petit-déjeuner ! remarqua Ochoa.

Alors qu'ils montaient l'escalier pour rejoindre la rue, elle leur lança :

— Et prenez note de toutes les caméras de surveillance que vous verrez pointées sur la rue. Banques, bijouteries, vous connaissez la musique. On pourra passer demander les bandes plus tard dans la matinée quand ils auront ouvert.

***

Sa rencontre avec la patronne des Délices du donjon mit l'inspecteur Heat de méchante humeur. Il y avait fort à parier que Raley n'avait pas réveillé la dame. Roxanne

Paltz donnait l'impression de ne pas s'être couchée de la nuit. Maquillée comme une voiture volée, elle était arrivée vêtue d'une tenue en vinyle si moulante qu'elle crissait à chacun de ses mouvements. Ses petites lunettes rondes et bleues étaient assorties aux pointes de ses cheveux blonds décolorés et fourchus qui sentaient indubitablement le cannabis. Quand Nikki lui annonça la véritable raison de la présence policière sur les lieux – le mort découvert dans sa chambre de torture –, elle pâlit et chancela. Puis Heat lui montra la photo sur son portable, et elle faillit vomir. Assise, elle but une gorgée du verre d'eau froide que Nikki lui tendait, mais, une fois ses esprits retrouvés, elle déclara n'avoir jamais vu le type.

Quand Nikki demanda à voir la vidéo de surveillance, le ton monta, et Roxanne Paltz invoqua subitement ses droits constitutionnels. Avec l'autorité de quelqu'un habitué à être harcelé pour ses activités, elle évoqua l'absence de motif valable, le caractère illégal de la perquisition, la clause de confidentialité la liant à ses clients et le respect de la liberté d'expression. Malgré l'heure matinale – six heures n'avaient pas encore sonné –, elle appela aussitôt son avocat et le réveilla, obligeant Nikki à soutenir son regard furieux barbouillé de mascara tandis qu'elle répétait comme un perroquet les dires de son défenseur. Il affirmait donc qu'il était impossible d'ouvrir le moindre placard ni de visionner la moindre vidéo sans un mandat du juge.

— Je demande juste un peu de coopération, déclara Nikki.

Roxanne écouta son avocat avec force hochements de tête, puis elle raccrocha dans un concert de frottements de vinyle.

— Il dit que vous n'avez qu'à aller vous faire foutre.

Nikki Heat eut un petit sourire.

— À en juger par le matériel dont vous disposez ici, je suis sans doute au bon endroit pour ça.

***

L'inspecteur Heat tenait encore le téléphone avec lequel elle venait de solliciter son mandat de perquisition – qu'elle était certaine d'obtenir – quand le portable vibra dans sa main. C'était Raley.

— Remontez, je crois qu'on a quelque chose.

Elle s'attendait à trouver le jour levé, mais le trottoir était toujours plongé dans le noir. S'apercevant qu'elle avait perdu toute notion du temps et de l'espace en bas, Nikki pensa qu'il s'agissait probablement d'un effet recherché.

Les inspecteurs Raley, Ochoa, Van Meter et Feller se tenaient en demi-cercle sous la tenture verte de l'épicerie du coin, de l'autre côté de la rue. Avant de traverser la 74e pour les rejoindre, Nikki dut laisser passer un livreur qui faillit la renverser avec son vélo aux pneus épais, le panier chargé d'un petit-déjeuner. Elle suivit du regard la fumée que faisait son haleine et se dit qu'elle n'avait sans doute pas le boulot le plus dur dans cette ville.

— Vous avez quoi ? demanda-t-elle à la bande en arrivant.

— On a trouvé des fringues et une chaussure coincées entre ces deux immeubles, là, expliqua Ochoa en éclairant de sa lampe torche l'espace entre l'épicerie et l'onglerie d'à côté.

Raley montra à Heat un pantalon sombre et un mocassin à pompon noir qu'il glissa ensuite dans un sac en papier kraft pour les indices et preuves.

— Les caches comme ça, c'est classique chez les camés, reprit Ochoa. J'ai appris ça aux stups.

— Tiens, le dépisteur de drogue, passe-moi la lampe, j'ai l'impression qu'il n'y a pas que ça.

Raley prit la torche des mains de son coéquipier et s'accroupit. Quelques secondes plus tard, il ressortait le petit frère du mocassin.

— Eh ben, dis donc !

— Quoi ? Arrête de faire le malin, s'agaça Ochoa. C'est quoi ?

— Deux secondes. Si t'avais pas pris tant de lard, tu pourrais le faire à ma place.

Raley se tordit l'épaule pour mieux étendre le bras dans l'étroit passage.

— Ça y est. Un autre collier.

Nikki s'attendait à voir un morceau de cuir hérissé de picots et d'anneaux en inox, mais elle était loin du compte. Quand Raley finit par se relever, c'est un col d'ecclésiastique que tenait sa main gantée.

***

En 2005, pour moderniser les possibilités technologiques de ses services de police, la ville de New York avait financé à hauteur de onze millions de dollars la construction d'un central informatisé aux multiples capacités, dont celle de fournir des rapports sur la criminalité et des données aux policiers sur le terrain avec une rapidité déconcertante. C'est pourquoi, dans une ville de huit millions et demi d'habitants, il fallut moins de trois minutes à l'inspecteur Heat pour obtenir l'identité probable de la victime du donjon de torture. Après consultation des registres, le central avait craché un signalement de personne disparue déposé la veille par la gouvernante d'un presbytère pour un certain père Gerald Graf.

Nikki demanda aux Gars de poursuivre leurs recherches sur place tandis qu'elle remontait au nord de la ville interroger l'auteur du signalement. Les inspecteurs Feller et Van Meter avaient terminé leur service, mais Dutch proposait d'aider les Gars à interroger le voisinage. Heat vit Feller se pencher par la vitre de sa portière ; il voulait savoir si cela la dérangeait qu'il la dépose. Elle hésita, voyant encore une occasion pour Feller de lui proposer ensuite un rendez-vous galant. Mais comment refuser l'aide d'un inspecteur expérimenté qui lui offrait de son temps sur une affaire ? S'il tentait de transformer l'essai, elle aviserait.

Notre-Dame des Innocents se trouvait à la limite nord de la juridiction, au milieu de la 85e, entre West End Avenue et Riverside. À cette heure matinale, pas d'embouteillage, le trajet ne leur prendrait pas plus de cinq minutes. Mais à peine avait-elle tourné dans Broadway qu'un feu rouge les stoppait devant la salle du Beacon Theater.

— Je suis content de passer un peu de temps seul avec vous, déclara Feller tandis qu'ils patientaient.

— C'est sûr, fit Nikki, pressée de changer de sujet. J'apprécie vraiment votre aide, Randy. C'est toujours utile d'avoir une autre paire d'yeux et d'oreilles.

— C'est l'occasion de vous demander quelque chose sans le crier sur les toits.

Elle leva les yeux vers le feu avec une furieuse envie d'appuyer à fond sur le champignon.

— ... Ah oui ?

— Vous savez ce que ça a donné l'exam de lieutenant ?

Ce n'était pas du tout la question à laquelle Nikki s'attendait. Elle tourna les yeux vers lui.

— Vert, annonça-t-il, et elle redémarra.

— Je ne sais pas, je me suis débrouillée, je crois. Difficile de savoir pour l'instant. Les résultats n'ont pas encore été affichés.

À l'annonce des épreuves organisées par le service, Heat avait décidé de se présenter non pas tant par désir d'obtenir une promotion que parce qu'elle ignorait quand l'occasion se représenterait. La municipalité n'avait pas été épargnée par les réductions de budget dues à la crise économique et, l'année précédente, la procédure d'avancement avait été reportée pour éviter les augmentations.

L'inspecteur Feller se racla la gorge.

— Et si je vous disais que vous avez réussi haut la main ?

Elle lui lança un regard de biais, puis se concentra sur le chauffeur du camion de livraison qui s'était garé en double file devant elle sans prévenir. Tandis qu'elle mettait son clignotant en attendant de pouvoir passer, il reprit.

— Je le sais de source sûre.

— Comment ?

— Je connais du monde. En ville.

Il tendit le bras vers le tableau de bord.

— Ça vous dérange si je baisse un peu le chauffage ? On cuit là-dedans.

— Ne vous gênez pas.

Il tourna le bouton d'un cran, puis décida de baisser encore avant de se renfoncer dans son siège.

— J'essaie de me tenir informé. Je ne compte pas passer ma vie à l'arrière d'un taxi si vous voyez c'que je veux dire.

— Bien sûr, oui.

Nikki déboîta pour doubler le camion.

— Je... euh... Merci pour l'info.

— Alors, quand vous aurez brillamment passé vos oraux et tous les rites secrets – les signes de reconnaissance ou je ne sais quoi d'autre –, faites-moi plaisir, n'oubliez pas les amis, hein, en grimpant les échelons.

Oh là là, se dit Nikki, un peu gênée. Dire que pendant tout ce temps, elle avait cru que Feller voulait sortir avec elle, alors qu'en fait, il ne cherchait peut-être qu'à soigner ses relations. Elle se repassa mentalement l'image du bar où il avait fait le clown avec un couvre-siège de toilettes et se demanda si elle avait affaire à un vrai comique ou à un habile politicard. Plus il parlait, plus cette dernière image s'imposait.

— Quand vous prendrez du galon, vous pourrez vous féliciter d'une excellente nouvelle, au poste. Ça vous changera, si vous voyez ce que je veux dire.

— Je n'en suis pas très sûre, dit-elle.

Un autre feu rouge, malheureusement long, les arrêta dans la 79e.

— Pas sûre, la bonne blague. Je parle du capitaine Montrose.

Nikki voyait parfaitement de quoi il était question. La hiérarchie faisait peser une pression croissante sur son patron, son mentor, le capitaine Montrose, par rapport à la gestion de son poste, celui du 20e commissariat. Peut-être à cause de la situation économique, de l'augmentation du chômage ou d'un retour aux jours sombres qui avaient précédé la politique de nettoyage de Giuliani[1], les statistiques montraient que le crime était en augmentation dans les cinq arrondissements[2]. Pire encore, on notait un pic en période électorale.

---

1. Rudolph Giuliani fut maire de New York de 1994 à 2001. (NDT)

2. Manhattan, Bronx, Brooklyn, Queens, Staten Island. (NDT)

Alors, selon la loi de la gravitation universelle, le merdier d'en haut retombait sur le bas de l'échelle.

Toutefois, Heat voyait bien que son supérieur s'en prenait plus que les autres. Montrose avait eu droit à des convocations personnelles pour des remontrances et il passait autant de temps au QG qu'à son bureau. Sous la pression, son humeur s'était assombrie et il était devenu distant – plus que distant même, secret –, ce qui ne lui ressemblait pas. Du coup, Nikki se demandait si les performances du poste étaient vraiment la seule chose qui le préoccupait.

Cette fois, elle était ennuyée de voir l'humiliation imposée à son patron alimenter les rumeurs dans la maison. Si Feller était au courant, d'autres l'étaient forcément aussi. Par loyauté, elle se devait de soutenir son chef.

— On est tous pressés comme des citrons en ce moment, non ? Il paraît que tout le monde s'en prend plein la tronche à ces convocations du One Police Plaza, pas seulement mon boss.

— C'est sûr qu'ils n'y vont pas de main morte, au QG, fit-il en hochant la tête. Vert.

— Ça va, il vient de changer ! s'exclama Nikki en appuyant sur l'accélérateur.

— Désolé. Ça énerve Dutch aussi. Comme j'vous l'dis, il faut que je me sorte le cul de ce tacot.

Il baissa la vitre pour cracher. Lorsqu'elle fut refermée, il reprit :

— Ce n'est pas juste une question de performances. J'ai un pote aux Affaires internes. Ils ont votre chef dans le collimateur.

— Merde ! Mais non, ce sont des conneries.

— Comment ça ? C'est l'inspection des services, quand même !

— Non, je n'y crois pas une seconde, déclara-t-elle.

Il haussa exagérément les épaules.

— C'est votre problème. Peut-être qu'il n'a rien à se reprocher, mais moi je vous dis qu'il a la tête sur le billot et qu'ils sont en train d'aiguiser la hache.

— Pas peut-être. Montrose n'a absolument rien à se reprocher.

Elle tourna à gauche dans la 85e. Deux rues plus loin, elle apercevait la croix sur le toit de l'église. Au loin, de l'autre côté de l'Hudson, les appartements et les falaises rosissaient sous le soleil levant. Nikki éteignit ses phares en traversant West End Avenue.

— Qui sait ? poursuivit Feller. En prenant du galon, vous serez peut-être amenée à reprendre le poste s'il tombe.

— Il ne tombera pas. Montrose est sous pression, mais il n'y a pas plus honnête.

— Si vous le dites.

— Je l'affirme, il est inattaquable.

En descendant devant le presbytère, Nikki regretta de ne pas être venue seule. Non, en fait, elle regrettait que Feller ne lui ait pas juste proposé un verre, un bowling ou une partie de jambes en l'air. Elle aurait préféré, et de loin.

Elle leva le bras vers la sonnette, mais avant d'avoir eu le temps d'appuyer dessus, elle aperçut une petite tête par le vitrail qui ornait la porte. Celle-ci s'ouvrit sur un minuscule bout de femme, la soixantaine bien tassée.

— Bonjour, vous êtes Lydia Borelli ? demanda Nikki en se référant au message du central.

— Oui, et vous devez être de la police, d'après ce que je vois.

Ils présentèrent leur carte et déclinèrent leur identité.

— Et c'est vous qui avez appelé au sujet du père Graf ? demanda Nikki.

— Oh ! je me suis fait un sang d'encre. Entrez, je vous en prie.

Les lèvres tremblantes, la gouvernante agitait les mains nerveusement. Sa première tentative pour fermer la porte se solda par un échec, car elle rata la poignée.

— Vous l'avez trouvé ? Il va bien ?

— Madame Borelli, vous pourriez me montrer une photo récente ?

— Du père ? Euh, je suis sûre que quelque part... Oh ! je sais.

Elle leur fit traverser le salon sur d'épais tapis, qui étouffaient le bruit de leurs pas, pour rejoindre la pièce adjacente, le bureau du prêtre. Sur les étagères au-dessus du bureau, plusieurs photos encadrées côtoyaient des livres et des bibelots. La gouvernante en descendit une et passa un doigt sur le cadre pour en essuyer la poussière avant de la leur tendre.

— Celle-ci date de l'été dernier.

Heat et l'inspecteur Feller se mirent côte à côte pour l'examiner. Sur le cliché, pris lors d'une manifestation, figurait un prêtre et trois manifestants hispaniques, marchant bras dessus bras dessous en tête d'un défilé derrière une banderole. Il ne faisait aucun doute que le visage du père Graf scandant un slogan était le même que celui du corps trouvé aux Délices du donjon.

Stoïque, la gouvernante se signa en apprenant la nouvelle, puis baissa la tête pour prier en silence. Lorsqu'elle eut terminé, les veines battaient à ses tempes et les larmes lui coulaient le long des joues.

Il y avait des mouchoirs sur la table basse à côté du canapé. Nikki lui tendit la boîte, et elle se servit.

— Comment est-ce arrivé ? s'enquit-elle, les yeux rivés sur le mouchoir dans ses mains.

Devant la fragilité de son interlocutrice, Heat se garda de lui fournir sur-le-champ tous les détails, évitant notamment de lui dire que le prêtre était mort dans un club sado-maso.

— L'enquête est en cours.

La gouvernante leva alors les yeux.

— Il a souffert ?

L'inspecteur Feller loucha à l'adresse de Nikki avant de se détourner pour remettre la photo en place.

— Nous aurons plus de détails quand le médecin légiste aura terminé son rapport, répondit Nikki en espérant avoir réussi à noyer le poisson. Nous vous présentons toutes nos condoléances, mais d'ici quelque temps, pas tout de suite, il vous faudra répondre à quelques questions pour nous aider.

— Bien sûr, tout ce que vous voudrez.

— Ce qui nous aiderait pour l'instant, madame Borelli, ce serait de pouvoir jeter un œil au presbytère. À ses papiers, sa chambre, vous voyez ?

— Son placard, ajouta Feller.

Nikki s'avança.

— Nous cherchons tout ce qui pourrait nous aider à trouver qui a fait ça.

La gouvernante la regarda d'un air étonné.

— Encore ?

— Je disais que nous cherchons...

— J'ai bien compris, mais pourquoi une nouvelle fois ?

Heat se pencha plus près.

— Vous voulez dire qu'on a déjà fouillé les lieux ?

— Oui. Hier soir, un autre policier. Il a dit qu'il enquêtait suite à mon signalement.

— Ah oui, en effet, il arrive qu'il y ait confusion, expliqua Nikki.

C'était peut-être le cas, mais elle se sentait un peu mal à l'aise. Au regard que lui lança Feller, elle comprit que lui aussi dressait l'oreille.

— Je peux vous demander de quel policier il s'agissait ?

— J'ai oublié son nom. Il me l'a dit, mais j'étais bouleversée. L'âge, que voulez-vous.

Elle eut un petit rire qui se transforma en sanglot.

— Il m'a présenté ses papiers, comme vous ; alors, je l'ai laissé faire. J'ai regardé la télévision pendant qu'il faisait son travail.

— Bien, je suis sûre qu'il a rédigé un rapport.

Nikki ouvrit son carnet à spirale.

— Peut-être pourriez-vous m'épargner de la paperasserie en me le décrivant.

— Bien sûr. Grand. Noir, ou plutôt afro-américain comme on dit aujourd'hui. Charmant, un gentil visage. Chauve. Ah oui, et puis une petite marque de naissance, un grain de beauté ou je ne sais quoi, juste là, dit-elle en se tapotant la joue.

Heat s'arrêta d'écrire et reboucha son stylo. Il ne lui en fallait pas plus. La description correspondait au capitaine Montrose.

DEUX

L'inspecteur Heat se demandait s'il était préférable, en arrivant au poste, de trouver le capitaine Montrose dans son bureau pour l'interroger ou de tomber sur son fauteuil vide, ce qui lui permettrait ainsi de reculer la confrontation. En l'occurrence, ce matin-là comme souvent, c'est elle qui alluma dans la salle de la brigade criminelle. Le bureau vitré du chef était encore éteint et fermé à clé. Finalement, elle en fut déçue.

Nikki n'était pas du genre à tergiverser, surtout face à une situation délicate. Elle préférait prendre le taureau par les cornes pour s'en débarrasser au plus vite.

Il n'y avait peut-être pas de quoi faire un plat de cette visite du capitaine au presbytère. Il fallait juste apaiser les tensions. En soi, il n'était pas irrégulier qu'il soit ainsi passé la veille à Notre-Dame des Innocents. La disparition d'un habitant du quartier était un motif valable pour vouloir parler à la personne venue la signaler. C'était la procédure ordinaire. En revanche, il était plutôt inhabituel que le responsable du poste s'occupe d'une affaire incombant à un inspecteur de catégorie trois, voire à un agent expérimenté. Il arrivait également qu'un policier mène seul une perquisition, mais la chose était quand même rare.

Une heure plus tôt, l'inspecteur Heat avait enfilé des gants et examiné les lieux avec Feller sans trouver le moindre signe de lutte ou de bris d'aucune sorte ni la moindre trace de sang ou lettre de menaces, ni quoi que ce soit d'autre qui retienne l'attention. Les gars du labo seraient plus minutieux, mais, en attendant leur arrivée, Feller avait, au grand soulagement de Nikki, eu la discrétion de se taire, même si sa mine en disait long. Elle savait ce qu'il pensait. Sous le feu de ses supérieurs, Montrose, qui faisait peut-être l'objet d'une enquête interne sur la base d'accusations inconnues, s'était écarté de la procédure habituelle pour venir fouiner en solo chez une victime torturée, le soir même de sa mort.

— Bonne chance..., *lieutenant* Heat, avait simplement lâché Feller quand elle l'avait déposé à la station de métro de la 86e Rue.

Justement parce qu'elle était la première dans la salle de briefing ce matin-là, Nikki aurait préféré intercepter Montrose de bonne heure pour lui parler seul. Dans la salle de pause, elle composa son numéro abrégé sur son portable tout en versant du lait sur ses céréales.

— Capitaine, c'est Heat. Il est sept heures vingt-neuf, annonça-t-elle. Rappelez-moi quand vous pouvez.

Le message était bref et épuré. Il savait qu'elle n'appellerait que si c'était important.

Elle emporta son bol à son bureau et mangea en silence. Le poids de tous ces matins passés sans Rook s'abattit sur ses épaules.

Elle consulta de nouveau sa montre. Les aiguilles avaient avancé, mais la maudite date n'avait pas bougé.

Se demandant ce qu'il était en train de faire, Nikki se représenta Rook assis sur une caisse de munitions, à l'ombre d'un hangar, au bord d'une vague piste d'atterrissage en pleine jungle. En Colombie ou au Mexique, d'après l'itinéraire qu'il avait esquissé avant de l'embrasser sur le pas de la porte au moment du départ. Après avoir refermé la porte, elle avait couru à la fenêtre pour l'apercevoir une dernière fois avant qu'il ne disparaisse à bord de la Lincoln dont le pot d'échappement fumait, car le moteur tournait en l'attendant. Son estomac se noua à ce souvenir ; elle le revit s'arrêter juste avant de monter à l'arrière de la berline de luxe. Rook s'était retourné pour lui souffler un baiser. La réalité cédait peu à peu la place à son imagination.

Maintenant, elle visualisait Rook dans un environnement difficile, envahi par les moustiques. Des auréoles sous les bras, il notait les noms d'obscurs trafiquants d'armes dans son carnet Moleskine. Forcément, il n'était ni douché ni rasé. Le désir montait en elle.

Le téléphone sonna. Un texto du capitaine Montrose : *Suis au 1 PP. Vous contacte dès qu'on me libère.* Bien entendu, il était coincé au quartier général à rendre des comptes. Cela apportait une nouvelle perspective sur les inconvénients d'une éventuelle promotion. Un échelon de trop et on devient la cible à abattre, se dit Heat.

***

Une demi-heure plus tard, peu après 8 heures, la salle de briefing de la brigade était bondée. L'inspecteur Heat informait sa brigade, plus quelques renforts prélevés à la brigade des cambriolages et aux patrouilles, des détails dont elle disposait pour l'instant sur l'affaire.

Debout devant le grand tableau réservé aux meurtres, elle aimanta deux photos du père Graf en haut, au milieu de la surface blanche. La première, un cliché du mort réalisé par le labo, était de bien meilleure qualité que celui qu'elle avait pris avec son portable. À côté, la photo de la manifestation avait été agrandie et découpée pour ne laisser paraître que le visage du prêtre.

— Voici notre victime, le père Gerald Graf, prêtre à Notre-Dame des Innocents.

Elle résuma les circonstances de sa mort et, à l'aide d'un marqueur, entoura l'heure de sa disparition, celle estimée de sa mort et celle de sa découverte sur la ligne qu'elle avait déjà tracée en travers du tableau pour établir la chronologie des événements.

— On est en train de vous préparer des copies de ces photos. Comme d'habitude, elles seront également mises en ligne sur le serveur, de même que d'autres détails, auxquels vous aurez accès depuis vos téléphones et ordinateurs portables.

Ochoa se tourna vers l'inspecteur Rhymer, l'un des flics prêtés par la brigade des cambriolages, assis au fond sur un meuble de classement.

— Hé ! Opossum, au cas où tu te poserais des questions, c'est la machine à écrire qui clignote dans tous les sens.

Dan Rhymer, ancien représentant des Carolines resté à New York après son pépin à l'armée, était habitué à ces piques. Chez lui déjà, on le surnommait Opossum.

— Ah ! Un ordinateur. Sapristi ! Pas étonnant que je n'arrive pas à faire griller mon sandwich à l'opossum sur ce truc, rétorqua-t-il sans lésiner sur l'accent du Sud.

— S'il vous plaît, intervint Nikki tandis que tout le monde s'esclaffait. Ça vous dérangerait de m'écouter pendant que je vous parle de l'enquête ?

— Ouh, attention ! fit Sharon Hinesburg.

Nikki rit jusqu'à ce que son enquêtrice ajoute :

— On s'exerce à l'autorité de lieutenant ?

Ce n'est pas la pique qui surprit Heat, mais le fait de comprendre que sa promotion imminente n'était plus une simple rumeur. Évidemment, il fallait que cela vienne de Hinesburg, une enquêtrice moyennement douée dont le principal talent était d'agacer Heat. Quelqu'un devait l'avoir un jour complimentée pour son franc-parler, ce qui, selon Nikki, n'était pas un service à lui rendre.

— Qu'est-ce qu'on a sur la cause du décès ? demanda Raley pour revenir au sujet qui les préoccupait et sauver la mise à Heat en désamorçant la bombe lancée par Hinesburg.

— Les premiers éléments ne donnent rien de tranché, annonça-t-elle en s'adressant à Raley, dont l'imperceptible hochement de tête en dit long sur son esprit de corps. En fait, on ne peut même pas officiellement parler d'homicide tant qu'on n'a pas le rapport d'autopsie. La nature de la mort laisse quantité de portes ouvertes. Il faut compter avec d'éventuels problèmes de santé de la victime, l'intention du praticien...

— Ou du tueur, dit Ochoa.

— Ou du tueur, convint-elle. Le père Graf ayant été porté disparu, on peut pencher pour le meurtre.

Involontairement, son regard se porta sur le bureau vide du capitaine Montrose, puis revint sur la brigade.

— Néanmoins, on doit garder l'esprit ouvert.

— Le *padre* était un obsédé ou quoi ?

Encore Hinesburg, toujours aussi subtile.

— Enfin, qu'est-ce qu'un prêtre foutait dans un endroit aussi louche ?

Ce n'était certes pas la manière la plus délicate de dire les choses, mais ce n'était pas une mauvaise question.

— C'est pour cette raison qu'il faut approfondir cette histoire de BDSM, déclara Heat. Il faut interroger la gouvernante et les autres membres de la paroisse sur le prêtre. Relations, famille, ennemis, exorcismes et – disons-le franchement – enfants de chœur, on ne sait jamais. On examine tout, mais ce qui nous attend, c'est la torture sexuelle. Dès qu'on obtient le mandat, ce qui ne devrait pas tarder, l'inspecteur Raley visionnera les enregistrements de la surveillance. On verra à quelle heure il est entré là-dedans et avec qui.

— Et dans quel état, précisa Raley.

— Oui, ça aussi. On pourra tirer des plans fixes de tous ceux qui sont entrés et ressortis avant et après, même des premières personnes interrogées.

Elle fit crisser son marqueur en inscrivant « vidéo de sécurité » en lettres majuscules sur le tableau blanc.

— Pendant que Raley s'en occupe, reprit-elle quand elle eut fini de souligner ces mots, voyons si notre victime était un habitué de ces pratiques. Ochoa, Rhymer, Gallagher, Hinesburg – faites le tour des clubs et des dominateurs connus, maîtres ou maîtresses.

— Oui, chef ! s'exclama Hinesburg, mais personne ne rit.

Tout le monde se mettait déjà en route.

Quelques minutes plus tard, Nikki raccrochait son téléphone et criait à travers la salle de briefing :

— Ochoa, changement de plan !

Elle se rapprocha du bureau où il s'apprêtait à lancer une impression de la liste des clubs situés dans Dungeon Alley, le quartier malfamé de Manhattan.

— Les gars du labo viennent d'appeler du presbytère. La gouvernante dit avoir l'impression qu'on a déplacé des choses et que d'autres ont disparu. Comme la patronne des Délices du donjon et son avocat m'attendent en salle d'interrogatoire, ce serait gentil d'aller jeter un coup d'œil.

Hinesburg capta l'attention de Heat.

— Si je le demande poliment, y aurait-il une chance que je puisse laisser tomber les pervers pour m'occuper du presbytère ?

Comme il lui semblait louche que Hinesburg s'excuse pour sa conduite déplacée, Nikki réfléchit avant d'accepter de calmer le jeu.

— Ça vous pose un problème, Ochoa ?

— Voyons voir...

Ochoa leva ses mains, paumes vers le haut, en guise de balance.

— ... la religion ou le sexe, la religion ou le sexe ?

Il baissa les bras.

— Allumez une bougie pour moi, Sharon.

— Merci, dit Hinesburg. Et toutes mes excuses pour mon attitude vacharde. Je ne m'étais pas rendu compte que vous aviez...

La tête penchée, elle regarda Heat d'un air de connivence.

— ... d'autres soucis.

Devant la mine interloquée de Nikki, l'enquêtrice brandit l'édition du matin du *Ledger*, ouvert à la rubrique des potins sur les célébrités.

— Comment, vous n'avez pas vu ?

Heat cligna les yeux à la vue de la photo. Juste sous le portrait d'Anderson Cooper[1] à un gala de charité, Rook s'étalait en quart de page en très galante compagnie. La photo avait été prise sur le vif à la sortie du restaurant Le Cirque. La légende disait : *Des clients heureux ? Le beau Jameson Rook et Jeanne Callow, l'agent littéraire du journaliste-vedette, tout sourire après un épatant tête-à-tête au Cirque, hier soir.*

— Je croyais que Rook était en reportage pour un

1. Journaliste-vedette de CNN. (NDT)

article sur les trafiquants d'armes, fit remarquer Hinesburg, toujours aussi délicate.

Nikki entendait bien, mais ne pouvait détacher les yeux du journal.

— Elle se promène bras nus alors que c'est l'hiver le plus froid qu'on ait eu depuis 1906. Je parie que c'est pas de ce genre d'artillerie là qu'il parlait, conclut Hinesburg.

***

On la réclamait en salle d'interrogatoire. Toujours sous le choc, Nikki s'y rendit en pilote automatique. Elle n'arrivait pas, ne voulait pas le croire. Non seulement Rook était rentré, mais il sortait en ville pendant qu'elle jouait les Pénélope à la maison. Ni barbe ni auréoles sous les aisselles, il était récuré, rasé de près, et la manche de son Hugo Boss était enroulée autour du bras de son agent, une bombe tout droit sortie d'une salle de gym.

L'inspecteur Raley rattrapa Heat à la porte de la salle d'observation au moment où elle allait entrer. Encore un peu fragilisée, elle chassa Rook de son esprit.

— Les nouvelles sont moyennement bonnes pour la caméra de sécurité, annonça Raley.

Il tenait une boîte en carton avec un formulaire d'élément de preuve scotché sur le côté.

— Je présume que c'est l'enregistrement.

— Malheureusement pas celui qui nous intéresse. Quand j'ai ouvert le placard, la bande qui était dans l'appareil était arrivée au bout et, d'après l'étiquette, elle datait déjà de quinze jours.

— Super, fit Heat. Et rien sur hier soir ?

— Cela fait des semaines que ces bandes n'ont rien enregistré. Je vais regarder, mais on aura de la chance si on trouve quoi que ce soit.

Nikki réfléchit brièvement.

— Visionnez quand même ce que vous avez là et faites des captures vidéo des visages. On ne sait jamais, on y verra peut-être Graf et quelqu'un avec qui établir un lien.

Raley disparut dans le couloir avec sa boîte. Nikki pénétra dans la salle d'interrogatoire.

***

— Vous avez déjà posé la question à ma cliente, déclara le vieil homme.

D'un doigt courbé par l'arthrose, Simmy Paltz tapotait le bloc-notes posé sur la table devant lui. La peau tannée et flétrie, cet homme squelettique avait l'air d'être centenaire. Malgré le gros nœud de cravate années 1970, Nikki aurait pu passer la main jusqu'au poignet entre son col bouloché et son cou de poulet. Il avait pourtant l'air vif et sûrement intransigeant. Rien ne valait un grand-père ou un grand-oncle avocat, se dit Heat, pour réduire les frais de sa petite entreprise.

— Je voulais lui donner la possibilité de revenir sur sa réponse, lui laisser le temps de retrouver la mémoire, rétorqua l'enquêtrice.

Puis Nikki se tourna vers Roxanne Paltz, qui arborait toujours le même vinyle et le même dédain qu'à son bureau à 6 heures du matin.

— Vous êtes absolument certaine de n'avoir jamais eu affaire au père Graf ?

— Comment ça, à l'église ? Vous voulez rire.

Elle s'installa à son aise et adressa un hochement de tête satisfait au vieillard.

— Ce n'était pas un client.

— Est-ce que quelqu'un d'autre a accès au placard où sont rangées vos vidéos de sécurité ?

— Ah ! fit l'avocat. Votre mandat vous a drôlement servi.

Ses yeux parurent immenses à Nikki derrière les lunettes sales qui lui couvraient la moitié du visage.

— Madame Paltz, qui en avait la clé ?

Roxanne regarda son avocat, qui lui donna son feu vert d'un signe de tête.

— Seulement moi, répondit-elle. Il n'y a qu'un jeu.

— Et pas d'autres bandes, Roxanne ?

— D'où elle sort, celle-là, de la Sécurité intérieure ? s'exclama l'avocat.

— À vrai dire, reprit Roxanne, la boule au plafond sert à obliger tout le monde à faire attention. Pour les clients, elle marche ; alors, ils se tiennent tranquilles. Un peu comme le message qui vous dit : « Cet appel peut être enregistré » quand vous appelez un service client au téléphone. C'est une manière de dire : « Faites gaffe à ce que vous dites, trouduc. »

Heat tourna la page de son calepin.

— Il me faudrait les noms de tous ceux qui étaient là hier soir, disons à partir de dix-huit heures. Dominateurs, dominatrices, clients.

— Quelle surprise ! intervint l'avocat. Les Délices du donjon est un club discret protégé par le droit au respect de la vie privée et par le secret professionnel.

— Excusez-moi, monsieur Paltz, mais, aux dernières nouvelles, si le secret professionnel protège les avocats et les médecins, il n'en est rien des gens qui se déguisent pour jouer au docteur.

Heat se tourna de nouveau vers la patronne.

— Roxanne, quelqu'un est mort dans vos locaux. Vous voulez bien coopérer ou faut-il qu'on ferme votre club le temps d'en étudier les conditions de sécurité et d'hygiène ?

En réalité, Nikki bluffait. La fermeture, si elle l'obtenait, ne serait que de courte durée, mais à en juger par l'état des lieux – peinture défraîchie, mobilier bon marché, équipement abîmé, surveillance négligée –, Roxanne se faisait une marge étroite et ne pouvait se permettre une semaine sans clients. Elle ne se trompait pas.

Nouveau hochement de tête de la part de l'avocat.

— Ça va, je vous donne son nom, dit la patronne des Délices du donjon. Le fait est que je n'ai qu'une seule dominatrice en ce moment. Les deux autres sont parties il y a un ou deux mois pour des clubs plus prestigieux dans Midtown[1].

Roxanne Paltz fit de nouveau crisser son vinyle en haussant les épaules.

— Croyez-moi, le milieu du bondage est une jungle.

Aussitôt, Nikki s'attendit à une vanne de la part de Rook. Comme souvent depuis qu'il était absent. Qu'aurait-il bien pu dire ? Le connaissant : « Ça ferait une bonne accroche publicitaire ! » Immédiatement après, elle imagina une allumette réduisant en cendres la photo du Cirque.

Lorsque Roxanne lui eut donné le nom et les coordonnées de la dominatrice, Heat la questionna au sujet de ses clients.

— Tout est de sa faute, répondit la patronne. Elle me loue l'espace, un peu comme une coiffeuse. C'est elle qui prend les réservations.

— Au passage, Roxanne, vous étiez où hier soir entre dix-huit et vingt-trois heures ?

Lauren Parry ne lui ayant pas encore communiqué

1. Quartier d'affaires de Manhattan. (NDT)

l'heure officielle du décès, Nikki avait élargi la fourchette.

— Eh bien, j'ai dîné avec mon mari avant d'aller au cinéma.

— Et votre mari peut en témoigner ? demanda Heat après avoir noté le nom du restaurant et le titre du film.

Simmy Paltz hocha la tête.

— Absolument.

Nikki Heat regarda d'abord le vieux coucou, puis Roxanne, et prit note, mentalement cette fois, de ne jamais se fier aux apparences. Pas à New York.

Ne venait-elle pas de l'apprendre à ses dépens avec Rook ?

***

Elle appela l'inspecteur Ochoa : elle voulait qu'il recherche la dominatrice pendant qu'elle poursuivait l'interrogatoire de Roxanne et de son mari afin de ne pas leur laisser la possibilité de la prévenir. Heat leur avait soumis quelques photos de délinquants sexuels violents pour les occuper. Ochoa n'était qu'à quelques rues du domicile d'Andrea Boam, à Chelsea. Un quart d'heure plus tard, il rappelait pour dire que, selon sa colocataire, madame Boam était partie en vacances depuis le week-end.

— La colocataire a dit où ? demanda Nikki.

— Amsterdam. La ville, pas l'avenue, précisa Ochoa.

— Tiens donc. Une dominatrice à Amsterdam.

— Ouais. Plutôt un voyage d'affaires, à mon avis.

— Demandez aux Douanes de vérifier son passeport, qu'on soit sûrs qu'elle est bien partie, dit Heat. Ça sent l'alibi en béton. La photo du prêtre, ça a donné quelque chose ?

— *Nada*. Mais ce n'était pas totalement une perte de temps, ce tour des clubs. En gros, j'ai surtout interrogé des dominés, excellent remontant pour mon amour-propre.

***

Il tardait à Heat d'en savoir plus sur le presbytère, mais comme Lauren Parry venait de lui envoyer un texto pour l'informer que l'autopsie du père Graf était terminée, elle attendit d'être montée en voiture avant d'appeler Hinesburg.

— Qu'est-ce qui se passe, Nikki ? demanda l'enquêtrice.

— Je vais juste à la morgue, mais je me demandais ce que vous aviez découvert depuis une heure et demie.

Heat avait bien du mal à cacher l'agacement lié au fait de devoir appeler elle-même son enquêtrice pour qu'elle la tienne au courant. Mais l'une des qualités discutables de Sharon Hinesburg était justement que bien des choses lui passaient au-dessus de la tête et, s'il y avait du reproche dans la remarque de Heat, elle ne parut pas s'en apercevoir.

— Alors, vous allez lui dire quoi à ce salaud de journaleux ? s'enquit Hinesburg. Un mec me baladerait comme ça, il aurait pas intérêt à y revenir, croyez-moi.

Heat aurait voulu crier jusqu'à lui en faire saigner les oreilles, mais, finalement, elle compta jusqu'à trois.

— Alors, la gouvernante, Sharon ? demanda-t-elle calmement.

— Oui. Madame...

On entendit des pages tourner.

— Borelli, souffla Nikki. Qu'est-ce que madame Borelli vous a dit au sujet des objets disparus ?

— Pas mal de choses, en fait. Elle est particulière. Ce boulot, pour elle, c'est comme une mission. Elle connaît les lieux comme sa poche.

À l'autre bout du fil, Hinesburg tourna encore des pages.

— Tout ça pour dire qu'il manque une médaille dans la boîte à bijoux.

— Quel genre de médaille ?

— Une médaille religieuse.

Hinesburg couvrit le téléphone de sa main avant de préciser :

— Une médaille de saint Christophe.

— Et c'est la seule chose qui manque ? demanda Heat.

— Pour l'instant. On continue de faire l'inventaire ensemble, ajouta Hinesburg pour donner le change. Mais madame Borelli dit aussi que tout a l'air un peu dérangé. Rien de grave. Dans les tiroirs, les chemises et les chaussettes ne sont pas aussi soigneusement empilées que d'habitude, les livres ne sont plus parfaitement alignés, une vitrine n'est pas complètement fermée.

Nikki commençait à se faire une petite idée, et il lui semblait au contraire que c'était grave. Apparemment, quelqu'un avait fouillé le presbytère à la recherche de quelque chose. Il s'agissait d'une fouille méthodique et non de l'œuvre d'un vandale comme elle en voyait si souvent. Prudence : peut-être avait-on affaire à un professionnel. Elle songea à Montrose. S'y serait-il pris autrement ?

— Sharon, inventoriez tout ce que vous trouvez, même si les gars du labo en feront de même. Établissez la liste de tout ce qui a été déplacé ou cassé. Même les plus petites choses, compris ?

Heat consulta l'horloge du tableau de bord.

— Je ne vais pas pouvoir venir tout de suite. Donc,

commencez l'interrogatoire de madame Borelli, si elle se sent en état. Notez tout ce qui retient votre attention concernant le père Graf. Habitudes particulières, disputes, visiteurs, vous savez quoi demander.

Il y eut un silence.

— Oui, bien sûr, fit Hinesburg d'un ton distrait.

Heat regretta de ne pas y avoir plutôt envoyé l'inspecteur Ochoa comme elle l'avait prévu. Leçon retenue. Elle décida d'aller mener elle-même l'interrogatoire de la gouvernante.

***

La circulation était bloquée dans toute la ville. Dès que le temps se gâtait, surtout quand les températures chutaient et que le froid s'accompagnait d'un vent mordant, les gens prenaient davantage leur voiture.

Cela rendait le stationnement plus difficile. Tous les parkings du centre médical de New York, à côté de la morgue, affichaient « complet ». En remontant la 1re Avenue, l'inspecteur Heat constata que même les places gratuites devant l'entrée étaient occupées par d'autres véhicules de police. À hauteur de la 34e Rue, elle recourut à sa botte secrète : le parking clôturé de l'hôpital Bellevue coincé sous la Franklin D. Roosevelt East River Drive (FDR). Il lui faudrait un peu marcher dans le froid glacial, mais c'était la seule solution si elle ne voulait pas tourner en rond. Le gardien du parking était trop bien au chaud dans sa cahute pour sortir le nez dehors. Elle ne distingua que son salut de la main derrière la fenêtre couverte de givre.

Avant de descendre de voiture, Heat jeta un coup d'œil à son smartphone. Elle vérifia de nouveau ses mails. Toujours aucun signe de Rook. Je lui laisse encore une chance, se dit-elle, juste une. Après avoir sélectionné « envoyer/recevoir » et regardé l'icône s'animer, elle ne se sentit toutefois pas plus avancée.

Le temps qu'elle gravisse les quelques marches menant à l'entrée de la morgue, elle ne sentait plus ses joues, et son nez coulait comme un robinet. À l'accueil, Danielle salua Nikki avec sa chaleur habituelle et déclencha l'ouverture du système de sécurité de la porte. En pénétrant dans la petite salle réservée aux flics en visite, l'enquêtrice vit que trois des quatre box étaient occupés par des inspecteurs au téléphone. Comme le thermostat était tourné à fond, Heat se défit de son pardessus. En voyant le monticule de parkas accumulé sur le dossier de l'une des chaises, elle allait opter pour le portemanteau vide quand son portable vibra.

Le numéro qui s'afficha lui était inconnu mais pas l'indicatif. L'appel provenait du One Police Plaza. Dans son texto, Montrose avait dit qu'il était au quartier général. Nikki ne voulait pas entrer dans le vif du sujet devant tous ses collègues, mais elle se dit qu'elle pouvait au moins prendre contact avec lui pour fixer un autre rendez-vous.

— Heat, dit-elle.

— La fameuse Nikki Heat ?

Elle ne connaissait pas cette voix, mais elle était peu trop enjouée et, à son goût, un peu ampoulée pour un premier échange de la part d'un inconnu.

— C'est l'inspecteur Heat, répondit-elle sur le ton neutre qu'elle réservait aux téléprospecteurs.

— Plus pour longtemps à ce qu'on dit, rétorqua son interlocuteur. Inspecteur, c'est Zach Hamner, l'adjoint administratif du service médicolégal. Je voulais vous féliciter personnellement pour votre grade de lieutenant.

— Oh !

Elle aurait voulu sortir dans le hall, mais par respect pour les familles en deuil et parce qu'elle avait le sens des convenances, Nikki s'imposait une discipline très stricte concernant ses appels personnels dans les espaces publics de cet immeuble. Elle s'assit donc sur la chaise vide et se recroquevilla dans le box, sachant toutefois qu'il n'offrait qu'une piètre protection à sa vie privée.

— Merci. Désolée, mais vous me prenez un peu de court.

— Ne vous en faites pas. Non seulement vous avez réussi l'examen, inspecteur, mais je vois que vos résultats sont remarquables. Nous avons besoin de bons flics comme vous dans la maison.

Elle protégea le combiné de sa main.

— Encore une fois, monsieur Hamner...

— Zach.

— Zach, merci beaucoup pour ces compliments.

— Mais je vous en prie. Écoutez, si je vous appelle, c'est parce que je voudrais que vous passiez me voir quand vous descendrez signer votre relevé de notes.

— Hum, bien sûr, dit-elle.

Puis une pensée lui traversa l'esprit.

— C'est au bureau du personnel. Vous n'êtes pas là-bas, vous, si ?

— Juste ciel, non. Je suis à l'étage, auprès du commissaire adjoint aux Affaires juridiques. Ne vous en faites pas, tout passe par mon bureau, dit-il avec un air important. Alors, je vous vois quand ?

— Euh, je suis à la morgue en ce moment. Pour une affaire.

— Ah oui, fit-il, le prêtre.

La manière dont il le dit donna l'impression à Nikki que Zach Hamner aimait montrer qu'il était au courant de tout. Le type qui a réponse à tout. La quintessence de l'homme. Que lui voulait-il ?

Elle passa mentalement son emploi du temps en revue. L'autopsie... Montrose, avec un peu de chance... La réunion de la brigade... Le presbytère...

— Demain, ça vous irait ?

— J'espérais aujourd'hui.

Silence, qu'il interrompit en voyant qu'elle ne répondait rien.

— Demain, je suis débordé. Voyons-nous de bonne heure alors. Pour le petit-déjeuner. Vous pourrez signer les documents après.

Contrainte et forcée, Heat accepta. Il lui donna le nom d'un café dans Lafayette, lui fixa rendez-vous à 7 heures et raccrocha, non sans l'avoir de nouveau félicitée.

***

— Des nouvelles du grand voyageur ? demanda Lauren Parry depuis son bureau.

Elle leva les yeux de son ordinateur pour regarder son amie dans la salle d'autopsie voisine. La légiste était vêtue de la combinaison réglementaire qui, comme d'habitude, était maculée de sang et de fluides corporels. Devant la réaction de Nikki, elle ramassa son masque en plexiglas sur la chaise à côté d'elle.

— Assieds-toi.

— Ça va.

Heat, qui venait d'enfiler la combinaison propre remise aux visiteurs, était appuyée contre le mur du fond de l'étroite antichambre et regardait fixement par la vitre les tables alignées devant elle. Sur la plus proche, la numéro huit, était étendu le corps du père Gerald Graf, recouvert d'un drap.

— Menteuse, dit sa meilleure amie. Si c'est à ça que tu ressembles quand ça va, je n'ose même pas imaginer quand ça va pas.

Nikki tourna son regard vers Lauren.

— D'accord, disons que ça va aller. Enfin, je crois.

— Tu me fais peur, Nikki.

— Bon, bon, alors...

Heat raconta à Lauren la surprise du matin : le retour triomphal de Rook à Gotham City pour fêter la fin de sa mission – festivités auxquelles elle n'avait pas été conviée – et, pour couronner le tout, il n'avait toujours pas appelé pour dire qu'il était rentré.

— Aïe ! fit Lauren en fronçant les sourcils.

— À ton avis, ça veut dire quoi ? Tu crois qu'il...

Elle s'interrompit et secoua la tête.

— Quoi ? dit Nikki. Qu'il s'est trouvé quelqu'un d'autre ? Tu peux le dire. Tu sais, j'y ai déjà pensé.

Nikki chassa ses mauvaises pensées.

— Ça fait cogiter, Lauren, de rester trop longtemps tout seul. Et puis, un mois plus tard, tu ouvres ton journal et tu vois se réaliser les pires trucs que tu as imaginés.

Elle se détacha du mur, mais resta debout.

— C'est bon, il est rentré. On verra bien.

Elle avait beau ne pas les exprimer, ses doutes étaient manifestes.

— Je suis ravie pour toi et Ochoa, en tout cas.

Lauren en resta baba. Puis elle sourit. Évidemment, comment aurait-elle pu cacher une liaison à Nikki ?

— Ouais, c'est cool avec Miguel.

— Je vais finir par te détester, tu sais ? déclara Nikki tandis qu'elles gagnaient la porte ensemble.

***

Deux autres légistes avaient des clients sur les première et troisième tables. En entrant dans la salle, Nikki répéta en silence le mantra que lui avait enseigné Lauren, lors de sa première visite des années plus tôt : « Respire par la bouche pour tromper le cerveau. » Et comme toujours, Heat pensa : « Ça marche presque... mais pas tout à fait. »

— J'ai des conclusions indéniables, mais aussi quelques anomalies à te montrer, annonça Parry en approchant du corps de Graf. L'heure du décès se situe dans la fourchette qu'on pensait. Entre vingt et vingt-deux heures. Je dirais même plus près de vingt-deux que de vingt.

— Ça pourrait donc être vingt et une heures trente.

— Ou un peu plus tard.

Lauren tourna la page de son bloc-notes, révélant les schémas de corps humain sur le dos et sur le ventre qu'elle avait annotés.

— Marques et indicateurs : déjà sur les globes oculaires, le cou et puis là et là.

Elle se servait de son stylo pour préciser ses dires.

— Multiples écorchures et contusions. Douloureuses mais pas mortelles. Pas de fracture osseuse. Tout correspond en gros aux pratiques du bondage et de la domination.

Nikki commençait à penser qu'après tout, il pouvait bien s'agir d'une séance qui avait mal tourné. Néanmoins, elle gardait l'esprit ouvert.

— Trois petites choses méritent un examen plus approfondi, annonça la légiste.

Elle conduisit Heat à l'un des meubles de rangement à l'autre bout de la pièce. Après avoir fait glisser la porte en verre, elle s'empara de l'un des seaux en carton sur l'étagère.

Nikki se souvint de Rook qui, en les voyant lors de sa première visite, avait affirmé que jamais plus il ne rapporterait de seau de poulet du fast-food. Lauren sortit du seau une petite fiole en plastique marquée *GRAF* au-dessus du code-barres et la tendit à Nikki.

— Tu vois cette petite tache ?

L'enquêtrice leva le flacon à la lumière. Au fond, il y avait une minuscule tache sombre.

— J'ai trouvé ça sous un ongle, indiqua Parry. Au microscope, ça ressemble à un morceau de cuir, mais ça ne correspond pas aux lanières qui lui tenaient les poignets ni au collier.

Elle reposa la fiole dans le seau.

— Je vais envoyer ça au labo.

Ensuite, elle conduisit Nikki à l'armoire de déshumidification où on mettait à sécher les vêtements des victimes pour préserver l'ADN à analyser. Des feuilles de papier kraft séparaient les effets tachés de sang de quantité de victimes. Au premier plan, Heat reconnut le costume noir de Graf ainsi que son collet romain.

— C'est bizarre, ce col. Il y a un tout petit peu de sang dessus. C'est curieux parce que, malgré toutes ces écorchures, il n'a aucune blessure au-dessus des épaules ni sur les mains.

— En effet, dit Nikki qui envisageait toute éventualité. Le sang provient peut-être d'un agresseur, ou du tueur.

— Ou d'un dominateur, qui sait pour l'instant ?

Lauren avait raison. Cela pouvait tout aussi bien provenir du meurtre que d'un praticien qui se serait coupé durant la séance de torture et, dans la panique, aurait planqué les vêtements avant de s'enfuir.

— On va aussi envoyer ça au labo pour analyse ADN.

Lauren appela l'un des plantons pour l'aider à rouler le corps du prêtre sur le côté et faire ainsi apparaître son dos. Il était strié de marques de flagellation et d'ecchymoses, dont la vue fit prendre à Nikki une forte inspiration par le nez, ce qu'elle regretta aussitôt. Toutefois, elle tint bon et se pencha quand la légiste voulut lui montrer une contusion de forme géométrique sur les reins.

— Cette marque est différente des autres, dit Lauren.

Son œil pour ce genre de détail avait aidé Heat à de nombreuses reprises. Récemment encore, c'est elle qui avait décelé la marque laissée par la bague d'un malfrat russe, auteur du meurtre, sur le cadavre d'un célèbre promoteur. En l'occurrence, le bleu rectangulaire mesurait environ cinq centimètres de long et présentait des lignes horizontales à intervalles réguliers.

— Ça pourrait provenir d'une petite échelle, suggéra Heat.

— J'ai pris quelques clichés que je t'ai envoyés par mail avec mon rapport.

Parry fit un signe de tête au planton qui retourna Graf doucement sur le dos avant de quitter la pièce.

— Chouettes anomalies, fit Nikki.

— Ce n'est pas fini, inspecteur.

Lauren ramassa son bloc-notes.

— Maintenant, la cause du décès. J'opte pour l'asphyxie par strangulation.

— Pourtant, tu hésitais ce matin, lui rappela Nikki.

— C'est vrai. Tous les signes étaient là, comme je le disais. Compte tenu des circonstances, du collier en cuir, de l'hémorragie des globes oculaires et j'en passe, c'était l'évidence. Mais j'hésitais à cause d'autres indicateurs, synonymes d'infarctus aigu du myocarde.

— Le bleu sur les doigts et le nez.

— Pardon, c'est qui la légiste ici ?

— N'empêche, je saisis : si c'est une crise cardiaque, l'intention de tuer doit être écartée.

— Eh bien, tu sais quoi ? Il a bien eu une attaque. Mais elle n'a pas été fatale ; il a été étranglé d'abord. En fait, ça s'est joué à rien.

Heat regarda le corps sous le drap.

— Tu as bien dit qu'il sentait la cigarette et l'alcool ?

— Et ses organes ont corroboré. Mais...

Elle adressa un regard lourd de sens à Nikki et souleva le drap.

— Regarde ces brûlures sur la peau. Ce sont des brûlures électriques. Probablement dues à un TENS, dit Lauren en faisant référence à un appareil de neurostimulation électrique transcutanée utilisé dans les chambres de torture.

— J'ai déjà vu des TENS, dit Nikki. Quand j'étais aux mœurs.

— Alors, tu sais aussi qu'il est recommandé de ne pas les utiliser sur la poitrine.

Elle baissa le drap pour découvrir le torse de Graf, où les brûlures électriques étaient intenses, surtout près du cœur.

— On dirait que quelqu'un a voulu lui faire très mal.

— Reste à savoir pourquoi, ponctua Nikki.

***

Elles prirent l'ascenseur pour descendre au rez-de-chaussée.

— Dis-moi, fit Heat, tu avais déjà vu ça ?

— Des brûlures de TENS aussi graves ? Non.

En atteignant la porte du bureau de la police, elle ajouta :

— Tu sais qui j'ai entendu dire qu'il en avait ? Ce jeune

acteur qui avait toujours des problèmes et qui s'est fait tuer en 2004 ou 2005.

— Gene Huddleston Junior ? demanda Nikki.

— Ouais, lui.

— Mais il a été tué par balle. Une histoire de drogue, non ?

— C'est ça, confirma Lauren. Ça s'est passé avant que j'arrive ici, mais, selon les rumeurs, il était aussi couvert de brûlures de TENS. Il touchait vraiment à tout, ce gars-là. Ils ont cru à une petite déviance supplémentaire.

Le bureau était vide. Nikki reprit son imperméable, mais, avant de partir, elle s'assit à l'un des ordinateurs. Elle se connecta au serveur de la police et demanda une copie du dossier de Gene Huddleston Junior.

***

Comme Nikki traversait le vestibule menant à l'entrée du poste, une femme debout près du cordon en velours bleu placé devant le mur de photos et de plaques honorifiques fit un pas vers elle.

— Excusez-moi, inspecteur Heat ?

— C'est moi.

L'enquêtrice s'arrêta, mais vérifia aussitôt la main levée de son interlocutrice. Cette année-là, comme la chasse aux flics avait été déclarée ouverte jusque dans les postes, la prudence était de mise. Toutefois, cette femme ne brandissait qu'une carte de visite. *Tam Svejda, journaliste au* New York Ledger, indiquait-elle.

— Je me demandais si vous auriez quelques instants à me consacrer pour répondre à une ou deux questions.

Heat rendit à la journaliste son sourire poli.

— Écoutez, je suis désolée, madame... fit-elle en consultant de nouveau la carte.

Nikki avait vu son nom, mais ne savait pas comment le prononcer.

— Chfé-da, souffla la journaliste. Mon père est tchèque. Ne vous en faites pas, tout le monde bute dessus. Tam, ça ira.

Elle adressa à Nikki un large sourire révélant une parfaite rangée de dents blanches. En fait, son allure entière lui donnait l'air d'un mannequin : belle coupe de cheveux, mèches blondes, grands yeux verts brillant d'intelligence avec une pointe de malice, assez jeune pour supporter un tel maquillage – sans doute pas encore trente ans –, grande et mince. Plus un look de journaliste télé que de presse écrite.

— Très bien, Tam, dit Nikki. Mais je ne reste qu'une minute ; après, je dois filer. Je suis vraiment désolée.

Elle s'avança vers les portes intérieures, mais Tam lui emboîta le pas en sortant son calepin. Un Ampad à spirale, comme celui de Heat.

— Une minute suffira, je ne vous garderai pas plus. La mort du père Graf, s'agit-il d'un meurtre ou d'un accident ?

— Écoutez, je vais vous la faire courte, mademoiselle Svejda, dit-elle sans la moindre erreur de prononciation. Il est trop tôt dans notre enquête pour tout commentaire sur le sujet.

La journaliste leva les yeux de ses notes.

— Un meurtre à sensation – un prêtre torturé et tué dans un donjon SM – et vous croyez vraiment vous en tirer comme ça ? Avec un classique « sans commentaire » ?

— Imprimez ce que vous voulez. L'enquête ne fait que commencer. Je vous promets que, dès que nous aurons quelque chose, nous vous en parlerons.

En bonne interrogatrice, Heat savait soutirer des informations même quand c'était elle qu'on questionnait. Et ce que lui apprenait l'intérêt de Tam Svejda pour l'affaire Graf, c'était que Nikki n'était pas la seule à avoir l'impression qu'il ne s'agissait pas d'un simple homicide.

— Je comprends, dit la journaliste. Maintenant, que pouvez-vous me dire au sujet du capitaine Montrose ? s'empressa-t-elle d'ajouter.

Heat l'étudia, sachant que même un « sans commentaire » requérait quelques précautions. C'était Tam Svejda qui allait rédiger l'article, pas elle ; or, Nikki ne voulait pas inspirer de « police sur la défensive » ni de « la police se refuse à tout commentaire ».

— Si ça vous gêne, ça peut rester confidentiel, finit par proposer Svejda. C'est juste que j'entends beaucoup de propos peu flatteurs en ce moment. Alors, si vous pouviez me guider dans mes recherches, vous lui rendriez peut-être service… si les rumeurs sont fausses.

— Vous ne croyez tout de même pas que j'accorde le moindre crédit aux rumeurs ?

L'inspecteur Heat avait soigneusement choisi ses mots.

— Pour moi, la meilleure chose à faire est de retourner mener l'enquête sur le père Graf afin de pouvoir vous fournir des informations solides. Ça vous convient, Tam ?

La journaliste hocha la tête et rangea son calepin.

— J'avoue que Jamie vous a rendu justice, inspecteur. Dans son article sur vous, expliqua-t-elle en voyant Nikki froncer les sourcils. Sa rencontre avec vous, la manière dont vous vous conduisez. Rook avait vraiment raison. C'est pour ça que Jamie obtient les reportages et les Pulitzer.

— Ouais, il n'est pas mauvais.

Jamie, pensa Nikki, elle l'appelle Jamie.

— Vous avez vu sa photo dans notre édition ce matin avec cette sacrée Jeanne Callow ? Plutôt dégourdi, ce mauvais garçon, n'est-ce pas ?

Nikki ferma les yeux un instant et fit un vœu pour que Tam Svejda disparaisse – pfuit ! –, puis les rouvrit. Mais elle était toujours là.

— Je suis en retard, Tam.

— Oh ! allez-y ! Et passez le bonjour à Jamie. Si vous en avez l'occasion, bien sûr.

Heat eut le fort sentiment d'avoir plus en commun avec Tam Svejda qu'un calepin de journaliste.

***

En rentrant dans la salle de la brigade, l'inspecteur Heat vit le capitaine Montrose avachi dans son fauteuil, la porte de son bureau fermée. Dos à la brigade, il regardait fixement par la fenêtre la 82e Rue Ouest en bas. Peut-être avait-il vu sa voiture arriver au parking, mais, si c'était le cas, il ne fit aucun geste pour la saluer ni la chercher du regard. Nikki vérifia rapidement si elle avait des messages, mais il n'y avait rien qui ne pouvait attendre.

Le cœur battant, elle se dirigea vers sa porte. En l'entendant frapper contre la vitre, il lui fit signe d'entrer sans se retourner. Heat referma la porte derrière elle et resta debout à regarder sa nuque. Au bout de cinq secondes, qui lui parurent une éternité, il se redressa et fit pivoter son fauteuil pour lui faire face, comme s'il sortait d'une espèce de transe et voulait se remettre au travail.

— Sacré début de journée, à ce qu'il paraît, dit-il.

— Pleine d'action, chef.

Il indiqua la chaise pour les visiteurs, et elle s'assit.

— Vous voulez changer de place avec moi ? J'ai passé la matinée avec le bonnet d'âne sur la tête au Puzzle Palace, fit-il en usant du terme peu flatteur utilisé dans le métier pour désigner le One Police Plaza.

Puis il secoua la tête.

— Désolé. Je m'étais promis de ne pas me plaindre, mais il fallait que ça sorte.

Le regard de Nikki se posa sur le bord de la fenêtre, puis sur la photo où il figurait aux côtés de Pauletta. C'est alors qu'elle comprit que Montrose ne regardait pas par la fenêtre mais la photo. Cela faisait près d'un an qu'un chauffard ivre avait renversé sa femme sur un passage pour piétons. Il avait beau souffrir en silence, il avait le visage marqué. Tout à coup, Nikki regretta d'avoir provoqué cette réunion. Mais le mal était fait.

— Vous vouliez me parler ?

— Oui, du prêtre, le père Graf.

Elle le scruta, mais il demeura impassible.

— Pour commencer, j'aborde l'angle BDSM.

— C'est tout à fait logique.

Il se contentait toujours d'écouter.

— Par ailleurs, tout indique qu'on a fouillé le presbytère. Il manque un, voire plusieurs objets.

Elle le regarda de plus près sans rien déceler de plus.

— J'ai mis Hinesburg sur le coup.

— Hinesburg ?

Enfin une réaction.

— Je sais, mais c'est une longue histoire. Je la suivrai de près.

— Nikki, vous êtes vraiment la meilleure pour cela. Meilleure que moi, même, et pourtant, je me défends. On raconte que vous pourriez bientôt prendre du galon, et je dois dire que vous le méritez mieux que personne.

J'ai donné ma recommandation, ce qui n'est peut-être pas votre meilleur atout au train où vont les choses.

— Merci, capitaine, ça me touche beaucoup.

— Alors, de quoi vouliez-vous me parler, en fait ?

Heat prit un ton détaché.

— Oh ! juste un truc. Quand je suis allée au presbytère ce matin pour confirmer l'identité de la victime, la gouvernante a dit que vous y étiez passé hier soir.

— C'est juste.

Il se balança légèrement dans son fauteuil, mais sans détourner le regard. Heat perçut l'étincelle d'acier dans ses yeux et sentit sa résolution vaciller. Elle savait qu'en formulant la question qui la hantait, elle mettrait en branle quelque chose qui lui échapperait totalement.

— Et alors ? fit-il.

C'était la chute libre. Nikki se trouvait sans parachute. Que dire ? Connaissant son comportement imprévisible, les rumeurs sur les Affaires internes – et maintenant la pression des médias –, pouvait-elle lui demander de se justifier ? Ce serait le traiter en suspect.

Avant cette réunion, elle avait réfléchi à tout sauf à une chose : elle ne voulait pas gâcher une relation sur une rumeur ou des apparences.

— Je voulais juste vous demander ce que vous aviez trouvé. Et voir si vous aviez appris quelque chose sur place.

Est-ce qu'il se rendait compte qu'elle lui mentait ? Nikki n'aurait su le dire. Il lui tardait de sortir de là.

— Non, rien d'utile, dit le capitaine. Poursuivez sur le bondage, comme vous le faites. Et puis, Nikki, ajouta-t-il, indiquant qu'il savait parfaitement pourquoi elle posait la question, ça peut sembler curieux que, moi qui dirige ce poste, je me déplace en personne pour une disparition. Mais si vous obtenez votre promotion, vous l'apprendrez assez vite : plus on avance dans ce boulot, plus on s'éloigne de la rue et on se rapproche du monde des apparences. Si vous choisissez de l'ignorer, c'est à vos risques et périls. Donc, si un membre en vue de ma juridiction, un prêtre, disparaît, qu'est-ce que je fais ? Dans tous les cas, je n'envoie pas Hinesburg, vous voyez ?

— Bien sûr.

Elle remarqua alors qu'il jouait avec son pansement au doigt.

— Vous vous êtes blessé ?

— Ça ? C'est rien. Penny m'a mordu ce matin pendant que je lui démêlais un nœud à la patte.

Il se leva de son fauteuil.

— Voilà ma vie, désormais, Nikki. Ma propre chienne se retourne contre moi.

***

En regagnant son bureau, Heat eut l'impression de marcher sous l'eau avec des chaussures de plomb. Elle avait été à deux doigts de détruire sa relation avec son mentor, et c'était uniquement à la manière dont il avait géré cette délicate entrevue qu'elle devait son salut.

L'erreur était humaine, mais Nikki, elle, s'efforçait de ne pas en commettre. Ne décolérant pas de s'être laissée aller à écouter les commérages, elle décida qu'elle ferait mieux de se concentrer sur ce qu'elle avait à faire, du concret, plutôt que d'ajouter foi aux bruits de couloir.

Sur son écran, une icône clignotait pour la prévenir que le dossier de l'affaire qu'elle avait demandé aux archives était arrivé. Récemment encore, il aurait fallu attendre au moins une journée ou se déplacer en personne. Grâce à l'informatisation de tous les fichiers de la maison, initiée par la commissaire adjointe Yarborough, qui avait fait passer la police de New York dans l'ère du numérique, l'inspecteur Heat, à peine quelques minutes après l'avoir sollicité, disposait maintenant du PDF de l'enquête de 2004.

Elle ouvrit le fichier renfermant tous les détails qui concernaient le meurtre de Gene Huddleston Junior, fils délinquant d'un grand nom du cinéma couronné par un Oscar. Cet enfant unique issu du monde du luxe et des privilèges était tombé dans la tragique spirale de l'alcoolisme.

Après s'être fait exclure de deux établissements scolaires suite à des scandales liés au sexe et à la drogue, il était devenu dealer avant de connaître une mort violente.

D'abord, elle chercha les photos de brûlures de TENS dont Lauren Parry lui avait parlé, mais n'en trouva aucune trace. Par habitude, elle cliqua sur la page où figurait la liste des enquêteurs ayant participé à l'affaire pour voir si elle en connaissait certains. À la vue du nom de l'inspecteur qui en avait la responsabilité, elle en eut des palpitations.

Se laissant retomber dans son fauteuil, elle resta les yeux rivés sur l'écran.

TROIS

La première chose que fit Heat après avoir cliqué sur le petit carré rouge pour fermer le dossier Huddleston fut d'appeler Lauren Parry. Elle voulait éviter de réfléchir, de peur d'hésiter ensuite et de se retenir. La mort du vrai travail de police. Certes, il fallait réunir les faits mais aussi faire confiance à son intuition. Surtout quand il s'agissait de choisir les faits à réunir.

— Déjà ? fit Lauren en décrochant. Tu as oublié quelque chose ? Ne me dis pas que ce sont tes clés. Ça m'est arrivé, et je peux te dire que tu préfères ne pas savoir où je les ai retrouvées.

— T'as raison, ne me dis rien.

Bien que seule pour l'instant dans la salle de briefing, elle jeta un coup d'œil par-dessus son épaule avant de poursuivre.

— Écoute, j'ai bien vu que vous étiez tous très occupés ce matin...

— Ouais, ouais. Qu'est-ce que je dois faire accélérer ?

— Le col du prêtre. Celui avec la tache de sang. Tu pourrais le faire passer sur le dessus de la pile ?

— Tu penses déjà à quelqu'un ?

Heat ne pouvait s'empêcher de revoir le pansement

du capitaine Montrose. Elle aurait voulu dire qu'elle espérait que non.

— Qui sait ? Autant procéder par élimination.

Nikki entendit la légiste fouiller dans ses papiers avant de répondre.

— Bien sûr, je peux presser les choses. Mais ça prendra quand même du temps, tu sais.

— Fais fumer le moteur, alors.

— Ouais, la gomme va chauffer ! s'esclaffa Lauren. Pendant qu'on discute, je t'envoie mon rapport.

Nikki vérifia sur son écran et constata la présence du mail qui l'attendait.

— J'y ai ajouté une note. Le labo a passé au peigne fin la salle de torture – cheveux et poils en tous genres, comme tu peux imaginer –, mais ils ont aussi trouvé un petit morceau d'ongle.

Pour avoir examiné le prêtre mort alors qu'il était encore attaché, Nikki ne se rappelait pas qu'il ait eu un ongle cassé, ce que son amie corrobora.

— Je viens juste de vérifier le corps et il n'y a aucune trace d'ongle coupé.

— Alors, il appartient peut-être à la personne qui l'a tabassé, dit Heat. À moins qu'il ne provienne d'une séance précédente.Dans ce cas, il ne serait pas recevable au tribunal, mais il n'en demeurait pas moins une piste à explorer.

Avant de raccrocher, Lauren proposa de mettre également le turbo sur cette analyse.

***

— Alors, vous en êtes où ? demanda-t-elle en pénétrant dans la cabine audiovisuelle de fortune aménagée dans un ancien placard, où Raley visionnait les vidéos de surveillance des Délices du donjon.

— Ça roule, inspecteur, dit-il sans lever les yeux de l'écran. Il ne se passe pas tant de choses que ça, là-bas, alors, ça va vite.

— Voilà pourquoi vous êtes le roi de la surveillance.

Elle fit le tour de la table pour feuilleter les captures vidéo imprimées jusque-là par son enquêteur.

— Rien sur le père Graf ?

— Du tout. À ce propos, vous avez vu le type en laisse avec un masque de gogol à fermeture éclair sur la bouche ? On se croirait dans *Pulp Fiction*.

— Ou *Bêtes de scène*, fit Heat en examinant ladite photo.

À part l'équipe de nettoyage et Roxanne Paltz, Nikki ne reconnaissait aucun des visages sélectionnés par Raley. Elle reposa la pile de clichés à côté de l'imprimante.

— Je vais les montrer à la gouvernante au presbytère. Vous en avez encore pour combien de temps ?

Il appuya sur pause et se tourna vers elle.

— Excusez-moi, mais est-ce ainsi qu'on s'adresse à son roi ?

— Bon, d'accord. Vous en avez encore pour combien de temps... sire ?

— Accordez-moi vingt minutes.

Elle consulta sa montre. L'heure du déjeuner, pour ceux qui avaient la chance de pouvoir s'offrir ce luxe, était largement passée. Elle demanda à Raley quel genre de sandwich il voulait, puis annonça qu'elle serait de retour dans un quart d'heure. Dans le couloir, elle sourit en refermant la porte, anticipant ce qu'elle allait entendre :

— Comment ça ? J'ai dit vingt minutes !

Nikki aurait pu se faire livrer, mais elle avait envie de marcher, malgré le froid. Non, à cause du froid. Les événements l'avaient vidée, et quelque chose en elle réclamait de prendre l'air et de bouger. Comme le vent était un peu retombé, l'air était moins mordant, mais la température avait encore perdu quelques degrés, et ainsi le froid restait vif, une sensation qui la ravigotait. À l'angle de Columbus, elle entendit un craquement derrière elle qui la fit se retourner. Un gros 4 x 4 sortait tout doucement de la 82e pour tourner lui aussi à droite. L'un de ses énormes pneus avait écrasé dans le caniveau une plaque de verglas dont les éclats avaient giclé jusque sur le trottoir. Heat voulut voir qui pouvait bien encore conduire ce genre de mastodonte soiffard, mais elle n'en eut pas le temps. Le moteur rugit, et le 4 x 4 rejoignit la circulation qui l'avala aussitôt.

— Petite bite, grosse cylindrée ! fit un coursier en passant.

Ce qu'elle aimait New York et ces échanges intimes avec des inconnus, pensa Nikki.

Chez le traiteur, elle vérifia de nouveau ses mails sur son téléphone pendant que le serveur lui préparait ses deux bacon-crudités. Toujours rien de Rook depuis la dernière fois – juste avant qu'elle ne passe commande. Dans la boîte à condiments, elle prit deux sachets de miel en plus pour le thé glacé de Raley, puis vérifia encore son portable. N'y tenant plus, elle composa le numéro abrégé de Rook. Sans qu'une seule sonnerie ait eu le temps de retentir, elle se retrouva sur la boîte vocale. Tandis qu'elle écoutait le message d'annonce sans savoir encore ce qu'elle allait dire, un homme à côté d'elle ouvrit le journal en attendant son sandwich au thon, et Nikki se retrouva une fois de plus nez à nez avec Rook et sa bombasse d'agent souriant devant

Le Cirque. Heat raccrocha son téléphone sans laisser de message, régla la note et se précipita dans le froid glacial, se maudissant de s'être laissée aller à courir après un mec.

***

Sharon Hinesburg se lisait toujours comme un livre ouvert. Quand Heat arriva au presbytère sans s'annoncer, on aurait dit que son enquêtrice venait de sentir un remugle de lait caillé en ouvrant le frigo. Nikki s'en moqua. C'était déjà par susceptibilité mal placée qu'elle avait chargé Hinesburg de venir ici. Elle n'allait pas en plus s'inquiéter d'empiéter sur ses plates-bandes.

Sa décision de prendre les choses en main se trouva justifiée par le rapport que lui fit sa subordonnée. Après plusieurs heures passées sur place, tout ce que Hinesburg avait à offrir était une resucée des informations que Heat avait elle-même obtenues en bavardant avec la gouvernante ou que l'équipe du labo lui avait fournies. Nikki avait l'impression, d'ailleurs justifiée, que Hinesburg s'était contentée de regarder la télévision avec madame Borelli.

Pour autant, elle ne se déchaîna pas sur son enquêtrice. On ne changerait pas Hinesburg. Il ne servait à rien de passer ses nerfs sur elle, se dit Heat, qui s'en voulait d'avoir laissé les journalistes, la politique interne et le souci qu'elle se faisait pour son patron la détourner de cet interrogatoire jusqu'à cet après-midi.

— J'espère que cela ne vous dérange pas, madame Borelli, se lança Nikki en s'installant à la table de la cuisine, mais nous devons vous poser quelques questions tant que tout est encore frais dans votre esprit. Je comprends que vous traversez des moments difficiles.

La vieille dame frêle avait les yeux rouges et gonflés, mais le regard lucide et sans aucune faiblesse.

— Je tiens à vous aider à découvrir qui a fait cela. Je suis prête.

— Revenons sur la période qui a précédé la dernière fois que vous avez vu le père Graf. Et veuillez m'excuser si vous avez déjà abordé la question avec l'inspecteur Hinesburg.

— Non, elle ne m'a rien demandé de tout cela, affirma madame Borelli.

Hinesburg s'évertuait à feuilleter son calepin.

— Vous m'avez dit que vous l'aviez vu pour la dernière fois hier matin à dix heures ou dix heures et quart, intervint-elle, citant une information qui figurait déjà dans le signalement de personne disparue.

Mais Nikki se contenta de sourire à la vieille dame.

— Bien, partons de là.

Après une demi-heure d'interrogatoire sur les derniers jours et les dernières heures du père Graf, la série de questions distillées par Heat fit émerger une chronologie, non seulement du matin de la veille mais des semaines précédant la disparition du prêtre.

C'était un homme d'habitudes, du moins en début de journée. Debout à 5 h 30 pour la prière du matin, il ouvrait les portes de l'église à 6 h 30, rejoignait l'autel pour la messe à 7 heures, le petit-déjeuner étant servi par madame Borelli à 8 h 10 tapantes.

— L'odeur du bacon lui faisait abréger son sermon, déclara-t-elle, réconfortée par ce souvenir.

Le reste de la journée était consacré à la gestion de la paroisse, aux visites aux malades et aux réunions de plusieurs groupes dont il s'occupait. Selon la gouvernante, il n'avait pas dérogé à ces habitudes ces derniers jours. Enfin, presque.

— Plusieurs fois, il est sorti déjeuner à l'extérieur et est arrivé en retard pour le dîner, ce qui ne lui ressemblait pas.

Heat vida sa tasse de café et prit note.

— Tous les jours ?

— Laissez-moi réfléchir. Non, non.

Nikki patienta, puis nota les jours et les fois dont elle se souvenait tandis que madame Borelli lui remplissait de nouveau sa tasse.

— Et le soir ?

— Il prenait toujours les confessions de dix-neuf heures à dix-neuf heures trente, mais, dernièrement, il n'était pas très sollicité. Les temps changent, inspecteur.

— Et après la confession ?

La gouvernante rougissante réarrangea le bol de sucre et le pot de crème sur la table.

— Oh ! parfois, il lisait ou il regardait un vieux film à la télévision, ou alors il recevait les paroissiens venus lui demander conseil – les drogués, les femmes battues, ce genre de choses.

Sentant qu'elle éludait la question, Nikki s'y prit autrement.

— Il ne travaillait quand même pas tout le temps ? Que faisait-il pendant ses loisirs ?

Elle rougit davantage.

— Inspecteur, dit-elle au pot de crème, je ne voudrais pas dire du mal de lui ; après tout, ce n'était qu'un homme. Mais voilà, le père Gerry ne crachait pas sur l'alcool, il passait ses soirées et la majeure partie de ses nuits à boire du Cutty Sark, au Brass Harpoon.

Une autre piste à suivre. Même si cela ne menait à aucun suspect, s'il fréquentait régulièrement le même bar, il y avait forcément des amis, ou du moins des compagnons de boisson, qui en savaient peut-être un peu plus long sur une facette du prêtre dont la vieille dame ignorait tout.

Nikki en vint alors à la question délicate à laquelle elle ne pouvait se dérober :

— Je vous ai indiqué ce matin où nous avions trouvé le corps.

Madame Borelli eut un petit hochement de tête honteux.

— Savez-vous si le père Graf était... coutumier de ce genre d'endroits ?

Pour la première fois, elle lut la colère dans les yeux de son interlocutrice.

— Inspecteur, cet homme a fait vœu de célibat, souligna-t-elle, le visage gris comme la pierre, les yeux plongés dans ceux de Heat. C'était un homme de foi qui accomplissait l'œuvre de Dieu sur terre, il avait choisi une vie de pauvreté, de chasteté et d'obéissance.

— Merci, dit Nikki. J'espère que vous comprenez que je devais vous poser la question.

Elle revint sur ses notes.

— Je remarque qu'hier, dernier jour où vous l'avez vu, ainsi que le jour précédent, il est parti juste après le petit-déjeuner au lieu de présider à ses réunions et d'accomplir ses tâches de bureau habituelles. Vous savez pourquoi il a changé ses habitudes ?

— Hum, non. Il n'a rien dit.

— Vous lui avez posé la question ?

— Oui. Il m'a dit de me mêler de mes affaires, sur le ton de la plaisanterie, mais il ne plaisantait pas.

— Vous avez remarqué des changements d'humeur ?

— Absolument. Il était plus sec avec moi. Comme pour cette plaisanterie. Avec le père Gerry que je connaissais, j'aurais ri. Et lui aussi.

Elle pinça les lèvres.

— Il était vraiment tendu.

Heat ne put s'empêcher de revenir à la charge.

— Et vous avez une idée d'où cette tension pouvait provenir ?

Elle fit non de la tête.

— Quelqu'un s'est disputé avec lui ? L'a menacé ?

— Non, pas ces derniers jours, pour autant que je me souvienne.

Curieuse réponse de la part d'une femme qui semblait se souvenir de tout ce qui le concernait. Nikki nota d'y revenir plus tard.

— Des problèmes à l'église ?

— Il y a toujours des problèmes à l'église, fit-elle avec un petit rire.

— Rien qui ne sorte de l'ordinaire ? Des nouveaux ? Des inconnus, quelqu'un qui soit venu à une heure curieuse, quelque chose comme ça ?

Elle se frotta le menton et fit de nouveau non de la tête.

— Je suis désolée, inspecteur.

— Ce n'est rien, assura Nikki. Vous vous en sortez très bien.

La fatigue et le stress de cette journée traumatisante commençaient à peser sur la vieille dame. Avant qu'elle ne s'écroule, Heat ouvrit l'enveloppe de clichés que Raley avait tirés des captures vidéo des Délices du donjon. La gouvernante parut ravie de changer d'exercice. Elle nettoya ses lunettes, puis examina soigneusement chacun des visages avant de secouer la tête et de passer à la page suivante. Au bout d'un moment, Heat la vit réagir à une photo – il s'agissait plutôt d'une hésitation. Nikki lança un coup d'œil à Hinesburg, qui hocha la tête ; elle aussi l'avait remarquée.

— Quelque chose, madame Borelli ?

— Non, pas pour l'instant.

Pourtant, elle regarda de nouveau la photo avant de la tourner et de passer à la suivante. Quand elle eut terminé le paquet, elle déclara ne reconnaître aucun visage. Nikki eut toutefois le sentiment qu'elle n'allait peut-être pas tarder à avouer. Elles quittèrent la cuisine, et Heat demanda à madame Borelli si elle voulait bien lui montrer le presbytère afin qu'elle puisse voir par elle-même les choses qui avaient été dérangées.

— Où se trouvait la médaille de saint Christophe qui manque ?

— Dans la chambre, intervint Sharon Hinesburg pour faire bonne figure.

— Avant de monter là-haut, je voudrais vous montrer quelque chose, déclara madame Borelli.

Elle leur fit signe de la suivre dans le bureau, où elle indiqua une petite vitrine sur laquelle la télévision était posée.

— J'en ai parlé à vos experts. Quand ils sont arrivés, j'ai regardé partout et j'ai trouvé la porte de ce placard légèrement entrouverte. Alors, j'ai regardé à l'intérieur.

Nikki allait l'empêcher de l'ouvrir, mais elle constata que les empreintes avaient déjà été relevées sur la porte et la vitre. Il y avait deux étagères à l'intérieur. Celle du bas était remplie de livres – des poches comme des brochés. Celle du haut était entièrement vide.

— Toutes ses vidéos, disparues.

— De quelle sorte de vidéos s'agissait-il ? demanda Heat.

Elle remarqua que la télévision était posée sur un antique magnétoscope, relié par des cordons rouge, jaune et blanc au lecteur DVD compact se trouvant à côté.

— Un peu de tout. Il aimait les documentaires, et le *Civil War* de Ken Burns qu'on lui avait offert n'est plus là. Je sais qu'il avait *Air Force One*. « Descends de mon avion, camarade »... Il le repassait tout le temps.

Elle secoua la tête, sans doute parce que cela lui rappelait le prêtre, puis regarda de nouveau l'étagère vide.

— Voyons, il y avait aussi quelques émissions de la chaîne publique, essentiellement des chefs-d'œuvre du théâtre. Le reste, c'étaient des vidéos personnelles, filmées lors de mariages, que les gens lui avaient données. Il y en avait aussi qu'il avait tournées à certaines des manifestations auxquelles il avait participé. Oh ! L'enterrement du pape ! Il était allé exprès au Vatican. J'imagine que ça a disparu, ça aussi. Est-ce que cela peut avoir de la valeur, inspecteur, pour qu'on veuille le voler ?

Nikki répondit que tout était possible et lui demanda de bien vouloir mettre par écrit la liste de toutes les vidéos dont elle se souvenait, juste au cas où, par un hasard peu probable, l'une d'entre elles aurait refait surface chez quelqu'un ou au marché aux puces.

Comme les gars de l'identité avaient presque terminé à l'étage, elles pouvaient aller partout dans la maison, sauf au grenier, où ils travaillaient encore. Il y avait un point sur lequel l'inspecteur Hinesburg ne s'était pas trompée : madame Borelli était une gouvernante qui prenait son travail très à cœur. Elle savait où tout se trouvait, car c'était elle qui rangeait et veillait à ce que tout reste propre, épousseté et à sa place. Subtiles, les anomalies auraient échappé au simple visiteur. Mais pour cette femme qui allait jusqu'à égaliser les bords des sous-vêtements empilés dans les tiroirs et aligner les chaussures brillantes par terre dans le placard, les pompons tournés vers l'avant, le moindre dérangement représentait une « perturbation de la Force ».

Il apparut à l'œil exercé de l'inspecteur Heat que quelqu'un avait manifestement jeté un rapide coup d'œil au presbytère. En laissant le moins de traces possible, qui plus est. Il ne pouvait donc s'agir que d'un professionnel.

Cela ouvrait tout un nouveau champ de possibilités. En tout cas, cela jetait un doute certain sur l'idée que le prêtre avait pu mourir à cause d'une séance de domination qui avait mal tourné.

Nikki préférait ne pas devancer l'enquête, mais toutes ces tortures, plus la fouille du presbytère, suggéraient que l'affaire n'était peut-être pas une question d'ordre sexuel, qu'elle avait peut-être plus à voir avec la recherche d'une chose précise. Mais quoi ?

D'ailleurs, qu'était venu chercher le capitaine Montrose ?

Heat rejoignit le responsable de la police scientifique, Benigno DeJesus, qui sortait de la salle de bain du père Graf, où il venait de mettre sous scellés les médicaments du placard. Le résumé de ses trouvailles corroborait les déclarations de madame Borelli : les vidéos manquantes, les vêtements déplacés, les portes entrebâillées et la médaille disparue.

— Autre chose, annonça DeJesus.

Sur la commode du prêtre, il indiqua la boîte en velours brun foncé dont on apercevait la doublure en satin fauve.

— C'est là que se trouvait le saint Christophe ? demanda Nikki.

— Oui, dit madame Borelli derrière elle. Elle signifiait tellement pour le père.

L'expert souleva la boîte vide.

— Il y a autre chose d'un peu curieux.

Heat connaissait et appréciait l'inspecteur DeJesus, avec qui elle avait assez souvent travaillé sur les scènes de crime pour savoir interpréter ses euphémismes. Quand Benigno qualifiait quelque chose d'un peu curieux, il fallait dresser l'oreille.

— Sous le napperon. C'est bon, j'ai relevé les empreintes, tout est enregistré et photographié, ajouta-t-il en voyant Heat hésiter.

Nikki souleva le chemin de table en dentelle qui couvrait la commode. Dessous, il y avait un petit morceau de papier, juste à l'endroit où la boîte du saint Christophe était posée. À l'aide d'une pince à épiler, DeJesus s'en saisit pour le lui montrer. Elle put lire un numéro de téléphone écrit à la main.

— Madame Borelli, vous connaissez ce numéro ? demanda Heat.

L'expert fit glisser le papier dans un sachet en plastique transparent et le déposa dans sa paume ouverte pour qu'elle puisse le voir. Elle fit non de la tête.

— Et l'écriture ? demanda Heat.

— Vous voulez savoir si c'est celle du père Graf ? Non. Ni la mienne. Je ne connais pas cette écriture.

Heat était en train de noter le numéro de téléphone dans son calepin quand l'un des autres techniciens surgit à la porte et fit un signe de tête à DeJesus. Il repartit dans le couloir, puis reparut.

— Inspecteur Heat ? Vous pouvez venir ?

***

Le grenier présentait un escalier en bois que l'on tirait du plafond. Nikki rejoignit DeJesus et le technicien qui étaient accroupis à côté d'un vieux minifrigo dans le rond de lumière projeté par un portable. Ils s'écartèrent pour lui permettre de voir par elle-même.

— J'ai remarqué qu'il avait été récemment ouvert, d'après les traces dans la poussière par terre, mais il n'est pas branché, expliqua le technicien.

À l'intérieur, elle vit trois boîtes de biscuits en métal carrées empilées sur les grilles blanches des étagères. DeJesus souleva le couvercle de l'une d'entre elles. Elle était remplie d'enveloppes.

L'expert en sortit une pour qu'elle l'examine. Comme toutes les autres, elle servait à collecter de l'argent pour la paroisse. Et elle était remplie de billets.

— Ça mériterait peut-être une analyse, suggéra Benigno.

***

En fin de journée, l'inspecteur Heat rassembla sa brigade pour réactualiser le tableau. Ce rituel servait non seulement à récapituler les informations disponibles, mais il donnait aussi l'occasion à Nikki et à son équipe de confronter leurs théories. Elle avait déjà noté les déplacements du père Graf sur la frise chronologique, y compris les heures dont on ignorait tout pour la veille et le jour de sa disparition.

— Il n'y a rien dans son calendrier qui puisse nous aider. Si on avait son portefeuille, on pourrait examiner sa carte de métro pour savoir à quelles stations il s'est arrêté, mais, pour l'instant, il n'a pas été retrouvé.

— Et ses mails ? proposa Ochoa.

— Excellente suggestion, fit Heat. Pourquoi ne pas

passer prendre son ordinateur au labo dès qu'ils en auront fini ? Vous savez exactement ce qu'il faut chercher, je n'ai rien besoin de vous apprendre.

Elle eut beau s'efforcer d'éviter Hinesburg du regard, elle finit par le poser sur elle et nota son air râleur avant de se retourner pour inscrire *Mails de Graf* sur le tableau.

Raley fit son rapport. Sur les instructions de Heat, il s'était rendu aux Délices du donjon pour soumettre ses captures vidéo à Roxanne Paltz. La patronne avait identifié les trois dominatrices travaillant chez elle, les deux anciennes et l'actuelle. Quant aux hommes, soit elle ne les connaissait pas, soit elle ne voulait rien dire. Ensuite, de sa propre initiative, l'inspecteur Raley avait frappé aux portes dans le quartier du Donjon pour montrer les photos aux petits commerçants et aux portiers.

— Ça n'a rien donné, à part de belles engelures pour ma pomme. La température est descendue à moins dix-huit aujourd'hui.

Le tour de Dungeon Alley n'avait abouti à rien non plus. Les inspecteurs Ochoa, Rhymer et Gallagher avaient couvert les principaux clubs de BDSM répartis sur une vingtaine de rues entre Midtown et Chelsea, et aucun des employés ni des clients rencontrés n'avait reconnu la photo du prêtre.

— Peut-être que quelqu'un ment ou alors Graf était discret, dit l'inspecteur Rhymer.

— Ou ces pratiques n'étaient pas son genre, rebondit Gallagher.

— Ou alors, ajouta Nikki, nous n'avons pas encore trouvé le bon interlocuteur.

Elle leur parla du bout de papier caché sous le napperon en dentelle.

— On a vérifié le numéro de téléphone. C'est celui d'un club de striptease masculin.

— Tiens, tiens ? Et avec qui avez-vous procédé à cette vérification – Rhymer ? Inutile de nier, Opossum, reprit Ochoa quand les rires eurent cessé, les pires sont toujours ceux qui ont l'air le plus propre sur eux.

— Ne l'écoute pas, Opossum, renchérit Raley. Miguel t'en veut uniquement parce que tu ne lui as glissé qu'un seul malheureux dollar dans le string, la dernière fois.

Heat déclara que, puisque Raley et Ochoa semblaient si bien informés, ils n'avaient qu'à se rendre eux-mêmes sur place pour montrer la photo de Graf. Après un chœur de taquineries adressé aux Gars, elle finit de récapituler les objets disparus au presbytère.

L'inspecteur Rhymer, de la brigade des cambriolages, se demandait si les vidéos avaient été volées parce qu'il s'agissait de porno.

— Si le prêtre s'adonnait à des activités... pas très catholiques... peut-être qu'il y avait des choses gênantes pour quelqu'un d'autre sur ces vidéos.

Heat reconnut que cela était possible et ajouta l'idée sur le tableau, à la rubrique *Thèses*, sous l'intitulé : *Vidéos pornos accablantes ??* Ensuite, elle déclara que certaines choses lui donnaient quand même envie d'élargir les recherches.

À peine avait-elle prononcé ces mots qu'elle perçut un mouvement dans le bureau vitré au fond de la salle. Le capitaine Montrose s'était levé de son bureau ; il se posta derrière la porte pour l'écouter.

— À partir de demain, annonça Heat, je veux qu'on creuse à la paroisse. On ne va pas se contenter des paroissiens qui pourraient avoir un mobile, il faut aussi examiner toutes les autres activités que le père Graf pouvait avoir. Les clubs, les manifestations en soutien aux immigrés, même les campagnes de charité et les collectes de fonds.

Puis elle leur parla de l'argent caché au grenier, dont le montant s'élevait à près de cent cinquante mille dollars. Le tout en coupures de moins de cent, dans des enveloppes de collecte pour la paroisse.

— Je vais prendre contact avec l'archidiocèse pour voir s'ils soupçonnaient un détournement de fonds. Qu'il s'agisse de fraude ou d'un héritage ou, je ne sais pas, d'un gros lot secret – quelle que soit la manière dont cet argent a atterri dans son grenier –, il faut éliminer la possibilité que quelqu'un soit après et ait essayé de lui faire dire où il était. Mais, avertit-elle, il est encore trop tôt pour ce petit plaisir-là parce qu'il y a d'autres choses à vérifier. Disons simplement que c'est l'une des nombreuses raisons pour lesquelles il faut élargir nos horizons. Puis elle leur fit part des résultats de l'autopsie.

— Le plus frappant, expliqua-t-elle, c'est la dose d'électricité que la victime a reçue avant de mourir. On utilise le TENS, à petites doses dans certains jeux de torture. Mais, compte tenu de ses brûlures et de sa crise cardiaque, il ne s'agissait sans doute pas d'un jeu.

Le silence se fit dans la salle, un calme comme Nikki n'en avait pas revu depuis qu'elle était arrivée pour faire de la lumière ce matin. Elle savait ce que chacun des membres de la brigade éprouvait. Tous repensaient aux dernières minutes vécues par le père Gerald de Graf sur cette croix de Saint-André. Heat les regarda, sachant que, même pour ce groupe de langues bien pendues, aucun humour de flic n'aurait pu triompher de la compassion qu'ils ressentaient pour la souffrance d'un autre être humain.

— Comme dans n'importe quelle agression, reprit Nikki en douceur, consciente de l'humeur ambiante, les auteurs se comportent toujours de la même façon. Je vérifie déjà d'autres agressions comparables, en particulier celles qui impliquent le même genre de brûlures électriques.

— Inspecteur Heat.

Toutes les têtes se tournèrent vers la voix au fond de la salle. Pour beaucoup, cela faisait une semaine qu'ils ne l'avaient pas entendue.

— Capitaine ? dit-elle.

— J'aimerais vous voir dans mon bureau. Immédiatement, ajouta-t-il avant de retourner à l'intérieur.

***

Nikki enroula sa jambe autour de son mollet et le fit basculer. Don tomba lourdement sur le tapis bleu du gymnase.

— Eh ben, Nikki, t'as mangé du lion ce soir ?

Elle lui tendit la main pour l'aider à se relever. À mi-chemin, Don voulut faire le malin et tenta de la renverser, mais elle lut son intention dans ses yeux et fit la roue sans lui lâcher la main. Puis elle lui tordit le pouce, le fit rouler en arrière et finit le genou appuyé sur son dos. L'après-midi, quand elle avait reçu le texto de son partenaire de combat, son ancien entraîneur personnel, Nikki avait décliné l'offre. Sa journée l'avait hachée menu et, tout ce qu'elle voulait, c'était rentrer chez elle et se plonger dans un bon bain en espérant se coucher tôt pour oublier l'affaire ainsi que Rook.

Et puis il y avait eu cette dernière réunion avec Montrose. Heat en était sortie avec le sentiment d'être piégée, frustrée, mais surtout déchirée.

La première chose qu'elle avait faite avait été d'attraper son portable pour envoyer un texto à Don lui disant que, finalement, elle ferait bien un peu d'exercice.

Le pauvre Don ne tint debout que deux secondes environ avant que Heat ne le fasse de nouveau tomber.

Lors de cette réunion, Nikki avait découvert un Montrose qu'elle ne connaissait pas. Tout en passant derrière elle pour regagner son bureau après avoir fermé la porte, il lui avait reproché de s'égarer dans l'affaire. Elle l'avait écouté sans pouvoir détacher les yeux du pansement à son doigt, se demandant à qui pouvait appartenir le sang sur le collet romain si ce n'était celui du prêtre.

En sueur, Don gagna l'angle du gymnase pour s'essuyer le visage. Nikki sautillait au centre du tapis, pleine d'énergie, prête à en découdre.

— Je croyais que nous avions convenu, cet après-midi, que vous continueriez de creuser la piste du bondage dans cette affaire, avait dit son capitaine. Que se passe-t-il ? Vous avez pris des hallucinogènes au déjeuner et, du coup, décidé de changer votre fusil d'épaule ?

Qui était cet homme qui lui parlait sur ce ton ? s'était-elle demandé. Son mentor, qui l'avait conseillée et protégée toutes ces années ? Elle ne le considérait peut-être pas comme le père qu'elle n'avait jamais eu, mais certainement comme un oncle.

Don essaya de feinter. Il secoua les bras pour se libérer, se fit tout mou pour mieux la surprendre ensuite. Mais quand il bondit en baissant l'épaule gauche à hauteur de sa taille pour tenter de la plaquer en se redressant, elle s'écarta et éclata de rire en le voyant brasser de l'air et atterrir par terre la tête la première.

— J'ai commencé à rassembler des informations qui m'ont amenée à réfléchir, capitaine, lui avait-elle expliqué tout en se demandant quoi lui dire et quoi garder pour elle – chose qui ne l'avait jamais effleurée auparavant avec lui.

— Comme quoi ? Parler à tous ses paroissiens pour voir qui trouvait que ses sermons manquaient d'humour ? Interroger les membres de ses Chevaliers de Colomb ? Aller à l'archidiocèse ?

— Il y a cet argent qu'on a trouvé, avait-elle dit.

— Il y a cet accord entre nous, avait-il rétorqué.

Puis Montrose s'était un peu calmé, et elle avait entrevu l'ancien capitaine.

— Nikki, je suis responsable de ce qui se passe ici et je vous vois pédaler dans la choucroute. Vous êtes une excellente enquêtrice. Je vous l'ai déjà dit. Vous êtes intelligente, intuitive, vous travaillez dur... Je n'ai jamais vu meilleur que vous pour trouver la chaussette dépareillée. S'il y a un aspect dans une affaire ou une scène de crime qui vous paraît louche, le moindre élément de travers, vous le voyez.

Puis cette phase fut terminée.

— Mais je ne sais pas ce qui vous prend aujourd'hui. Vous avez une demi-journée de retard sur l'interrogatoire d'un témoin clé, et ce, après y avoir envoyé Hinesburg par erreur de jugement. Je dis bien par erreur de jugement.

Don pédala en l'air en basculant par-dessus l'épaule de Heat. Elle arrondit le dos et, la tête toujours rentrée, se mit sur un genou pour le relâcher. Ainsi recourbée, elle ne le vit pas atterrir. Mais le sol trembla.

— Je suis d'accord, j'aurais dû me rendre au presbytère plus tôt.

Heat s'en était tenue là. Elle s'était rappelé son aller-retour à la morgue, circulation comprise, son retard à cause de ce coup de téléphone de l'adjoint administratif du One Police Plaza et, bien sûr, cet ancien dossier d'homicide qu'elle avait pris la peine de lire.

Mais si elle était allée plus loin pour se justifier, cela n'aurait servi qu'à donner l'impression qu'elle était sur la défensive.

C'était suffisamment dur ainsi. Assez dur de faire comme si elle n'avait pas vu ce qu'il y avait dans ce dossier. Que l'enquêteur chargé du meurtre de Huddleston en 2004 n'était autre que le jeune inspecteur Charles Montrose.

— Oui, vous auriez dû, mais vous ne l'avez pas fait. Cela ne vous ressemble pas, inspecteur. C'est cette affaire de promotion qui vous rend distraite ?

Puis, après lui avoir laissé le temps de digérer, il s'était penché en avant sur son buvard, mains croisées de sorte que son pansement avait de nouveau sauté au nez de Nikki.

— Ou bien vous étiez débordée, trop occupée à faire autre chose, à bavarder avec les journalistes, par exemple ? balança-t-il alors.

Heat aurait pourtant dû le savoir : impossible d'avoir une vie privée au poste.

— Permettez-moi de vous assurer une chose, capitaine. Ma conversation avec cette journaliste s'est limitée à des variations sur le thème du fameux « sans commentaire ».

Soutenant son regard pour l'assurer qu'elle disait la stricte vérité, elle prit une décision. Ce n'était pas le moment de l'interroger sur l'affaire Huddleston. Pour l'instant, son patron n'avait même pas besoin de savoir qu'elle avait demandé à sortir le dossier.

Elle espérait juste que l'orage passe pour pouvoir se concentrer sur son travail et vaquer à son gré.

— Veillez à continuer ainsi, avait-il fini par ajouter. Je connais la presse. Surtout les spécialistes des questions pièges. Vous croyez peut-être que je ne les ai pas tous sur le dos ? Sans compter les pressions internes ! Ni les branleurs de la municipalité ! Je vais vous dire ce dont je n'ai pas besoin, inspecteur Heat, c'est d'une raison de plus pour qu'on me saute sur le paletot et surtout pas à cause de vous.

Il avait pris un ton posé, rendant ses mots encore plus mordants.

— Sachez-le : je vous retirerai l'affaire si vous vous éparpillez. Tenez-vous-en au BDSM. Me suis-je bien fait comprendre ?

Interloquée, elle s'était contentée de hocher la tête.

— Si vous faites capoter cette affaire, ce sera très mauvais pour moi, avait-il ajouté quand elle avait posé la main sur la poignée de la porte. Et très mauvais pour vous aussi.

Heat était partie en se demandant s'il s'agissait d'un conseil ou d'une menace.

***

En lui proposant de venir s'entraîner ce soir-là, Don avait ajouté une autre invitation. Celle de passer la nuit ensemble. Cela leur arrivait parfois mais de moins en moins. Au fil du temps, sans tambour ni trompette, l'entraîneur de jiu-jitsu brésilien de Nikki était aussi devenu son amant.

Au début, il y avait des années, cela leur convenait parfaitement. Ni l'un ni l'autre n'était engagé dans une relation ; ils s'appréciaient l'un l'autre, tous les deux étaient de grands amateurs d'activité physique et ravis de ne pas laisser leurs ébats sortir du cadre du gymnase ou de la chambre. Leurs occasionnelles parties de jambes en l'air étaient athlétiques et dépourvues de passion. Avec l'arrivée de Rook, tout avait changé pour Nikki. Ce n'était pas une question de monogamie, il s'agissait d'autre chose. Quelque chose qu'elle ne pouvait – ou ne voulait – formuler vraiment. Depuis la canicule, Don et Nikki avaient cessé de prolonger leurs ébats dans la chambre. Il avait bien tenté quelques invitations de temps à autre, mais elle les avait déclinées sans la moindre explication, ce qui faisait également partie de leurs règles tacites.

Ce soir-là, après la raclée qu'elle lui avait administrée, il l'avait de nouveau invitée avant qu'ils ne rejoignent leur vestiaire respectif. Pour la première fois depuis longtemps, Nikki avait été tentée. Non, plus que tentée. Elle avait failli dire oui.

Tandis qu'elle rentrait chez elle à pied, elle réfléchissait à ses sentiments. Sur le point de proposer : « Chez moi », elle avait refusé en imaginant la suite. Le mois passé sans Rook avait été long tant sur le plan émotionnel que physique. Elle aurait facilement pu passer la nuit avec Don sans que ni lui ni Rook ait eu quoi que ce soit à redire. Mais son refus lui était venu pour les mêmes raisons que les fois précédentes. Pourquoi ? Se sentait-elle engagée maintenant vis-à-vis de Rook ? Sans doute aurait-elle répondu différemment avant qu'il ne parte. La question était devenue d'autant plus pesante avec cette photo prise devant Le Cirque et tout ce qu'elle signifiait. La question était de savoir quel genre de relation elle comptait avoir avec Rook quand – si cela arrivait – ils se reverraient. Si elle avait couché avec Don ce soir-là, ç'aurait été par vengeance.

Ce qui aurait sûrement été égal à Don, même s'il l'avait su. Mais pas à elle. Ce n'était pourtant pas la raison. Si elle avait dit non à Don, c'était pour remettre la réflexion à plus tard.

Ou peut-être était-ce plus transparent que cela. Peut-être savait-elle que la dernière chose qu'elle souhaitait, c'était se compliquer la vie alors qu'elle était déjà bien assez stressée. Bon sang, quelle journée ! Ce qu'il lui fallait, c'était une nuit de repos et un peu de détente.

Elle pensait déjà à son bain, à la mousse parfumée à la lavande. Une autre chose pouvait lui apporter la distraction dont elle avait besoin : dans Park Avenue Sud, Nikki s'arrêta au kiosque à journaux au coin de sa rue pour acheter une poignée de journaux à scandales et de revues people. Hok, le vendeur, la salua tout spécialement en lui faisant un clin d'œil comme il avait commencé à le faire le jour où Heat s'était retrouvée en couverture de *First Press* à cause de l'exaspérant article de Jameson Rook intitulé « Vague de chaleur et vague de criminalité ».

Tout en comptant sa monnaie, car Hok affichait un large sourire quand on lui remettait le montant exact, Nikki perçut l'odeur de pot d'échappement d'un véhicule dont le moteur tournait.

— Hok, comment arrivez-vous à supporter ça ?

Il fit la grimace et se ventila le visage. Elle regarda d'où provenait l'odeur. Un gros 4 x 4 était garé un peu plus loin, le long du trottoir. Au moment où elle se retournait pour payer le vendeur, l'expression « petite bite, grosse cylindrée » lui revint à l'esprit. Elle se retourna de nouveau vers le 4 x 4. Il ressemblait tout à fait à celui qu'elle avait croisé en allant chez le traiteur – peinture gris métallisé et pneus larges –, mais celui-ci était un peu différent. L'immatriculation. Dans son souvenir, il s'agissait d'une plaque du New Jersey. Celle-ci correspondait à l'État de New York. Hok lui proposa un sac en plastique, qu'elle déclina d'un geste de la main. En quittant le kiosque, elle fut surprise de constater que le 4 x 4 était parti. Elle arriva au coin de la rue juste à temps pour voir ses phares disparaître dans la circulation.

En marche arrière ?

Nikki pivota sur elle-même pour observer les alentours. Rien de curieux. Enfin, rien d'autre de curieux. Elle n'était qu'à une rue de chez elle. Elle défit son imperméable, retira le gant de sa main droite et se mit en marche, les yeux et les oreilles en alerte.

Sa rue était tranquille. Pas une voiture en vue. Dans le calme frigorifique, elle s'arrêta brièvement pour tendre l'oreille et percevoir le moindre ronron de moteur. Rien. Clés en main, elle grimpa d'un pas rapide les marches menant à l'entrée.

Rien à signaler.

Heat ouvrit et entra. D'instinct, elle délaissa l'ascenseur pour éviter un piège éventuel et gagna son étage par l'escalier, s'arrêtant de temps à autre pour tendre l'oreille avant de poursuivre.

À son étage, elle balaya du regard le couloir dans les deux sens. Il était vide. Elle entra, tira le verrou derrière elle et expira. Était-ce de la paranoïa ? Le stress de cette journée particulièrement merdique ? Ou était-elle vraiment suivie ? Dans ce cas, pourquoi ? Et par qui ? se demanda-t-elle.

Devant le placard de l'entrée, tandis qu'elle cherchait un cintre pour son imperméable, elle entendit un bruit dans la cuisine, derrière. Un léger bruit. Peut-être le crissement d'une chaussure ?

Heat dégaina son Sig. L'arme dans la main droite, elle avança en tenant son imperméable dans la gauche. Elle s'arrêta, inspira lentement, compta jusqu'à trois dans sa tête, puis balança l'imperméable à l'angle. Elle le suivit accroupie, tenant l'arme à deux mains.

— Police, on ne bouge plus ! cria-t-elle.

L'homme piégé cessa de lutter avec l'imperméable et leva les mains en l'air. Avant même qu'il n'ouvre la bouche, Heat sut de qui il s'agissait. Elle lui dégagea la tête et il lui adressa un sourire honteux.

— Surprise ?! fit Rook.

QUATRE

— Baisse les bras, Rook, tu es ridicule, dit Heat. Bon sang, à quoi tu jouais au juste ?

— Je me précipitais dans tes bras. Du moins, je le croyais.

— J'aurais pu te tuer, tu sais ? dit-elle en rangeant son Sig.

— Je m'en rends compte. Ça aurait un peu jeté un froid sur mon retour à la maison. Sans compter toute la paperasserie que tu aurais eu à remplir. C'est mieux ainsi pour nous deux, tu crois pas ?

Il fit un pas pour sortir de la cuisine et l'embrasser, mais il s'arrêta en la voyant croiser les bras.

— Tu as vu le journal ?

— Bien sûr que j'ai vu ce maudit journal. Et, au cas où je ne l'aurais pas vu, la moitié de New York a pris un malin plaisir à me l'agiter sous le nez. À quoi tu joues exactement ?

— Justement, c'est pour ça que je suis passé. Pour t'expliquer de vive voix.

— Tu as intérêt à avoir une bonne explication !

— Bon, se lança-t-il. Mon agent et moi avions un dîner d'affaires très important hier soir. Un grand studio a sélectionné mon article pour un film sur la Tchétchénie.

Malgré le manque d'enthousiasme de Nikki, il continua :

— Donc... comme je venais juste de rentrer... on est sortis dîner pour que je signe les contrats. Je n'imaginais pas qu'on allait nous prendre en photo.

— Et quand es-tu rentré exactement ? demanda-t-elle.

— Hier. Tard. J'ai pisté cet argent et la cargaison d'armes de Bosnie jusqu'en Afrique, puis en Colombie et au Mexique.

— Très bien, dit Heat. Voilà qui couvre généreusement les trente derniers jours. Mais quid des trente dernières heures ?

— Bon sang, toi et tes interrogatoires...

Il eut un petit rire, mais se heurta à un mur.

— Je peux tout t'expliquer.

— Je suis tout ouïe, Rook.

— Euh, tu sais déjà pour le dîner.

— Au Cirque, oui. Ensuite ?

— Le reste, c'est simple, en fait. J'ai pioncé, pour l'essentiel. J'ai dû dormir treize ou quinze heures d'affilée. Premier vrai lit depuis des semaines.

Il parlait plus vite maintenant, évitant les silences qui l'auraient rendu vulnérable.

— Et après, j'ai écrit comme un malade – ni téléphone ni télé – juste écrit. Et puis je suis venu ici.

— Tu ne pouvais pas appeler ?

Nikki détesta ce cliché avant même de le laisser échapper, mais ensuite elle décida que personne n'était mieux placé qu'elle à cet instant pour le dire.

— Tu vois, c'est parce que tu me connais mal. C'est ma façon de fonctionner, tu sais, de me couper de tout, comme ça. Il faut que je couche tout par écrit tant que c'est encore frais dans ma tête et que mes notes ont encore un sens à mes yeux. C'est comme ça que je travaille, conclut-il à la fois pour s'expliquer et se justifier. Mais ce soir, quand je suis tombé sur le journal, j'ai su que tu allais mal le prendre ; alors, j'ai tout laissé en plan pour me précipiter chez toi, tel un prince charmant sur son beau destrier. Je te l'accorde, ce n'est pas exactement un cheval blanc mais un taxi que j'ai pris. Ça compte quand même, non ?

— Pas sûr que ça suffise.

Nikki ramassa son imperméable et le déposa sur le dossier du tabouret de bar pour se laisser le temps de réfléchir.

À ses yeux, tout cela n'effaçait pas le mois de stress qu'elle venait de traverser ni les plumes qu'elle y avait laissées. Toutefois, son côté terre à terre, qui en faisait l'adulte dans le couple, envisageait déjà l'avenir au-delà de l'instant.

Rook se racla la gorge.

— Il y a encore une chose que je dois te dire. Et je sais qu'on n'avancera pas tant que je ne l'aurai pas dite.

— Ah...

— Je voudrais te présenter mes excuses, Nikki. Pas juste te dire : « Euh, désolé. » Je suis sincère. Excuse-moi.

Il marqua une pause, soit pour lui laisser le temps de digérer, soit pour réfléchir à la suite.

— Tout ça est encore nouveau pour nous deux, reprit-il. Toi et moi, on avait déjà nos vies quand on s'est rencontrés, des casseroles, une carrière, nos travails. Tous les deux. Pour ce voyage que j'ai dû faire, c'était la première fois depuis qu'on est ensemble que tu voyais ce qu'est mon vrai travail. Moi, j'ai l'avantage de t'avoir accompagnée en patrouille. Du coup, ta vie n'a plus de secrets pour moi. Tandis que moi, je suis journaliste d'enquête. Pour bien faire ce travail, je passe de sacrés bouts de temps dans des endroits où personne d'autre n'a les couilles d'aller et dans des conditions que la plupart des journalistes ne supporteraient pas. C'est pour cette raison que j'ai disparu de la circulation pendant mon article. Je t'avais dit, avant de partir, que ça risquait d'arriver. Mais ce n'est pas une excuse pour ne pas t'avoir appelée une fois hors de danger. La seule explication que je peux donner te paraîtra peut-être un peu mince, pourtant, c'est la vérité. Quand je rentre de mission, c'est toujours pareil : je m'enferme pour roupiller, je dors comme un loir et puis j'écris comme un dément. Ça a toujours été comme ça. Ça fait des années. Mais maintenant... je me rends compte que c'est différent maintenant. Je ne suis plus tout seul. Alors, si je le pouvais, je reviendrais vingt-quatre heures en arrière, mais c'est impossible.

Ce que je peux faire, en revanche, c'est te dire que, quand je te regarde maintenant et que je vois à quel point je t'ai blessée par mon manque de sensibilité, je perçois une douleur que je ne veux plus jamais te faire subir.

Il prit le temps de laisser reposer.

— Nikki, je te présente mes excuses, conclut-il. J'ai eu tort. Et j'en suis désolé.

Lorsqu'il eut terminé, ils restèrent tous les deux debout, face à face dans l'entrée, à se regarder en silence à moins d'un mètre l'un de l'autre – l'un espérant avoir franchi le fossé qui les séparait, l'autre essayant d'en décider. La sensation de chaleur que Nikki avait subitement éprouvée la submergea et décida pour elle. Elle l'irradia jusqu'à lui faire perdre tout contrôle. Rien ne pouvait plus l'arrêter ; l'ici et maintenant devinrent plus forts que tout.

Rook le perçut, ou peut-être avait-il la même sensation. Peu importe – peu importe aussi lequel des deux fut le premier à se jeter sur l'autre, bouche contre bouche, pour l'embrasser goulûment en cherchant à se coller davantage.

Sans regarder, elle posa d'une main l'étui de son arme sur le plan de travail. Sans cesser de l'embrasser, pressé tout contre elle, il déboutonna son chemisier du bout des doigts.

Quand ils finirent par reprendre leur souffle, chaque bouffée d'air se fit plus passionnée. Lèvres scellées et langues pressantes, il ne fut plus question que de donner et de recevoir dans cette volonté partagée d'assouvir le désir. À petits pas, il voulut l'entraîner dans la chambre à reculons.

Mais Nikki n'avait pas encore dit son dernier mot. Elle fit basculer Rook par-dessus le dossier du canapé et atterrit sur lui. Il lui passa la main dans le creux des reins pour l'attirer à lui. En réponse, Nikki se pressa contre lui.

Ensuite, elle se redressa et, à genoux, entreprit de lui défaire sa ceinture.

Alors, le corps à corps reprit de plus belle.

***

Après, Nikki s'assoupit, s'autorisant enfin le luxe de lâcher prise, de s'enfoncer au plus profond des coussins du canapé, ses cuisses nues enroulées autour des magnifiques fesses de Jameson Rook. Lentement réveillée une heure plus tard, elle paressa encore quelques instants à le regarder travailler sur son ordinateur portable, assis au comptoir, en chemise et caleçon Calvin Klein.

— Je ne t'ai même pas entendu te lever, dit-elle. Tu as dormi ?

— Non, je suis trop sur les nerfs. Je ne sais même plus dans quel fuseau horaire on est.

— Et le sexe, ça t'aide à écrire ?

— Oh ! ça ne nuit pas.

Il s'interrompit pour se tourner vers elle avec un large sourire, puis revint à son ordinateur.

— Mais en fait, je n'écris pas vraiment. Je télécharge juste des pièces jointes que je me suis envoyées par mail et que je veux sauvegarder. J'en ai pour une seconde, à moins que... ?

— Tu t'envoies des mails ? Rook, si tu te sens seul, tu n'as qu'à le dire, je peux t'en envoyer, moi.

— Je fais toujours une sauvegarde des docs que je crée sur l'iPad et des notes que je prends sur mon smartphone en me les envoyant par mail, expliqua-t-il sans cesser de pianoter sur son clavier. Comme ça, si mon iPad fait un plongeon dans l'eau ou si mon téléphone m'est confisqué par un affreux de l'ancien bloc de l'Est... ou si je l'oublie dans le train comme un idiot... je ne perds pas tout.

D'un geste théâtral, il double-cliqua sur le pavé tactile.

— Voilà, c'est fait.

Après avoir refait l'amour, dans la chambre cette fois, Heat et Rook se tenaient dans les bras l'un l'autre dans le noir. Sentant un filet de sueur couler entre ses seins, Nikki se demanda s'il s'agissait de la sienne à elle ou de celle de Rook. Elle suivit son parcours méandreux et sourit. Quel plaisir, après un mois de séparation, de se retrouver ainsi, à ne plus savoir à qui cette sueur appartenait !

***

Quand la faim les prit, elle se demanda à voix haute qui pourrait encore accepter de faire une livraison après minuit, mais Rook était déjà en train de chercher un pantalon dans sa valise.

— Tu ne vas quand même pas sortir ! s'exclama-t-elle. La météo a annoncé moins dix-huit pour cette nuit.

Sans un mot, il tendit simplement sa robe de chambre à Nikki et la guida vers la cuisine. Il ouvrit la porte du réfrigérateur et en sortit une demi-douzaine de plats à emporter.

— Rook, c'est quoi tout ça ?

— Je suis tombé sur Samba-Sushi en venant.

Il posa un plat de chaque sur le plan de travail.

— Alors, on a un maki Samba, un Bobo Brazil, un Green Envy...

Il s'interrompit pour ronronner comme un chat.

— ... et un sashimi de thon.

— Oh là là ! fit Nikki. Et de la sériole en ceviche ?

— Je te connais ! Margarita, *señorita* ?

— *Sí*, s'esclaffa-t-elle en se rappelant que cela faisait bien longtemps qu'elle n'avait pas ri.

Rook posa le pichet qu'il avait préparé.

— Imagine un peu l'ironie, fit-il tout en salant deux verres. Je survis à quatre semaines d'atterrissages en pleine nuit dans la jungle à bord d'avions-cargos clandestins, de mises en détention multiples par des douaniers corrompus, de passages à tabac par les sbires toxicos d'un baron de la drogue colombien parano pour finir dans le coffre de sa Cadillac, et je me serais fait descendre chez ma petite amie !

— C'est pas drôle, Rook, j'avais vraiment les nerfs à vif. Je crois qu'on m'a suivie ce soir.

— T'es sérieuse ? Tu as vu qui c'était ?

— Non. D'ailleurs, je n'en suis pas sûre à cent pour cent.

— Si, tu l'es, affirma-t-il. Tu devrais appeler Montrose.

Il fut un temps où c'est exactement ce qu'elle aurait fait. L'inspecteur Heat aurait informé son capitaine, puis vivement refusé son offre d'envoyer une patrouille stationner devant chez elle (ce qu'il aurait fait de toute façon, sans tenir compte de ses protestations).

Ce n'était pas son incertitude qui l'en empêchait, mais le fait qu'il ait mis en cause son jugement et ses qualités de chef. Sans compter sa propre maladresse face aux suspicions qui planaient sur le capitaine.

— Non, dit-elle. C'est trop bizarre en ce moment avec lui. Un peu tendu.

— Avec Montrose ? Toi ? Qu'est-ce qui se passe ?

— Beaucoup trop long à t'expliquer maintenant, soupira-t-elle en appréciant ce répit après une journée aussi difficile. Ce n'est pas que je ne veuille pas t'en parler, mais ça peut peut-être attendre demain, non ?

— Absolument.

Il leva son verre.

— Aux retrouvailles !

Ils trinquèrent et burent une gorgée de margarita. Ce goût lui rappellerait toujours leur première nuit d'amour durant la canicule de l'été précédent.

— J'espère que ça t'aura servi de leçon et que tu ne t'amuseras plus à te glisser ici sans prévenir.

— Tu m'as donné la clé. Et puis tu parles d'une surprise si je t'appelle avant !

— C'est toi qui aurais été surpris si j'avais eu de la compagnie.

Il servit les sushis, en commençant par son assiette à elle, puis disposa les baguettes.

— Tu as raison. Ç'aurait été une surprise.

— Quoi ? Si j'avais été avec quelqu'un ?

— Tu ne ferais pas ça.

— Bien sûr que si.

— Tu pourrais, oui. Mais tu ne le ferais pas. Tu n'es pas comme ça, Nikki Heat.

— C'est un peu présomptueux de ta part.

Elle se servit un peu de ceviche et se dit que le citron et la coriandre donnaient au poisson un goût encore plus frais. Puis elle repensa au fait qu'elle avait quand même failli ramener Don à la maison.

— Et comment peux-tu être sûr de ça, Jameson Rook ?

— Là n'est pas la question. On ne peut jamais savoir, en effet. C'est plutôt une question de confiance.

— C'est marrant. On n'a jamais vraiment dit qu'on serait...

— ... exclusifs ? finit-il à sa place.

— Ouais, fit-elle en hochant la tête. Et pourtant, tu as confiance en moi ?

Il hocha la tête à son tour en croquant un Green Envy.

— Et toi, Rook, je peux te faire confiance ?

— C'est ce que tu fais déjà.

— Je vois. Et elle va jusqu'où, cette confiance ? demanda-t-elle en saisissant un peu de wasabi avec ses baguettes pour assaisonner sa victime suivante. Et pour les voyages, alors ? Comment on dit déjà : « Loin des yeux, loin du cœur » ?

— Tu veux dire que, quand on est loin, on peut faire ce qu'on veut avec qui on veut ?

— C'est pas tout à fait ça, non.

— Puisque tu en parles, c'est vrai que, là où je suis allé, il arrive des choses. Forcément. Ben oui, je souscris totalement au « loin des yeux, loin du cœur ».

Elle reposa ses baguettes à côté de son assiette, parallèles l'une à l'autre, et le scruta.

— Mais, le truc, c'est que, selon mon interprétation de la chose, poursuivit-il, peu importe que je sois à des centaines ou des milliers de kilomètres, n'importe où dans le monde, le kilomètre zéro part de là, affirma-t-il en posant deux doigts sur sa poitrine.

Nikki réfléchit un instant, puis saisit un sushi avec les doigts.

— Alors, quand j'aurai fini ce maki Samba, je veux que tu t'imagines le kilomètre zéro sur une plage des îles Fiji... avec nous, tous les deux, tout seuls.

Elle fourra le sushi en entier dans sa bouche et le mâcha tout en battant des cils à son adresse.

***

Le lendemain matin, elle comprit le sens exact de « promenade vivifiante ». Il faisait moins vingt et, avec Rook, elle dut se frayer un chemin entre les plaques de verglas pour rejoindre le métro.

Au moins le froid avait-il le mérite de la tenir éveillée. Heat avait dû se faire violence pour les quitter, lui et son lit bien chaud, et ne pas arriver en retard à son rendez-vous pour le petit-déjeuner. Pour l'aider, il s'était levé aussi et avait préparé le café pendant qu'elle se douchait.

Quand elle était sortie de la salle de bain, il était en train de rassembler ses affaires pour se rendre chez lui, à Tribeca, et passer la journée à écrire dans son loft. Non seulement le délai de remise pour son article sur le trafic d'armes tirait à sa fin, mais, lui avait-il confié, il n'avait pas terminé de relire les épreuves de *Son chevalier servant*, le roman d'amour auquel il avait prêté sa plume.

— Je n'en ai vraiment pas eu assez de ceux-là, dit-elle après de langoureux baisers en haut des marches du métro de la 23e.

— Des réclamations ?

— Une seule, déclara Heat. C'est qu'il va encore falloir attendre pour les prochains.

Après un dernier coup d'œil à Park Avenue Sud, Nikki fut rassurée : elle n'était pas suivie. Et, voyant que Rook retenait le taxi qu'il avait hélé pour la regarder partir, elle se dit que ses soupçons se confirmaient : il ne s'était levé tôt, sous prétexte de vouloir travailler, que pour l'escorter sans le dire. Sous le trottoir, elle entendit le grondement du métro, pareil à un orage au loin. Ses freins grincèrent quand il ralentit à l'approche de la station. Elle salua Rook de la tête et descendit en hâte.

***

L'adresse choisie par Zach Hamner était vraiment pratique. Le café donnait sur la sortie de métro dans Lafayette, entre Duane Reade[1], juste en face de la rue du Municipal Building, l'immeuble abritant les services administratifs de la municipalité, et, derrière lui, le One Police Plaza. Heat franchit la porte vitrée derrière un trio d'ouvriers du bâtiment qui posèrent leur casque sur une table avant de se précipiter au comptoir pour commander leur petit-déjeuner : burritos et petit pain rond aux œufs et au jambon.

Elle ne connaissait pas Hamner, mais le maigrichon en complet noir et cravate dorée assis à une table près de la fenêtre faisait un bon candidat. Il se leva pour lui faire signe d'une main ; de l'autre, il plaquait son BlackBerry contre son oreille.

1. Chaîne de drugstores que l'on trouve à profusion à New York. (NDT)

— Écoutez, je dois vous laisser, mon rendez-vous est là, dit-il au téléphone lorsqu'elle s'approcha. Très bien, à plus tard, au revoir. Il posa le téléphone sur la table et lui tendit la main. Inspecteur Heat, Zach Hamner, je vous en prie, asseyez-vous.

Nikki prit place en face de lui et remarqua qu'il avait commandé pour elle. Du café et un bagel nature avec deux petits pots de fromage frais.

— Le café devrait être encore chaud, dit-il. Comme c'est bondé parfois ici, je ne voulais pas que nous passions notre matinée à faire la queue derrière les maçons.

À la table d'à côté, un moustachu casqué leva les yeux de son sudoku, s'ébroua et se replongea dans son jeu. Impossible de savoir si Zach Hamner y avait prêté la moindre attention.

— Quoi qu'il en soit, ravi que vous soyez là. J'espère ne pas vous avoir causé trop de dérangement.

Elle palpa sa tasse. Le café était froid. Alors, elle essaya de ne pas regretter l'heure de plus qu'elle aurait pu passer avec Rook, sans parler de l'avance qu'elle aurait pu prendre sur son affaire.

— Je suis une lève-tôt, dit-elle. Et puis vous étiez plutôt pressant.

— Merci, dit-il, ce qui porta Nikki à croire qu'elle avait employé, à son insu, un ton flatteur. Je voulais m'assurer que nous aurions l'opportunité de nous voir suffisamment tôt. D'une part, pour vous faire savoir que nous sommes là – au service juridique – pour vous aider, mais aussi parce que nous pensons qu'il est important de nouer contact avec les étoiles montantes de la maison.

Heat comprit très vite de quoi il retournait... Comment ne pas comprendre ? Zach, ce... Quel titre avait-il donné déjà ? Cet adjoint principal du commissaire adjoint aux

Affaires juridiques était un professionnel du contact. Un de ces fonctionnaires qui ne vivaient que par le boulot, se complaisaient dans l'ombre de leur patron et tiraient leur pouvoir de leur proximité avec la hiérarchie.

D'où le « nous » régalien. À son avis, il devait se raser en regardant une photo de Rahm Emanuel[1] scotchée au miroir de sa salle de bain.

— Il faut que vous sachiez que j'ai transmis vos brillants résultats au commissaire adjoint. J'y ai également glissé une copie de cet article sur vous. Il a été très impressionné.

— Tant mieux.

Avant de poursuivre, elle déchira un morceau de bagel pour y étaler un peu de fromage frais.

— Néanmoins, vous savez, si on ne dispose que d'un quart d'heure de gloire, j'espère bien que c'était le mien.

— Intéressant. Je pensais que vous étiez restée en étroite relation avec la presse.

S'il savait, songea Nikki. Elle rougit au souvenir de la surprise qu'elle avait réservée à Rook au réveil le matin même.

— D'après l'article, reprit Hamner, j'avais l'impression que vous aviez su gérer ce journaliste.

— C'est un talent que j'ai appris à développer, concéda Heat en réprimant un petit sourire. Mais je ne suis pas faite pour les feux de la rampe.

— Oh ! je vous en prie, nous sommes entre adultes, dit-il. « Ambition » n'est pas un gros mot. En tout cas, pas à cette table, je peux vous l'assurer.

Je n'en doute pas, pensa-t-elle.

— Votre décision de présenter l'examen de lieutenant, n'est-ce pas de l'ambition ?

1. Aujourd'hui maire de Chicago, chef de cabinet de la Maison-Blanche de 2008 à 2010. (NDT)

— En un sens.

— Oui. Et nous vous en remercions. Nous avons besoin de plus de gens de votre trempe. Et de moins de fruits pourris.

Il se cala sur sa chaise et enfonça les mains dans ses poches.

— Si vous me disiez ce qui se passe avec le capitaine Montrose ? ajouta-t-il en observant sa réaction.

Nikki sentit la bouchée de bagel se coincer au fond de sa gorge. Contrairement à ce qu'elle avait cru, ce rendez-vous n'était pas uniquement destiné à nouer contact. Elle ne savait pas encore quel poids pouvait avoir Zach Hamner, mais, par prudence, elle choisit soigneusement ses mots.

— J'ai entendu dire, fit-elle après une gorgée de café froid, que le capitaine Montrose traverse une mauvaise passe là-bas.

Du pouce, Nikki indiqua le One Police Plaza derrière son épaule droite.

— Mais je ne comprends pas très bien pourquoi. Peut-être qu'à force de travailler avec lui, je le vois différemment.

Heat envisagea de s'en tenir là, mais le jeune juriste dégageait quelque chose d'avide et de rusé qui la dégoûtait. Bien que troublée par ce qui arrivait au capitaine, Nikki éprouvait une grande loyauté à son égard, et le fait de voir les requins venir renifler ainsi lui donnait envie de les faire reculer un peu.

— Si je peux me permettre ?

— Je vous en prie.

— Si vous m'avez invitée au petit-déjeuner pour que je vous livre des ragots ou que je dénigre officiellement mon supérieur, vous allez être déçu. Seuls les faits m'intéressent, pas les insinuations.

Hamner se fendit d'un sourire.

— Vous êtes douée. Non, sincèrement. Bien joué.

— C'est la stricte vérité.

Il hocha la tête et se pencha en avant, l'air détaché, pour ramasser du bout de l'index quelques graines de sésame sur son assiette et les manger.

— Toutefois, comme nous le savons tous, surtout quand on est un inspecteur expérimenté tel que vous, la vérité a maintes facettes. C'est une valeur comme une autre, non ? Au même titre que la discrétion. Le travail. La loyauté.

Son BlackBerry vibra sur la table. Il jeta un œil à son écran, fit la grimace et appuya sur un bouton pour l'éteindre.

— Le problème avec la loyauté, inspecteur Heat, c'est que vient le moment où une personne raisonnable doit se montrer objective. Regardez bien la vérité. Pour être sûre de ne pas placer votre loyauté au mauvais endroit. Ou ne pas être aveuglée.

Il sourit.

— Ou qui sait ? Pour voir qu'il est peut-être temps de la placer ailleurs.

Se levant pour partir, il lui remit sa carte de visite.

— En dehors des heures du bureau, le numéro est transféré sur mon BlackBerry. Ne nous perdons pas de vue.

***

Comme il était encore tôt pour la brigade, l'inspecteur Heat contacta chacun de ses membres sur leur portable tout en se dirigeant vers le quartier général. Les nuages nacrés arrivant du New Jersey commençaient à saupoudrer une neige fondue qui lui piquait le visage et rebondissait sur le pavage en brique séparant l'immeuble de la municipalité et le One Police Plaza. À mi-chemin, Nikki s'arrêta pour passer ses coups de fil à l'abri sous la sculpture de Tony Rosenthal[1]. La pluie gelée tintait sur ses disques de métal rouge comme les rituelles poignées de riz des jours de noces.

Le club de striptease masculin n'ouvrant pas avant 11 heures, elle comptait séparer les Gars pour envoyer Ochoa récupérer l'ordinateur du père Graf au labo et vérifier ses mails, tandis que Raley s'occuperait des relevés téléphoniques. Toutefois, quand elle le joignit, Ochoa lui annonça que lui et Raley étaient déjà allés au club la veille.

— Vous étiez encore en conciliabule avec Montrose et on ne voulait pas vous déranger, vous aviez l'air de tellement vous amuser là-dedans.

L'inspecteur marqua une pause pour donner une chance à son humour avant de poursuivre.

— Donc, on est passés au Chaud Show au moment du happy hour pour voir si on pouvait faire avancer l'affaire.

— Ben, voyons ! Encore une excuse pour s'acoquiner un peu.

Heat aurait pu simplement dire ce qu'elle pensait et le féliciter pour cette heureuse initiative, mais cela aurait porté atteinte au PETCR – le protocole d'évitement tacite des compliments et des relations observé entre flics. C'est pourquoi elle dit le contraire, comme si elle le pensait sincèrement.

— C'était pour Raley, répondit-il dans la même lignée. Un jeune poulain qu'on a du mal à débourrer, ce coéquipier !

---

1. Devant le One Police Plaza, *5 in 1*, énorme sculpture composée de cinq disques symbolisant Manhattan, le Queens, Brooklyn, le Bronx et Staten Island. (NDT)

Ils n'étaient pas rentrés bredouilles. À force de montrer la photo du père Graf, l'un des stripteaseurs l'avait reconnu. Au dire du Cow-Boy Nu (dont le nom avait été déposé pour le prix d'un effeuillage exclusif, avait fait remarquer l'intéressé), le prêtre de la photo s'était querellé au club, la semaine précédente, avec l'un des autres danseurs.

Les esprits s'étaient tellement échauffés que le videur avait fichu le *padre* dehors.

— Et votre cow-boy a entendu à quel propos ils se disputaient ? demanda Heat.

— Non, ils avaient dû aborder le sujet avant de se taper dessus. En tout cas, juste avant l'intervention du videur, le danseur a saisi le prêtre par le cou et a menacé de le tuer.

— Amenez-le qu'on discute un peu. Illico.

— Il faut d'abord qu'on le retrouve, rétorqua Ochoa. Il a démissionné il y a trois jours et vidé son appartement. Raley est à sa recherche en ce moment.

Ensuite, Nikki appela Sharon Hinesburg. Puisqu'elle était là quand madame Borelli avait hésité devant l'une des captures vidéo, elle n'avait qu'à identifier l'intéressé. Quand elle eut joint l'inspecteur Rhymer, elle le chargea de reprendre la piste du bondage et de faire passer le mot à Gallagher. Elle voulait qu'ils établissent la liste des dominatrices indépendantes qui leur avaient échappé la veille.

— Je ne voudrais pas qu'elles passent entre les mailles du filet juste parce qu'elles n'avaient pas de relations avec les clubs de Dungeon Alley, expliqua-t-elle.

— Je suis surpris, fit Rhymer. Je croyais qu'on devait explorer d'autres pistes que juste celle du BDSM.

— Pas pour l'instant, se contenta-t-elle de dire.

Elle se demandait néanmoins si elle ne gaspillait pas ses ressources en se pliant aux ordres de Montrose.

Remontant son col, elle s'avança sous la pluie de neige fondue. Au moment où elle passait devant la cahute du gardien devant l'entrée, son téléphone sonna. Raley avait trouvé une demande récente de raccordement au gaz et à l'électricité au nom du danseur. Sa nouvelle adresse se trouvait dans Brooklyn Heights, juste de l'autre côté du pont par rapport à elle. Nikki informa Raley qu'elle n'en avait que pour un quart d'heure. Lui et Ochoa n'avaient qu'à passer la prendre.

***

Au service du personnel, Heat signa sa demande de résultats d'examen, cochant les cases pour un envoi par mail et pour la version papier. Même à l'ère informatique, mieux valait tenir le document en main, pour être sûr. Quand elles étaient écrites noir sur blanc, les choses paraissaient toujours plus réelles. L'employé s'éloigna pour revenir quelques instants plus tard lui glisser une enveloppe fermée sur le comptoir. Nikki signa le reçu et repartit en feignant de ne pas mourir d'envie de l'ouvrir là tout de suite dans le bureau. Elle ne différa toutefois pas plus de deux secondes le plaisir de savourer ce moment. Dès qu'elle fut dans le hall, elle déchira l'enveloppe.

— Excusez-moi, inspecteur Heat ?

Nikki se retourna vers la femme qu'elle venait de dépasser dans le hall et qui montait dans l'ascenseur au moment où elle en descendait. Bien que n'ayant jamais rencontré Phyllis Yarborough, elle savait qui elle était. La commissaire adjointe au Développement technologique assistait à toutes les cérémonies de la maison et elle avait participé à l'émission *60 Minutes* à peine un an plus tôt. C'était à l'occasion du cinquième anniversaire du central informatisé. Yarborough avait fait une rare présentation filmée du centre nerveux de la police, qu'elle avait contribué à concevoir en tant que fournisseur extérieur et supervisait désormais en tant que membre civil de la commission.

La petite cinquantaine, la commissaire adjointe était une femme qu'on hésitait à trouver belle ou charmante. Aux yeux de Nikki, elle était surtout charmante. À cause de son sourire. Un vrai sourire, comme on en voit davantage aux directeurs d'entreprise qu'aux agents de l'État. Heat trouvait en outre que, contrairement à bien des femmes de haut rang qui se forgeaient une carapace en adoptant l'attitude des hommes de pouvoir, Phyllis Yarborough affichait un style à la fois accessible et féminin. Même si elle était plus riche que riche, sa tenue paraissait simplement coûteuse. Une veste en tricot Jones New York sur mesure et une jupe droite que Nikki aurait eu les moyens de s'offrir. Et que, en la voyant sur elle, elle envisageait sérieusement d'acheter.

— Votre nom est souvent cité ces temps-ci, inspecteur. Vous n'avez pas les oreilles qui sifflent ?

Elles se serrèrent la main.

— Vous auriez un peu de temps à m'accorder ?

Nikki s'efforça de ne pas regarder sa montre.

— Bien sûr, vous devez être débordée, remarqua Yarborough, qui s'en était rendu compte.

— Oui, en fait. Vous devez savoir ce que c'est.

— En effet. Mais ça m'ennuie beaucoup. Vous auriez quand même deux petites minutes ? demanda-t-elle en indiquant de la tête les deux fauteuils à l'autre bout du hall.

Nikki réfléchit.

— Bien sûr.

Quand elles se furent assises, la commissaire adjointe regarda à son tour sa montre.

— Je ne voudrais pas vous retenir plus que nécessaire, dit-elle. Bien. Nikki Heat, savez-vous pourquoi il est tant question de vous ? À cause de ce que vous tenez dans les mains, justement.

Tandis que Nikki baissait les yeux sur l'enveloppe posée sur ses genoux, l'administratrice poursuivit :

— Laissez-moi replacer les choses dans leur contexte. Cette année, plus de mille cent inspecteurs se sont présentés à l'examen du grade de lieutenant. Savez-vous combien l'ont réussi ? Quinze pour cent. Quatre-vingt-cinq pour cent des postulants l'ont raté. Sur les quinze pour cent restants, savez-vous quel a été le meilleur résultat ? Quatre-vingt-huit. Elle marqua une pause. Or, vous, inspecteur Heat...

Nikki, qui venait juste d'en prendre connaissance, se sentit un peu nerveuse à l'idée d'entendre répéter ses résultats.

— Vous avez obtenu quatre-vingt-dix-huit, annonça Phyllis Yarborough. C'est carrément exceptionnel.

— Merci.

Que pouvait-elle dire d'autre ?

— Vous verrez que ça a ses avantages et ses inconvénients, pareille réussite. Tout le monde vous regarde comme une étoile montante. Ce que vous êtes. L'inconvénient, c'est que tous ceux qui ont des projets vont vous mettre le grappin dessus.

Juste au moment où Nikki repensait à son petit-déjeuner, Yarborough exprima tout haut sa pensée.

— Attendez-vous à recevoir un appel de Zachary Hamner. Oh ! je vois à votre visage que c'est déjà fait. Le Hamster n'est pas méchant, mais surveillez quand même vos arrières. Il ne se gênera pas pour répéter vos propos. Le pire, c'est qu'il répète mot pour mot, s'esclaffa-t-elle. Alors, redoublez de prudence.

Nikki hocha la tête. Le Hamster, hein ? songea-t-elle. Excellent.

— Moi aussi, j'ai des projets, mais je vais droit au but. Vous savez ce qu'il y a de beau dans la transparence ? C'est qu'il n'y a pas de honte à être transparent. Alors, sans aucune honte, je vais vous le dire. Il y a de l'avenir pour un brillant inspecteur qui a le cœur à l'ouvrage. Méfiez-vous, je pourrais même vous débaucher.

Malgré son pouvoir et son emploi du temps chargé, cette femme parvenait à donner à Nikki le sentiment d'être son principal souci de la journée. Cependant, Heat n'était pas naïve. La commissaire adjointe prêchait bien sûr pour sa paroisse, comme le Hamster, mais, au lieu de vous rendre méfiant, elle vous donnait au contraire envie de foncer, elle vous dynamisait. C'étaient ces qualités de meneuse d'hommes qui lui avaient permis de faire fortune, des années auparavant, dans le secteur informatique.

— On verra bien où ça mènera, conclut Heat. En attendant, je suis flattée.

— Ce ne sont pas juste vos points à l'examen qui ont retenu mon attention. Je vous ai à l'œil depuis cet article sur vous. Nous avons beaucoup en commun, toutes les deux. Je sais, je sais, ajouta-t-elle en voyant l'expression de Nikki, vous êtes flic et moi je suis une civile – dans l'administration, qui plus est –, mais si je me sens vraiment liée à vous, c'est parce que j'ai lu dans cet article que nous avons toutes les deux vécu un meurtre dans notre famille.

Manifestement, la douleur était toujours aussi vive.

En regardant Phyllis Yarborough, Nikki vit un miroir dans lequel se reflétait l'image gravée de son lointain supplice. Les âmes sœurs décèlent toujours la blessure chez l'autre, ainsi que la marque invisible qu'elle laisse sur chaque aspect de sa vie bouleversée.

Pour Nikki, il s'agissait de sa mère, tuée à coups de couteau dix ans plus tôt. Yarborough, elle, avait perdu sa fille unique en 2002 ; elle avait été droguée, violée, battue à mort et abandonnée sur une plage des Bermudes, où elle était partie pour les vacances de printemps de la fac.

Tout le monde était au courant. La nouvelle avait fait la une avant de nourrir les journaux à scandale pendant des mois après que le tueur de la jeune étudiante avait avoué et avait été condamné à la prison à vie.

Nikki rompit le bref silence avec un sourire.

— Et pourtant, la vie continue.

Le visage de la commissaire adjointe s'éclaira.

— Oui, en effet.

Puis elle regarda longtemps Nikki, comme pour la jauger.

— C'est ce qui vous motive, n'est-ce pas ? De penser au tueur ?

— Je m'interroge à son sujet, si c'est ce que vous voulez dire, corrigea Heat. Qui ? Pourquoi ?

— Vous pensez à la vengeance ?

— Avant, oui.

Nikki y avait souvent songé au fil des années.

— Maintenant, c'est plus la justice que la vengeance qui m'intéresse. Ou de simplement pouvoir tourner la page. Et vous ?

— Aucun intérêt. Je n'ai plus de comptes à régler. Mais laissez-moi vous dire ce que j'ai appris. En espérant que cela vous serve.

Elle se pencha plus près.

— La justice existe. Tourner la page, en revanche, c'est impossible.

Puis elle regarda sa montre de manière appuyée.

— Bien, dans dix secondes, je ne serai plus une femme de parole.

Elle se leva et serra de nouveau la main à Nikki, qui s'était levée elle aussi.

— Allez botter quelques fesses pour nous, Nikki Heat.

— Je vais m'y employer. Ce fut un plaisir de faire votre connaissance, commissaire.

— Phyllis. Et j'espère que cette rencontre sera la première d'une longue série.

Heat quitta le One Police Plaza avec deux cartes de visite récoltées en une demi-heure. C'était plutôt la seconde, songea-t-elle, qu'elle garderait sous la main.

***

Dans Brooklyn Heights, un pompier sortit de la caserne de Middaugh Street et rejoignit, tout courbé pour se protéger de la pluie gelée, sa camionnette garée le long du trottoir.

— Eh ! regarde, là ! fit l'inspecteur Raley. Ce type a l'air de quitter sa place.

L'inspecteur Ochoa freina et tourna le rétroviseur pour s'adresser à Nikki à l'arrière.

— Vous voyez ce que je dois subir tous les jours ? « Tourne ici, arrête-toi là, fais gaffe au SDF... » C'est pire que la blonde de mon GPS.

— Vas-y avant que quelqu'un d'autre la prenne, dit Raley quand la camionnette déboîta.

Lorsqu'Ochoa se fut garé, les trois inspecteurs restèrent assis dans la voiture de patrouille, les essuie-glaces en position intermittente afin de pouvoir observer l'immeuble du jeune stripteaseur. Les huit étages en briques des années 1920 étaient en rénovation. Il n'y avait aucun ouvrier sur l'échafaudage, ce qui s'expliquait sans doute, selon Raley, par le mauvais temps.

— C'est marrant qu'un stripteaseur emménage en face d'une caserne de pompiers, dit Ochoa.

— Au cas où il aurait besoin d'une barre pour s'entraîner.

— Comment il s'appelle déjà ? demanda Heat.

Raley consulta ses notes.

— Horst Meuller. Il vient de Hambourg, en Allemagne. Selon mon témoin au club, à ses débuts, Meuller dansait sous le nom du Baron rouge, en costume de la Première Guerre mondiale. Maintenant, il fait un strip sur le thème de l'Eurovision : en lamé argent, sous le nom de Hans Alloffur.

Il se tourna à moitié vers Nikki.

— Tous ces gars s'en choisissent un, vous voyez ?

— Dis-lui le nom du stripteaseur d'hier soir, fit Ochoa avec un petit rire.

— Vous allez adorer.

— Marty Python, dit Raley.

— Ne m'en dites pas plus, fit Nikki en secouant la tête.

Le concierge les fit entrer, ce qui leur évita d'alerter Meuller en sonnant à son interphone. Ils se postèrent devant sa porte, et Ochoa frappa.

— Qui est-ce ? demanda une voix avec un fort accent à l'intérieur.

Raley brandit son insigne devant le judas.

— Police de New York, nous aimerions parler à Horst Meuller.

— Bien sûr. Un instant, s'il vous plaît.

Pressentant une tactique, Nikki avait déjà descendu la moitié d'un palier quand elle entendit Meuller tirer le verrou, puis les Gars donner des coups de pied dans la porte. Elle fonça dans le hall, traversa jusqu'au trottoir et vérifia l'escalier de secours.

— Par là ! cria Ochoa par la fenêtre du troisième.

Heat suivit du regard le geste d'Ochoa en direction de l'autre bout de l'immeuble, où le danseur se laissait glisser le long du poteau d'angle de l'échafaudage pour rejoindre le trottoir. Heat lui cria de s'arrêter, mais Meuller sauta à terre. Il faillit tomber en glissant sur le verglas, mais se rétablit et se mit à courir, ses longs cheveux blonds à la Fabio lui flottant dans le dos.

Tandis que l'inspecteur Heat le prenait en chasse, Raley sortit en trombe par la porte d'entrée et la suivit en appelant du renfort sur son talkie-walkie.

La course était difficile compte tenu de la couche de verglas et de ce qui continuait de tomber. Quand Meuller traversa le carrefour par Henry Street, un camion de livraison de pièces détachées automobiles freina de toutes ses forces pour l'éviter ; il se mit à déraper sur le côté et alla s'écraser contre une voiture en stationnement.

Heat laissa filer le danseur de ce côté de la rue, préférant courir au sec sur le trottoir devant elle où se succédaient des restaurants et des commerces dotés d'auvents. Elle arriva à sa hauteur au carrefour suivant.

Heat vérifia vivement la rue par-dessus son épaule gauche. La chaussée était dégagée jusqu'à la rue suivante, où le véhicule des Gars arrivait tous feux allumés. Ralentissant pour éviter de tomber, elle traversa le carrefour au petit trot.

— Police de New York, Meuller, arrêtez-vous ! cria-t-elle.

Surpris par la proximité de sa voix, Meuller se retourna, ce qui le déséquilibra, et trébucha. Il faillit s'étendre par terre, mais se rattrapa à la balustrade d'un escalier en béton desservant les appartements d'un immeuble et ne tomba que sur un genou. Il se redressait quand, d'un bond, Heat franchit la balustrade et lui sauta dessus pour le plaquer au sol.

Elle entendit un craquement suivi d'un « *Scheisse*[1] ! », puis d'un gémissement. Meuller se tordit par terre en grognant tandis que Heat lui passait les menottes. Entre-temps, Raley était arrivé. À deux, ils le redressèrent sur ses pieds.

— Attention, prévint Nikki, il me semble avoir entendu un bruit de casse.

— *Ja*, ma clavicule, pourquoi vous m'avez fait ça ?

Ochoa avait garé la voiture de patrouille en double file et laissé la portière arrière ouverte. Ils y conduisirent le prisonnier.

— Pourquoi êtes-vous parti en courant ?

Horst Meuller n'eut pas le temps de répondre. La balle traversa son col de chemise, et Heat et Raley se retrouvèrent couverts de sang. Horst se laissa tomber de nouveau, mais sans gémir, cette fois. Ni émettre le moindre son.

— À terre, baissez-vous, tout le monde à terre ! cria Heat en s'accroupissant pour couvrir le corps de Meuller tandis que, le Sig brandi, elle balayait du regard la promenade, les appartements, l'immeuble et le toit de l'autre côté de la rue.

Raley, qui avait dégainé son arme, faisait de même de l'autre côté de la victime ; des coups de feu retenti-

1. Merde ! (NDT)

rent encore alors qu'il lançait un code 10-13 pour obtenir du renfort.

Dans Henry Street, un moteur rugit et des pneus crissèrent en cherchant à trouver prise sur la glace. En se baissant, Heat courut se mettre à l'abri à côté d'Ochoa près du véhicule de patrouille mais trop tard.

Le 4 x 4 filait déjà en roulant sur le trottoir, puis il tourna dans Orange Street et disparut.

Heat l'avait reconnu. Certes, elle ne put décrire que sa couleur gris métallisé et ses pneus larges, mais il n'était pas possible de mieux faire. Cette fois, il n'y avait aucune plaque d'immatriculation.

CINQ

Les deux brancardiers s'employaient encore à ranimer Horst Meuller quand l'agent en uniforme referma les portes à l'arrière de l'ambulance. Retenant sa respiration à cause des gaz d'échappement, Nikki Heat regarda le véhicule sanitaire s'éloigner pesamment sur la neige fondue par le même chemin que le 4 x 4 à peine une demi-heure plus tôt. Une rue plus bas dans Orange Street, à la limite du périmètre sécurisé, la sirène retentit, signe que, pour l'instant du moins, la victime sur la civière était encore en vie. L'inspecteur Feller vint rejoindre Heat et Raley.

— Je ne vous garantis rien, prévint-il en tendant une tasse de café à chacun. Ça vient de chez le Chinois, là en face. En tout cas, ça vous réchauffera.

L'appel de Raley avait attiré les foules. Les premiers arrivés avaient été les gars de la caserne dans la rue plus haut. Si le danseur allemand s'en tirait, il le devrait à ses voisins pompiers qui avaient ralenti l'hémorragie en quelques minutes. Les patrouilles de la 84e et leurs voisins de la 76e avaient été les premiers flics sur les lieux, suivis par Feller et Van Meter dans leur taxi banalisé. Compte tenu de leur mobilité, les flics de la brigade en taxi avaient l'habitude de répondre très vite en cas d'appel à la rescousse. Ochoa ne se priva donc pas de les taquiner sur le fait qu'ils s'étaient fait doubler par de simples patrouilles.

Dutch Van Meter adressa un clin d'œil à son coéquipier avant de rétorquer.

— Oh ! et, au fait, inspecteur, ça a donné quoi l'appréhension du véhicule poursuivi ?

Ochoa était rentré bredouille. Ils savaient tous que la poursuite n'avait eu lieu que pour la forme, compte tenu de l'avance prise par le tireur. Néanmoins, il avait fait de son mieux et réussi à suivre les traces du 4 x 4 dans la neige fraîche jusqu'à Old Fulton Street, où il les avait perdues parce que la rue était beaucoup plus fréquentée. Il avait fait le tour des rues adjacentes, au cas où, mais sans succès. De l'autre côté du ruban jaune de la police, les premières caméras de télévision s'installaient pour les nouvelles. Nikki aperçut un objectif pointé sur elle sous un poncho en goretex bleu, puis entendit son nom. Elle tourna le dos à la presse et grommela une fois de plus dans sa tête en maudissant ce fichu article sur elle.

Feller but une gorgée de café et fit la grimace.

— Alors, aucun de vous n'a vu le tireur ?

De la vapeur s'éleva du reste de café qu'il versa dans le caniveau. Heat, Raley et Ochoa se regardèrent, puis secouèrent la tête.

— Ça s'est passé en moins d'une seconde, dit Raley.

— On était tous concentrés sur le prisonnier, et puis d'un seul coup, pan !

— Boum ! je dirais plutôt, fit Ochoa. Pour moi, c'était un fusil.

Tous hochèrent la tête en signe d'assentiment.

— Boum ! répéta Van Meter. Ça ne nous aide pas beaucoup.

— Je connais le véhicule, intervint Heat.

Tous les regards se tournèrent vers elle.

— Je l'ai vu hier. Deux fois. Une fois dans Columbus, l'après-midi en allant chez le traiteur, et puis hier soir dans mon quartier.

— Comment ça, inspecteur ?

Heat se retourna. Le capitaine Montrose était arrivé derrière elle.

— Je me rendais au One Police Plaza pour une réunion quand j'ai entendu le code 10-13, expliqua-t-il en percevant la surprise générale. Dois-je comprendre que vous n'avez pas signalé avoir été suivie ?

Il n'attendit pas la réponse.

— J'aurais pu demander une protection.

— Je n'en étais pas sûre. Et je ne voulais pas nous priver de ressources sans plus de certitude.

Heat omit d'ajouter qu'elle s'était retenue à cause des tensions entre eux.

L'ancien Montrose l'aurait prise à part pour discuter, mais le nouveau lui claqua le bec devant ses collègues.

— Ce n'est pas à vous de décider de ça. C'est encore mon boulot, pas le vôtre. Je reste votre supérieur… pour l'instant.

Sur ces mots, le capitaine tourna les talons et traversa le trottoir pour aller retrouver l'équipe du labo rassemblée autour d'un impact de balle dans la porte de service de l'immeuble.

Se faire remonter les bretelles en public n'est jamais agréable pour personne. Durant le temps mort qui suivit, les autres inspecteurs s'employèrent à ne pas croiser le regard de Heat. Elle leva la tête et ferma les yeux pour mieux sentir les centaines d'aiguilles qui lui piquaient le visage.

***

À son retour au bureau, Nikki s'arrêta brièvement à la porte de la salle de briefing, dont les néons transformaient en miroir les vitres du bureau éteint de Montrose. Pas tant par vanité que pour voir à quel point elle était tachée. Sur le lieu de la fusillade, à Brooklyn Heights, les brancardiers lui avaient donné de quoi s'essuyer le visage et le cou, mais pour ses vêtements, c'était une autre affaire.

La tenue de rechange qu'elle gardait habituellement dans le tiroir de son bureau était chez le teinturier depuis qu'elle avait renversé du café dessus ; alors, il lui faudrait faire avec le sang séché qui maculait le col de son chemisier et son décolleté en V parce que son imperméable n'était pas fermé. Tandis qu'elle évaluait les dégâts, Nikki entendit la voix traînante de l'inspecteur Rhymer à l'angle de la salle de la brigade.

Comme il parlait à voix basse, elle ne distinguait pas ce qu'il disait. Néanmoins, elle perçut quelques bribes : « ... pédale dans la choucroute... », « ... bidon... », « alors, il a dit qu'il en avait rien à foutre, que la vie est trop courte... », « ... Heat n'en a que pour sa putain de promotion... »

Il était tentant d'écouter aux portes, mais cela écœurait Nikki ; elle n'était pas dans une mauvaise série télévisée. Que lui avait dit Phyllis Yarborough quelques heures plus tôt ? Quelque chose comme « Il n'y a pas de honte à être transparent » ? Alors, Heat décida de faire face à ce qui l'attendait.

Et elle tomba sur l'inspecteur Rhymer en plein commérages avec Sharon Hinesburg. Tous deux se redressèrent sur leur chaise en la voyant pénétrer dans le bureau.

— Oh là là ! fit Hinesburg en bondissant sur ses pieds. Qui s'est pris la balle, vous ou le danseur ?

Elle parlait fort, comme si elle cherchait à détourner l'attention. Ou du moins l'espérait. Sans s'occuper d'elle, Nikki adressa un regard interloqué à Rhymer.

— Vous avez déjà terminé la liste des dominatrices avec Gallagher ?

Il se leva à son tour, non sans hésitation.

— Pas tout à fait. On est revenus déposer Gallagher.

— Quoi, il est malade ? s'enquit Nikki en ne voyant pas son coéquipier.

— Gallagher, euh... il a demandé à retourner à la brigade des cambriolages.

L'enquêteur se tourna vers Sharon comme pour lui demander de l'aide, mais elle le laissa se débrouiller tout seul. Les messes basses que Nikki venaient de surprendre lui suffirent pour comprendre. Apparemment, Gallagher était parti parce qu'il n'avait pas envie de gaspiller son temps à parler à des fétichistes, et il ne s'était pas gêné pour dire au passage ce qu'il pensait de l'inspecteur Heat.

— Vous savez, reprit Rhymer, on avait des affaires en cours. Alors, il a dû se sentir, vous savez, obligé de s'en occuper.

Heat savait que c'était du pipeau, mais n'attendait pas d'Opossum qu'il balance son coéquipier. Ce mécontentement dû à sa promotion prochaine la rendait amère, mais elle préféra mettre cela de côté. Dans l'immédiat, son principal souci était cet enquêteur de moins.

— Dans ce cas, je suis ravie que vous soyez resté, Opossum.

— Vous pouvez compter sur moi, inspecteur...

Mais le coup ne tarda pas à suivre.

— ... du moins tant que je suis là.

***

Sur le tableau, quelques minutes plus tard, Heat choisit un nouveau marqueur pour inscrire le nom du danseur dans une autre couleur, en haut à gauche, où il restait encore un vaste espace blanc.

— Il n'en a probablement pas l'impression pour l'instant, mais Horst Meuller a eu de la chance aujourd'hui, déclara-t-elle à la brigade. La balle qu'ils ont retrouvée dans la porte était du .338 Magnum.

— Et la douille ? demanda Raley.

Elle fit non de la tête.

— À mon avis, soit elle n'a pas été éjectée étant donné qu'un seul coup a été tiré, soit elle est tombée dans le véhicule, auquel cas elle est partie avec.

— Une .338 Magnum, siffla Ochoa. Ben, dis donc... c'est pour la chasse au grizzly.

— Et aux stripteaseurs, manifestement, ajouta Heat. Je veux savoir pourquoi. Inspecteur Rhymer, creusez sur Horst Meuller.

— Je croyais que vous m'aviez chargé de voir les dominatrices free-lance, dit-il.

Nikki s'interrompit et pour la énième fois repensa à son contentieux avec le capitaine et à toutes les pistes qu'il avait fermées. Elle serra les dents et fit marche arrière en essayant de ne pas s'étrangler.

— Continuez le porte-à-porte chez les fétichistes et faites-moi savoir quand vous aurez terminé. Ensuite, on fera le point sur Meuller.

— Vous êtes sûre que Meuller était la cible ? demanda Raley. Si ce 4 x 4 vous suivait, c'est peut-être vous qui avez eu de la chance ce matin.

— Cette possibilité n'avait pas échappé au fin limier que je suis, déclara Nikki en tirant sur son col taché de sang, ce qui déclencha l'hilarité de la brigade.

Heat se retourna vers le tableau et traça une longue flèche entre le nom de Meuller et celui du père Graf.

— Mais je voudrais vraiment savoir quel est le lien, s'il y en a un, entre ces deux victimes. Avec un peu de chance, notre danseur survivra et nous éclairera à ce sujet. En attendant, considérons que ces deux incidents sont liés.

— En interrogeant des dominatrices au hasard ? intervint l'inspecteur Rhymer.

— On s'en tient aux dominatrices pour l'instant, Opossum. C'est clair ?

Son instinct était le bon ; c'étaient ses ordres qui ne l'étaient pas, et elle le savait. Néanmoins, elle s'exécutait.

— Et l'argent dans les boîtes en fer, alors ? demanda Raley. Vous voulez que je contacte l'archidiocèse pour voir s'ils soupçonnaient le *padre* de détournement de fonds ?

Là encore, Heat se heurtait au mur édifié par Montrose. La piste était évidente : pourquoi le capitaine y faisait-il obstruction ?

— Je m'en occupe, dit-elle.

Hinesburg signala n'avoir encore rien trouvé sur l'homme de la vidéo de surveillance qui avait fait réagir la gouvernante du père Graf.

— Ce qui signifie peut-être simplement qu'il n'a pas de casier, conclut Nikki. Je vais appeler madame Borelli pour lui mettre un peu la pression. Mais continuez de chercher, y compris pour les autres captures.

Heat ouvrit le dossier correspondant pour en sortir justement une photo.

Il s'agissait d'un homme et d'une jeune femme aux Délices du donjon ; elle riait, le visage tourné vers son compagnon, mais le sien à lui était masqué par une casquette des Jets[1]. Nikki l'aimanta sur le tableau.

— Il m'est venu une idée à propos de ces deux-là. Vous voyez le tatouage sur son bras à lui, là ?

Raley puis les autres se levèrent pour se rapprocher. Le tatouage représentait un serpent enroulé autour de son biceps gauche.

— Le central possède une banque de données sur les cicatrices et les tatouages. Sharon, voyez si vous trouvez une correspondance.

— Inspecteur ? dit Ochoa. Je connais la femme.

— Tu nous avais caché ça, vieux, que tu donnais dans ces pratiques ! railla Raley.

— Non, sérieusement. Je lui ai parlé hier. Vous savez, la dominatrice partie à Amsterdam ? Comment elle s'appelle ?... Boam. Andrea Boam. Il tapa sur la photo avec son stylo. C'est à sa colocataire que j'ai parlé.

— Retournez-y, dit Nikki. Voyons si la colocataire sait charmer les serpents.

***

Des dizaines de messages attendaient Heat sur son répondeur, chacun voulant savoir si elle allait bien après l'avoir vue aux actualités télévisées. L'un était de Rook, qui insistait par ailleurs pour l'emmener dîner « dans un vrai restaurant comme une femme respectable ». Zach Hamner et Phyllis Yarborough s'étaient également manifestés. Autant elle appréciait ces témoignages, autant Nikki se rendait compte qu'il serait facile de se laisser submerger par ces nouveaux contacts au One Police Plaza. Pour ne pas prendre davantage de retard dans son travail, elle sauvegarda les messages pour plus tard. En

1. Club de football professionnel américain de New York. (NDT)

revanche, elle rappela immédiatement Lauren Parry à la morgue.

— Je te préviens, je t'en voudrai à mort si jamais je te retrouve un matin allongée sur une de mes tables, commença Lauren.

— Je n'apprécierais pas beaucoup non plus, rétorqua Nikki. À moins d'avoir fait la diète pendant une semaine avant.

— Ben, voyons ! s'esclaffa son amie. Comme si t'avais besoin de ça, fil de fer.

Percevant des bruits de clavier, Nikki se représenta la légiste dans le bureau exigu qui donnait sur la salle d'autopsie.

— Au fait, j'ai découvert quelque chose d'intéressant à propos de cet ongle trouvé dans la chambre de torture. Finalement, ce n'était pas un ongle mais du polyester durci, d'après les analyses.

— Du plastique ? Ça ressemblait pourtant à un ongle. À un ongle coupé. Même la couleur. Et c'était quoi en fait ?

— Tu ne vas pas le croire... fit Lauren, toujours prête à étaler sa science. Un morceau de bouton. Un petit morceau de bouton en forme de croissant.

— Pas d'ADN, alors ?

— Non, mais si tu trouves le reste du bouton, on pourra toujours les faire correspondre.

L'enquêtrice nourrissait peu d'espoir de ce côté-là.

— Quoi d'autre ?

— Quelque chose ne colle pas avec ce que les gars du labo ont trouvé au presbytère. Je suis en train de regarder les médocs qu'ils ont rapportés de la salle de bain. Il y a un flacon d'adéfovir dipivoxil. C'est un inhibiteur nucléotidique de la transcriptase indiqué dans le traitement du VIH, des tumeurs, du cancer et de l'hépatite B.

Le problème, Nikki, c'est que le prêtre n'avait rien de tout ça. Et l'analyse toxicologique n'a rien donné non plus.

Une vraie chaussette dépareillée, se dit Heat en finissant de noter la liste des indications du médicament.

— Pourtant, c'était bien son ordonnance ?

— Rédigée au nom de Gerald Francis Graf, dix milligrammes. D'après le nombre de cachets, tout est là.

— Quel médecin ?

Nikki nota Raymond Colabro dans son carnet à spirale.

— Et un petit tuyau... ajouta Lauren. L'analyse ADN est en cours pour le sang sur le collet de Graf.

— Et la petite tache que tu m'as montrée dans le flacon ?

— Comme je le pensais : un éclat de cuir provenant d'un stratifié. Mais ça ne correspond à aucun équipement des Délices du donjon, même des autres chambres, ni à aucun objet rangé dans la réserve. J'ai demandé d'autres analyses au labo pour identifier sa provenance. Dès qu'on a quelque chose, je t'appelle. Et souviens-toi, inspecteur Heat, si tu atterris sur ma table d'autopsie, je te tue, ajouta-t-elle avant de raccrocher.

***

— Seigneur, c'est du sang ? fut la première chose que demanda la vieille dame en voyant Heat.

Nikki avait réussi à nettoyer un peu son imperméable à l'aide d'une serviette en papier humide dans les toilettes, au poste, mais elle avait laissé tomber le chemisier. Une écharpe autour du cou, elle avait boutonné son imperméable jusqu'en haut, mais son col devait se voir. Madame Borelli semblait moins dégoûtée par l'idée du sang qu'inquiète du nettoyage que cela représentait.

— Donnez-moi une demi-heure et je vous le rends comme neuf.

Toujours aux petits soins, songea Nikki en lui souriant.

— Merci, mais je ne reste pas, dit-elle en ajustant son écharpe pour cacher la tache.

— Vous allez cuire avec ce pardessus, affirma la gouvernante quand elles furent arrivées dans la cuisine. Ce n'est pas la peine de le garder pour moi.

Nikki le garda quand même et s'assit à la table où une tasse de café chaud l'attendait avec des gaufrettes maison posées sur la soucoupe.

Comme madame Borelli paraissait encore fragile, l'enquêtrice décida de ne pas la bousculer tout de suite au sujet de la photo.

— Je suis passée voir si vous pouviez m'éclairer sur un point, commença-t-elle. Hier, parmi les médicaments du père Graf, nous avons trouvé de l'adéfovir. Ce que nous ne comprenons pas, c'est qu'il n'y avait aucune trace de cette molécule dans son organisme et qu'il ne souffrait d'aucun problème nécessitant sa prescription.

— J'ignore ce qu'il y avait dans sa pharmacie. Je faisais le ménage dans la salle de bain, mais il n'y a rien de plus personnel qu'un placard à pharmacie.

Nikki croqua une gaufrette. Exceptionnelle. Si le paradis était fait de vanille, c'est à cela qu'il devait ressembler. Ce serait son déjeuner.

— L'adéfovir était peut-être pour vous ? demanda-t-elle après avoir terminé son biscuit.

— Non. Croyez-moi, je prends déjà bien assez de cachets comme ça.

— Très bien. Pendant que je suis là, reprit Heat en se prenant presque pour Columbo – pourquoi pas ? Elle portait bien le même imperméable –, je voulais vous demander si vous aviez repensé aux photos que je vous ai montrées.

Comme son interlocutrice faisait non de la tête, Nikki lui demanda de regarder de nouveau en lui tendant les photos. La dame nettoya ses lunettes sur son pull, puis les survola. Cette fois, elle n'eut aucune réaction devant celle qui l'avait fait hésiter.

— Désolée, dit-elle en tendant le paquet à Nikki de l'autre côté de la table.

L'enquêtrice se demandait comment aborder les choses sans traumatiser la gouvernante, quand madame Borelli se souvint de quelque chose.

— Oh ! Je voulais vous dire aussi. Ça m'est revenu ce matin et j'allais vous appeler quand vous êtes arrivée, dit-elle, l'air bouleversé. Vous m'aviez demandé si quelqu'un en voulait au père Gerry.

— Je vous en prie, continuez, dit Nikki en cherchant une page vierge.

— Nous avons eu un prêtre ici, il y a quelque temps. On l'a accusé de conduite... indécente avec deux enfants de chœur lors d'un week-end d'excursion. Je ne sais pas ce qui s'est passé réellement, le père Graf non plus, mais dès qu'il en a entendu parler, il l'a signalé à l'archidiocèse, ce qui était normal. Ils ont envoyé le père Shea pour ouvrir une enquête. Mais un des parents – monsieur Hays – a porté plainte. Évidemment, tout le monde aurait fait pareil, mais il a aussi harcelé le père Graf.

— Harcelé comment ?

— Des coups de téléphone d'abord, et puis il est venu au presbytère sans prévenir. Chaque fois, le ton montait.

— Il est devenu violent ou il a menacé le père Graf ?

Madame Borelli fit non de la tête.

— Il criait. Il criait beaucoup en l'accusant de laisser faire et aussi il l'accusait de vouloir blanchir l'autre père, mais jamais il n'a proféré de menace, jusqu'à il y a trois mois environ.

— Qu'a-t-il dit, madame Borelli ? Vous avez entendu ses mots exacts ?

— Oui. C'est la seule fois où il n'a pas crié. Il était calme. À faire peur, vous voyez ? Il a dit...

La vieille gouvernante pencha la tête en arrière comme si elle pouvait lire au plafond :

— « ... J'en ai assez de discuter. Votre Église vous protège peut-être mais pas de moi. » Ah oui, et aussi : « Vous ne savez pas à qui vous avez affaire. » Elle regarda Heat prendre ses notes avant de continuer. Je suis désolée de ne pas y avoir pensé hier. Il faut dire que, comme monsieur Hays n'est pas revenu depuis, j'avais oublié. Et puis hier, j'étais un peu, vous savez... fit-elle avec un haussement d'épaules en jouant avec le crucifix à son cou.

La pauvre femme avait l'air épuisée. Nikki décida de la laisser se reposer.

Mais d'abord, elle prit le nom et l'adresse de l'homme furieux sur le registre de la paroisse, ainsi que le nom du prêtre accusé. À la porte, elle rassura la gouvernante en lui disant qu'elle avait bien fait de lui faire part de cette information.

— N'hésitez pas à nous transmettre le moindre détail, peu importe quand il vous revient, ajouta-t-elle de manière appuyée.

Puis elle remit le paquet de photos à madame Borelli avant de s'en aller.

***

La voiture de patrouille qui l'avait suivie au presbytère attendait le moteur tournant. Heat se dirigea vers le conducteur, un agent à la mine patibulaire surnommé Doberman du 20e commissariat, car personne n'osait franchir la ligne quand on le postait à l'entrée d'une scène de crime.

— Harvey, vous ne croyez pas que vous avez mieux à faire ? demanda-t-elle quand il eut baissé sa vitre.

— Ordres du capitaine, dit-il d'une voix rauque.

— Je rentre au poste. Par West End au lieu de Broadway.

— Pas de souci, inspecteur, vous ne me sèmerez pas.

Malgré sa nonchalance, Doberman était le meilleur chien de garde qu'on pouvait souhaiter. Elle lui tendit le sachet de gaufrettes que madame Borelli lui avait donné. Il sourit presque en regardant à l'intérieur.

***

Plus tard dans l'après-midi, de retour dans la salle de briefing, l'inspecteur Heat fit rouler son fauteuil de son bureau au tableau blanc en espérant le faire parler.

Cela n'arrivait pas dans toutes les enquêtes, mais, de temps à autre, aussi bizarre que cela puisse paraître, si elle se concentrait bien, si elle faisait le calme à l'intérieur et se posait les bonnes questions, tous les faits sans aucun lien – les gribouillis, la frise chronologique, les photos de la victime et du suspect – s'accordaient pour lui crier la solution en chœur.

Mais eux seuls décidaient quand. Or, ils n'étaient pas prêts.

— Inspecteur Hinesburg, dit-elle, toujours tournée face au tableau.

En entendant les pas derrière elle, Heat se leva et

pointa du doigt l'inscription en bleu indiquant *Relevés téléphoniques de Graf.* Elle n'avait pas été cochée.

— Vous n'étiez pas chargée de ça ?

— Ouais, ben, au cas où vous n'auriez pas remarqué, je n'ai pas que ça à faire.

— Quand ? se contenta de demander Nikki.

Nul besoin d'en dire plus. Hinesburg salua de cette manière qui irritait tant Heat et retourna à son bureau. Heat se retourna vers le tableau, sans vraiment le regarder, juste le temps de retrouver son calme.

Raley raccrocha son téléphone et arriva, le bouchon du stylo entre les dents et un calepin à la main.

— J'ai des infos sur le papa gueulard, annonça-t-il en faisant référence au père de l'enfant de chœur. Lawrence Joseph Hays. Coups et blessures contre un voisin en 2007 à cause d'un chien qui aboyait dans l'immeuble d'à côté. La plainte a subitement été retirée à la demande du plaignant. Sans explication.

— C'est le seul antécédent ?

— Affirmatif.

— On devrait lui rendre visite cet après-midi, suggéra Heat.

— Ce sera difficile. J'ai déjà appelé son bureau pour fixer un rendez-vous – sans dire pourquoi, bien sûr. Il est à Ely, au Nevada, pour affaires. Je me suis aussi demandé où ça pouvait bien être, ajouta-t-il avant que Nikki ne pose la question. Un minuscule point sur la carte au beau milieu du désert.

— Il bosse dans quoi ? demanda-t-elle.

— Il est PDG de Lancer Standard.

— Le sous-traitant de la CIA en Afghanistan ?

— Le seul et l'unique, confirma Raley.

— Hélicoptères noirs, mercenaires et saboteurs,

commenta Heat. Ely doit être leur centre d'entraînement.

— J'aimerais vous dire que vous avez raison, mais, dans ce cas, je devrais vous tuer.

— Hilarant, Raley ! Voyez quand Hays revient. Je veux lui parler moi-même.

***

Ochoa appela pour dire qu'il avait fait chou blanc chez la colocataire de la dominatrice.

— Quand je suis arrivé, elle avait décampé. Le concierge l'a vue passer avec des valises hier soir.

— Elle a laissé une adresse pour son courrier ? demanda Heat.

— Ç'aurait été trop beau. J'ai bien appelé l'hôtel à Amsterdam que sa colocataire avait indiqué aux Douanes, juste au cas où elle saurait où elle allait. Selon la réception, Andrea Boam est toujours enregistrée, mais ils ne l'ont pas vue depuis deux jours environ. D'après eux, elle se serait liée avec un type.

Il eut un petit rire.

— Intéressant choix de mots, étant donné sa profession. C'est bon à savoir si on ne boucle pas cette affaire, Miguel. Au moins vous aurez matière à vous illustrer au spectacle de Noël.

Heat eut un petit coup au cœur en voyant la lumière s'allumer dans le bureau du capitaine Montrose.

— Bon, il faut que j'y aille, mais le labo a terminé avec l'ordinateur de Graf. Voyez ce que vous pouvez trouver dessus, à votre retour.

Se tenant à distance par discrétion, l'inspecteur Heat constata que Montrose n'était pas tout seul. La porte était fermée, et deux gars qu'elle ne connaissait pas, en costume, l'air sérieux, lui tenaient compagnie. L'ambiance ne semblait pas être à la fête.

***

Plus tard, après avoir passé un certain temps sur l'ordinateur du père Graf, les Gars rejoignirent Heat en tandem à son bureau.

— C'est qui ces types, à votre avis ? s'enquit Ochoa. Les Affaires internes ?

— Je parie que ce sont les *Men in Black*, fit Raley. S'il y a un gros éclair, chaussez vos lunettes de soleil.

Aux yeux de Nikki, d'après leur allure et leur mine grave, ce ne pouvait être en effet que l'inspection des services. Mais il y avait déjà suffisamment de rumeurs comme cela dans le 20e ; alors, elle revint à ses moutons et leur demanda ce que l'ordinateur leur avait appris. Les Gars la conduisirent à la frise chronologique sur le tableau blanc.

— Première chose, commença Ochoa, le prêtre avait besoin d'un nouvel ordinateur. Ce fossile a mis dix minutes rien que pour démarrer. On a commencé par regarder l'historique et les favoris.

— Toujours révélateur, ajouta Raley.

— Rien de choquant. Quelques sites catholiques, des émissions de télé de la chaîne publique, des librairies en ligne – que du grand public, rien d'érotique. D'après ses avis et ses achats récents, c'était un fan de polars...

— Cannell, Connelly, Lehane, Patterson...

— Il y avait d'autres sites parmi les favoris, continua Ochoa. Plusieurs œuvres de charité et des organisations de défense des droits de l'homme. Une chinoise, beaucoup de latino-américaines.

— Là, on a peut-être levé un lièvre, indiqua Raley. On a ouvert son Outlook pour vérifier son calendrier.

— Il ne s'en est jamais servi, intervint Ochoa.

— Alors, on a regardé ses mails, reprit Raley. Il y avait un message d'un de ces groupes de militants, *Justicia aguarda*, au sujet d'une réunion urgente.

— Mot à mot : « Justice aux aguets », traduisit Ochoa.

Le regard de Nikki se porta sur la photo de Graf à la manifestation, en haut du tableau.

— La réunion avait lieu à dix heures trente, le matin de sa disparition, exposa-t-il en pointant le doigt sur la frise chronologique.

— Bon, dit Nikki. La gouvernante a dit que la dernière fois qu'elle l'avait vu, le père Graf était parti, contrairement à ses habitudes, juste après le petit-déjeuner, sans qu'elle sache où.

— Je crois qu'on le sait maintenant, dit Raley.

— Il lui aurait fallu deux heures pour se rendre à une réunion ? Encore un trou, constata-t-elle. Quoi qu'il en soit, les membres de *Justicia aguarda* sont peut-être les derniers à avoir vu le père Graf en vie. En voiture, les Gars, allez les interroger.

***

Peu après 18 heures, Rook entra dans la salle de briefing et en fit le tour d'un air dégagé.

— Bon sang, je suis parti trop longtemps. J'ai l'impression de revenir dans mon ancienne école primaire. Tout paraît plus petit.

Nikki se leva de son bureau et jeta un rapide coup d'œil vers le bureau de Montrose, mais il y avait longtemps qu'il avait baissé les stores pour son entretien avec les Affaires internes.

— Rook, tu n'as pas de téléphone ?

— Ah ! on distingue un mode de fonctionnement, là. Nikki Heat est une femme qui n'aime pas les surprises. C'est noté. J'y penserai pour tes trente ans, d'accord ?

Il lui tendit un sac de vêtements.

— C'est quoi ? demanda-t-elle.

— Au risque de te déplaire, encore une surprise. Quand je t'ai vue aux infos, tu m'avais l'air d'avoir besoin d'une tenue de rechange. Quelque chose d'un peu moins, disons, groupe A positif ?

Il lui tendit le sac par l'anse.

— Il y a une boutique Theory dans Columbus. C'est peut-être un peu branché pour les vilains tueurs, mais ils n'auront qu'à faire avec.

Au lieu de l'embrasser, elle sourit. Puis, au diable, se dit-elle, et elle lui posa un baiser sur la joue.

— Merci. J'adore les surprises.

— Alors, là, j'en ai la tête qui tourne !

Il s'installa dans le fauteuil qu'il occupait à l'époque où il l'accompagnait.

— On n'est pas obligés d'y aller maintenant si tu es occupée.

— Occupée n'est pas tout à fait le mot.

Elle regarda autour d'elle pour s'assurer qu'on ne l'écoutait pas.

— Les choses se sont durcies entre Montrose et moi.

Elle se rapprocha.

— L'inspection des services est avec lui en ce moment, murmura-t-elle. J'ignore pourquoi et, en plus, l'un des inspecteurs prêtés par la brigade des cambriolages a demandé à repartir aujourd'hui. Vexé.

— Laisse-moi deviner. Rhymer. Quelle fouine, celui-là ! Je n'ai jamais cru à son show, à cet Opossum.

— Non, Rhymer est solide. C'est son coéquipier, Gallagher.

— Le râleur ?

— Oh non, commence pas, mon cœur !

— Ou ce sera ma dernière heure ?

— C'est ça, tu meurs.

— ... même pas peur !

Pendant qu'ils ricanaient, le portable de Rook sonna. Il regarda le nom de l'appelant.

— Je ne voudrais pas te retarder, reprit-il, je vais le prendre.

Tandis qu'il quittait la pièce, l'air étonné, elle l'entendit s'exclamer.

— Oh ! J'y crois pas ! Tam Svejda, la Tchèque en bois !

***

Il emmena Nikki chez Bouley dans Tribeca, cela restait l'un des meilleurs restaurants de la ville. Les Gars téléphonèrent juste au moment où ils entraient. Heat et Rook s'arrêtèrent, le temps qu'elle réponde dans l'entrée – il y avait pire comme endroit puisque des étagères chargées d'odorantes pommes fraîches en ornaient les murs.

Entre le choix du vin et celui du pain, elle fit un topo à Rook sur les principaux points de l'enquête et le mit au courant des problèmes que lui posait le capitaine Montrose. Elle omit le lien qu'il avait dans l'affaire Huddleston, car elle ne savait pas très bien quoi en penser elle-même. Et puis elle était en public.

Ils avaient beau avoir une alcôve pour eux, on ne savait jamais. Il l'écoutait attentivement et, à son plus grand plaisir, elle vit qu'il s'efforçait de ne pas la submerger d'hypothèses prématurées tout droit sorties de son imagination au lieu de se fonder sur les faits. Il finit cependant par l'interrompre quand elle lui dit que Raley et Ochoa sortaient du quartier général de *Justicia aguarda*.

— Ce sont des marxistes, dit-il. Pas du tout de gentils manifestants post-Woodstock. Certains sont même d'anciens rebelles des FARC colombiens qui préféreraient certainement le fusil aux banderoles.

— Il faudra que je regarde de ce côté-là, dit Heat en sortant son calepin. Les Gars disent que, selon les membres du bureau, le père Graf était un fervent supporter de leur cause et qu'ils le pleurent. Même si un des dirigeants l'a jeté d'une réunion l'autre matin parce qu'il était arrivé bourré.

Elle réfléchit au lien éventuel que pouvait entretenir Graf avec des rebelles armés.

— À quel point sont-ils violents, je veux dire ici, à New York ?

— Sans doute pas plus que, disons, l'IRA à l'époque du conflit nord-irlandais.

Il déchira un morceau de pain aux raisins.

— Je les ai encore en tête parce que j'ai assisté à la livraison de quelques fusils d'assaut et de lance-grenades pour eux en Colombie.

— Rook, tu étais en Colombie ?

— Tu le saurais si tu m'avais demandé comment s'était passé mon voyage.

Il feignit d'essuyer une larme avec sa serviette. Puis il resta pensif.

— Tu connais Faustino Velez Arango ?

— L'écrivain dissident qui a disparu ? Bien sûr.

— C'est la petite armée de *Justicia aguarda* qui l'a sorti de sa prison pour le planquer l'automne dernier. Si ton prêtre s'est compromis avec ces types, j'y regarderais de plus près, à ta place.

Nikki termina son cosmopolitan.

— Tu m'as fait peur, Rook. J'ai cru qu'on allait passer toute la soirée sans que tu nous pondes une de tes théories à la noix.

Pour rentrer, ils marchèrent sous une pluie mêlée de neige, car les températures avaient remonté. La voiture de patrouille qui les suivait se rangea le long du trottoir par lequel ils regagnaient le loft de Rook. Doberman baissa la vitre du passager.

— Vous êtes sûre que vous ne voulez pas que je vous dépose ?

Elle déclina son offre et lui fit signe de partir. Heat voulait bien accepter une protection mais pas un chauffeur. Pendant que Rook allumait la télévision pour regarder les informations de 23 heures, elle déboucha une bouteille de vin.

— Avec la pluie, le sel sur la chaussée a été emporté et a corrodé une boîte de dérivation, ce qui a provoqué un court-circuit, expliquait le journaliste en direct de la scène d'explosion d'une bouche d'égout dans East Village.

— Et la petite bête qui monte, qui monte a éclaté en mille morceaux, commenta Rook.

Nikki lui tendit un verre, puis éteignit la télévision pendant l'annonce de la fusillade dans Brooklyn Heights.

— Je n'arrive pas à croire que tu ne veuilles pas voir ça. Tu sais ce que certains sont prêts à faire juste pour passer aux infos ?

— J'ai passé la journée dessus, dit-elle en retirant ses chaussures. Je n'ai aucune envie de m'y replonger ce soir.

Il ouvrit grand les bras pour que Nikki vienne se blottir contre lui sur le canapé.

Le nez enfoncé dans sa chemise ouverte, elle respira l'odeur de son cou.

— Comment tu vas t'en sortir avec Montrose ?

— J'en sais fichtrement rien.

Elle se redressa, s'installa jambes croisées sur le coussin à côté de lui, but une gorgée de vin et lui posa la main sur la cuisse.

— Je ne sais pas comment le prendre, il ne se ressemble plus du tout. Son attitude et sa manière de faire – c'est ça, le plus dur. La fouille du presbytère, le blocus sur mon affaire. Je ne comprends pas.

— Dis plutôt que tu ne comprends que trop bien et que ça te fait peur ?

— Moi qui croyais le connaître, fit-elle en hochant la tête, plus pour elle-même que pour lui.

— Ce n'est pas le problème. Tu as confiance en lui ? C'est ça, l'important.

Il but une gorgée.

— C'est ce que je disais hier soir, continua-t-il, voyant qu'elle ne répondait pas. On ne connaît jamais vraiment les gens. En fait, est-ce que je te connais vraiment ? Et moi, tu me connais si bien ?

Nikki ne put s'empêcher de repenser à Tam Svejda, la « Tchèque en bois ». Une fois de plus.

— D'accord. J'imagine qu'on ne peut pas toujours tout savoir, n'est-ce pas ?

— C'est toi le flic. Tu pourrais m'interroger.

— C'est ça que tu veux, Rook ? s'esclaffa-t-elle. Que je te tienne sur le gril ? Que je sorte les charbons ardents ?

Il bondit sur ses pieds.

— Ne bouge pas. Tu m'as donné une idée.

Il se dirigea vers son coin lecture sur le côté du salon. Derrière les bibliothèques, elle entendit crépiter un clavier puis l'imprimante. Il revint avec plusieurs feuilles.

— Tu as déjà lu *Vanity Fair ?*

— Ouais. Surtout les pubs.

— Sur la page de derrière, ils interrogent chaque mois une célébrité en utilisant ce qu'ils appellent « le questionnaire de Proust ». Ça vient d'un jeu de salon très à la mode à l'époque de Marcel Proust. C'était pour que les invités fassent connaissance. Évidemment, c'était bien avant Dancing Stage. Proust n'a rien inventé, c'était juste le plus célèbre des amateurs de ce jeu. En voici une version qu'on trouve sur Internet, dit-il en brandissant ses feuilles avec un sourire sournois. Tu veux jouer ?

— Je ne sais pas trop. C'est quel genre de questions ?

— Révélatrices, Nikki Heat. Révélatrices de qui tu es vraiment.

Elle voulut saisir les feuilles, mais il l'en empêcha.

— Non, on ne regarde pas avant.

— Et s'il y en a auxquelles je ne veux pas répondre ? demanda-t-elle.

— Hmm.

Il tapota le rouleau de papier contre son menton.

— Je vais te dire. Tu as le droit de ne pas répondre à condition que... tu enlèves un vêtement.

— C'est une blague ? Tu veux dire comme au strip-poker ?

— Là, c'est encore mieux. C'est un « Proust déshabillé » !

Elle réfléchit.

— Pose tes chaussures, Rook. Quitte à jouer, autant partir à égalité.

— D'accord, on y va. Il aplatit les feuilles sur sa cuisse, puis commença à lire. « Quel est ou sont ton ou tes auteurs préféré(s) ? »

Nikki souffla et réfléchit en fronçant les sourcils.

— On joue ton chemisier, indiqua Rook. Aucune pression.

— Je vais t'en donner deux. Jane Austen et Harper Lee. À toi, maintenant ! lança-t-elle.

— Bien sûr, pas de problème. Je dirais un certain Charles Dickens et j'ajouterais Hunter S. Thompson.

Il revint à ses pages.

— « Nom de votre héros préféré en littérature ».

— Ulysse, fit Heat en haussant les épaules après réflexion.

— Moi aussi, dit Rook. Ton petit doigt.

Il tendit son auriculaire pour qu'elle y accroche le sien. Ils tirèrent en riant.

— Personne ne se dépoile cette fois. Voyons ceci : « Quel est votre poète préféré ? »

— Keats, répondit-elle. Pour *Ode on a Grecian Urn.*

— Seuss. Pour *One Fish, Two Fish*, répondit Rook avant de passer à la question suivante. « Comment souhaitez-vous mourir ? »

Ils se regardèrent, puis Nikki enleva son chemisier.

Sentiment partagé : il retira son pull.

— Je t'avais dit qu'il y en aurait auxquelles je ne voudrais pas répondre.

— Et c'est bien là l'intérêt du jeu, inspecteur Heat. « Quel musicien a eu le plus d'impact dans votre vie ? » poursuivit-il.

— Le musicien qui a eu le plus d'impact... répéta-t-elle en réfléchissant. Chumbawamba.

— Tu plaisantes ! Pas Bono ? Ni Sting ou Alanis Morissette, ou... Chumbawamba, vraiment ? Les Chumbawamba de *Tubthumping.*

— Ben oui. Comme mon prof de théâtre au lycée trouvait que j'étais trop jeune pour jouer Christine dans

Phantom of the Opera, leur chanson trouvait un sacré écho en moi puisqu'elle parle de se relever même quand on a pris de mauvais coups. C'est encore le cas, songea-t-elle. Et toi ?

— Steely Dan pour *Deacon Blues*. Et tout James Taylor, surtout *Secret O' Life*.

Alors, Rook se tapa le front de la paume de la main.

— Oh non, attends ! J'oubliais AC/DC.

Heat imita le son d'un buzzer.

— Réponse hésitante, Rook. Adieu les points, adieu le pantalon.

Il s'exécuta, puis regarda le questionnaire et passa à la page suivante avec un petit hochement de tête.

— Holà ! Penalty, siffla Nikki. Pas le droit de sauter des questions. Envoie.

— « Quelles qualités recherchez-vous chez une femme ? » Rook marqua une pause. Terrain miné, je refuse de répondre.

Elle lui fit retirer sa chemise.

— Je n'aime pas trop le tour que ça prend, déclara-t-il.

Puis il consulta le haut de la page suivante.

— Revanche : « Quelles qualités recherchez-vous chez un homme ? »

— Moi je peux répondre : l'honnêteté et le sens de l'humour.

— C'est marrant parce que, ma qualité, c'est justement d'être honnête et drôle. Tu vois, si tu me demandais si ce sang sur tes habits te fait un gros cul, je te le dirais.

— C'est parce que tu perds, que tu cherches à gagner du temps ?

— Bon, d'accord. « Qui auriez-vous aimé être ? » reprit-il. Là, c'est moi qui réponds en premier : choriste d'Aretha Franklin. J'aurais peut-être eu du mal avec la robe à paillettes, mais c'est une vie qui m'aurait plu. Et toi ? Ç'aurait été qui ?

— Meryl Streep, fit-elle sans hésiter.

Il lui lança un regard compatissant, car tous deux savaient qu'elle avait abandonné ses études de théâtre à la mort de sa mère.

— Je continue. « Quel est votre état d'esprit actuel ? »

Heat ne put s'empêcher de penser au désarroi qu'elle éprouvait. Au lieu de répondre, elle préféra poser son pantalon.

— Mon état d'esprit ?...

Rook réfléchit.

— C'est parti pour le Proust déshabillé, *yes* ! Question suivante : « Qu'est-ce que la souffrance pour vous ? »

— Passe. Je n'aime pas du tout ce genre de questions, dit-elle en dégrafant son soutien-gorge, qu'elle posa ensuite sur la table basse. Tu dois répondre aussi, monsieur Loyal.

— Facile. Moi, c'est ce que je ressens pour ne pas t'avoir appelée en rentrant de voyage.

— Bien joué, commenta Nikki. Suivante ?

— Alors... « Quelle est votre devise ? »

Il fit la grimace.

— Mais je n'ai pas de devise. Personne n'a de devise !

— À toi de choisir : le caleçon ou les chaussettes.

— Eh ben, là, voilà, ma nouvelle devise !

— Bien essayé, fit-elle.

Il fit glisser son caleçon et se retrouva en chaussettes.

— Et pan, dans les dents !

— Moi, j'en ai une devise. C'est : « N'oublie jamais pour qui tu travailles. »

Mais, tout en disant ces mots, Nikki se sentit mal à l'aise. Pas honteuse mais presque. Pour la première fois, ça sonnait creux. Faux. Pourquoi ? Elle réfléchit, essaya de comprendre ce qui avait changé en elle.

Le stress, voilà ce qui était nouveau. Et, en regardant de plus près, elle se rendit compte que le plus dur, ces derniers jours, avait été d'éviter la confrontation avec le capitaine Montrose. Soudain, elle eut un déclic. À cet instant précis, alors qu'elle était assise pratiquement nue dans le salon de Rook, à jouer à un jeu de salon idiot du XIXe siècle.

À cet instant, Nikki se réveilla et vit avec clarté ce qu'elle était devenue – ce qu'elle n'était plus. Subrepticement, à force de se répéter qu'elle travaillait pour son supérieur, elle avait perdu de vue son principe de base : qu'elle travaillait pour la victime.

Aussitôt, Nikki décida de voir Montrose à la première heure le lendemain. Advienne que pourra.

— Allô ? fit Rook pour lui ramener les pieds sur terre. Prête pour la suivante ?

Elle posa sur lui un regard lucide et hocha la tête.

— On y va, alors. « Quelle est votre idée du bonheur ? »

Heat prit le temps de réfléchir. Puis, sans mot dire, elle se leva et posa sa petite culotte. Rook leva les yeux vers elle avec une mine à laquelle elle ne put résister. Elle se pencha et prit sa bouche dans la sienne. Il lui répondit avec avidité et l'attira dans ses bras. Très vite, le rythme de leurs corps apporta la réponse à cette dernière question. Involontairement, elle se mit à lui susurrer à l'oreille :

— Ça... Ça... Ça...

SIX

À 8 heures, le lendemain matin, assise à une table près de la fenêtre dans un snack, Nikki soufflait sur son grand café en attendant que Lauren Parry décroche son téléphone. À la morgue, on ne vous faisait pas patienter avec de la musique d'ascenseur ou des tubes des années 1980 ou 1990, mais avec de courts messages en boucle sur les offres et les services de la municipalité de New York. À la place de *Kiss from a Rose* de Seal ou de *Man ! I Feel Like a Woman !* de Shania Twain, le maire vous invitait à composer le 311 pour toute demande d'information, et un employé du service des transports vantait d'une voix monocorde les mérites de la circulation alternée et du stationnement unilatéral alterné. C'est là qu'on aurait aimé entendre Annie Lennox et ses *Sweet Dreams !*

— J'ai une question, annonça Heat quand Lauren finit par répondre.

En bruit de fond, elle entendit des gants claquer et le tintement du couvercle d'un seau en métal qu'on relevait contre le mur.

— C'est au sujet de l'ecchymose au bas du dos du père Graf. Tu te souviens ?

— Bien sûr. Tu veux savoir quoi ?

L'idée était venue à Heat, à l'aube, alors qu'elle était encore au lit avec Rook. N'arrivant plus à dormir, elle repensait au rendez-vous qu'elle avait prévu avec son capitaine quelques heures plus tard. À côté d'elle, Rook s'était tourné sur le flanc. Alors, Nikki s'était mise à peigner du bout des doigts ses cheveux en épi. Il avait l'air d'avoir minci durant son absence. Les muscles de son épaule paraissaient saillir davantage et, dans la lumière cireuse, on lui voyait davantage les côtes. Son regard était descendu le long de la colonne vertébrale jusqu'aux reins, où elle avait aperçu un bleu qui commençait à disparaître. Tandis qu'ils se séchaient l'un l'autre après la douche, elle lui avait demandé comment il s'était fait cette ecchymose.

Rook lui avait expliqué que, deux semaines auparavant, il avait pris un cargo de Rijeka, sur l'Adriatique, à Monrovia, sur la côte ouest-africaine, où il avait assisté à un « déchargement au grand jour d'armes pour le marché noir ».

Le trafiquant, qui était sur le quai pour superviser le transfert des trente tonnes de munitions pour AK-47, sans compter les palettes de lance-grenades sur les camions qui attendaient, ne cessait de surveiller depuis sa Range Rover la tour de la capitainerie, où Rook était tapi. Une fois le convoi parti, Rook s'était fait alpaguer par trois de ses sbires. Après lui avoir mis une cagoule sur la tête, ils l'avaient conduit à une plantation dans les collines, à plus d'une heure de route. Là, ils lui avaient retiré sa cagoule, mais il avait attendu menotté, enfermé dans une écurie vide.

À la nuit tombée, on l'avait emmené sur la grande pelouse à côté de la maison de maître jaune, où le trafiquant d'armes, un ancien agent du MI-6, un certain Gordon McKinnon – du moins, c'était le nom qu'il utilisait –, était assis à une table de pique-nique et s'envoyait des caïpirinhas sous des guirlandes de lumières en forme de petits piments rouges. Rook avait décidé de ne pas divulguer ce que ses recherches lui avaient appris au sujet de ce fameux McKinnon... Que cet ancien des services secrets britanniques avait fait fortune en vendant des armes au noir dans les pays d'Afrique frappés d'embargo... Que cet homme roux juste devant lui, ivre et tanné par le soleil, avait plus que sa part de responsabilité dans le sang versé en Angola, au Rwanda, au Congo et, plus récemment, au Soudan.

— Asseyez-vous, Jameson Rook, l'avait-il sommé en indiquant le tabouret en bois, de l'autre côté de la table. Allons ! J'ai su que c'était vous à la minute où vous avez embarqué en Croatie.

Rook s'était assis sans un mot.

— Appelle-moi Gordy ! s'était-il esclaffé. Mais j'imagine que tu sais ça déjà, non ? J'ai pas raison, hein ?

Il lui avait fait glisser un grand verre sur la table.

— Bois, c'est la meilleure caïpirinha à la surface de ce putain de continent. Mon barman et ma cachaça viennent directement du Brésil.

Peut-être était-il trop ivre pour se rappeler que son hôte ne pouvait attraper son verre puisqu'il avait les mains attachées dans le dos.

— J'ai lu tous tes articles. Pas mal. Sur Bono et Mick. Sur Bill Clinton. Bon travail. Mais alors, sur ce putain de Tony Blair ? Et sur Aslan Maskhadov[1] ? J'en sais foutrement plus que ces conneries que t'as écrites sur ce salaud de Tchétchène. Maskhadov, ha ! Mon seul regret, c'est bien de ne pas avoir vendu la grenade qui l'a tué.

En basculant de nouveau son verre, il s'était renversé

---

1. Aslan Alievitch Maskhadov (1951-2005), chef du mouvement séparatiste tchétchène et troisième président de la République tchétchène (non reconnue) d'Itchkérie. (NDT)

de l'alcool sur le menton et sur sa chemise Ed Hardy. Son barman était venu lui apporter un autre verre.

— Allez, cul sec ! avait-il repris. C'est ton dernier verre.

Alors, il s'était levé en pointant sur Rook la plus grosse arme de poing qu'il ait jamais vue, un Desert Eagle israélien. Toutefois, il avait pivoté, visé à gauche et tiré dans la nuit. Le fracas de la détonation du calibre .50 avait immédiatement été suivi par un sifflement et un rougeoiement qui avait illuminé les environs d'un éclat glacial. Rook s'était retourné pour regarder derrière lui. Dans l'éclair, il avait pu distinguer les torches au magnésium qui coiffaient les poteaux de la clôture à l'autre bout de la pelouse. McKinnon avait de nouveau tiré. La balle avait atteint une autre torche, qui avait explosé à son tour dans un vacarme de grésillements et de crépitements en tombant de la clôture, illuminant les chevaux affolés et deux jets privés garés au loin.

Le trafiquant d'armes avait levé les poings en l'air en poussant des cris de guerre dans le ciel libérien. Puis il avait vidé son verre d'un trait.

— Tu sais ce que j'adore ? s'était-il exclamé d'une voix rauque. M'en foutre plein la vie. Imagine que j'ai de quoi m'offrir un pays entier !

Puis il avait éclaté de rire.

— Oh ! mais, attends, c'est déjà fait ! Tu sais quoi, Rook ? On m'a déjà offert..., tiens-toi bien..., l'immunité diplomatique ! Ils m'ont fait ministre de je ne sais plus quelle connerie. Je te jure. Je peux faire ce que je veux, et personne ne peut rien contre moi.

L'arme brandie, il s'était rapproché de Rook en le prenant de nouveau pour cible.

— Voilà ce qui arrive quand on fourre son nez là où il faut pas.

— Dans quoi on m'a emmené ici, une Range Rover ? avait demandé Rook en regardant droit dans le canon. Demande à ton voiturier de me la ramener. Je ne vais pas tarder à tailler la route.

D'un geste, McKinnon l'avait menacé avec son arme.

— Range ce putain de truc, tu ne vas pas me tuer.

— Non ? Et pourquoi donc ?

— Parce que tu l'aurais déjà fait au port et je serais déjà en train de flotter vers les Canaries. Parce que tu fais un peu trop le... mariole. Parce que, si tu me tues, qui racontera ton histoire, Gordon ? Or, c'est ce que tu veux, non ? Évidemment que c'est ça. Et puis tu m'as donné de splendides citations. « T'en foutre plein la vie » ? « Ministre de je ne sais plus quelle connerie » ? Excellent. Pas facile d'être une grande gueule sans public, hein ? Tu ne m'as pas fait venir pour me tuer, tu m'as fait venir pour que je te fasse entrer dans la légende.

McKinnon s'était précipité sur Rook pour lui faire une clé de bras autour du cou.

— Qu'est-ce qui te prend ? C'est par fascination de la mort que tu t'autorises à me chercher ? Hein ? Hein ?

Le regard fou, éclairé par la lumière incendiaire des torches, il lui avait appuyé le canon sur la tempe.

— Alors, ça vient, cette Range Rover ? avait soupiré Rook.

McKinnon avait posé l'arme sur la table, puis poussé Rook en arrière qui était tombé lourdement de son tabouret sur les dalles du patio en atterrissant sur ses menottes. Le temps que l'inspecteur Heat se rende à pied au poste depuis le snack situé dans Amsterdam, Lauren Parry l'avait rappelée.

— Je viens de regarder la photo de l'ecchymose en forme d'échelle dans le creux du dos. Ça pourrait tout à fait être dû à des menottes. Je vais faire un test, mais il est fort probable que des menottes à charnière aient provoqué ce bleu. Ça signifie quoi, à ton avis ?

— Qu'on peut espérer que ça signifie quelque chose, répondit Heat.

***

Quand elle frappa à sa porte en demandant à lui parler, le capitaine Montrose répondit qu'il était occupé. Heat entra quand même et tira la porte derrière elle. Au son du déclic, il leva les yeux de ses documents.

— J'ai dit que j'étais occupé.

— J'ai dit qu'il fallait que je vous parle, rétorqua sa subordonnée, inamovible.

Montrose la regarda en fronçant ses gros sourcils.

— Voilà à quoi ma vie se réduit. Des chiffres. D'abord, on critique mes performances en me disant qu'il faut accélérer le rythme, respecter mon quota. Et maintenant, ça.

Le capitaine souleva l'épaisse liasse de son buvard et la laissa retomber avec un dédain non dissimulé.

— Chiffres ciblés. Microgestion. Nombre d'amendes pour stationnement gênant et abandon d'ordures sur la voie publique à faire cette semaine. Sans oublier les convocations. Voyons voir...

Il parcourut une rangée du bout du doigt.

— Ils veulent huit violations relatives au port de la ceinture de sécurité et six contraventions pour utilisation du portable au volant. Pas cinq, pas sept. Six. Si je ne fais pas le bon compte, le mien sera bon. Alors, quel choix me reste-t-il, gonfler les chiffres ? Demander aux gars d'éviter de répondre aux signalements de cambriolage ou d'agression pour m'éviter les emmerdes ? Tant que ce n'est pas noir sur blanc, il ne s'est rien passé. Et hop, baisse du crime dans le 20e !

Il reboucha son surligneur et le jeta sur le bureau. Le feutre roula par terre sans que le capitaine fasse un geste pour l'arrêter.

— Puisque vous tenez à m'interrompre, asseyez-vous.

Elle choisit l'une des chaises en face de lui.

— Alors, qu'est-ce que vous avez pour égayer cette journée déjà si parfaite ? ironisa-t-il.

Nikki savait exactement par où commencer. Son objectif était clair : faire simple pour éviter toute ambiguïté.

— Je veux élargir les recherches dans l'affaire Graf, dit-elle.

— Vous en avez fini avec ce que je vous ai demandé ?

— Pas encore, mais...

— Dans ce cas, la discussion est close, coupa-t-il.

— Capitaine, avec tout le respect que je vous dois, on court après le mauvais lièvre. Des pistes prometteuses se profilent à l'horizon et je me sens pieds et poings liés.

— Par exemple ?

— L'argent planqué dans ces boîtes en fer, se lança-t-elle. Pourquoi vous ne me demandez pas de contacter aussitôt l'archidiocèse ?

— Parce que ça n'est pas pertinent.

— Comment pouvez-vous le savoir ? fit Nikki, frappée par la certitude qu'il affichait.

— Mettriez-vous en doute le jugement de votre supérieur ?

— Ma question est légitime, monsieur, déclara Nikki avec respect.

Elle voulait récupérer l'affaire, pas le braquer.

— La victime a été tuée dans le milieu du bondage – travaillez cette piste.

— J'ai l'impression que c'est un cul-de-sac.

— J'ai dit : « Travaillez cette piste. »

— J'ai aussi une victime de fusillade en lien avec le prêtre, décida-t-elle de poursuivre en espérant trouver une brèche.

— Et avec le fait que vous avez négligé de signaler que vous étiez suivie.

Nikki commençait à avoir le sentiment de se battre contre Don au jiu-jitsu. Dès qu'elle soulevait un fait, le capitaine répondait par une feinte. Heat refusa de mordre à l'hameçon.

— On y reviendra plus tard si vous voulez, mais ne digressons pas. Le père Graf cachait le numéro de téléphone du club de striptease dans sa chambre. Des témoins oculaires ont assisté à une dispute entre lui et le danseur. Je veux explorer cet angle, mais vous entravez mon enquête.

— Vous ferez un excellent lieutenant, dit-il. Vous apprenez déjà à faire porter le chapeau à d'autres.

— Excusez-moi, mais c'est exactement le contraire. J'assume mes responsabilités. J'aimerais que vous me laissiez mener l'affaire à ma façon.

Comme elle avait pris la décision, la veille, de montrer qu'elle avait le sens de sa mission, Nikki franchit le Rubicon...

— Qu'est-ce qui vous arrive, capitaine ? osa-t-elle.

Il enfonça son doigt dans la liasse de papiers.

— Vous savez parfaitement ce qui m'arrive ! tonna-t-il.

— Si seulement ! Je comprends la pression, je vous assure. En revanche, il y a des tas de choses qui m'échappent. Des choses que j'ai remarquées. D'autres que j'ai apprises. Et, franchement, ça m'inquiète.

Le vent tourna dans la pièce. La colère et l'irritation cédèrent la place à une méfiance de Sioux. Il l'étudia avec force concentration, au point de mettre Nikki mal à l'aise. Il avait le front luisant et, derrière lui, sur la fenêtre donnant sur la rue, elle remarqua la formation d'une auréole de condensation sur la vitre, sans doute due au fait qu'il s'échauffait. On aurait dit le fantôme de Montrose.

— Vous avez appris quoi, par exemple ?

Elle eut tout à coup l'impression d'avoir un bœuf sur la langue.

— Votre fouille au presbytère, le soir du meurtre de Graf.

— La question a déjà été abordée ; vous avez la réponse, rétorqua-t-il avec un calme glacial, le visage impassible. Si vous en avez d'autres, allez-y, je vous écoute.

— Capitaine, ne nous engageons pas sur cette voie pour l'instant.

— Quelle voie ? Celle qui vous amène à suggérer que j'ai quelque chose à voir avec sa mort ?

Sous le ton mesuré, Nikki sentait la colère remonter.

— C'est bien ce que vous pensez ?

Comme elle hésitait, l'interrogateur en lui reprit le dessus. Nikki avait toujours été impressionnée par la manière dont son mentor parvenait à envoyer un suspect dans les cordes par simple intimidation. Sauf que là, il s'agissait d'elle.

— Tant que vous y êtes, inspecteur, allons jusqu'au bout – à moins que vous ne préfériez passer par les voies officielles.

Heat passa brièvement ses cartouches en revue. Elle regarda le pansement propre à son doigt et se représenta le sang photographié sur le collet du prêtre. Puis elle repensa aux marques de TENS sur Graf et aux similitudes qu'elles présentaient avec les brûlures électriques dans l'affaire sur laquelle Montrose avait enquêté en 2004. Sans compter la toute dernière révélation : que l'ecchymose dans le bas du dos du prêtre avait été provoquée par des menottes... Oui, cela soulevait beaucoup de questions, et Nikki n'aimait pas le sens dans lequel cela faisait pencher la balance. Pourtant, rien ne prouvait quoi que ce soit. Il lui était donc impossible de les formuler. En tout cas, pas sans mettre en péril une relation déjà bien fragilisée.

— Rien qui vaille la peine, finit-elle donc par déclarer.

Il frappa son bureau de la paume de la main, et elle sursauta.

— Vous mentez !

Du coin de l'œil, Nikki vit les têtes se retourner dans la salle de briefing.

— Ça crève les yeux. Allons, inspecteur, jouez cartes sur table. Mais vous préférez peut-être vous réserver pour vos nouveaux amis du One Police Plaza ?

— Capitaine... Non, je... fit-elle, désormais sur la défensive.

— Oh ! mais peut-être que vous en réservez la primeur à un prochain article. Vous n'êtes pas au courant ? ajouta-t-il en voyant sa réaction.

Puis il se pencha vers sa mallette pour en sortir l'édition du matin du *Ledger*.

— Rubrique « Actualités locales », page trois.

Il jeta le journal devant elle sur le bureau. Il était ouvert sur un bref article intitulé « Remue-ménage au poste de l'Upper West Side ». Un reportage de Tam Svejda.

— Vous prétendez toujours que vous n'avez pas parlé à cette journaliste ?

— En effet.

— Quelqu'un lui a pourtant fourni des détails, y compris le départ de Gallagher pour cause de frustration. Je me demande qui a lâché le morceau.

L'appel téléphonique que Rook avait reçu de la Tchèque eut beau lui revenir à l'esprit, Nikki écarta aussitôt cette possibilité. Impossible qu'il soit capable d'une chose pareille.

— Je n'en ai pas la moindre idée.

— Conneries.

— Capitaine, j'ignore ce qui se passe, mais j'espère que vous savez...

Il l'interrompit de la paume de la main, creusant un abîme entre eux.

— On a fini, déclara Montrose avec gravité, le verbe empreint de finalité.

Il se leva. Comme elle était restée assise, elle leva les yeux vers lui. Comment les choses avaient-elles pu lui échapper ainsi ? Elle qui ne voulait qu'une chose en entrant et qui la voyait maintenant dissoute dans cette brume toxique.

— Et si vous avez quoi que ce soit à discuter au sujet de cette affaire, venez me voir au lieu d'aller trouver les journalistes, surtout ces requins-là. Aussi tentée que vous puissiez être d'aller cirer des pompes pour votre avancement, n'oubliez pas que c'est pour moi que vous travaillez.

— Inutile de me rappeler pour qui je travaille.

Par besoin de refaire sienne une devise dont elle avait mal interprété la signification, Heat se leva pour lui faire face.

— Il y a un tueur, là dehors, et je lui mettrai la main dessus, au nom de sa victime.

— Bon sang, Heat, toutes les victimes ne sont pas votre mère !

Elle prit la gifle en plein visage. Son vieil ami connaissait sa vulnérabilité, cela faisait d'autant plus mal. Elle ne recula pas pour autant. Une fois le choc amorti, Nikki exprima son principe de vérité.

— Non, mais toute victime est la mère de quelqu'un d'autre. Ou son père, ou sa fille. Un fils, ou une épouse.

— Je vous préviens. Cette fois, oubliez ça.

— Vous qui me connaissez bien, dit-elle, vous savez que je ne vais pas me coucher.

— Je pourrais vous virer.

— Vous y serez obligé.

C'est alors que, dans une volte-face, elle retourna contre lui la carte de la vulnérabilité.

— Et comment vous expliquerez ça en haut lieu ? Parce que sachez que je ne suis pas la seule à les poser, ces questions.

Sa mâchoire se contracta. Il baissa la tête vers elle pour jauger le défi.

— Êtes-vous en train de me dire que je ne vous arrêterai pas ?

— En effet.

Heat lui retourna son regard, sans ciller.

— La balle est dans votre camp, capitaine.

Il réfléchit un instant.

— Très bien, allez-y, fit-il, mécontent mais résigné. Surveillez vos arrières, inspecteur Heat, ajouta-t-il tandis qu'elle se tournait pour partir. Vous pourriez le regretter.

— Inspecteur Heat, vous auriez une seconde ? l'interpella Hinesburg tandis qu'elle traversait la salle de briefing.

— À dire vrai, Sharon, ce n'est pas le moment.

— Je crois que vous devriez prendre le temps.

Quelque chose avait changé dans l'attitude de l'enquêtrice. Elle avait mis son arrogance en veilleuse. Une urgence inhabituelle transparaissait dans sa voix.

— Très bien. De quoi s'agit-il ?

Pour toute réponse, l'inspecteur Hinesburg tendit à Nikki les relevés téléphoniques du père Graf. Comme il n'y avait pas eu beaucoup d'appels au cours du mois, Heat ne mit guère de temps à parcourir les photocopies.

Brusquement, elle s'interrompit à la dernière page, qui couvrait la semaine précédente... Celle avant l'assassinat du père Graf. Plusieurs appels avaient été passés et reçus de deux numéros que Heat reconnaissait pour les avoir souvent composés elle-même. Il s'agissait du bureau et du portable du capitaine Montrose.

Heat leva les yeux vers le bureau de son chef. Debout derrière la vitre, il la regardait. Dès que leurs regards se croisèrent, Montrose ferma les stores d'un coup sec.

***

En moins de cinq minutes, Nikki réunit sa brigade devant le tableau blanc. Il fallait se dépêcher avant que le capitaine ne change d'avis et ne lui remette des bâtons dans les roues. Elle voulait aussi revitaliser ses troupes en montrant que la donne avait changé.

Aussi énorme que pouvait être la révélation concernant la présence de Montrose sur les relevés téléphoniques de la victime, Heat décida de ne pas aborder la question devant tout le monde. Elle avait récupéré le dossier de son enquêtrice en l'informant qu'elle prenait le relais.

Cela nécessiterait forcément une nouvelle confrontation, mais le capitaine avait déjà éteint la lumière. Comme il était parti, cela attendrait son retour. Aussi pénible que le premier entretien ait été, elle sentait que le prochain avec son supérieur assailli promettait de faire passer ce qu'elle venait de vivre pour une promenade de santé.

Tous prenaient des notes tandis qu'elle leur expliquait l'origine du bleu dans le bas du dos du père Graf.

— Les menottes, ça colle bien avec les séances de torture SM, non ? remarqua Rhymer.

— Possible, répondit Heat. C'est peut-être aussi la meilleure preuve qu'il a été amené là-bas contre son gré.

Ochoa leva le doigt.

— Une question, Miguel ?

— C'était un gros buveur. Il était complètement fait le matin où il a disparu, d'après son groupe de militants. Est-ce qu'on a vérifié dans les fichiers pour voir s'il s'était fait coffrer pour état d'ivresse et tapage sur la voie publique ces derniers jours ?

— Bonne idée, commenta Nikki. Sharon, quand vous verrez avec le central pour cette histoire de tatouage, demandez-leur aussi de regarder les contrôles positifs aux stupéfiants de cette semaine pour voir si Graf y figure.

Elle chargea Ochoa d'interroger le docteur Colabro au sujet de la mystérieuse ordonnance.

— Ensuite, je veux qu'avec Raley vous retourniez voir *Justicia aguarda*. Il paraît qu'ils ont des liens avec certaines organisations paramilitaires. Dénichez-moi leurs dirigeants et invitez-les ici pour une petite conversation. Pas en salle d'interrogatoire, dans la salle d'attente, plutôt. Je ne veux pas qu'on les traite en suspects, mais je préfère les voir chez nous, dans un cadre officiel.

À l'inspecteur Hinesburg, elle confia l'argent trouvé au grenier dans le presbytère.

— Appelez le labo, qu'ils se dépêchent d'examiner ces billets. Tous. Et, Sharon ? Comme hier.

Hinesburg leva un sourcil, prenant la remarque pour ce qu'elle était : une pique. Nikki s'en moqua éperdument.

— Je veux aller rendre visite à l'archidiocèse dans la journée, continua-t-elle, pour leur demander s'il y avait des soucis de compta à Notre-Dame des Innocents. Alors, dès que vous avez quoi que ce soit, faites-le-moi savoir avant que je parte. Rhymer, finies les dominatrices. Creusez du côté de Horst Meuller. Il est en mesure de parler ce matin ; alors, je vais passer à l'hôpital. Pendant ce temps, trouvez-moi tout ce que vous pouvez. Sur ses liens avec Graf évidemment, mais aussi sur son passé, ses finances, ses liens éventuels avec les Délices du donjon... Et n'oubliez pas de vérifier auprès d'Interpol et de la police de Hambourg.

— Ravi de voir qu'on reprend le collier ! s'exclama Rhymer après avoir mis un point à la phrase qu'il notait dans son calepin.

— Il n'y a pas que vous, dit Heat. Dites à votre copain Gallagher que, s'il veut revenir, on peut enterrer le passé.

***

De la fenêtre du dixième étage de l'hôpital, Nikki distinguait l'endroit où la fusillade avait eu lieu la veille, sur l'autre rive de l'East River, dans le bas de Manhattan. Une rangée d'immeubles peu élevés au sud du pont de Brooklyn lui bloquait la vue sur la rue en question, mais elle voyait l'immeuble où cela s'était passé.

Des nuages effilochés et sales répandant des traînées de neige et de pluie glacée engloutissaient le haut de l'immeuble sous ses yeux et assombrissaient le quartier jusqu'à le faire disparaître sous un rideau de grisaille.

— Excusez-moi ?

Nikki se retourna. Un jeune infirmier aux cheveux bouclés comme un surfeur lui souriait.

— Vous attendez le docteur Armani ?

— Oui, je suis l'inspecteur Heat.

Il se rapprocha en souriant de plus belle. La bouche la plus éclatante qu'il lui ait été donné de voir depuis Justin Bieber, se dit Nikki.

— Moi, c'est Craig.

Il la jaugea rapidement de la tête aux pieds d'un regard approbateur mais pas déplaisant. Il était à parier que Craig-le-bel-infirmier couchait avec qui il voulait.

— Le docteur Armani fait ses visites. On est dans un CHU, voyez-vous, et puis elle n'aime pas vraiment être bousculée, expliqua Craig sur le ton intime d'un amant patient.

— Ce sera long ?

— Si je le savais, je serais riche... En tout cas, elle m'a demandé de vous accompagner personnellement jusqu'à la chambre de monsieur Meuller.

Grand sourire de nouveau.

— C'est mon jour de chance !

À l'arrivée de Heat, l'agent posté devant la porte se leva de sa chaise pliante en métal. Elle lui fit signe de se rasseoir, ce qu'il fit. L'inspecteur se tourna alors vers son guide.

— Je vais me débrouiller maintenant.

— Craig, répondit-il.

— Ouais, j'avais compris, fit Nikki, ce qui sembla le ravir au plus haut point.

Il repartit, non sans se retourner pour lui faire un signe de main avant de tourner dans le couloir.

Dès qu'elle pénétra dans la chambre, le danseur ne la lâcha plus des yeux. Comme ses blessures l'empêchaient de tourner la tête, Heat s'arrêta au pied du lit.

— Comment vous sentez-vous ?

Il répondit en coassant quelque chose qu'elle ne comprit pas. Soit c'était de l'allemand, soit l'épais pansement autour de sa mâchoire le gênait pour parler.

— Vous avez eu de la chance, Horst. Quelques centimètres plus bas et vous n'étiez plus là.

Heat avait eu le chirurgien au téléphone. La balle avait complètement explosé le muscle trapèze en évitant la carotide. Si elle avait été tirée de plus haut, depuis un toit ou un balcon, par exemple, au lieu d'une voiture, la trajectoire aurait été fatale.

— De la chance ? fit-il. Vous m'avez cassé la clavicule et ensuite, ça.

Meuller s'interrompit pour appuyer sur le bouton de la morphine reliée à son goutte-à-goutte.

— Ma carrière est foutue. Qu'est-ce que je vais faire maintenant ?

— Vous pouvez parler, dit-elle. Pourquoi avoir pris la fuite ?

— Qui vous dit que je fuyais ?

— Horst, vous avez descendu trois étages en rappel le long d'un échafaudage pour vous échapper. Pourquoi ?

Comme il ne pouvait pas détourner le regard, il leva les yeux au plafond.

— Une idée de qui pourrait vouloir vous tirer dessus ?

Il continua de fixer un point au-dessus d'elle.

— Parlez-moi du père Graf.

— Qui ?

— Cet homme.

Elle tint la photo au-dessus de lui pour qu'il puisse la voir.

— Le père Gerald Graf.

Il pinça les lèvres et secoua légèrement la tête, ce qui manifestement était douloureux pour lui.

— Des témoins oculaires vous ont vu vous disputer avec ce prêtre au Chaud Show. Le videur est intervenu quand vous avez essayé de l'étrangler. Vous avez aussi menacé de le tuer.

— Je ne me souviens pas.

Avec l'accent, on aurait dit le sergent dans *Papa Schulz*. Tout aussi crédible, d'ailleurs.

— Je vous pose la question parce qu'il est mort. Étranglé.

Elle préféra garder les autres détails pour le cas où il déciderait d'avouer, afin qu'il puisse les corroborer.

— C'est pour ça que vous vous êtes enfui, parce que vous l'avez tué ?

De nouveau, il pressa le bouton de morphine à plusieurs reprises, les yeux en l'air.

— Reprenons ça ensemble. Quelle relation entreteniez-vous avec le père Graf ?

Cette fois, il ferma les yeux. Dans son effort pour les garder ainsi, le coin de ses paupières se mit à trembler.

— Reposez-vous, monsieur Meuller. Vous allez en avoir besoin. Je repasserai plus tard.

L'infirmier farfouillait parmi les médicaments posés sur un chariot devant la porte pour se donner l'air de ne pas attendre Nikki.

— On se reverra, j'espère, dit-il.

— Qui sait, Craig, c'est un petit hôpital.

Il regarda autour de lui et, du coup, rata le test de l'ironie. Puis il fit signe en direction des ascenseurs et l'accompagna.

— Parfois, je me dis que je devrais peut-être me lancer comme danseur professionnel.

Nikki lui lança un regard de biais et se dit que, même en blouse, il pouvait en effet l'envisager.

— Il paraît qu'il y a de l'argent à se faire pour les

beaux infirmiers dans les enterrements de vie de jeunes filles, dit-elle en appuyant sur le bouton, dans l'espoir que l'ascenseur ne tarde pas trop.

— Possible. J'aimerais pas travailler dans un club, en tout cas. Quand je vois ce type, je me dis que la scène, c'est pas bon pour la santé.

— Pourquoi ?

— J'ai dû le laver ce matin. Vous n'imaginez pas les cicatrices qu'il a partout. Comme des brûlures de corde, partout sur les jambes et la poitrine.

Les portes de l'ascenseur s'ouvrirent, mais Heat ne monta pas.

— Montrez-moi ça.

***

L'inspecteur Heat n'attendit pas d'être rentrée au poste pour s'occuper des brûlures de TENS trouvées sur le danseur. Elle sortit du FDR à la 61e et remonta au centre par la 1re Avenue. Au premier feu rouge, elle appela la ligne directe du capitaine Montrose. Au bout de quatre sonneries, elle se représenta la petite diode clignotant seule dans le bureau éteint et, comme elle s'y attendait, tomba sur le répondeur. Nikki laissa son nom et l'heure uniquement, en essayant de ne pas prendre une voix trop tendue. Elle savait qu'il lui faudrait aborder la question des numéros sur les relevés téléphoniques du prêtre, mais elle avait décidé d'attendre que tout le monde ait quitté le bureau en fin de journée. Cependant, la découverte de ces marques de brûlures électriques sur Meuller lui avait forcé la main. Il était temps de lui parler du meurtre de Huddleston dont il avait été chargé en 2004. Heat ne savait pas quel rapport il pouvait y avoir, mais, par expérience, elle se méfiait des coïncidences.

Perdue dans ses pensées, elle tourna à gauche dans la 79e, à l'orange bien mûr, et vit aussitôt clignoter une rampe de police dans son rétroviseur. Son cœur fit un bond, car même les flics redoutent les prunes, mais ce n'était que Doberman avertissant les voitures en circulation qu'il brûlait le feu à son tour pour la suivre. Au feu suivant, elle baissa sa vitre en le voyant s'arrêter à sa hauteur. Une pluie mêlée de neige fondue s'abattit sur sa manche.

— Ne vous inquiétez pas pour moi, dit-il, j'ai une bonne assurance vie.

— C'est juste pour vous forcer à rester vigilant, Harvey ! s'esclaffa-t-elle avant de redémarrer.

Nikki tenta alors une nouvelle fois de joindre Montrose. Elle essaya son portable. Il ne sonna même pas, elle tomba directement sur le répondeur. Après avoir laissé un autre message tout aussi bref, elle jeta son téléphone sur le siège du passager. Elle essayerait de nouveau d'ici cinq minutes, du bureau.

Pour couper Central Park, elle traversa la 5e Avenue et prit la route transversale. Comme toujours, le regard de Nikki se porta sur la droite pour apprécier la vue sur le Metropolitan, l'un de ses immeubles préférés. Par ce rude temps d'hiver, sa masse gigantesque avait l'air d'une sombre épave humide prise dans la glace, hibernant au milieu des arbres dénudés. Le rugissement des klaxons l'amena à regarder dans son rétroviseur, où elle vit un fourgon blanc, couvert de graffitis, faire une embardée pour s'arrêter au milieu de la rue derrière elle et bloquer la circulation. Les klaxons redoublèrent. Ensuite retentirent deux coups de sirène, puis la voix de Doberman.

— Veuillez déplacer votre véhicule… immédiatement, ordonna-t-il.

La route transversale de la 79e est une deux-voies creusée à travers Central Park comme un étroit canyon profond de trois mètres. Ce compromis urbain permet aux automobiles de circuler sans gâcher le paysage. Dans le passage souterrain sous l'East Drive, Heat se retrouva à l'abri, et les essuie-glaces de sa Crown Victoria crissèrent sur le pare-brise sec.

En ressortant, l'écho d'un gros pan lui parvint du tunnel, et elle sentit le volant tressauter dans ses mains. Oh non, pas un pneu crevé, pensa-t-elle. Aussitôt, une autre série de pans retentirent, et l'arrière de la voiture se mit à zigzaguer dans la neige fondue. Elle lâcha la pédale d'accélération pour redresser au mieux, mais, la voiture étant sur les jantes, et compte tenu du verglas, la manœuvre tenait plus du patinage artistique que de la conduite automobile.

La voiture glissa sur le côté et finit par heurter de plein fouet le mur de rochers au bord de la voie. Au moment de l'impact, Nikki fut projetée en avant contre sa ceinture de sécurité, et tout vola à travers la voiture, car ses documents, ses stylos et son portable étaient posés en vrac. Secouée mais pas blessée, Heat n'arrivait pas à comprendre comment elle pouvait avoir crevé ses quatre pneus.

Elle tordit le cou pour regarder derrière elle. Comme son véhicule se trouvait en travers de la route, elle dut regarder par la vitre arrière côté passager. Juste au moment où elle distinguait le barrage routier en travers du passage souterrain, le pare-brise arrière explosa. Une balle toucha le bord de son appuie-tête, l'arracha du siège et fit éclater la vitre du conducteur à côté d'elle.

Nikki plongea le plus bas possible, puis décrocha la radio.

— 1-Lincoln-40, code 10-13, policier en difficulté, la

transversale de la 79ᵉ au niveau de l'East Drive, coups de feu tirés.

Elle relâcha la touche micro pour écouter. Rien. Elle recommença.

— 1-Lincoln-40, code 10-13, transversale de la 79ᵉ au niveau de l'East Drive, coups de feu tirés, vous me recevez ?

Silence. À tâtons, elle cherchait son portable par terre quand une autre balle traversa le dossier de son siège et alla se ficher dans le tableau de bord juste au-dessus de sa tête. S'il s'agissait d'un tireur professionnel, la prochaine serait plus basse. Il fallait qu'elle sorte de la voiture, vite.

Son dérapage avait joué en sa faveur, car la portière du conducteur se trouvait du côté opposé à celui de la provenance des tirs. Elle se jeta sur la chaussée glacée et humide, et roula sous la portière pour se mettre à l'abri derrière la roue avant et le bloc moteur. C'est alors que la troisième balle fracassa le volant.

Avec ses quatre pneus crevés, la Crown Victoria était assez basse pour que Nikki puisse s'allonger et avoir un angle de vue sans se transformer en cible. Elle dégaina son Sig Sauer et appuya la joue par terre sur la neige fondue. Derrière elle, le moteur d'un 4 x 4 tournait au ralenti dans le tunnel. Pas le gris métallisé, un bleu foncé. Dans l'obscurité du souterrain, impossible de voir combien ils étaient. Comme la portière du conducteur était ouverte, vitre baissée, elle en conclut que le conducteur devait être aussi le tireur, tapi derrière. Elle vérifia rapidement la rue derrière elle et eut un mauvais pressentiment. Aucune circulation. La route transversale qui coupait Central Park reliait deux avenues embouteillées. La seule raison pour laquelle il n'y avait aucune voiture, c'est que la rue avait été bloquée aux deux extrémités.

En se retournant vers le 4 x 4, elle perçut un mouvement. Quelque chose – sans doute le reflet d'une lunette – scintilla brièvement par la vitre de la portière. Bras tendus, l'arme au poing, Heat prit appui par terre et pressa la détente.

Le bruit fut assourdissant, car son tir se réverbéra sous le châssis. Nikki n'attendit pas de voir si elle avait atteint sa cible. Elle sentait encore l'odeur de la poudre quand elle se mit à avancer accroupie en veillant à laisser la voiture de patrouille entre elle et le 4 x 4.

Une vingtaine de mètres plus loin, comme la route faisait un virage, elle put se relever pour courir. Le haut mur qui la rendait prisonnière du canyon de la route transversale lui permettait maintenant de rester à couvert. Derrière elle lui parvenait toujours le ronronnement du 4 x 4 quand, tout à coup, elle perçut un crissement de pneus. Il fallait déplacer son véhicule abandonné en travers de la route, à moins que le tireur ne se risque à la poursuivre à pied.

Nikki accéléra l'allure en se maudissant de ne pas avoir retrouvé son portable. Elle arrivait à un endroit où le virage qui la dissimulait jusque-là cédait de nouveau la place à une ligne droite. Elle ralentit et s'arrêta avant de se risquer à découvert. Couchée dans la neige fondue, elle rampa en se pressant contre les rochers glacés du mur jusqu'à ce qu'elle ait une vue dégagée sur la ligne droite.

Ce qu'elle vit lui glaça davantage le sang que le sol gelé. À une centaine de mètres devant, trois hommes portant des passe-montagnes et des imperméables à capuche avançaient lentement vers elle, déployés en ligne sur la chaussée.

Tous étaient armés de fusils.

SEPT

Ce n'était plus qu'une question de calcul. Si Nikki cédait à la panique, c'était la mort assurée. Question chances, ce n'était pas la joie, mais, pour garder sa tête, elle était prête à tout miser. Chacun des agents de formation de tous les cours de survie au combat qu'elle avait suivis avait enfoncé le clou : ranger la peur au fond de sa poche et s'en remettre aux acquis de l'entraînement. Analyser, calculer, saisir l'opportunité et passer à l'action.

L'analyse était rapide et simple : elle se trouvait dans la pire position stratégique possible. Prise au piège sur une voie souterraine, entre un tireur dans un véhicule qui arrivait derrière et trois tireurs à pied devant.

En seconde analyse, la situation était plus sombre encore. Les trois hommes qui approchaient avaient l'air expérimentés. Leur pas tranquille, leur allure militaire, le fusil prêt à tirer, tout dénotait une vigilance détendue. Il s'agissait de professionnels auxquels on ne la faisait pas.

Tandis qu'ils avançaient tous les trois de front, répartis sur toute la largeur de la chaussée, elle calcula ses chances de les atteindre l'un après l'autre, de gauche à droite, à cent mètres de distance. Pan, pan et pan. Mais, tandis que Heat évaluait le risque de réussir trois tirs successifs avec une arme de poing, ils changèrent de position, comme s'ils avaient lu dans ses pensées, pour se ranger en file indienne près du mur, et cette possibilité s'évapora. Nikki rampa à reculons avant qu'ils ne la voient.

De l'autre côté du virage derrière elle, elle entendit un moteur ronfler, puis des grincements métalliques : le 4 x 4 poussait sa voiture pour dégager la chaussée. Ce bruit était terrifiant en raison de ses implications.

Alors, combattant la peur, elle réfléchit. Cela voulait dire que ce tireur allait arriver en 4 x 4, pas à pied. Quoi d'autre ? Qu'il était sans doute seul, sinon son compère se serait simplement chargé de prendre le volant de sa voiture pour la dégager de la route.

Calcul : à ce rythme, les trois à pied seraient là d'ici vingt secondes. Moins que ça pour le 4 x 4.

Nikki leva la tête vers le mur ; la neige fondue lui piqua les yeux. Il faisait bien trois mètres de haut, soit la hauteur d'un plafond de maison. Les branches dénudées des arbustes du parc descendaient à environ cinquante centimètres. Elle rengaina le Sig, sortit ses gants des poches de son imperméable et entreprit l'escalade. Les interstices entre les rochers étaient à peine assez larges pour y glisser un orteil ; néanmoins, elle parvint à trouver suffisamment d'énergie pour prendre appui sur son pied droit et attraper de la main gauche le rocher au-dessus de sa tête.

De la droite, elle essaya d'atteindre une saillie plus haute, mais, au moment où elle faisait basculer son poids, sa chaussure glissa sur le rocher verglacé, et elle retomba à quatre pattes sur l'épais verglas qui couvrait la chaussée.

Dix secondes de perdues.

Encore dix, et les trois tireurs allaient sortir du virage et la voir. Le moteur du 4 x 4 arrêta de ronfler et ronronna de nouveau. Il arrivait. Nikki était prise en sandwich – tactique classique !

Même si elle arrivait à escalader les rochers glissants comme le marbre, dix secondes n'y suffiraient pas. Comme aucune occasion favorable ne se présentait, elle s'en créa une. Après une demi-seconde de calculs, l'inspecteur Heat s'en remit à la plus basique des règles pifométriques. Elle dégaina son arme et se mit à courir en direction du 4 x 4. Comme le conducteur était à sa recherche, il fallait le surprendre, et ce, suffisamment vite pour ne pas lui servir de cible. Le ciel était si bouché en cette mi-journée, qu'elle voyait le faisceau lumineux de ses phares percer le rideau de neige fondue. Elle fonça vers l'entrée du virage, se laissa tomber et coupa la route au 4 x 4 en roulant sur elle-même, tira deux balles dans le pare-brise, puis s'allongea entre les roues avant pour le laisser passer au-dessus d'elle.

Le temps qu'il freine, elle avait déjà la tête sous le pare-chocs arrière. Elle se redressa tant bien que mal et se mit à courir en direction de la 5e Avenue.

Sachant que le 4 x 4 n'avait pas la place de faire demi-tour, Heat avait prévu de lui foncer dessus au lieu de partir dans l'autre sens. Ce qu'elle n'avait pas prévu, c'est que le conducteur tente de la poursuivre pied au plancher, en marche arrière. Moteur hurlant, le véhicule se rapprochait en projetant de la neige fondue de part et d'autre de ses roues. En perte de vitesse, Nikki se retourna et tira en courant dans l'un des pneus arrière. Raté, la balle perfora l'aile. Elle tira de nouveau, et le pneu éclata. Le véhicule zigzagua dans tous les sens. En voulant redresser, le conducteur se mit à déraper. Ses pneus n'ayant plus aucune prise sur la neige fondue, il enfonça l'arrière du 4 x 4 dans le mur. Nikki ne s'arrêta pas, mais, en entendant la portière s'ouvrir, elle se retourna, se mit en position et envoya quatre balles dans la vitre du conducteur, qui vola en éclats. Une tête masquée s'affaissa dans le cadre, sans vie.

À la sortie du virage, Heat perçut le bruit de pas sur le pavé humide. Ce serait offrir une cible facile que de tenter de courir jusqu'à l'entrée dans la 5e. De nouveau, Nikki choisit d'avancer vers ses attaquants ; toutefois, elle s'arrêta au 4 x 4. Elle rengaina, empoigna la galerie du véhicule et se hissa sur le toit. De là, elle parvint à attraper la branche nue d'un arbuste qui tombait du parc. Elle se hissa en haut du mur et bascula le haut de son corps par-dessus le bord des rochers.

Une balle ricocha à côté de son pied gauche en projetant des éclats de roche. Nikki faillit lâcher prise sur l'arbuste, mais se retint en passant son genou par-dessus le bord de la saillie. Une fois totalement hissée, elle entendit quelque chose de dur frapper et faire résonner le toit du 4 x 4. Elle chercha à dégainer son arme. Son étui était vide. En bas, un amortisseur émit une protestation, puis Nikki entendit le bruit de nombreuses bottes résonner sur le métal. Ils la prenaient en chasse.

Elle se releva pour piquer un sprint. Ses jambes se frayèrent un chemin à travers les épais fourrés dénudés par l'hiver et piquants qui lui arrivaient à la taille. Les branches lui griffaient les cuisses et se rabattaient derrière elle comme des fouets. Elle progressait péniblement en suivant la route transversale en direction de l'est. Une bouffée de panique l'envahit quand elle repensa aux bruits là-bas derrière. Des bottes sur du métal. Ils ne s'étaient même pas arrêtés pour discuter ou s'inquiéter du conducteur. La 5e Avenue, si seulement elle pouvait atteindre la 5e Avenue.

À l'orée du bois, juste avant d'arriver à l'East Drive, Heat marqua une pause. Il s'agissait d'une chasse à l'homme organisée ; alors, à leur place, elle couvrirait l'issue que choisirait la cible pour s'échapper au cas où cela tournerait mal. Bien que redoutant de laisser grignoter sa faible avance, Nikki s'accroupit dans les taillis, essoufflée, pour un examen rapide de la ligne des arbres de l'autre côté de la clairière. Quand elle eut déterminé le meilleur point de vue, elle aperçut l'homme. Derrière le rideau formé par la neige fondue et les flocons, une silhouette sombre se détachait sur la roche d'un promontoire. Inutile de le voir pour savoir qu'il avait un fusil.

Il fallait réfléchir. Bloqués à l'est, les trois autres n'allaient pas tarder à arriver par l'ouest. La transversale lui coupait la route vers le sud. Il y avait bien le poste de police de Central Park, près du lac, à sept rues au nord. Autant dire une bonne dizaine de kilomètres. Quoi d'autre ? Heat se représenta le plan du parc, et une idée lui vint à l'esprit : le castel.

Il y avait une cabine de police à côté de Belvedere Castle. Trempée, frigorifiée et désarmée, l'inspecteur Heat fit demi-tour en partant légèrement plus au nord, parallèlement à la trajectoire suivie par ses trois poursuivants qui, espérons-le, ne s'attendraient pas à ce qu'elle revienne vers eux.

Elle sortit du bois sur le sentier menant au castel. Ce chemin présentait un risque qu'elle était prête à prendre, car, même si elle s'y retrouvait à découvert, il lui permettrait de courir plus vite. Il n'y avait pas d'autres empreintes que les siennes dans la neige fraîche.

Hélas, le mauvais temps avait découragé les coureurs et les marcheurs, ce qui assombrissait ses espoirs d'obtenir de l'aide ou d'emprunter un portable.

Les flocons redoublaient d'intensité, mais pas assez pour recouvrir ses empreintes. Peu importe. Cela n'empêcherait pas ces hommes de la traquer. À cette pensée, Nikki accéléra l'allure et jeta un coup d'œil par-dessus son épaule. Ce faisant, elle glissa sur une plaque de verglas. Sa chute lui coupa la respiration. Sa rotule lui faisait aussi mal que si elle avait reçu un coup de marteau. Tandis qu'elle rassemblait ses esprits, une brindille gelée craqua au fond du bois dont elle sortait. Ils arrivaient. Elle se hissa sur ses pieds. Les poumons brûlants, Heat reprit sa course.

Construit dans les années 1860, Belvedere Castle est un observatoire qui domine l'ancien réservoir d'eau, désormais comblé, de Central Park. Avec son architecture néogothique, ses tourelles, ses arches et sa tour en granit et en schiste, on croirait voir le château de la Belle au bois dormant en plein Manhattan. Heat le regarda à peine. Seul l'intéressait le lampadaire, au fond, sur lequel était installé le téléphone de la police. Dans la cour pavée de briques, Nikki ralentit sa course en veillant à ne pas tomber sur le verglas. C'est alors qu'une balle de calibre .50 souffla le téléphone du poteau.

Le claquement se réverbéra sur la façade du castel, et son écho partit se perdre dans les bois. Heat n'attendit pas le tir suivant.

Elle se dépêcha d'enjamber le muret en pierre de la cour. La balle suivante ricocha sur le parapet en granit au-dessus de sa tête au moment où elle s'accroupissait, dos au mur. Nikki dut se cramponner pour ne pas dévaler la falaise rocheuse haute d'une dizaine de mètres sur laquelle elle était perchée. La moindre chute, et elle se fracassait la tête.

Ils allaient se diviser pour mieux l'attraper. Elle savait que ses poursuivants étaient disciplinés et maîtrisaient la tactique. Ils allaient la prendre en sandwich à deux pendant que le troisième attendrait qu'ils soient en position pour monter jusqu'à elle. Cela permettait à Nikki de gagner un peu de temps, mais c'est tout. Même si elle survivait à la descente du Vista Rock, il serait suicidaire de traverser l'étendue blanche en bas en courant, vêtue de noir. La seule différence entre elle et une cible silhouette, c'est qu'elle était en chair et en os, pas en carton. Non, il fallait encore s'en remettre à la chance et descendre se battre contre eux.

Mais pas tous à la fois. C'était sa seule issue et elle était infime. S'ils s'étaient séparés comme elle l'imaginait, l'un d'eux devait se trouver seul, à attendre pas loin.

Nikki avança lentement sur les fesses latéralement le long du mur, en faisant attention à ne pas perdre pied. Si elle tombait, c'en était fini. Arrivée à un bosquet d'arbustes en fleurs, elle se dissimula derrière les branches pour jeter un coup d'œil prudent par-dessus le mur.

Seul, debout, le fusil sur la poitrine, il lui présentait son flanc à dix mètres. À travers son passe-montagne, il fixait des yeux l'endroit où elle avait sauté par-dessus le muret. Le cœur palpitant, elle se baissa, puis ferma les yeux pour se remémorer les détails de l'image qu'elle venait de voir. Compte tenu de sa position au beau milieu de la cour, pas moyen pour elle d'avancer à couvert.

À sa gauche – mais surtout derrière lui –, il y avait le kiosque... Une petite structure bordée de murets bas sur trois côtés, le quatrième ouvrant sur la cour. Consciente que ses compères pouvaient l'avoir dans leur champ de vision d'une seconde à l'autre, elle se hissa un peu plus loin le long de la saillie rocheuse, vers l'arrière du kiosque. Au passage, elle ramassa le plus gros caillou qu'elle put trouver. Il était à peu près de la taille d'un poids. Heat le glissa dans la poche de son imperméable.

Il allait être délicat de se lever et de poser le pied sur le muret du kiosque pour s'y faufiler. D'immenses stalactites bordaient entièrement le toit, et leurs gouttes avaient gelé sur le parapet juste en dessous. Elle regarda en bas. La moindre glissade se révélerait fatale. Mais attendre aussi.

Nikki s'étira pour s'étendre de tout son long sur le parapet. Ensuite, doucement et sans bruit, elle se laissa lentement glisser à l'intérieur du kiosque. Après une profonde inspiration pour calmer les battements de son cœur, elle retira son imperméable.

Elle rampa jusqu'au muret le plus proche de la cour, puis risqua un œil. Son adversaire était toujours là, mais, cette fois, il lui tournait le dos.

Elle jeta alors au bas de la falaise son imperméable lesté de son lourd caillou et cria en se baissant.

Des bruits de pas. Dans sa direction.

Ils s'arrêtèrent juste avant le kiosque. Au même moment, Nikki sauta par-dessus le muret et surprit son assaillant alors qu'il regardait tomber son imperméable au bas de la falaise. En l'entendant, il se retourna et tenta de lever son fusil sur elle, mais elle avait déjà saisi le canon de sa main gauche pour le tirer vers elle et levait le poing droit à la hauteur de sa pomme d'Adam.

Formé au corps à corps, l'homme baissa cependant le menton pour se protéger la trachée. Le poing de Heat frappa donc le passe-montagne. Aussitôt, l'homme contra par une torsion du corps. Se servant de sa hanche et du fait qu'elle tenait le fusil pour se dégager, il l'envoya valser.

Heat atterrit sur les briques gelées mais toujours agrippée au fusil. Elle donna un coup sec en arrière. Comme il avait l'index coincé dans la sous-garde, elle entendit l'os céder. Un coup partit quand il tomba en arrière à côté d'elle. La balle toucha le toit du kiosque et fit tomber une couche de glace ainsi qu'une rangée de stalactites dans la cour autour d'eux. Elle essaya de lui arracher l'arme en se relevant, mais il lui prit les jambes en ciseaux au niveau des genoux et la fit retomber.

Redressé sur un genou, il retira son doigt cassé de la sous-garde avec un gémissement. Heat bondit sur le fusil. Elle aurait plutôt dû se jeter sur lui, car il n'eut qu'à lever l'arme et la frapper au front pour l'envoyer glisser dans les débris de glace. L'index droit pendant à l'intérieur du gant, il passa le fusil à gauche pour pouvoir appuyer sur la détente de sa bonne main. Mais, juste au moment où il pivotait pour viser Nikki, elle se jeta sur lui et lui enfonça la pointe d'une énorme stalactite dans l'estomac.

L'arme lui tomba des mains et il se prit le ventre, le regard stupéfait derrière les trous de sa cagoule. Heat saisit le fusil à deux mains et lui enfonça la crosse dans la trachée. Il tomba en arrière, les mains sur le cou, puis il se mit à gargouiller en se vidant de son sang sur la neige.

À l'autre bout de la cour, l'un des deux autres poursuivants surgit et s'accroupit derrière un rocher. Nikki s'empara du fusil et se dépêcha de retourner à l'intérieur du kiosque. Elle était encore à deux contre un, mais au moins elle disposait d'une arme.

Des sirènes retentirent. Elles n'étaient pas encore tout près, mais elles se rapprochaient. Juste au moment où elle posait le fusil sur le muret pour prendre position, Heat vit deux silhouettes floues s'enfoncer dans le bois pour fuir.

Malgré les tremblements qui s'emparaient de tout son corps, elle resta sur ses gardes. Elle ne lâcha prise qu'à l'arrivée des sirènes et des gyrophares de la police.

L'arme toujours en main, elle s'adossa alors au mur et leva les yeux vers le castel qui l'avait sauvée.

***

Le temps s'était d'abord ralenti, puis arrêté. Les minutes qui suivirent perdirent toute consistance. Et, curieusement, tout enchaînement. Après la rude épreuve qu'elle venait de vivre, un psychologue aurait sans doute conclu que Nikki était en plein abandon. Après s'être fait tirer dessus, après avoir réussi à s'enfuir pour se retrouver à son tour chasseuse et tueuse au cours de cette chasse à l'homme, Heat lâchait tout. C'était pour elle le plus grand luxe de la survie.

Les événements avaient perdu leur tissu conjonctif et formaient un kaléidoscope. Un instant, un visage flotta devant ses yeux, la rassurant. Puis des mains gantées de latex lui prirent le fusil pour le glisser dans un sac en plastique.

On lui retira ses gants en cuir, révélant des paumes couvertes de glace mêlée de sang. Sans savoir comment, elle se retrouva assise à l'arrière d'une ambulance. Y était-elle arrivée en marchant ? Des bosquets s'écartèrent au ralenti tandis que ses deux assaillants prenaient la fuite. Mais c'était avant... Elle hallucina et crut voir Elmer Fudd[1] devant elle. Elmer Fudd avec sa casquette à oreillettes et ses jumelles gigantesques autour du cou, les sourcils couverts de flocons de neige. Ses mains tremblantes secouaient le café dans la tasse qu'elle tenait.

Une ambulancière lui passa sa lampe stylo devant les yeux et hocha la tête, satisfaite. Elle ramena la couverture sur ses épaules. D'où venait cette couverture ?

1. Personnage célèbre de dessin animé, chasseur et ennemi juré de Bugs Bunny. (NDT)

Quand les deux enquêteurs la rejoignirent à l'arrière de l'ambulance, Heat jeta le reste de son café pour mieux se concentrer. Elle se força à reprendre pied dans la réalité pour leur raconter tout ce qui s'était passé. Ils prirent des notes et posèrent des questions. Pour clarifier certains points, d'abord, puis les mêmes, posées de manières différentes, pour voir si les réponses concordaient. Elle connaissait la musique, eux aussi. Ses réponses étaient claires ; elles dansaient poliment. Toutefois, tous trois ne poursuivaient pas le même but. Eux voulaient savoir si elle avait tué dans le respect du protocole. Elle voulait capturer les autres salauds, et cet interrogatoire était un passage obligé pour pouvoir retourner travailler.

En fin de compte, Elmer Fudd n'était pas une hallucination – il se nommait juste autrement. Le vieux aux jumelles et à la casquette de chasseur s'appelait en fait Theodore Hobart.

C'était un amateur d'oiseaux qui avait passé la matinée dans la tour du castel à attendre le retour d'un petit-duc maculé dans la cavité d'un arbre près de l'étang. Témoin du siège de Heat, il avait appelé le 911 depuis son portable. Nikki le remercia de lui avoir sauvé la vie.

Rougissant, il tira de la poche de poitrine de son manteau Barbour la plume d'une buse à queue rousse pour la lui donner. Nikki s'en saisit comme d'une rose.

Zach Hamner arriva dans une Crown Victoria noire et rejoignit à grands pas les enquêteurs. Heat les regarda converser brièvement. L'un des inspecteurs fit des gestes en direction du kiosque, l'autre vers le bois où un chien de la brigade canine guidait son maître à travers les broussailles. Puis le Hamster se dirigea à l'arrière de l'ambulance pour regarder le corps sous la bâche.

— Ravi de voir que vous vous en êtes sortie, inspecteur, dit le juriste, debout sur les briques, les yeux levés vers elle.

— Moi aussi.

Nikki croisa fermement les bras sous la couverture, car elle n'avait pas envie de lui serrer la main.

— A priori, ça passera en légitime défense. L'amateur d'oiseaux corrobore votre version.

— C'est relax pour vous, alors, fit Heat en faisant de son mieux pour l'apprécier mais sans grand succès. La responsabilité de la maison n'est pas engagée.

— Non, pas pour l'instant, répondit-il sans lire entre les lignes.

Nikki se demanda si tous les hommes ayant le sens de l'ironie avaient disparu de cette ville.

— On dirait que vous êtes une héroïne. C'est plutôt bon pour votre promotion.

— À choisir, j'aurais préféré la bonne vieille méthode.

— Je comprends bien, dit-il en détournant toutefois le regard, davantage intéressé qu'il était par la forme sous la bâche.

— C'était qui ?

— Un hispanique, entre vingt-huit et trente ans. Pas de pièce d'identité. On va vérifier ses empreintes.

— Vous les avez vus ?

Nikki fit non de la tête.

— Une idée de qui ça pouvait être ?

— Pas encore.

Il étudia Nikki. Impossible que sa détermination lui ait échappé.

— Apparemment, le 4 x 4 en bas dans la transversale a disparu. Aucun signe de l'autre individu, le conducteur que vous dites avoir abattu, dit-il. Ces types étaient des pros.

Cela ennuyait toujours Nikki de voir les gratte-papiers venir jouer les flics après la bataille.

— À qui le dites-vous ! se contenta-t-elle de répondre.

Il regarda sa montre, puis la scène de crime autour de lui.

— Et Montrose, tiens ? Il est passé où encore, votre patron ?

***

Le Hamster avait beau l'irriter, il n'avait pas tort. La hiérarchie se déplaçait toujours en cas d'incident majeur quand un subordonné était impliqué. Le capitaine Montrose ne s'était pas présenté au Belvedere Castle. Il n'était pas non plus dans son bureau quand elle rentra au poste.

Comme tout le monde était au courant de ce qu'elle venait de traverser, tous les yeux se braquèrent sur elle quand elle entra dans la salle de briefing. Dans toute autre profession, Nikki aurait dû passer le reste de la journée à répéter son histoire dans le moindre détail à ses collègues compatissants et pressants, avides de partager ses émotions. Pas chez les flics. Ochoa donna le la quand elle eut atteint son bureau. Il s'approcha en regardant la pendule.

— C'est pas une heure pour se pointer, dit-il. Heureusement qu'il y en a qui bossent, sur cette affaire.

Raley pivota sur sa chaise pour se tourner vers eux.

— J'espère que vous avez une bonne excuse pour nous avoir fait attendre.

Heat réfléchit un instant.

— J'ai fait l'erreur de passer par le parc. C'était mortel de prendre la route transversale.

L'inspecteur Ochoa tenait une bobine de ficelle à la main. Il la posa sur son buvard.

— C'est quoi ? demanda-t-elle.

— Un vieux truc. Vous n'avez qu'à en attacher un bout à votre arme.

Il fit un clin d'œil et claqua la langue. Puis tous les trois firent une pause de cinq secondes en signe d'amitié. Pour marquer la fin de la parenthèse, Raley se leva.

— Vous êtes prête à entendre ce qu'on a ?

— Plus que jamais, dit Heat.

Elle ne cherchait pas uniquement du réconfort dans le travail. Désormais, elle avait des raisons plus personnelles de vouloir démêler cette affaire.

Lancer Standard, le sous-traitant de la CIA, avait fini par rappeler Raley pour fixer rendez-vous avec Lawrence Hays, de retour le lendemain de son centre d'entraînement dans le désert du Nevada.

— C'est bizarre, fit remarquer Raley. Sa secrétaire a dit qu'il ne voulait voir que vous. Il a précisé « l'inspecteur Heat ». Pourtant, je n'ai jamais mentionné votre nom.

— Un peu lourdingue, mais ça veut simplement dire qu'il a fait son boulot, en déduisit Nikki. En bon militaire, il veut sans doute avoir affaire au patron de la brigade.

— Le mec est du genre occupé ! lança Ochoa à son coéquipier. Pas de temps à perdre avec les minables dans ton genre.

— Minable ? s'insurgea Raley. Tu parles quand même au roi des moyens de surveillance, mon vieux, ce qui inclut désormais les disques durs.

— Et vous avez trouvé quoi, sire ? demanda Nikki.

— En regardant de nouveau l'ordinateur du père Graf, j'ai découvert un lien vers un deuxième compte de messagerie dont les mails n'étaient pas récupérés par son Outlook. En allant dessus, je n'ai trouvé qu'un seul dossier. Il est nommé « Emma ». Il n'y avait aucun mail sauvegardé dedans, et rien dans la boîte de réception non plus. Soit il est inactif, supputa Raley, soit il a été vidé.

— Appelez madame Borelli au presbytère, dit Heat. Voyez si ce nom lui dit quelque chose.

Elle jeta un autre coup d'œil au bureau éteint à l'autre bout de la salle.

— Vous avez vu Montrose ?

— Pas du tout, intervint Hinesburg en se joignant à eux. Et son portable est sur répondeur. Vous en pensez quoi ?

— Le capitaine n'est pas dans son assiette depuis quelque temps, mais j'avoue que, là, ça m'inquiète.

Nikki se rappelait qu'il lui avait recommandé de surveiller ses arrières à peine une heure avant l'embuscade. Elle se demandait donc s'il fallait y voir plus qu'un sage conseil. L'avidité salace dans le regard de Hinesburg alerta Nikki : ce n'était pas l'endroit pour réfléchir à voix haute. Elle changea donc de sujet.

— Du nouveau sur l'argent des boîtes en fer ?

— Oh oui, et vous savez quoi ? Les numéros de série correspondent à des espèces utilisées lors d'un vieux coup monté par la DEA.

— Comment l'argent d'un plan drogue des fédéraux a bien pu atterrir dans le grenier d'un prêtre ? s'interrogea Ochoa.

— Est-ce qu'on sait avec qui la DEA traitait ? demanda Heat.

— Ouais, un certain Alejandro Martinez, indiqua Hinesburg.

Elle consulta ses notes.

— Suite à une négociation de peine pour conduite sous influence de stupéfiants à Ossining, il a été relâché. Casier vierge depuis sa libération en 2007.

Nikki se rendit au tableau pour inscrire son nom à côté de la note concernant l'argent trouvé.

— Il serait peut-être bon de vérifier la virginité de cet Alejandro Martinez. Amenez-le pour une petite conversation.

Ils venaient juste de se disperser pour s'acquitter de leurs tâches quand une voix familière résonna à la porte de la salle.

— Une livraison pour Nikki Heat !

Jameson Rook entra en agitant des cintres de vêtements tout droit sortis du pressing.

— Tu sais, je ne peux quand même pas tout laisser tomber pour venir ici chaque fois que tu te couvres de sang.

Heat regarda les vêtements sortis de son placard, puis Rook, puis les Gars avec un sourcil interrogateur.

— On s'est dit qu'il voudrait savoir comment se passait votre journée, expliqua Ochoa.

— Tu l'as vraiment attaqué à coups de pic en glace ? demanda Rook.

Elle opina du chef.

— J'espère au moins que tu lui as lancé un de tes regards meurtriers !

Rook souriait pour mieux masquer son inquiétude.

— Ça va, inspecteur ? demanda-t-il en lui passant le bras libre autour de la taille.

— Très bien, je vais bien. Je n'arrive pas à y croire.

Elle lui prit les vêtements des mains.

— Tout va plus ou moins ensemble... Sans vouloir te juger, tu sembles entretenir une sorte de relation monochrome avec ton dressing. Bon, d'accord, si, je te juge. Il faudrait qu'on aille faire un peu les boutiques, toi et moi.

En riant, elle choisit deux pièces parmi la sélection qu'il avait apportée.

— Ça fera parfaitement l'affaire.

Elle l'embrassa sur la joue, oubliant qu'elle ne voulait pas s'afficher au bureau.

— Merci.

— Je croyais que tu avais une protection. Qu'est-ce qui est arrivé au Doberman ?

— Le pauvre Harvey, tu aurais dû le voir. Mortifié. De toutes ses années de service, jamais il ne s'était retrouvé bloqué comme ça.

— Quel boulot de... chien. Quoi qu'il en soit, il te faut un meilleur garde du corps. Quand je suis passé à ton appartement, il y avait une voiture stationnée devant l'immeuble. Le gars te surveillait, je m'y connais.

Nikki, qui posait les vêtements sur le dossier de sa chaise, se sentit frissonner.

— Comment sais-tu qu'on me surveillait ?

— Parce que, quand j'ai voulu m'approcher, le type a démarré en vitesse. Je lui ai crié de s'arrêter, mais il a continué.

— Ça ne marche jamais, de crier de s'arrêter, fit Raley.

— Vous l'avez vu, vous pouvez le décrire ? demanda Ochoa, qui avait ouvert son calepin. Vous ne pouvez pas le décrire, c'est ça ?

— Non, dit Rook. Puis il sortit son Moleskine. Mais une immatriculation, ça vous aiderait ?

***

— J'y suis, annonça Raley en raccrochant le téléphone. Le véhicule que vous avez vu est enregistré au nom de la société Firewall Security, division de la protection domestique de – je vous le donne en mille – Lancer Standard.

— Il faut y aller. Tout de suite ! s'exclama Rook. C'est forcément ces types qui t'ont tendu l'embuscade. Ça se tient : la surveillance, les tactiques militaires, allons-y !

Nikki finit d'enfiler sa veste propre.

— D'abord, il n'y a pas de « on » qui tienne, Rook. C'est fini, tu ne m'accompagnes plus. Secundo, on n'a rien. Tertio, s'ils manigancent quelque chose, il n'est pas question que je leur fasse savoir que je sais...

Rook s'assit.

— Dis-moi quand tu en seras au quinzième point. On se croirait en ligue junior ; je ne pourrais pas bénéficier d'un traitement de faveur ?

Elle lui posa la main sur l'épaule.

— Tu n'as pas totalement tort. Bien sûr que ce dénommé Hays et Lancer Standard éveillent ma curiosité, mais il faut qu'on fasse attention à la façon dont on s'y prend.

— Tu n'as pas dit « on » ? Parce que moi, j'ai entendu « on ».

Elle le poussa en riant, et il se mit à tourner sur sa chaise. Puis Nikki sentit la présence d'Ochoa, qui se tenait au milieu de la salle de briefing, le teint terreux. Le sourire quitta son visage.

— Miguel ?

L'inspecteur Heat parla si bas que sa voix n'aurait pas été audible si le silence n'était pas tombé dans la salle.

— Le capitaine Montrose... Il est mort.

HUIT

Les Enquêtes spéciales avaient pris possession du quartier et ne le lâcheraient pas avant d'en avoir décidé autrement. Rook, qui appréciait Montrose et savait à quel point le capitaine comptait pour Nikki, avait voulu l'accompagner pour la soutenir, mais elle avait refusé. Elle savait comment ce serait. Les proches uniquement. Et elle avait raison. Même Heat et les Gars durent se garer à l'extérieur du ruban jaune et faire le reste à pied ; la scène de crime était sous haute surveillance. La presse interpella Nikki sur son passage, mais elle continua de regarder droit devant comme si elle ne les voyait pas – surtout Tam Svejda, qui avançait à pas chassés le long de la ligne à ne pas franchir, se frayant un passage entre les journalistes pour la supplier de lui livrer un commentaire.

Il y avait une accalmie dans les précipitations, mais le ciel de l'après-midi demeurait bas et sombre. En silence, les trois inspecteurs firent crisser les grains de sel sur le trottoir jusqu'au milieu de la 85e, où les gyrophares des véhicules de police clignotaient devant le presbytère de Notre-Dame des Innocents. Nikki reconnut les enquêteurs de Central Park. À son arrivée, ils lui adressèrent un signe de tête avant de retourner aussitôt à leurs affaires. Heat n'avait jamais vu aucun des deux auparavant, et voilà qu'ils croisaient son chemin pour la deuxième fois de la même journée.

La Crown Victoria de Montrose, garée devant une bouche d'incendie, était entourée de barrières en aluminium tendues de plastique blanc. Nikki s'arrêta sur le trottoir quelques mètres avant, se demandant si elle en aurait le courage. Derrière les barrières, les flashs des appareils photo crépitaient comme des éclairs dans le ciel noir.

— On peut s'en occuper, si vous préférez, proposa Ochoa.

En se tournant, elle lut la tristesse derrière le masque du flic. À côté de lui, son équipier avait les lèvres blanches à force de les serrer.

Alors, Nikki fit comme tant d'autres fois : elle renforça sa carapace. C'était le métier qui voulait ça ; elle avait comme un bouton à l'intérieur sur lequel elle appuyait pour fermer la porte à sa vulnérabilité, comme une porte coupe-feu. Le temps d'une profonde inspiration, car il ne lui fallait pas plus longtemps pour le faire, elle rendit son traditionnel hommage silencieux à la victime qu'elle allait rencontrer, et appuya sur le bouton. Elle était prête.

— Allons-y, dit l'inspecteur Heat en pénétrant sur la scène de crime.

La première chose qu'elle remarqua fut l'épaisseur de glace et de neige fondue gelée qui recouvrait entièrement la voiture. C'était à souligner, car un rond du diamètre d'un DVD se détachait clairement sur le toit au-dessus du siège du conducteur. En se hissant sur la pointe des pieds, elle aperçut le creux formé au point de sortie de la balle.

Elle se pencha en avant pour regarder par le pare-brise arrière, mais c'était comme regarder par une porte de douche. Puis le photographe du labo prit une autre photo à l'intérieur de la voiture, et le corps affalé apparut comme une silhouette de film d'horreur.

— Une seule balle dans la tête, dit la voix.

Nikki se redressa. L'un des enquêteurs, Neihaus, était sur le bord du trottoir, le calepin en main.

— Vous êtes sûr que c'est bien le capitaine Charles Montrose ? demanda-t-elle avant toute chose.

Comme il hochait la tête, elle insista pour qu'il le dise à voix haute.

— Vous êtes absolument certain que la victime est Charles Montrose ?

— Oui, l'identité correspond. Mais au fait, vous le connaissiez, non ?

D'un signe de tête, il désigna la portière ouverte du passager, et elle sentit son estomac se nouer.

— Il va me falloir une confirmation, vous le savez.

— C'est lui.

L'inspecteur Ochoa quitta sa position accroupie devant la portière ouverte et revint vers eux. Les paumes levées vers Nikki, il secoua légèrement la tête pour dire : « N'y allez pas. » Alors, compte tenu des centaines de victimes mortes de centaines de manières toutes plus horribles les unes que les autres qu'elle avait déjà vues, mais aussi de la dose de traumatisme qu'elle avait déjà subie dans la journée, Nikki décida qu'il était inutile de mettre sa carapace à l'épreuve.

— Merci, inspecteur, dit-elle sur un ton solennel.

— Pas de quoi.

Son visage disait tout le contraire.

— Qui l'a trouvé ? demanda-t-elle à Neihaus en se reprenant.

— Un type d'une entreprise de nettoyage qui cherchait à se garer pour aller au Graestone.

En chœur, Heat et les Gars regardèrent un peu plus loin dans la rue. La fourgonnette d'une entreprise de nettoyage spécialisée dans les interventions après sinistres était garée en double file devant la porte de service de la prestigieuse résidence Graestone. Les inspecteurs Feller et Van Meter interrogeaient un homme en salopette.

— Il dit qu'il enrageait de ne pas trouver de place, alors, quand il a vu qu'on s'était garé devant la bouche, il a voulu dire deux mots au connard en question. Et, surprise.

— Des témoins ?

La question devait être posée, même si tout le monde savait que, si quelqu'un avait vu ou entendu quoi que ce soit, on aurait appelé le 911, et le conducteur de la fourgonnette n'aurait pas découvert le corps par accident.

— Aucun pour l'instant. On va interroger le voisinage, bien sûr, mais vous savez...

— Vous avez demandé à la gouvernante s'il avait des raisons de venir au presbytère ? demanda Nikki. Elle s'appelle madame Borelli. Vous lui avez parlé ?

— Pas encore.

— Besoin d'un coup de main ? s'enquit Heat.

— Je sais que c'était le capitaine de votre poste, inspecteur, mais là, ça dépend du nôtre. Neihaus leur offrit son regard le plus assuré. Mais ne vous inquiétez pas, il était de la maison. On nous donnera les moyens nécessaires.

— Vous avez déjà passé la voiture au peigne fin ? demanda Raley.

— Rien de notable, si c'est ce que vous voulez savoir. Le labo est dessus, ça va prendre un peu de temps. Son arme est par terre sur le tapis devant. Rien de bizarre dans le véhicule au premier examen. Dans le coffre, il y avait le matériel standard, son gilet et des bricoles. Oh ! et deux sacs de courses remplis de boîtes de pâtée pour chien. Il doit avoir un clebs.

— Penny, un teckel, précisa Heat, la voix cassée.

Alors qu'ils retournaient à leur voiture, Feller et Van Meter hélèrent les Gars.

— Désolé pour le capitaine, dit Feller.

— Quelle merde ! ajouta Van Meter.

— Vous avez obtenu quelque chose du gars du nettoyage ? demanda Nikki.

Feller fit non de la tête.

— Juste les détails concernant la découverte. Aucune activité bizarre.

— Vous savez quoi ? fit Nikki. Ça ne peut pas être un fait isolé. Je ne sais pas de quoi il s'agit, là, mais quel que soit le problème je suis sûre que c'est plus gros que ce qu'on imagine.

— Je suis d'accord, dit Ochoa.

— Cette bande de paramilitaires qui s'en prennent à moi dans le parc et qui essayent de me tuer... Des types que je ne connais ni d'Ève ni d'Adam, du moins en ce qui concerne celui que j'ai descendu. Et maintenant, deux heures plus tard, Montrose mort...

— Devant le presbytère de Graf ? Je ne crois pas non plus aux coïncidences, convint Raley. Il se passe forcément quelque chose.

— Écoutez, reprit l'inspecteur Feller. Je sais ce que vous ressentiez pour lui ; toutes mes condoléances. À vous tous. C'était un homme bien. Mais...

— Mais quoi ? fit Nikki.

— Allons, restons objectifs. Sauf votre respect, vous êtes trop proches, intervint Van Meter. Votre capitaine faisait face à un stress énorme. Le QG lui mettait la pression, sa femme était morte...

— Ce n'était un secret pour personne qu'il n'était pas très heureux, poursuivit Feller... Nikki, vous savez que ça va passer en suicide.

— Parce que c'est le cas, ajouta Van Meter. Vous vous emballez, là. Il s'est juste fait sauter le caisson.

Malgré sa folle envie de leur hurler dessus, Nikki s'employa à retrouver son détachement de flic. Était-il possible qu'avec toute cette pression – sans compter son comportement étrange –, le capitaine se soit suicidé ? Son chef, qui était venu fouiner au presbytère et s'était efforcé de manière si évidente de faire obstacle à son enquête, était affalé dans sa propre voiture avec une balle dans la tête. Et tout le monde était sûr qu'il s'agissait d'un suicide.

Était-ce un suicide ?

Ou bien était-il mêlé à quelque chose ? Le capitaine aurait-il franchi la ligne pour se mettre dans une sale affaire ? Non, Nikki écarta cette pensée. Elle ne voyait pas le Charles Montrose qu'elle connaissait faire ce genre de choses.

Elle frissonna. Si elle ne savait pas de quoi il retournait, une chose était sûre : debout dans la neige, au cœur de l'hiver le plus froid depuis un siècle, elle se voyait au sommet d'un iceberg. Et les eaux autour d'elle étaient infestées de requins.

***

À leur retour au poste, la porte d'entrée était déjà ornée de violet. Bien sûr, le travail continuait, mais l'ambiance était plus sombre. En traversant le hall pour rejoindre la criminelle, Heat remarqua que les agents avaient accroché des bandes de deuil sur leur insigne. Partout, les conversations s'arrêtaient sur son passage, de sorte que les sonneries de téléphone paraissaient curieusement plus fortes. Le bureau du capitaine Montrose était toujours éteint et vide. Les scellés étaient posés sur sa porte.

L'inspecteur Rhymer lui laissa le temps de s'installer avant de venir la rejoindre à son bureau. Après de brèves condoléances, il lui tendit un dossier.

— Ça vient d'arriver. L'identité de votre type dans le parc.

L'inspecteur Heat ouvrit la couverture et elle se retrouva nez à nez avec la photo d'identité judiciaire du tireur qu'elle avait poignardé au Belvedere Castle. Sergio Torres, né le 26 février 1979, était un voleur à l'étalage spécialisé ensuite dans le vol d'autoradios qui avait fait assez de prison pour se lier à des gangs de latinos. Ces relations lui avaient valu quelques nouvelles incarcérations pour vol de voitures et agression. Elle referma le dossier sur ses genoux et resta le regard perdu dans le vague.

— Désolé, dit Rhymer, j'aurais dû attendre.

— Non, non, c'est pas ça, le rassura Heat. C'est juste que... Il y a quelque chose qui cloche. Enfin, Torres n'a aucun passé militaire. Or, j'ai vu ce type en action. Il s'y connaissait. Où un membre de gang aurait-il appris ce genre de choses ?

Son téléphone sonna.

C'était Rook qui essayait de nouveau de la joindre. Pour la dixième fois au moins. Et pour la dixième fois, Nikki ne décrocha pas, parce que, sinon, elle ne pourrait s'empêcher de lui annoncer la nouvelle. Et là, ça deviendrait réel. Et une fois réel, ce serait fini. Or, Heat ne pouvait pas se le permettre.

Pas devant tout le monde. Pas si elle voulait devenir lieutenant.

— Ohé ? fit Ochoa. Je sais que ça craint au niveau du timing, mais avant que tout ça n'arrive, j'avais fixé rendez-vous aux gens de *Justicia aguarda* et ils sont là. Vous voulez qu'on remette à demain ?

— Non, répondit Heat après avoir sérieusement réfléchi.

Il fallait qu'elle avance... Ne pas s'arrêter pour ne pas s'effondrer.

— Non, n'annulez rien. J'arrive... Et, Miguel ? Merci pour l'identification du capitaine, tout à l'heure.

— Avant de me remercier, il faut que vous sachiez quelque chose, dit-il. En vérité, j'ai pas pu regarder.

***

— Merci d'être venus, dit Nikki en entrant dans la salle d'attente.

Silence. Un homme et une femme, la trentaine tous les deux, attablés en face de l'inspecteur Ochoa, bras croisés, ne lui accordèrent pas même un regard. Heat ne put s'empêcher de noter qu'ils avaient aussi gardé leur manteau, autre élément de communication non verbale.

Dès que Nikki fut assise, la femme, Milena Silva, prit la parole.

— Monsieur Guzman et moi-même ne sommes pas ici de notre plein gré. Par ailleurs, outre le fait que je fais partie des dirigeants de *Justicia aguarda*, je suis diplômée en droit, alors vous êtes prévenus.

— Bien, d'abord, commença Heat, ceci n'est qu'un simple entretien...

— Au poste, fit remarquer Pascual Guzman.

Il jeta un regard circulaire à la pièce en passant les doigts dans sa barbe à la Che.

— Vous enregistrez ?

— Non, dit Nikki.

Énervée qu'ils essayent de prendre l'entretien en mains, elle se fit plus insistante.

— Nous vous avons invités à venir pour nous aider à en savoir un peu plus sur le père Graf, pour nous aider à trouver son ou ses assassins.

— Pourquoi saurions-nous quoi que ce soit sur ses assassins ? demanda Guzman.

Sa collègue posa la main sur la manche de son manteau couleur olive, ce qui sembla le calmer.

— Cela faisait des années que le père Graf soutenait notre travail pour la défense des droits de l'homme, déclara Milena Silva. Il manifestait avec nous, il participait à l'organisation, il était même allé en Colombie voir par lui-même les maltraitances faites à notre peuple par un régime oppresseur que votre gouvernement soutient. Sa mort est une grande perte pour nous ; alors, si vous pensez que nous avons quelque chose à voir avec son assassinat, vous vous trompez.

— Vous devriez peut-être voir avec la CIA, intervint Guzman en ponctuant par un hochement de tête avant de s'installer plus confortablement sur sa chaise.

Heat savait qu'il valait mieux ne pas s'engager dans la polémique avec eux. Ce qui l'intéressait avant tout, c'étaient les dernières heures du père Graf et, surtout, s'il y avait des brebis galeuses dans le mouvement. Nikki s'en tint donc à son objectif.

— La dernière fois que le père Graf a été vu en vie, c'était dans les locaux de votre comité l'autre matin. Pourquoi était-il là ?

— Nous n'avons pas à communiquer les stratégies confidentielles de notre groupe à la police, déclara la femme. Premier amendement.

— Il s'agissait donc d'une réunion de stratégie, reprit Nikki. Avait-il l'air contrarié, agité, ou agissait-il comme d'habitude ?

— Il avait bu, répondit de nouveau la femme. On l'a déjà dit à votre *cobista*[1], là.

Sans rien laisser transparaître de sa réaction à l'insulte, Ochoa ne pipa mot.

— Bu comment ? À tomber par terre ? À ne plus savoir où il était ? Il avait l'alcool joyeux ? L'alcool mauvais ?

Guzman défit l'écharpe tricotée qu'il portait autour du cou.

— Il a commencé à devenir violent ; alors, on lui a demandé de s'en aller. C'est tout.

Par expérience, Nikki savait qu'en général, c'était tout le contraire.

— Violent comment ? Il se disputait ? insista-t-elle.

— Oui, mais... dit Pascual Guzman.

— À propos de quoi ?

— Là encore, dit Milena Silva, c'est confidentiel.

— En est-il venu aux mains ? Vous vous êtes battus avec lui, vous avez dû le maîtriser ?

Ils se regardèrent au lieu de répondre.

— Je vais finir par le savoir ; alors, pourquoi ne pas me raconter tout simplement ? ajouta Nikki.

— On avait un problème... commença Guzman.

— D'ordre privé, un problème interne... coupa Silva.

— ... et il divaguait. Il était ivre.

Il regarda sa camarade, qui lui fit signe de poursuivre.

— On débattait avec... passion. Il a commencé à me

1. Lèche-botte. (NDT)

pousser, et puis, comme on en est venus aux coups, on l'a fait partir.

— Comment ?

Elle patienta.

— Comment ?

— Je... l'ai mis à la porte.

— C'était donc vous, conclut Nikki, qui vous battiez avec lui, monsieur Guzman ?

— Tu n'as pas à répondre à ça, affirma Milena Silva.

— Où est-il allé ? demanda Heat. Il était motorisé, il a pris un taxi ?

— Tout ce que je sais, c'est qu'il est parti, fit Guzman avec un haussement d'épaules.

— Il était environ...

Heat consulta ses notes.

— ... dix heures trente. Un peu tôt pour s'enivrer. Ça lui arrivait souvent ?

Cette fois, ils haussèrent tous les deux les épaules.

— Votre organisation est bien armée là-bas en Colombie, dit Heat.

— On a l'esprit combatif. On n'a pas peur de mourir, s'il le faut, rétorqua Pascual Guzman sur un ton animé.

— J'ai même entendu dire que certains de vos membres avaient attaqué une prison pour aider Faustino Velez Arango à s'évader. Oui, je connais Faustino Velez Arango, ajouta-t-elle en voyant les deux autres échanger des regards.

— Des tas de dilettantes et de stars hollywoodiennes prétendent connaître notre célèbre écrivain dissident, mais qui a lu ses livres ?

— Moi j'ai lu *El Corazón de la violencia* au lycée, déclara Nikki.

Ochoa leva un sourcil vers elle.

— Quelle part de… d'esprit combatif… avez-vous apporté ici avec vous ? poursuivit-elle.

— Nous sommes des militants pacifiques, dit la femme. À quoi nous serviraient des armes ici aux États-Unis ?

Heat se posait la même question, mais pas d'un point de vue purement rhétorique. Elle posa la photo d'identité judiciaire de Sergio Torres sur la table.

— Vous connaissez cet homme ?

— Pourquoi ? demanda la juriste.

— Parce que j'aimerais en savoir plus à son sujet.

— Je vois. Et vous vous adressez à nous parce que c'est un criminel doublé d'un latino ?

Guzman se leva et jeta la photo. Elle atterrit à l'envers sur la table basse.

— C'est du racisme. C'est justement cet ostracisme que nous combattons tous les jours.

Milena Silva se leva à son tour.

— On s'en va, à moins que vous n'ayez un mandat contre nous.

Comme Nikki en avait terminé avec ses questions, elle leur ouvrit la porte.

— Vous avez lu *El Corazón de la violencia* ? demanda Ochoa, quand ils furent partis.

Elle hocha la tête.

— Pour mon plus grand bien.

***

Durant le reste de l'après-midi, elle s'attacha à dissiper le malaise qui planait comme un nuage toxique dans les couloirs du 20ᵉ. Dans n'importe quelle autre branche, l'entreprise aurait fermé pour la journée après la mort subite d'un cadre. Pas dans les services de police de

New York. Ici, on ne se faisait pas porter pâle pour cause de chagrin.

Pour le meilleur et pour le pire, Nikki Heat savait compartimenter. Il le fallait. Si elle ne fermait pas à clé la porte de ses émotions, la bête qui tambourinait de l'autre côté l'aurait dévorée toute crue. Le choc et le chagrin, c'était normal. Mais il fallait en outre gérer la rage liée à son sentiment de culpabilité. Les derniers jours passés avec son mentor n'avaient été remplis que de désaccords et de doutes ; certains exprimés, d'autres juste envisagés – il avait ses petits secrets. Nikki avait beau ne pas savoir où tout cela allait les mener, elle se raccrochait à l'espoir qu'ils parviendraient à trouver une solution. Jamais elle n'avait imaginé que pareille tragédie lui couperait l'herbe sous le pied. John Lennon disait que la vie, c'est le truc qui se passe pendant qu'on multiplie les projets.

La mort aussi.

Aussi brusques qu'ils lui avaient paru sur la scène de crime, les conseils de Feller et de Van Meter faisaient leur chemin. Nikki décida de prendre la peine de regarder objectivement les faits. Elle sortit une simple feuille de papier et inscrivit tout ce qu'elle savait sur la mort de Montrose. Pour établir ce « tableau blanc » privé, elle se concentra sur le comportement nouveau et étrange de son capitaine au cours des jours précédant cette journée noire : les absences, l'agitation, les cachotteries, les manœuvres d'obstruction, la colère face à la volonté de Nikki d'appliquer les méthodes enseignées.

Heat regardait fixement la page.

Les questions qui la taraudaient se bousculaient au portillon. Qu'il ait eu les mains propres ou sales, le capitaine Montrose connaissait-il les enjeux ? Essayait-il de la protéger ? Était-ce la raison pour laquelle il ne voulait pas qu'elle creuse trop profond dans le meurtre de Graf ? Parce que, sinon, une bande de gars armés risquaient de venir lui faire sa fête dans le parc ? Travaillaient-ils pour la CIA ? S'agissait-il d'hommes de main envoyés par les cartels de la drogue ? D'une brigade de tueurs colombiens ? Ou de quelqu'un sur qui elle n'était même pas encore tombée pour l'instant ?

Ces types s'en étaient-ils pris à lui ensuite ?

Nikki plia sa feuille pour la ranger dans sa poche. Ensuite elle réfléchit un instant, la ressortit et se rendit jusqu'au tableau blanc de la brigade pour la recopier dessus. Non, elle ne voulait pas croire au suicide. Pas pour l'instant.

***

— Cette fois, c'est à titre officiel que je vous appelle, annonça Zach Hamner.

Heat se demanda dans quelle catégorie ranger leurs conversations précédentes, dans ce cas.

— Je viens juste de recevoir une plainte officielle de la part d'une organisation appelée...

— ... *Justicia aguarda*, souffla-t-elle en l'entendant fouiller dans ses papiers à l'autre bout du fil.

— Oui. Jolie prononciation. Quoi qu'il en soit, ils prétendent avoir été harcelés et avoir fait l'objet de déclarations racistes lors d'une entrevue avec vous, un peu plus tôt dans la journée.

— Vous n'allez pas prendre ça au sérieux ?

— Inspecteur, vous savez combien d'argent la municipalité a dû débourser ces dix dernières années suite à des plaintes contre cette maison ?

Il n'attendit pas sa réponse.

— Neuf cent soixante-quatre millions. Soit quasiment un milliard, vous m'entendez ? Et vous me demandez si je prends les plaintes au sérieux ? Évidemment. Et vous devriez en faire autant. Vous n'avez pas besoin de ça en ce moment. Pas tant que votre promotion n'a pas été concrétisée. Maintenant, racontez-moi ce qui s'est passé.

Elle lui résuma brièvement l'entretien et son motif.

— C'était indispensable de montrer cette photo judiciaire ? demanda le Hamster quand elle eut terminé. C'est là où le bât blesse.

— Sergio Torres a tenté de me tuer ce matin. Alors, je ne vais pas me priver de montrer sa photo à toute personne liée à cette affaire.

— Je comprends.

— Encore une chose, ajouta-t-elle alors. C'est déjà assez difficile comme ça de mener l'enquête ; je n'ai que faire des gens de l'extérieur qui viennent comprendre ma façon de travailler après coup.

— Je vais mettre ça sur le compte du stress manifestement lié à cette journée. D'ailleurs, je vous présente toutes nos condoléances pour la perte de votre supérieur.

Nikki ne put s'empêcher de revoir le Hamster, debout devant l'ambulance, se plaindre le matin même de l'absence de Montrose. Comme elle venait déjà de réagir, elle préféra se retenir cette fois.

— Merci.

— Vous allez faire quoi, alors ? s'enquit-il.

— Reprendre les choses là où je les avais laissées. Trouver qui a tué le père Graf. Et peut-être mon chef.

Le fauteuil de Zach crissa. Il devait s'être redressé.

— Attendez une minute, ce n'était pas un suicide ?

— C'est à voir, dit-elle.

***

Quand elle ouvrit la porte de chez elle, Rook l'accueillit avec un cocktail.

— J'espère que tu es partante pour un mojito. C'est une recette que j'ai rapportée d'un bar de plongeurs sur une plage de Puerto Rico, près d'une piste d'atterrissage.

Elle lui tendit son imperméable pour faire échange, et ils levèrent leurs verres là, au beau milieu de l'entrée. Mais ils ne trinquèrent pas immédiatement. Ils se regardèrent dans les yeux un long moment, laissant l'intimité de leur silence parler pour eux. Puis Nikki posa son verre sur la console.

— Chaque chose en son temps.

Elle lui passa le bras autour du cou, et ils s'enlacèrent.

— Je me suis dit qu'après une journée pareille, tu aurais envie de viande rouge, expliqua-t-il quand ils passèrent dans la cuisine.

— Ça sent super bon.

— Filet rôti, tout simple – juste un peu de sel, de poivre et de romarin –, avec l'accompagnement habituel : purée et choux de Bruxelles.

— Ah ! les bons petits plats. Si tu savais, Rook, le bien que ça me fait en ce moment... Oh ! mais tu le sais parfaitement.

Et elle but une nouvelle gorgée.

— Comment tu fais pour trouver le temps de faire tout ça, et de venir m'apporter des vêtements en plus, alors que tu essaies d'écrire ton article ?

— Il est bouclé ! Je l'ai envoyé par mail il y a deux heures et je suis venu ici m'occuper de toi. Je pensais faire des kebabs, mais, après ce matin dans le parc, je me suis dit que les brochettes, ça ferait un peu trop humour noir, même pour moi.

— Mais ça ne t'empêche pas d'en parler !

— Je sais, je suis un mystère, mais inutile de me

torturer pour que je te livre le plan divin de salut conçu par Dieu.

Nikki se mit à rire, puis se reprit. Son visage s'allongea, et elle s'assit au bar. Elle resta là, perchée sur son tabouret, à boire son mojito, puis un verre de rouge de Basse-Californie, qu'à sa grande surprise, elle trouva parfait, tandis que Rook découpait la viande et servait. Il transféra sa mise en place de la table de la salle à manger au bar, où ils dînèrent dans un cadre nettement moins formel, ce qui permit à Nikki de se détendre davantage. Malgré sa faim, elle ne parvint qu'à grignoter, préférant lui parler de toutes les difficultés qu'elle lui avait tues au sujet du capitaine Montrose. Il eut beau l'assurer que ce n'était pas la peine si cela lui était trop pénible, elle objecta que cela lui faisait du bien, au contraire, de se défaire de son fardeau.

Nikki avait déjà évoqué, juste avant le Proust déshabillé, les tensions qu'il y avait entre elle et Montrose, mais, cette fois, elle raconta à Rook tous les détails. Elle lui fit part des doutes que la présence troublante du capitaine chez Graf, le soir du meurtre, avait suscités en elle.

De tous les bâtons qu'il lui mettait dans les roues, sans compter la coïncidence entre le sang sur le collet du prêtre et le pansement qu'il portait au doigt. Et puis il y avait cette étonnante répétition des brûlures de TENS... chez Graf, chez le danseur et chez la victime d'une vieille affaire de meurtre sur laquelle Montrose avait travaillé quand il était jeune inspecteur.

Rook écouta attentivement sans l'interrompre parce qu'il était intéressé par ses propos, mais surtout pour soulager sa douleur.

— Tes soupçons, tu en as parlé à quelqu'un ? demanda-t-il quand Nikki eut terminé. Aux Affaires internes ? À tes nouveaux amis du QG ?

— Non, parce que c'était que des éléments indirects, tu vois ? Il était déjà suffisamment mis à mal. Ç'aurait été soulever le couvercle de la boîte de Pandore.

Elle se mordit la lèvre inférieure, qui se mit à trembler.

— J'ai essayé d'aborder le sujet avec lui ce matin. Il m'y avait un peu forcée, mais je peux te dire que ça lui a fait mal. Terriblement mal.

Elle bascula la tête en arrière et plissa les yeux, refusant de se laisser aller aux larmes, puis elle reprit.

— J'ai honte de l'admettre, mais une partie de moi, ce matin dans le parc...

Il savait où elle voulait en venir.

— Tu t'es demandé s'il n'était pas mêlé à tout ça.

— Juste une seconde, une seconde pour laquelle je m'en veux maintenant, mais comme il m'avait donné cet avertissement à la fin de notre entrevue, ça m'a forcément traversé l'esprit.

— Nikki, il n'y a rien de mal à avoir ce genre de pensées. Surtout dans ton travail. C'est pour ça que tu es payée, quand même.

Elle en convint d'un signe de tête, puis se força à sourire.

— Tu as pu identifier ton assaillant, l'esquimau glacé ?

— Tu es un vrai malade, Jameson Rook.

Il salua de manière théâtrale.

— Merci, merci.

Heat lui parla alors de Sergio Torres. De son casier indiquant qu'il s'agissait d'un membre de gang ordinaire alors qu'il avait l'entraînement d'un soldat.

— Je ne comprends pas, dit Rook. Comment se fait-il qu'un médiocre mauvais sujet d'une métropole maîtrise les maléfiques méthodes militaires ? Mystifiant !

— Ouais...

Nikki loucha vers lui.

— ... c'est un peu ce que je me demandais aussi...

— Tu as regardé s'il était lié au gang des Mara Salvatrucha ? Les MS 13 auraient appelé à flinguer tous les flics de New York il y a un an, dit-il. Et, aux dernières nouvelles, rapportées du front lors de mon récent reportage, les cartels offrent un entraînement paramilitaire aux MS 13 qui veulent bien leur prêter main-forte au Mexique.

— Je verrai ça demain.

Elle se laissa glisser du tabouret de bar et s'excusa.

— Rook ? Rook, viens voir ! cria-t-elle quelques secondes après avoir disparu dans le couloir.

Quand il la rejoignit dans la salle de bain, elle se tenait près de la fenêtre.

— Tu es venu ici depuis que tu es arrivé ?

— Je pense que la lunette baissée sur les toilettes te fournit la réponse : non.

— Regarde ça.

Elle s'écarta en indiquant des gouttes d'eau provenant de glace fondue sur le bord de la fenêtre. Elle montra le loquet. Il n'était pas fermé.

— Je le ferme toujours.

Elle attrapa une lampe torche dans le placard sous le lavabo et la braqua sur le loquet. Une minuscule trace d'abrasion sur la languette en laiton indiquait qu'elle avait été forcée. Sans les gouttelettes, Nikki n'aurait rien remarqué.

Ensemble, ils firent le tour de l'appartement. Personne ne s'y cachait et rien ne manquait ni n'avait bougé. Consciente de la fouille méticuleuse menée au presbytère, Heat prit grand soin de s'attarder aux petites choses.

Rien n'avait été déplacé.

— Tu as dû le déranger en entrant, Rook.

— Je ne vais peut-être plus m'amuser à venir ici sans prévenir, tu sais.

Ils fermèrent l'appartement et descendirent en parler à Doberman, garé de l'autre côté de la rue.

— Vous voulez que je le signale ?

— Merci, Harvey, mais je m'en occuperai demain matin.

Elle n'avait aucune envie de passer sa soirée avec les gars du labo, leurs projecteurs, leurs poudres et leurs pinceaux. Cela ne les tuerait pas d'utiliser l'autre salle de bain pour cette nuit.

— C'était juste pour info.

— Hé ! Harvey, vous ne dormez jamais ? fit Rook.

Le vieux routier regarda Heat.

— Pas après aujourd'hui, non.

***

Nikki prit un bain moussant, bien mérité à ses dires, dans la salle de bain des invités pendant que Rook faisait la vaisselle. En l'attendant dans le salon, il zappa sur la chaîne du sport, regrettant la saison de football, ravi que le base-ball n'ait pas encore commencé. À 11 h, il éteignit la télévision.

— Fallait pas éteindre pour moi, dit-elle.

En robe de chambre et les cheveux mouillés, Nikki avait l'air agréablement sonnée par son bain chaud. Elle se cala contre lui sur le canapé, laissant échapper de légers effluves de lavande.

— Je crois qu'on connaît déjà la grande nouvelle, dit-il.

— Ouaip. Un capitaine de la police s'est apparemment suicidé.

Elle se tourna vers lui, à quelques centimètres. Son visage se crispa.

— C'est faux. Il n'aurait jamais fait ça.

— Comment peux-tu en être sûre ?

— Pour la même raison que je sais qu'il n'a pas tué Graf.

— C'est-à-dire ?

— C'était le capitaine Montrose.

Dès qu'elle l'eut dit, les portes de tous les compartiments qu'elle avait si soigneusement fermées s'ouvrirent grand. Les scellés lâchèrent, et toute une journée d'émotions – de son sauve-qui-peut dans Central Park au choc de la mort du capitaine Montrose – la submergea. Rook vit la vague l'emporter. Elle tremblait, et les larmes lui coulaient des yeux. Puis elle cria, la tête renversée en arrière, et se sentit étonnamment libérée. Il lui ouvrit ses bras, et elle se jeta contre sa poitrine, s'accrochant désespérément à lui, tremblant, sanglotant tant et plus, comme cela ne lui était pas arrivé depuis dix ans.

NEUF

À la sortie de sa douche, le lendemain matin, Heat trouva Rook à son ordinateur, sur la table de la salle à manger. Elle se glissa derrière sa chaise et posa une main sur chacune de ses épaules.

— C'est quand même injuste que tu gagnes autant d'argent à faire un boulot qui te permet de rester en caleçon.

À son contact, elle sentit les muscles de Rook se détendre. Il lâcha son clavier et passa les mains dans le dos pour l'attraper doucement par l'arrière des cuisses. Puis il pencha la tête en arrière pour la poser entre ses seins et leva les yeux vers elle.

— Je peux laisser tomber le caleçon si ça peut te faire plaisir, dit-il.

— Ça me ferait très plaisir, mais je viens de recevoir un texto disant qu'on a un dealer à interroger.

Elle se pencha pour l'embrasser sur le front.

— Et puis je passe mes oraux, aujourd'hui. Dernière ligne droite avant la promotion de lieutenant.

— Je peux peut-être t'aider. Pour les oraux.

Elle le regarda fixement.

— Quoi ? demanda-t-il, l'air innocent.

— Dis-moi, Rook, est-ce qu'il y a un seul mot dans le

dictionnaire qu'un mec ne puisse pas tourner en blague salace ?

— Quaker. Et ça vaut des points au scrabble. Mais pour les sous-entendus, peau de balle. C'est pas faute d'avoir essayé. Ça, pour essayer, j'ai essayé. Mais, dis-moi, tu ne pourrais pas reporter après tout ce qui s'est passé ?

— Si, je pourrais. Mais je ne veux pas.

Cela se lisait sur son visage : Nikki n'allait pas laisser tomber.

— Je croyais que tu en avais fini avec ton article sur les trafiquants d'armes, dit-elle en indiquant son MacBook d'un geste. C'est votre prochaine fiction romanesque, mademoiselle Saint-Clair ?

— Rien d'aussi noble.

— C'est quoi ?

— Je préfère ne rien dire pour l'instant. Dommage pour toi.

Il referma l'ordinateur et se leva face à elle. Puis il l'attira à lui, et ils s'embrassèrent. Il était tendre, doux, réconfortant.

— Ça va, ce matin ? s'inquiéta-t-il.

— Non, mais je ferai avec.

— Le petit-déjeuner t'attend.

Rook voulut faire un pas en direction de la cuisine, mais elle l'en empêcha.

— Merci pour hier soir. Tu as été un véritable... ami.

— C'est quand tu veux, où tu veux, Nikki Heat.

Et ils s'embrassèrent de nouveau.

Elle partit s'habiller tandis qu'il lui servait un café et leur pressait chacun un jus d'orange. Nikki reparut l'air interloqué, le téléphone à la main.

— Il y a un truc bizarre. Je viens d'écouter mes messages sur ma boîte vocale au bureau. L'agence de voyages que j'avais conseillée au capitaine Montrose m'a appelée. La nana dit qu'elle n'arrive pas à le croire, d'autant qu'elle lui avait encore parlé hier. Il avait réservé une croisière.

— Hier ?

Comme elle confirmait, il frappa dans ses mains.

— John le Carré ! s'exclama-t-il. Tu connais, non ? ajouta-t-il devant son air ébahi. *L'Espion qui venait du froid, La Constance du jardinier...* Oh ! et *Un pur espion* – transcendant, le meilleur ! Mais... son premier roman, c'était *L'Appel du mort*. Un agent secret est retrouvé mort. Suicide, selon la police. Or, cette thèse ne tient pas parce que, la veille, il a demandé qu'on le réveille par téléphone. Tu vois le raisonnement ? Qui demanderait à ce qu'on le réveille, si c'est pour se suicider après ?

— En effet, et qui réserverait une croisière ?

Elle fronça les sourcils.

— Montrose, en plus. En ce moment ? Pour lui tout seul ?

Alors qu'elle réfléchissait à l'étrangeté de la chose, il l'interrompit dans ses pensées.

— Je m'habille, j'en ai pour deux secondes.

— Pour faire quoi ?

— T'accompagner, dit Rook. On a du pain sur la planche. Cette histoire de suicide est criblée de trous. Oh ! pardon pour le choix des mots. Excuse-moi, vraiment, mais je me sens gonflé à bloc.

— Eh bien, du calme. On en a déjà parlé. Tu ne m'accompagnes plus. Je ne veux pas de toi dans mes pattes. C'est trop gros, cette fois.

— Je ne te gênerai pas. Pas trop, fut-il contraint d'admettre sous son regard insistant.

— Pas question. En plus, c'est trop compliqué. Je suis

sous les projecteurs en ce moment et ça ne paraîtrait pas très professionnel.

— Pourquoi ? Les lieutenants n'ont pas de petits amis ?

— Peut-être, mais ils ne travaillent pas avec eux.

Elle vit sa mâchoire se crisper.

— Pourquoi c'est si important pour toi ?

— À cause d'hier. Je veux garder un œil sur toi.

Elle se rapprocha et le prit dans ses bras.

— Rook, c'est trop...

— Gentil ?

— « Bête », je dirais plutôt.

***

Les scellés avaient été retirés sur la porte du bureau vitré où les deux enquêteurs des Affaires internes attendaient Heat.

— Fermez la porte, dit Lovell quand elle entra.

C'était le plus mince des deux. Il avait les traits anguleux d'un ptérodactyle. Assis au bureau, il tenait son coéquipier dans sa ligne de mire pour pouvoir échanger des signes avec lui. DeLongpre s'était en effet installé sur la bibliothèque basse, derrière la chaise pour les visiteurs. Nikki remarqua que, pour poser ses fesses, le costaud avait déplacé sans précaution les photos encadrées de la femme de Montrose.

— Nous avons quelques questions à vous poser au sujet de votre supérieur, commença Lovell quand elle se fut assise.

— Comment, il y a des choses que vous ne savez pas ? Vous en avez pourtant passé du temps à éplucher ses faits et gestes.

Lovell sourit patiemment.

— Ce n'est pas parce que nous sommes des Affaires internes qu'il faut nous prendre pour vos ennemis, inspecteur Heat. Il faut que vous le sachiez.

— Bien, intervint DeLongpre, si on laissait tomber les sarcasmes ?

Si ça, ce n'était pas le ton de l'ennemi ! Ou du méchant flic, Lovell jouant le gentil.

— Qu'est-ce que je peux faire pour vous aider ?

Ils commencèrent par des questions d'ordre général : depuis combien de temps se connaissaient-ils, comment jugeait-elle son efficacité, comment aurait-elle qualifié sa gestion du service au fil des années. Heat se montra loyale mais prudente. Ces gars cherchaient la petite bête, et Nikki ne voulait pas ternir davantage la réputation du capitaine. Elle en profita même pour démontrer que Montrose était un chef exemplaire et, ce qui ne gâchait rien, quelqu'un de très humain. Toute cette bonne volonté se retourna pourtant contre elle.

— On dirait que vous vous entendiez comme larrons en foire, fit Lovell.

— C'était le cas.

— Et après, que s'est-il passé ?

Il pencha la tête en arrière pour la toiser derrière son nez crochu du trias. Comme elle ne répondait pas, il insista :

— Avouez-le, il a perdu la boule. À cause de quoi, et quand ?

Nikki avait mené suffisamment d'interrogatoires pour se rendre compte qu'on la manipulait.

— Je ne suis pas tout à fait d'accord avec votre façon de présenter les choses.

— Dites-les à votre façon dans ce cas.

— Parce que Dieu sait qu'on ne voudrait pas vous déplaire, ajouta DeLongpre.

— Je ne dirais pas qu'il avait perdu la boule, mais plutôt qu'il avait changé peu à peu. Il était un peu plus tendu, c'est tout. Je mettais ça sur le compte de la mort de sa femme.

Elle ne savait pas ce qui était plus fort : sa volonté de protéger la mémoire de Montrose ou sa méfiance envers ces deux-là.

— C'est pour cette raison que vous avez dit hier à votre brigade...

Lovell lut dans son calepin :

— « Le capitaine n'est pas dans son assiette depuis quelque temps, mais j'avoue que, là, ça m'inquiète » ?

Qui leur avait parlé de ça ? se demanda Heat, mais elle avait bien sa petite idée.

— Ça n'a rien à voir. Je crois avoir dit ça parce qu'il avait disparu.

— Le capitaine n'est pas dans son assiette... répéta Lovell, le calepin levé. Ça m'a tout l'air d'avoir à voir, au contraire. Il paraît que ça a chauffé entre vous dans ce bureau hier matin. Des cris, des coups sur le bureau... Alors ?

— Il se sentait sous pression. À cause des objectifs, vous savez ? Les chiffres ciblés.

— Ouais, il nous en a parlé aussi. Mais pourquoi vous troussait-il les jupes ? demanda DeLongpre.

Sachant que l'expression était calculée pour la faire réagir, Heat choisit de l'ignorer. Néanmoins, il lui fallait répondre. Alors, elle leur donna un os à ronger.

— Nous n'étions pas tout à fait d'accord sur l'affaire dont je suis chargée.

Elle voulait rester très générale et n'en dire que le minimum, mais ils ne voyaient pas les choses de cette façon.

— Le prêtre, c'est ça ? Et vous pensiez qu'il était impliqué dans le meurtre d'une manière ou d'une autre ; c'est ça qui l'a mis en colère ?

Heat était abasourdie. Le temps qu'elle trouve une réponse, DeLongpre sauta sur l'occasion.

— Il avait mené une fouille en solo au presbytère, n'est-ce pas ? Vous trouviez ça suspect.

— Et il faisait tout foirer en bloquant toutes les pistes valables de votre enquête, asséna Lovell.

— C'était d'autant plus louche que les relevés téléphoniques établissaient un lien entre Montrose et la victime, renchérit son coéquipier.

Ils maîtrisaient leur sujet.

— Que voulez-vous de plus si vous savez déjà tout ça ?

— Encore plus.

Lovell déplia son mètre quatre-vingt-sept pour quitter le fauteuil et venir s'asseoir sur le bureau. Il lissa son étroite cravate noire et baissa les yeux vers elle.

— Nous voulons ce que vous nous cachez.

— Vous croyez peut-être que je vais alimenter les ragots sur mon ancien chef ?

— Nous croyons que vous allez aider vos collègues dans cette enquête, inspecteur.

— Il trempait dans quelque chose ; dites-nous ce que vous savez, reprit DeLongpre.

Nikki tournait la tête vers un enquêteur, puis l'autre. Ils s'étaient placés de telle manière qu'elle avait l'impression de suivre un match de tennis plutôt qu'une conversation.

— Je ne sais rien. Rien de plus que ce que vous avez déjà évoqué.

C'était en grande partie vrai. Le reste était sans fondement ni lien direct, comme la coupure au doigt du capitaine.

— Fou...taises... fit DeLongpre en chantonnant.

Refusant de se tourner vers lui, elle adressa calmement ses remarques à Lovell.

— Pour moi, il n'y a que les faits qui comptent. Si ce sont des indiscrétions que vous cherchez, retournez plutôt voir l'inspecteur Hinesburg. Je vais m'employer à découvrir qui a tué mon supérieur.

— Qui l'a tué ? fit Lovell en levant si haut les sourcils qu'un grand « V » se dessina sur son front. Personne ne l'a tué, il s'est tué tout seul.

— Rien ne le prouve.

— Vous venez de le faire.

L'agent des Affaires internes descendit du bureau et arpenta la pièce en dépliant un doigt à chaque point.

— Tir réglo. Au décès de son épouse il y a un an, le capitaine dur mais juste pète les plombs. Début de la mauvaise pente. Il ne gère plus la pression du boulot, et le QG lui tombe dessus, ce qui le rend encore plus agité. Peut-être par tentation, ou par colère envers le système, il trempe dans quelque chose – on ignore encore quoi, mais on trouvera, c'est sûr – et voilà qu'hier, vous... sa protégée... vous l'interpellez à ce sujet pour lui mettre le nez dans son caca. Il se sent pris au piège.

Lovell claqua des doigts.

— Il quitte le boulot et se fait sauter le caisson.

Nikki bondit sur ses pieds.

— Une minute, vous n'allez pas me mettre ça sur le dos ?

Lovell sourit ; de profondes rides creusèrent ses joues.

— Donnez-moi quelque chose qui prouve le contraire.

— En attendant, conclut DeLongpre, faudra vivre avec.

***

Consciente d'une présence au-dessus d'elle, Heat détourna son regard vitreux de son économiseur d'écran. C'était Ochoa.

— J'ai vérifié pour l'ordonnance du père Graf. Le docteur est bidon. L'adresse correspond à une boîte aux lettres. Personne n'a entendu parler de lui.

Nikki s'ébroua pour disperser les derniers résidus de son entrevue avec les Affaires internes.

— Il a une licence pour pratiquer à New York ?

— Avait, corrigea l'inspecteur. Mais ça l'a pas beaucoup aidé vu qu'il est mort dans sa clinique de Floride il y a dix ans.

Le téléphone de Nikki sonna. Hinesburg appelait de l'extérieur de la salle d'interrogatoire pour l'avertir de l'arrivée du dealer.

***

— Je n'ai jamais vu cet homme de ma vie, affirma Alejandro Martinez.

Il fit glisser la photo d'identité judiciaire de Sergio Torres sur la table vers Heat. Elle remarqua la délicatesse de ses mains. Parfaitement manucurées, par ailleurs.

— Vous en êtes bien sûr ? demanda-t-elle. D'après son casier, il s'est fait épingler pour des histoires de drogue dans Washington Heights et dans le Bronx. Il serait temps de vous mettre un peu au parfum.

— Je vous assure, inspecteur, depuis ma sortie de prison, je ne me suis livré ni à la vente de stupéfiants ni associé à des malfaiteurs. Ce serait contraire aux conditions de ma liberté conditionnelle.

Il ricana.

— Ossining a beaucoup de qualités, mais je n'ai aucune intention d'y retourner.

Nikki observa cet homme soigné de soixante-deux ans, son élocution si distinguée, ses manières si européennes et se demanda quelle quantité de sang avait fait couler ces mains aux ongles clairs avant qu'il ne se fasse arrêter. À le regarder assis là, avec ses airs de parrain de feuilleton télévisé, les tempes grisonnantes dans son complet Dries Van Noten avec pochette de poitrine, qui aurait jamais soupçonné les centaines de vies anéanties par ses soins ou tous ces corps abandonnés dans des bidons vides ou des carrières.

— On voit que vous avez la vie belle, fit-elle. Vêtements de luxe, bijoux... J'aime beaucoup le bracelet.

Martinez défit le bouton de manchette à ses initiales afin de permettre à Nikki de mieux apprécier le bracelet en argent martelé et incrusté de pierres précieuses qu'il portait au poignet droit.

— Joli. C'est quoi ? demanda-t-elle. Des émeraudes ?

— Oui. Ça vous plaît ? Ça vient de Colombie. Je l'ai trouvé lors d'un voyage d'affaires et je n'ai pas pu résister.

— Vous l'avez acheté récemment ?

Heat ne faisait pas du shopping, mais posait des jalons.

— Non, car les conditions de ma liberté conditionnelle ne me permettent pas de voyager à l'étranger, mais je suis sûr que vous le savez déjà.

— Mais vous auriez les moyens de vous en offrir un ou deux autres comme ça. Monsieur Martinez, vous avez l'air de ne manquer de rien.

— Mon expérience à Sing Sing m'a amené à porter un regard plus humble sur l'argent et son usage. À ma façon, j'essaie de mettre la fortune que j'ai réussi à amasser au service du bien.

— Est-ce qu'on parle d'argent de la drogue ? Je pense plus particulièrement aux quelques centaines de mille que vous vous êtes faits en 2003, à Atlantic City.

— Je ne vois absolument pas de quoi vous voulez parler, dit-il, imperturbable.

Nikki se pencha vers la chaise à côté d'elle pour prendre les boîtes en fer remplies de billets et les poser sur la table.

— Cela vous rafraîchit-il la mémoire ?

Pour la première fois depuis qu'elle était entrée dans la pièce, Heat vit le vernis craquer. Pas beaucoup, mais les yeux du dealer se mirent à bouger rapidement d'un côté et de l'autre.

— Non ? Laissez-moi vous aider. Cet argent provient d'un deal organisé dans votre suite d'hôtel, dans l'un de vos casinos. L'acheteur était un agent de la DEA infiltré. Il portait un micro et devait échanger cet argent contre un sac de cocaïne. Au lieu de ça, on l'a retrouvé dans une décharge de Pennsylvanie trois semaines plus tard.

L'étincelle de charme qui brillait dans ses yeux s'éteignit, et son regard se durcit, mais il ne dit rien.

— Essayons autre chose. Je vous montre et vous me dites qui c'est.

Nikki lui tendit la photo du père Graf.

— Je ne connais pas celui-là non plus.

Il mentait. Malgré son air détendu, Martinez montrait des signes de stress classiques : les clignements d'yeux, la bouche sèche.

— Regardez encore, je pense que si.

Il ne jeta qu'un bref coup d'œil à la photo avant de la faire glisser de nouveau vers Nikki.

— Je crains que non.

— Avez-vous une idée de la manière que cet argent a atterri en sa possession ?

— Je vous renvoie à ma première réponse. Je ne le connais pas.

Nikki informa l'ancien détenu du meurtre du prêtre et lui demanda où il se trouvait cette nuit-là. Les yeux rivés au plafond, il réfléchit en passant une langue crayeuse sur ses facettes dentaires.

— Si je me souviens bien, je suis sorti dîner au restaurant. Oui, à La Grenouille. Ensuite, je suis rentré chez moi et j'ai passé le reste de la nuit à mon appartement. J'avais loué *Quantum of Solace* en Blu-ray. Vous pourriez jouer les Bond girls, vous savez, inspecteur.

Sans prêter attention au commentaire, Nikki prit note de son alibi. Elle ramassa les boîtes de biscuits pour partir. Puis elle les reposa et rouvrit son calepin.

— Et hier, où étiez-vous entre onze et quatorze heures ?

— Vous comptez m'accuser de tous les meurtres de New York ?

— Non, monsieur Martinez. Ces deux-là me suffiront.

***

Après avoir rendu l'argent de la DEA au service de la propriété publique, elle retourna à la brigade vérifier ses messages avant de partir pour ses oraux. À l'entrée, elle s'arrêta, interloquée. Les Affaires internes avaient entièrement vidé le bureau du capitaine Montrose. Il ne restait plus rien.

***

L'après-midi tirait à sa fin. Au One Police Plaza, l'inspecteur Heat entendit appeler son nom. Elle reposa le magazine sur lequel elle n'arrivait pas à se concentrer et pénétra dans la salle d'examen.

C'était exactement comme Nikki se l'était représenté lors de ses visualisations, dans le cadre de sa préparation mentale. Elle s'était renseignée auprès d'autres qui y étaient passés avant, et la scène était maintenant là, devant elle. Elle s'avança sous les néons, dans une salle de classe borgne, où cinq examinateurs – des capitaines en service et des administratifs – étaient assis derrière une longue table face à une seule chaise. La sienne. En disant bonjour, Nikki repensa à la scène de *Flashdance* avec les jurés de l'école de danse classique. Si seulement elle pouvait s'en sortir sans un faux pas.

— Bonjour, inspecteur, commença le directeur du service du personnel qui assurait la coordination.

Nikki sentit la pression monter.

— Chacun des membres de ce jury va vous poser des questions ouvertes concernant les obligations d'un lieutenant au sein des services de la police de New York. Vous pouvez répondre comme il vous convient. Chacun d'entre nous attribuera des points à vos réponses. Ensuite, nous additionnerons les résultats pour déterminer les dispositions à prendre concernant votre candidature. Avez-vous bien compris la procédure ?

— Oui, monsieur, parfaitement.

Et c'était parti.

— Quelle est, selon vous, votre faiblesse ? demanda la dame des Relations avec la communauté civile.

La question piège par excellence : si on répond qu'on n'en a pas, on vous retire des points pour impudence. Si on nomme un défaut, on est moins apte à faire le boulot ; alors, autant ramasser ses affaires et partir tout de suite.

— Ma faiblesse, commença Nikki, c'est que je me passionne tant pour ce travail que je m'y investis au détriment de ma vie personnelle. C'est en grande partie parce que, pour moi, ce n'est pas seulement un travail mais plutôt une vocation, voire une mission. Faire partie de ce service, c'est toute ma vie. Servir les victimes, mais aussi mes collègues...

Le simple fait de se lancer et de parler du fond du cœur calma son trac. Les mines satisfaites du jury lui confirmèrent qu'elle était partie du bon pied, ce qui ne l'empêcha pas de garder la tête froide.

Désormais concentrée et détendue, elle eut l'impression que les questions qu'on lui posait relevaient plus de la conversation à cœur ouvert que d'une épreuve destinée à la casser. Durant la demi-heure qui suivit, Nikki répondit adroitement à tout, de sa manière de procéder pour évaluer ses subordonnés à son sentiment sur la diversité sur le lieu de travail en passant par la gestion du harcèlement sexuel et l'évaluation de la pertinence de lancer ou non des poursuites de véhicules.

À la fin de la séance, l'un des jurés – un capitaine de Staten Island qui, d'après sa gestuelle, lui semblait le seul à douter de ses compétences – prit la parole :

— Je vois que vous avez tué quelqu'un l'autre jour.

— Deux suspects, en fait, monsieur. Seul l'un des corps a été retrouvé.

— Et comment prenez-vous la chose ?

Sachant la question délicate, Nikki marqua une pause avant de répondre.

— Je le regrette. La vie est précieuse à mes yeux et je n'ai utilisé ce recours..., comme je le ferai toujours..., qu'en dernier ressort. Mais si on me cherche, on me trouve.

— Avez-vous le sentiment que la partie était équitable ?

— Avec votre respect, capitaine, si on veut se battre contre moi à égalité, il ne faut pas venir me chercher.

Les jurés échangèrent des hochements de tête et des airs satisfaits avant de faire passer leurs feuilles de notes au coordinateur, qui les feuilleta.

— Nous devons calculer tout cela, bien sûr, mais je peux d'ores et déjà vous assurer que vous avez brillamment réussi, inspecteur Heat. Avec les excellents résultats que vous avez obtenus à l'écrit, j'ai le sentiment que vous pouvez vous attendre à une bonne nouvelle, sans tarder.

— Merci.

— Sans vouloir mettre la charrue avant les bœufs, ajouta le directeur du personnel, avez-vous déjà songé à prendre la direction d'un poste ?

— Pas vraiment.

— À votre place, je le ferais, dit-il avec un large sourire.

***

À 9 heures tapantes le lendemain, l'inspecteur Heat se présenta à l'accueil de l'immeuble Terence Cardinal Cooke, à Sutton Place. Cela faisait bizarre à Nikki de se retrouver à l'archidiocèse alors qu'elle avait une légère gueule de bois et se sentait merveilleusement courbaturée suite à sa nuit avec Rook. Il avait insisté pour célébrer en grande pompe sa performance aux oraux. Et ils avaient vraiment fait la fête. En pensant à la chance qu'elle avait d'avoir un homme pareil dans sa vie, elle sentit une bouffée de chaleur l'envahir à l'intérieur. Il trouvait toujours le moyen de lui montrer le bout du tunnel. Son visage s'illumina d'un sourire bête au souvenir de l'éclat de rire de Rook, au lit, quand elle avait crié « Quaker ! » au moment critique.

Un employé administratif en costume trois pièces brun, qui se présenta sous le nom de Roland Jackson, attendait au dix-neuvième étage quand l'ascenseur ouvrit ses portes au niveau de la chancellerie.

— Monseigneur vous attend.

L'un des bras chargé de toute une cargaison de dossiers épais, il lui indiqua, de l'autre, la porte la plus proche en lui faisant signe de passer devant.

— L'inspecteur Heat est là, annonça-t-il en entrant.

L'archevêque finissait d'enfiler hâtivement sa veste de costume noire pour l'entrevue. Il avait encore le coude plié pour ajuster sa manche quand il arriva pour lui serrer la main, ce qu'il fit des deux mains.

— Bonjour, Pete Lynch.

— Merci de prendre le temps de me recevoir, monseigneur.

Nikki lui rendit son sourire chaleureux. Malgré sa soif, elle déclina thé et café, et tous les trois prirent place dans le petit coin salon aménagé à côté du bureau de l'archevêque.

— Si j'ai bien compris, vous êtes là pour Gerry Graf, dit monseigneur Lynch.

Il s'assombrit.

— Quelle perte tragique ! Quand une chose pareille se produit, tout le monde le regrette, mais c'est encore plus vrai au sein de notre congrégation. Vous devez le savoir. J'ai entendu dire que vous aviez également perdu l'un des vôtres. Il est dans nos prières, également.

Elle le remercia, puis ramena la conversation sur le père Graf.

— Je voulais avoir votre sentiment à son égard. En tant qu'administrateur de l'archidiocèse, étiez-vous au courant de problèmes quelconques ?

— Comme quoi ?

— Eh bien, des irrégularités financières dans la comptabilité de la paroisse, par exemple ? Des conflits avec les paroissiens ou autres ? Un comportement indécent... de quelque sorte que ce soit ?

— N'ayez pas peur des mots, inspecteur. Vous voulez dire sur le plan sexuel ?

— En effet.

Nikki se surprit à scruter l'archevêque, puis à le regarder dans le blanc des yeux.

— Pas à ma connaissance.

Il détourna le regard et retira ses lunettes à monture métallique pour se masser l'arête du nez entre le pouce et l'index.

— Roland nous a apporté les livres de la paroisse. Rien de fâcheux ?

— Non, rien d'aucune sorte.

Monsieur Jackson tapota les dossiers sur ses genoux.

— Ses comptes sont toujours en ordre ; il était aimé dans sa paroisse et jamais il n'a été mêlé à un quelconque scandale personnel.

— Qu'en est-il du prêtre que vous avez écarté, celui dont on dit qu'il a abusé de ces garçons pendant une excursion ?

Le front de l'archevêque se mit à briller légèrement, et les deux hommes échangèrent un bref coup d'œil.

— Le père Shea, souffla Roland Jackson, inutilement.

— Ces conduites sont un fléau pour notre sainte Église, commenta monseigneur Lynch. Comme vous l'avez évoqué, nous avons immédiatement écarté ce prêtre, et il est maintenant employé comme conseiller, à l'écart de toute paroisse et surtout des enfants. Il va sans doute être inculpé, et c'est bien normal.

— Il paraît que l'un des parents a menacé le père Graf en l'accusant de complicité ?

— Vous parlez de monsieur Hays.

Il remit ses lunettes.

— Essayez d'imaginer la souffrance, pour un parent, d'apprendre qu'on a abusé de son enfant.

— Non, c'est inimaginable, dit-elle. Je voulais savoir si vous étiez au courant de menaces spécifiques faites par monsieur Hays à l'encontre du père Graf.

Jackson fouilla parmi la pile de ses dossiers et en tira la sortie papier d'un mail.

— Il y a un mois et demi, le père Gerry a reçu ceci.

Il tendit la feuille à Nikki. Il s'agissait d'une page pleine, avec un intervalle d'une ligne seulement, couvertes d'injures et d'accusations : *Vous avez déjà entendu parler de la gégène à l'iraquienne ? Moi oui, mon père. Vous souffrez jusqu'à prier pour mourir et puis vous souffrez encore. Et encore et encore. Le mieux, c'est quand vous en appelez à Dieu pour qu'il prenne pitié de vous et qu'il vous regarde de haut et crache sur votre putain d'âme à la con totalement atrophiée.*

— Monseigneur Lynch, dit Heat, non seulement c'est direct et spécifique, mais ça ressemble beaucoup à la manière dont il est mort. Vous n'avez pas pris ça au sérieux ?

— Il est évident, inspecteur, que nous n'écartons d'emblée aucune forme de menace. Toutefois, l'agitation de monsieur Hays était tout à fait compréhensible. Et puis le père Graf n'était pas le seul à recevoir ce genre de messages ; alors, nous n'avions aucune raison de concentrer toute notre attention sur lui seul.

— Le père Shea en a reçu de très similaires, évidemment, ajouta Roland Jackson pour appuyer ses propos.

— Moi aussi, dit l'archevêque.

— Pourquoi ne pas l'avoir signalé à la police ? demanda Heat.

— Nous espérions gérer cela en interne.

— Et comment vous en êtes-vous sortis ?

Monseigneur Lynch afficha une mine lasse de défaite.

— Je comprends parfaitement où vous voulez en venir, inspecteur Heat, croyez-moi. Avec le recul...

Il baissa les yeux avant de la regarder de nouveau.

— Vous n'avez pas idée de ce que c'est que d'aimer cette organisation comme sa propre famille. Elle a ses défauts, comme toutes les familles ; on le regrette, mais on le supporte quand même, parce qu'on a foi en elle.

— Je crois que si, j'en ai bien une idée.

***

La bouffée d'air froid saisit Nikki au visage quand elle sortit dans la 1re Avenue par les tourniquets. Le vent soufflait si fort qu'elle dut s'abriter contre la paroi de marbre gris sombre, à l'extérieur, pour entendre la commissaire Yarborough malgré les grésillements de son téléphone.

— Je tombe mal, Nikki ?

— Non, je battais juste le pavé.

— Eh bien, si j'en crois les rumeurs, vous n'allez pas tarder à rentrer bien au chaud. On ne parle que de vous dans la maison ce matin. Après votre performance aux oraux, j'ai le sentiment que vous n'allez plus beaucoup user vos semelles dans le froid.

Un camion de pompiers passa toutes sirènes dehors. Nikki se boucha une oreille en se tournant vers le mur.

— C'est génial. J'avoue que j'ai l'impression de m'en

être plutôt bien sortie, dit-elle après le passage du camion.

— J'aime beaucoup l'euphémisme ! s'esclaffa Phyllis Yarborough. Voilà comment je vois les choses, moi : je crois que non seulement vous allez prendre du galon, mais qu'en plus, compte tenu du vide que laisse la mort de votre capitaine à la tête du poste, vous pourriez bien prendre directement la place de Montrose. Rien n'est encore décidé, mais ne prévoyez rien dans votre agenda... L'appel risque de tomber à tout moment. Vous êtes prête ?

Nikki sentit son cœur s'emballer un instant.

— Ne vous inquiétez pas, Nikki, ajouta la commissaire, nous savons l'une comme l'autre que vous serez à la hauteur.

***

Comme c'était le coup de feu à la brasserie la plus proche de l'institut médicolégal, Nikki Heat et Lauren Parry préférèrent s'installer au bar plutôt que d'attendre une table. Pour ce genre d'établissement, de type saloon, la cuisine était étonnamment bonne et toujours pleine de surprises. Toutes deux commandèrent l'un des plats du jour proposés au tableau. Nikki choisit la soupe à l'oignon à la bière brune, son amie se lança et opta pour le hamburger de wapiti. Après son topo sur ses résultats d'examen et le coup de fil de Phyllis Yarborough, Lauren félicita Nikki, mais, visiblement, sans grand enthousiasme. Malgré la bonne nouvelle, son amie s'inquiétait à cause de l'épreuve qu'elle avait traversée dans Central Park. L'enquêtrice jeta un regard par la fenêtre à Doberman, dans sa bleue et blanche garée dans la 2e Avenue, et assura Lauren qu'elle se sentait bien protégée.

— Et après déjeuner, je serai encore plus en sécurité. Je vais au One Police Plaza pour voir si je peux aider à l'organisation des obsèques puisque les Montrose n'avaient plus aucune famille.

Leurs plats arrivèrent. La légiste coupa son hamburger en deux avant de demander :

— Aucune famille ? Ils n'avaient pas d'enfants ?

— Juste un chien.

— Quel genre ?

— Un teckel à poil long, comme le tien.

Tout en retirant un fil de fromage fondu de sa cuillère, Heat vit son amie réfléchir intensément.

— Docteur Parry, avant que tu ne te mettes en tête d'offrir une grande sœur à Lola, je te signale que Penny est chez la voisine et qu'elle souhaite la garder.

— Penny... fit Lauren. Ne me dis pas qu'elle est super mignonne, en plus.

— Une adorable boule de poils qui saute partout.

Heat devint songeuse. Un élément de plus en défaveur de la thèse du suicide. Le capitaine adorait sa chienne. Peu importe ce qui se passait, jamais il ne l'aurait abandonnée.

— Bonne chance pour essayer de faire dérailler le train avec ça, objecta la légiste. Parce qu'il est déjà lancé à pleine vitesse. La disposition au suicide n'est jamais quelque chose de ferme et définitif.

— C'est moi ou je perçois une certaine réserve ?

— C'est mon métier de me montrer sceptique. C'est comme ça, la science.

— Mais...

Lauren Parry reposa le reste de son hamburger en forme de croissant et s'essuya la bouche.

— La trajectoire de la balle ne me plaît pas. Non pas qu'elle soit impossible, mais, à mon goût, elle va trop vers l'avant et à gauche. En plus, l'orifice d'entrée est situé sous le menton. Toutes deux savaient que, pour éviter de se rater, la plupart des suicidés s'enfournaient le canon dans la bouche. D'où l'expression « se faire sauter le caisson ».

Lauren dut deviner à quoi son amie pensait.

— Oui, il avait bien de la poudre sur les mains, ajouta-t-elle.

Heat repoussa sa soupe sur la table et, perdue dans ses pensées, regarda dans le vide par la fenêtre.

***

Vu la tête que fit le lieutenant lorsqu'elle lui soumit sa liste, elle aurait dû se douter que quelque chose n'allait pas.

— Je vois... Bien. Un instant, s'il vous plaît.

Le directeur du service des obsèques se dirigea au fond de son petit bureau pour téléphoner, ce qu'il fit sans s'asseoir. Pendant qu'elle patientait, Nikki regarda la liste des noms des morts en service – héros dont le souvenir était à jamais perpétué par les plaques de laiton alignées sur les murs à l'entrée. Des photos encadrées retraçaient en sépia, noir et blanc et couleur toute l'histoire des cérémonies funèbres organisées pour les membres de la police de New York. Elle consulta de nouveau sa liste : les personnes dont elle attendait des discours, ainsi que les cornemuses de l'Emerald Society et l'hélicoptère, pour rappeler que le capitaine avait fait partie de ces unités avant de devenir enquêteur.

Le lieutenant Prescott revint.

— Vous devriez vous asseoir.

— Il y a un problème ?

— Inspecteur Heat, fit-il, la mine grave, nous vous remercions sincèrement pour votre aide, mais nous n'avions rien prévu d'aussi... sophistiqué... dans le cas particulier du capitaine Montrose.

— C'est à cause de l'hélico ? Je sais que ça s'est déjà fait, pourtant, mais ce n'était qu'une idée.

— Pour être franc, fit-il d'un air compatissant, nous n'avions rien prévu de tout cela. Enfin, ajouta-t-il en la voyant froncer les sourcils, peut-être un discours. De votre part à vous, si vous voulez.

Quelqu'un entra et, quand elle se retourna, Zach Hamner se trouvait là en manches de chemise et cravate.

— Vous auriez dû m'appeler, Heat, ça vous aurait évité le déplacement.

— Pourquoi vous mêlez-vous de ça ? demanda-t-elle en s'adressant toutefois à Prescott.

— C'est moi qui l'ai appelé, expliqua le lieutenant. Dans les cas prêtant à interprétation comme celui-ci, on consulte le commissaire aux Affaires juridiques.

— Je ne vois pas ce qu'il y a à interpréter en l'occurrence.

— C'est simple, répondit le Hamster. Il faut voir s'il est approprié d'organiser une cérémonie avec tous les honneurs alors que le décès n'est pas survenu pendant le service. Les cerbères du budget ne se privent pas de poursuivre la ville en justice en cas de dépenses frivoles.

— Frivoles ?

Hamner agita aussitôt les mains.

— Ne montez pas sur vos grands chevaux ; le terme n'est pas de moi, d'accord ? Mais c'est celui qu'emploient les gens qui engagent des poursuites, quand ce n'est pas pire. Il n'en demeure pas moins que rendre les hommages avec honneur à un flic qui s'est suicidé, sans parler du fait que ses activités douteuses laissent à penser qu'il était peut-être impliqué dans un meurtre...

Il secoua la tête.

— Je n'en crois pas mes oreilles, dit-elle. On parle ici d'un homme qui a fait toute sa carrière dans la police, d'un responsable de poste décoré. Le suicide n'a pas encore été confirmé, que je sache. Et d'où sortez-vous cette histoire d'activités douteuses l'impliquant dans un meurtre ?

— Mais de vous-même. En effet, j'ai lu le rapport préliminaire de votre entrevue avec les Affaires internes ce matin.

Heat était abasourdie. On détournait ses propos.

— C'est inacceptable ! Une cérémonie sans les honneurs ? Qu'est-ce que vous envisagez, Zach, une boîte en carton traînée dans un caddie ?

— Dans la catégorie toute simple, nous avons un beau service dans un salon funéraire de banlieue, près de chez lui, suivi d'un cortège de voitures encadrées par quelques motards jusqu'à la place qui lui est réservée dans la tombe aux côtés de son épouse, suggéra Prescott pour calmer les esprits.

— C'est votre dernier mot ?

— En effet, à moins que quelqu'un d'autre ne prenne les frais à sa charge, confirma Zach.

— C'est un véritable affront.

— C'est ce qui arrive quand on choisit de partir comme un lâche.

— Monsieur Hamner... avertit le lieutenant, mais rien n'aurait pu retenir Nikki.

— C'en est assez, dit-elle. Je sais ce qu'il me reste à faire. Je vais en informer l'opinion publique.

— Ne faites pas cela, répondit Hamner. Vous rendez-vous compte des dégâts, si vous allez trouver la presse ?

— Mais c'est tout ce que j'espère ! rétorqua-t-elle avant de s'en aller.

***

De retour à la brigade, Nikki enrageait encore. S'étant défoulée au téléphone en appelant Rook sur le trajet qui l'avait ramenée au poste, elle pensait s'être calmée, mais le fait d'annoncer à ses hommes le camouflet réservé au capitaine Montrose n'avait fait qu'attiser de nouveau sa colère. Les propos de monseigneur l'archevêque le matin même ne la rassérénaient guère ; il était bien difficile d'avoir foi en sa famille malgré ses défauts.

Alors, comme à son habitude, l'inspecteur Heat se plongea à fond dans le travail.

— Je veux qu'on m'amène Lawrence Hays à la minute où il sera de retour à New York. Comme il a explicitement menacé Graf par écrit, je veux le voir immédiatement, indiqua-t-elle à Raley.

— Ouh là, de ce pas ! s'exclama Raley après avoir pris connaissance du mail de menaces dont il devait distribuer des copies à l'équipe.

— J'ai peut-être quelque chose qui vous fera plaisir, intervint Ochoa. Comme je n'arrivais pas à comprendre pourquoi madame Borelli faisait tant de cachotteries, expliqua-t-il en désignant la capture vidéo de l'inconnu des Délices du donjon, j'ai vérifié les antécédents de notre homme mystère.

— Excellente idée, fit Sharon Hinesburg, qui n'y avait pas pensé alors qu'elle avait la charge de l'identifier.

— Quoi qu'il en soit, continua Ochoa comme si Hinesburg n'avait rien dit, je suis tombé sur un Paul Borelli à Bensonhurst. Rien de bien méchant, juste quelques arrestations pour usage de cannabis et trouble à l'ordre public.

Il lui tendit la photo d'identité judiciaire. Elle correspondait à l'homme affiché au tableau.

— Son fils ?

— Neveu.

— C'est suffisant pour embarrasser sa tante. Allez rendre une petite visite à la gouvernante.

Nikki accrocha la photo judiciaire à côté de la capture vidéo.

— Oh ! et bravo.

— Ouais, fit l'inspecteur Hinesburg. Bravo.

***

En rentrant chez elle, Nikki ne put ouvrir la porte de plus de quelques centimètres, car elle butait contre quelque chose.

— Humpf ! fit Rook de l'autre côté de la porte. Juste une seconde.

Puis il tira la porte et l'ouvrit grand. Debout à côté d'un tabouret, il tenait un tournevis à la main.

— Qu'est-ce que tu fais ? demanda-t-elle.

— J'ai une surprise pour toi.

Au-dessus de la porte, il indiqua la minicaméra sans fil qu'il venait d'installer.

— Alors, qu'est-ce que t'en dis ?

— Rook, une caméra pour nounous ?

— Rectification : une caméra pour Nikki. Après le relevé des empreintes, j'ai pensé qu'il fallait renforcer un peu ta sécurité. Alors, je suis allé au magasin d'articles de surveillance dans Christopher Street. Je pourrais y passer des heures. Surtout qu'on s'y voit sur tous les écrans, expliqua-t-il en prenant la pose devant le miroir de l'entrée. Tu ne me trouves pas un charme voyou ?

Elle s'avança pour passer derrière lui et leva les yeux vers la caméra.

— L'installation est plutôt réussie.

— Ouh là, je vais finir par me croire dans un de ces pornos où je jouerais les dépanneurs improvisés.

Rook sourit.

— Comme tu le sais, rien n'est jamais improvisé avec moi.

— Non, non, au contraire. J'envisage même de te nommer « ouvrier du mois ».

Elle l'embrassa, puis se dirigea vers le bar pour y déposer la pile de courrier qu'elle avait apportée avec le journal du soir.

— Tu préfères quoi, pour dîner ? On se fait livrer ou on sort quelque part ?

Comme elle ne répondait pas, il se retourna. Nikki était devenue toute pâle.

— Qu'est-ce qu'il y a ?

Rook la rejoignit près du bar sur lequel elle avait déplié la une du *New York Ledger*. En voyant les gros titres, il regarda Nikki, mais n'osa pas la déranger. Elle était totalement plongée dans sa lecture, et totalement abasourdie par ce qu'elle lisait.

DIX

AFFAIRES INTERNES
Suicide d'un policier : le 20e aux prises avec des luttes intestines
Un reportage exclusif
de Tam Svejda, chargée des actualités locales

La situation pourrait-elle se dégrader davantage au 20e ? Hier, nous évoquions ici même les contestations et l'émotion de la brigade criminelle de ce poste de police face au « patinage », voire à « la dérive » de l'enquête dans la regrettable affaire de meurtre d'un prêtre de la ville, étranglé dans un établissement fétichiste.
Les enquêteurs frustrés remettaient ouvertement en cause les méthodes du capitaine Charles Montrose, pourtant leur supérieur de longue date. De source proche du dossier, le responsable de ce poste de l'Upper West Side ne se montrait plus beaucoup ces derniers temps. Il passait le plus clair de ses journées à l'extérieur et se tenait à l'écart de ses hommes durant ses rares heures de présence effective.

Ça chauffait avec... Heat

Toujours selon nos sources, les absences de Montrose ne constituaient pas le seul obstacle au démarrage de l'enquête sur le meurtre du père Gerry Graf. Les choix discutables du capitaine mettaient en effet des bâtons dans les roues aux enquêteurs (dirigés par la célèbre Nikki Heat, récemment vue en couverture d'un magazine, et dont le formidable taux de réussite en fait l'étoile montante aux yeux de la municipalité en quête de héros). Ainsi, il avait interdit à l'inspecteur Heat et à son équipe de choc de suivre des pistes intéressantes en leur donnant l'ordre, au contraire, de faire le tour des clubs fétichistes de la ville alors que l'exploration de cette voie, certes haute en couleur, ne cessait de se révéler infructueuse.

La brigade du 20e avait par ailleurs récemment assisté à des échanges houleux entre Heat et le capitaine Montrose au sujet de cette affaire qui piétinait. « C'était règlements de comptes à OK Corral », selon une source bien informée.

De mal en pis

Le dernier rebondissement de cette affaire s'est terminé dans le sang. Hier, la police a répondu au signalement d'une victime par balle dans une voiture en stationnement. L'homme n'était autre que le capitaine Charles Montrose. Déclaré mort sur les lieux, il a été tué d'une balle dans la tête avec son arme personnelle. L'incident s'est produit devant Notre-Dame des Innocents, qui n'est autre que l'église du prêtre assassiné – coïncidence troublante, voire ironique, mais sans doute pas le fruit d'un hasard.

Colère rentrée

La controverse autour de ce responsable vivement critiqué, et probablement victime d'un suicide, a fortement ébranlé le bunker de la 82e Rue Ouest qui abrite le 20e et secoué quelques vitres au One Police Plaza, à quelques kilomètres au sud.

La direction des services de police aurait refusé d'enterrer le défunt capitaine avec les honneurs, provoquant certains remous dans les rangs. En effet, cette décision témoignerait d'un manque de sagesse – et de compassion – à l'égard d'un homme aux états de service impeccables dont la longue carrière avait été marquée par le courage et les sacrifices.

Les policiers en colère admettent l'évidence. Le climat de rébellion n'aidera à résoudre aucune affaire. Comme le résume l'une de nos sources : « Le meurtrier du père Graf court toujours. En cette année électorale, je n'aimerais pas avoir à expliquer aux New-Yorkais pourquoi les tueurs se promènent librement pendant que la hiérarchie se chamaille au sujet de l'organisation des funérailles d'un policier chevronné tombé en service. »

D'après les indices, une chose est certaine, la police de New York est confrontée à un problème qu'elle ne peut pas enterrer.

***

Nikki se mit à faire les cent pas.

— C'est pas bon, ça. Ça va pas aider.

— Aux dernières nouvelles, le *Ledger* ne s'est jamais inquiété d'autre chose que de vendre du papier. Rien à dire. C'est vrai que son style vire un peu à la presse à sensation, mais c'est plutôt le défaut de la politique éditoriale.

Nikki rumina sur le ton employé par Rook pour dire « son style ». Certes, le nom de Tam Svejda lui faisait dresser les antennes, mais elle refusait de jouer les petites amies jalouses de l'ex. Aucune raison, dans ce cas, d'en faire une maladie, se dit-elle.

— Je ne vois pas où est le problème, continua Rook. Hormis la prose à sensation, elle fait mouche, non ?

— C'est bien ça, le problème. Elle ne cite jamais ses sources ; pourtant, il s'agit visiblement de quelqu'un du poste.

Puis Nikki s'arrêta d'arpenter la pièce et se mordilla la lèvre inférieure.

— Ils vont croire que c'est moi, tu sais.

— Qui ça ?

— Au One Police Plaza. Ça ne pouvait pas tomber plus mal après mon esclandre auprès de Zach Hamner et mes menaces de tout révéler à la presse.

— Tu l'as fait ?

— Mais non, bien sûr que non.

— T'as pas de souci à te faire, dans ce cas.

— Peut-être, dit-elle.

Puis elle relut l'article.

***

Elle pariait sur Sharon Hinesburg pour la fuite. Lorsque Nikki arriva au poste, le lendemain matin, toute la brigade bruissait de rumeurs sur l'article du *Ledger*.

Et quand elle scruta les visages autour d'elle, celui qu'elle s'imagina parler aux médias appartenait à la seule personne qui ne participait pas à la conversation..., parce qu'elle était à son bureau en train de passer un coup de fil personnel.

En dépit du nuage de négativité qui plombait l'atmosphère, une chose était claire : l'enterrement de Montrose ne suscitait aucun sentiment mitigé.

Les Gars avaient déjà ouvert un compte à l'agence bancaire du coin pour y déposer les dons, et tout le monde disait vouloir payer son écot.

— On les emmerde, fit Ochoa. Si la ville veut pas offrir des adieux décents au capitaine, nous on le fera.

Pour changer de sujet, Nikki convoqua la brigade devant le tableau blanc.

— Inspecteur Ochoa, on en est où avec le neveu de madame Borelli ?

— J'ai rendu visite à Paul Borelli hier à Bensonhurst, où il bosse à temps partiel comme cuistot dans une pizzeria. Chez Legendary Luigi.

— Luigi's Original ? s'enquit Rhymer.

— Non, Legendary. Luigi's Original, c'est de l'imitation, en fait.

— Et Paul, donc ? demanda Heat.

— Il dit qu'il n'a jamais rencontré le père Graf. Pour info, le dénommé Paul ne me paraît pas du genre à fréquenter l'église. En revanche, il a reconnu être un client régulier des Délices du donjon, mais il n'y était pas le soir de l'assassinat du prêtre. Selon son alibi, il se serait trouvé dans un autre établissement de Dungeon Alley, le...

Ochoa feuilleta son calepin.

— ... Cordialement vôtre.

Des rires fusèrent dans la salle – les premiers depuis longtemps. Nikki les laissa s'exprimer.

— Par déférence pour madame Borelli, nous en resterons là, annonça-t-elle ensuite.

Compatissante, elle ne voulait pas voir la vieille dame se mortifier davantage.

Il y eut des remous au fond de la salle. Les têtes se tournèrent à l'apparition d'un homme à la mine pâteuse arborant la chemise blanche aux deux galons dorés.

— Oh ! fit-il. Désolé de vous interrompre.

Heat s'avança d'un pas vers lui.

— Ce n'est pas grave, capitaine. Je peux vous aider ?

Il rejoignit Nikki devant le tableau blanc pour s'adresser à la brigade.

— C'est sans doute aussi bien que vous soyez tous réunis. Je suis le capitaine Irons. On m'a nommé à la tête de ce poste pour assurer l'intérim. J'ai pour mission de redresser la barre ici en attendant la décision concernant le remplacement permanent du capitaine Montrose.

Il marqua une pause. Nikki vit alors les yeux se poser sur elle, mais elle resta stoïque et se concentra sur les propos de son supérieur temporaire.

— Bon, même si je viens des services administratifs, si cela fait quelques années que je n'ai pas tâté du terrain, si je sais que je ne remplacerai jamais votre ancien capitaine, je ferai de mon mieux pour faciliter la tâche à tout le monde. Ça vous ira ?

— Ça ira, répondit la salle sans grand enthousiasme.

— Je vous en remercie, dit-il malgré tout.

Il se tourna ensuite vers Nikki.

— Inspecteur Heat, vous auriez un instant ?

***

Ils se réunirent dans le bureau vitré de Montrose, plantés debout, car tout avait disparu depuis le grand déblayage organisé par les Affaires internes.

— Il va falloir remeubler un peu, n'est-ce pas ?

Irons s'assit sur le bord du coffrage abritant la grille de chauffage, et Nikki remarqua que son ventre tirait sur les boutons de sa chemise.

— Je connais votre réputation. Vous êtes une enquêtrice hors pair, affirma-t-il.

— Merci, dit-elle, je fais de mon mieux.

— Alors, voilà ce que je vous propose. Je vais essayer d'inverser la vapeur, question orientation.

Irons lui lança un regard lourd de sens tandis qu'elle se demandait comment on pouvait inverser autrement la vapeur qu'en changeant d'orientation.

— Alors, je sais que vous avez des tas de vieilles affaires qui traînent.

— À vrai dire, on a une affaire en cours, rectifia gentiment Heat. D'ailleurs, la réunion que vous avez..., euh... rejointe... portait justement sur cette affaire. Le prêtre retrouvé mort...

— Tout ça est très bien, mais ça peut attendre. L'efficacité est le maître mot désormais. Je me suis fixé pour but de montrer de quoi je suis capable ici. Alors, en ce qui me concerne, on tourne la page et on se concentre à fond sur les affaires qui débutent sous mes ordres. À compter d'aujourd'hui, donc.

— Excusez-moi, capitaine Irons, mais je me suis fait attaquer dans Central Park par cinq hommes armés, dont trois sont encore là, dehors, et je crois que c'était lié au meurtre de Graf.

— Vous croyez ? Vous voulez dire que vous supposez ? Qu'il s'agit d'une hypothèse ?

— Oui, je sais que ce n'est pas une preuve, dit-elle, se sentant déjà prise dans les sables mouvants. Je travaille dessus d'arrache-pied, monsieur. Et comme on a déjà pris beaucoup de retard, je ne crois pas que ce soit le moment de mettre la pédale douce.

— Je comprends votre intérêt personnel, dit-il sur un ton dédaigneux.

Il croisa les bras.

— Le type que vous avez tué, reprit-il en examinant sa chaussure, il avait eu des liens avec les gangs, non ?

— Oui, mais…

— J'ai lu tous les communiqués du service sur les rites d'initiation pratiqués par les gangs : certains consistent à prendre des policiers pour cible. Je crois que je peux arranger ça. Je vais transmettre le dossier à la brigade antigang ; ce sera mieux pour nous deux. Si vous êtes prise pour cible, une fois déchargée de cette affaire, vous serez en sécurité et, moi, je pourrai satisfaire à mes priorités en matière d'investigations. Maintenant, poursuivit-il sans attendre sa réponse, il paraît qu'une patrouille a découvert un corps dans l'un des passages souterrains pour piétons de Riverside Park, il y a environ une demi-heure. Un sans-abri. S'il y a meurtre, je veux tout le monde dessus. Priorité absolue.

L'inspecteur Heat réfléchit un instant et sourit.

— Dans ce cas, c'est ma meilleure enquêtrice qu'il vous faut. Sharon Hinesburg.

— Vous pourrez vous en passer ?

— Je me débrouillerai, monsieur.

Le capitaine parut satisfait. Nikki le serait encore plus le jour où elle le remplacerait.

***

L'inspecteur Rhymer se présenta au bureau de Heat.

— Je viens juste de voir l'agent de notre danseur allemand. Ce type ne m'a pas appris grand-chose. C'est rien qu'un support pour postiche qui bosse dans un bureau miteux installé à Chelsea.

— Des chicanes entre l'agent et son client ? demanda-t-elle.

— Absolument aucune. L'agent m'a dit que Meuller était un client régulier qui travaillait dur, évitait les problèmes et lui rapportait beaucoup d'argent. Seule ombre au tableau, c'est que le petit copain de Meuller est mort récemment, exposa Rhymer. Selon l'agent, à la suite de ça, son meilleur gagneur a changé d'adresse pour se terrer littéralement dans son trou. Il ne répondait plus au téléphone, etc.

— Le petit ami est mort de quoi ? demanda Heat.

— Je vous ai devancé, j'ai vérifié. De mort naturelle. Il avait une maladie cardiaque congénitale, et son palpitant s'est arrêté.

À son bureau, l'inspecteur Raley reposa si vite son téléphone qu'il raccrocha à côté. Tout en le remettant en place, il attrapa son manteau et arriva en hâte.

— Le jet privé de Lawrence Hays vient d'atterrir à Teterboro.

***

Le siège new-yorkais de Lancer Standard occupait les deux derniers étages d'une tour de verre noir dans Vanderbilt, à un demi-pâté de maisons de la gare de Grand Central. C'était le genre d'immeuble devant lequel les banlieusards passaient tous les jours sans le voir, sauf s'ils étaient clients du tailleur sur mesure du rez-de-chaussée ou de la luxueuse salle de gym au sous-sol.

— Monsieur Hays vous attend ? demanda l'hôtesse d'accueil.

L'inspecteur Heat réfléchit à la nature du travail effectué par la société de mercenaires et autres barbouzes, puis à cet agent que Rook avait vu en repérage devant son appartement.

— Je parie que monsieur Hays sait déjà qu'on est là, dit-elle.

L'hôtesse les invita à prendre un siège, mais les trois policiers restèrent debout à l'écart du comptoir en marbre rose. Les Gars avaient insisté pour accompagner Heat. Doberman, tapi dans sa bleue et blanche, avait beau être chargé de la conduire, Raley et Ochoa ne voulaient pas qu'elle se rende seule dans les locaux d'un sous-traitant de la CIA.

À peine quelques secondes plus tard, un coup de sonnette retentit, et deux hommes très athlétiques ouvrirent la porte lambrissée du couloir de sécurité. En passant devant les gorilles, Nikki constata que la coupe de leurs costumes était adaptée pour masquer leur holster. Elle se demanda si le tailleur sur mesure vingt-six étages plus bas ne bénéficiait pas des besoins vestimentaires de ses voisins. Avant de pouvoir avancer plus loin, il fallait attendre que la porte se referme à clé derrière eux. Lorsqu'elle fut verrouillée, l'un des vigiles appuya son pouce sur un scanner qui en lut l'empreinte, et la porte devant eux s'ouvrit.

En haut de l'escalier en colimaçon recouvert de moquette, ils arrivèrent au dernier étage, dans l'antichambre de la suite directoriale de Lawrence Hays.

— Je vais vous débarrasser de vos armes à feu, dit l'un des gorilles sur un ton très détaché.

— Essayez voir, fit Ochoa, de manière tout aussi détachée.

Il était hors de question que Heat se sépare de son arme elle aussi. Elle se demanda comment cela allait finir : trois policiers et deux armoires à glace se défiant du regard.

La porte s'ouvrit.

— C'est bon, dit Hays, ils peuvent entrer comme ça.

Heat le reconnut d'après ses recherches sur Internet et l'émission télévisée qui lui avait été consacrée l'année précédente. Il avait personnellement dirigé une audacieuse mission de sauvetage en hélicoptère pour aller récupérer ses hommes kidnappés par les talibans. C'était un beau gosse mais moins grand qu'elle n'aurait pensé. Dans le documentaire, il se décrivait en riant comme un « cobra en colère d'un mètre soixante-douze ». Cela correspondait assez bien, surtout le regard méfiant et cette longue musculature qu'on devinait sous son polo noir et son jean serré.

Hays ramassa son sac de voyage en toile sur le canapé pour le jeter à côté de son bureau, puis leur fit signe de prendre place. Il s'installa en face d'eux, dans le fauteuil en cuir brun, assorti à ses cheveux blonds façon Steve McQueen et à son bronzage.

Nikki le trouvait plutôt engageant avec sa jambe négligemment croisée sur l'autre, ses Ray-Ban Aviator accrochées à son col en « V » et son large sourire.

Toutefois, en s'asseyant entre Raley et Ochoa, elle se rappela que cet homme avait peut-être tué – ou fait tuer – le père Graf et envoyé un peloton d'exécution à ses trousses dans Central Park.

C'était justement les deux objets de leur visite. Du moins, Nikki souhaitait-elle entendre ce qu'il avait à dire sur le sujet et voir s'il y avait anguille sous roche.

— Que puis-je pour vous, inspecteurs ?

Heat décida de le secouer un peu pour lui faire abandonner cette attitude détendue.

— D'abord, dites-moi quel effet ça vous fait d'avoir tué le père Graf.

Hays eut une réaction curieuse. Non, bizarre. Au lieu de s'agiter, il appuya la nuque contre le fauteuil et sourit. Tel le narrateur d'un documentaire animalier, il s'adressa au plafond :

— Et donc, comme entrée en matière, l'enquêtrice se lance dans une piètre tentative de déstabilisation de la personne interrogée. Tactique classique...

Il avança la tête pour la regarder droit dans les yeux.

— Quel cliché ! railla-t-il.

— Vous n'avez pas répondu à ma question, monsieur Hays.

— Mes réponses se méritent, mademoiselle. Aïe ! Pan sur le bec dès la première question ! reprit-il, toujours sur le ton de la narration. Frustrée par la réponse, distraite par la pique mâtinée de sexisme, que va-t-elle faire ?

Heat voyait parfaitement où il voulait en venir : Hays prenait l'interrogatoire sur le mode de la plaisanterie pour mieux le détourner. Sans doute une technique enseignée dans son centre d'entraînement du Nevada.

Elle décida de se fermer à ce parasitage psychologique et de s'en tenir à son programme.

— Où étiez-vous le soir où votre prêtre a été tué ?

— Pourquoi ?

— Parce que je vous soupçonne de l'avoir peut-être tué et je veux que vous m'indiquiez où vous vous trouviez.

— Recours au plan B, annonça-t-il. Et voilà que de la certitude absolue on passe à un pitoyable « peut-être ». Pourquoi, mais pourquoi, m'envoie-t-on de pareils amateurs ?

— Où vous trouviez-vous, monsieur Hays ?

— Où ? Euh... ici et là. C'est si vague ! s'esclaffa-t-il. Il va lui en falloir du temps pour vérifier tout ça.

Nikki décida de passer à la vitesse supérieure. Elle sortit la photo de Sergio Torres et la lui tendit.

— Vous connaissez cet homme ?

— Ce n'est pas un homme. C'est une photographie ! lui lança-t-il avec un regard insolent. Oh ! ne me dites pas que notre auxiliaire féminine de police n'a pas le sens de l'humour.

— Il s'appelle Sergio Torres, continua Heat, et j'aimerais savoir si vous l'avez employé.

Il hocha la tête.

— Là, je vais vous répondre.

Hays fit durer le suspense.

— En vous disant que je ne confirme ni n'infirme employer les membres de mon personnel. Pour leur propre sécurité. Et pour des raisons de sécurité nationale ! s'esclaffa-t-il de nouveau. Voyez avec Julian Assange, fit-il à Raley.

— Donc, vous ne l'avez jamais vu ? persista Heat.

— Hmm, pour moi, ils se ressemblent tous.

Nikki sentit Ochoa se tendre à côté d'elle. Elle lui donna un très léger coup de coude, et il se calma.

Hays leva le bras comme à l'école.

— Je peux en poser une à mon tour ?

Elle patienta.

— Pourquoi m'interroger à propos de cet... *hombre* ?

— Parce que, le jour où il a tenté de me tuer, l'un de vos hommes a été vu en train de surveiller mon appartement.

Pour la première fois, elle l'avait ébranlé. À peine, mais elle vit ses yeux de cobra accuser le coup.

— Je vais vous dire, madame l'agent. Si je vous faisais surveiller, jamais vous ne le sauriez.

Cette fois, ce fut au tour de Heat de prendre un ton narratif.

— L'invulnérable général mercenaire couvre le travail médiocre de ses troupes avec bravade tout en prenant mentalement note de faire éliminer le chauffeur en planque, fit-elle, les yeux levés au plafond.

Puis elle baissa le regard sur lui.

— Un vrai bleu !

Pendant qu'il digérait, elle sortit le mail de l'archidiocèse.

— *Vous avez déjà entendu parler de la gégène à l'iraquienne ? Moi oui, mon père. Vous souffrez jusqu'à prier pour mourir et puis vous souffrez encore. Et encore et encore. Le mieux, c'est quand vous en appelez à Dieu pour qu'il prenne pitié de vous et qu'il vous regarde de haut et crache sur votre putain d'âme à la con totalement atrophiée*, récita-t-elle.

— Il couvrait ce malade qui a touché mon fils.

L'arrogance du PDG s'effondrait, le couvercle glissait et laissait échapper le courroux du parent.

— Vous ne démentez pas en être l'auteur ? demanda-t-elle.

— Vous ne m'écoutez pas ! Ces types profitent de leurs soutanes pour s'attaquer aux innocents et ils se couvrent les uns les autres.

Nikki tenait la feuille en l'air.

— Parce que cette description ressemble beaucoup à la manière dont il est mort.

— Bien. Ça fera un salaud de moralisateur de moins pour protéger les pédophiles du monde entier.

Il s'assit, essoufflé, et se pencha en avant sur ses cuisses. Nikki se leva.

— Monsieur Hays, je vous donnerais bien ma carte, mais je suis sûre que vos recherches vous ont fourni tous les moyens de me trouver. Quand vous aurez un alibi pour ce soir-là, vous feriez mieux de m'en faire part. Sinon, je reviens vous arrêter... que vous soyez ici ou là.

***

Tous convaincus que les lieux seraient placés sur écoute, voire sous vidéosurveillance, les trois enquêteurs attendirent d'être ressortis sur le trottoir de Vanderbilt.

— Il avait pris quoi, ce type ? fit Raley.

— Tout était calculé, Raley. Écran de fumée psychologique, expliqua Heat. Je veux que vous creusiez sur ce Sergio Torres. Remontez jusqu'à sa nounou, s'il le faut. Petites copines, membres de gang, compagnons de cellule, tout le monde. Trouvez avec qui il a été en contact et on aura notre tueur.

Ochoa leva les yeux vers le sommet de la tour noire.

— On était si près.

— Pas assez, objecta Heat. Hays ne nous a rien donné de solide. Il a seulement dit qu'il était content que ce soit arrivé, pas qu'il l'avait fait.

— Et le mail, alors ? demanda Raley.

Nikki secoua la tête.

— N'importe quel avocat le mettrait en pièces parce que, techniquement, il n'a jamais dit qu'il allait mettre ses menaces à exécution. C'est du verbiage rhétorique. La menace est implicite.

— Allez dire ça au père Graf, fit Ochoa.

— On est peut-être une minorité à le penser, mais on sait tous que ça dépasse largement l'histoire du père Graf, les Gars, dit Heat. Il y a eu cette attaque contre moi et puis il y a ce que mijotait le capitaine Montrose.

— Vous ne pensez quand même pas qu'il était mêlé à l'assassinat ? s'inquiéta Raley.

— Au fond de moi, bien sûr que non. Mais il ne faut rien lâcher tant qu'on ne sait pas où ça mène.

— Dommage que le nouveau capitaine ne voie pas les choses de cette façon, dit Ochoa.

Le téléphone de Heat sonna. En regardant l'écran, elle vit qu'il s'agissait d'un texto de Zach Hamner : *Soyez dans s. de conf. au 10ᵉ de 1PP dans 10 min svp.* Nikki sentit une bouffée de joie monter dans sa poitrine. Elle répondit par un simple *OK.*

— Ne vous laissez pas abattre, les Gars, dit-elle à ses hommes. N'oubliez pas qu'Irons assure seulement l'intérim.

***

La neige s'était mise à tomber à gros flocons, et la circulation devenait un cauchemar. Si seulement Nikki avait pris le métro pour se rendre à Park Row. Il lui aurait suffi d'attraper un express pour Centre Street à Grand Central en sortant de chez Hays. Quinze, peut-être vingt minutes de trajet, et c'était fait. Mais comme le reste des tireurs du parc rôdaient toujours dehors, Raley et Ochoa ne voulaient rien savoir, et elle avait fini par céder. Doberman avait eu le droit de la conduire au One Police Plaza.

Harvey n'était pas très loquace, ce qui convenait parfaitement à Nikki. Elle essayait de s'éclaircir les idées avant d'affronter le grand moment qui l'attendait.

Pour toute conversation, il lui avait proposé, voyant qu'elle allait être en retard, de mettre en marche les gyrophares, mais elle avait refusé. Pour compenser, il avait musclé sa conduite et usé amplement du klaxon.

Quand Nikki était descendue devant l'immeuble de la municipalité, dans Centre Street, elle était tendue et nauséeuse.

Heat arriva dans le hall du One Police Plaza avec, contre toute attente, dix minutes d'avance. Il lui fallait un peu de temps pour rassembler ses esprits. Lorsqu'elle aurait prêté serment après l'annonce de sa promotion, elle risquait d'être convoquée devant le comité et elle ne voulait pas avoir l'air trop crevée. Surtout si, comme Phyllis l'avait dit, ils risquaient de la bombarder capitaine et de lui confier les rênes d'un poste. Pas question de les amener à revenir sur leur choix en allant raconter des âneries. Si seulement Rook avait pu être là. Le simple fait d'imaginer partager ce moment avec lui l'apaisa un peu. Ils fêteraient ça plus tard. Tout en brossant la neige de son imperméable, elle chercha un endroit tranquille pour s'asseoir et réfléchir.

Les sièges où elle avait agréablement conversé avec la commissaire Yarborough étaient libres, mais elle s'arrêta en cours de route. Tam Svejda se trouvait sur son chemin. Le dos tourné, elle repliait son calepin pour serrer la main à l'huissier chargé de renseigner le public. Nikki fit demi-tour pour rejoindre les ascenseurs avant de se faire repérer. Mais il était trop tard.

— Inspecteur Heat ? Nikki Heat, attendez !

Nikki s'arrêta et se retourna. L'huissier lui jeta un coup d'œil rapide en passant, avant de prendre l'ascenseur qu'elle avait attendu.

— Comment avez-vous trouvé l'article ? demanda Tam en la rejoignant.

— Tam, je suis désolée, mais on m'attend pour quelque chose de très important et je ne peux pas arriver en retard.

Nikki appuya sur le bouton.

— Sans vouloir être impolie, ajouta-t-elle avant d'enfoncer le bouton à nouveau par deux fois.

— Écoutez, je ne vous citerai pas.

La journaliste ouvrit ses paumes vers le ciel.

— Regardez, je vous jure, pas de stylo. Totalement confidentiel. Un commentaire ?

— Une seule remarque : j'aimerais que vous réfléchissiez un peu au mal que peut faire un article pareil, en particulier à la réputation d'un homme bien.

— D'accord... Mais c'était juste, non ? fit Tam Svejda sans écouter, comme une enfant. Je vous avais bien demandé de m'aider, mais vous avez refusé.

— Ce n'est pas dans mes habitudes, en effet.

L'ascenseur s'ouvrit, et Nikki monta dedans.

— Mais ça a quand même marché, non ?

— Quoi ?

— Jamie, voyons. Comme vous ne pouviez pas parler, vous vous êtes servie de Jamie.

Heat ressortit avant que les portes ne se referment.

— De quoi parlez-vous ? Votre source pour cet article, c'était Jam... Rook ?

Heat se demanda si on se moquait d'elle. Pour elle, la fuite venait de Hinesburg, voire de Gallagher, ou des deux.

— C'est Rook ? répéta-t-elle, interloquée, en s'adressant autant à elle-même qu'à la journaliste.

— Ouais, Jamie m'a même envoyé ses notes par mail. Oh ! mon Dieu, je croyais que vous saviez.

Muette, Nikki la regardait avec de grands yeux.

— Nikki Heat, pas étonnant que vous soyez une si grande enquêtrice. Vous venez de me faire divulguer mes sources.

Tam se frappa le front du talon de la main.

— Je fais une belle journaliste, hein ?

***

Rook. Il fallait qu'elle parle à Rook. Mais pas maintenant. Ce n'était pas possible. À peine Nikki eut-elle tourné dans le hall à sa descente de l'ascenseur pour rejoindre la salle de conférences du dixième étage qu'un agent en uniforme l'interpella.

— Inspecteur Heat ?

— Oui, répondit-elle en s'approchant.

— Vous pouvez entrer, si vous êtes prête.

C'était loin d'être le cas. Après la semaine qu'elle venait de vivre, elle était déjà relativement stressée. Et voilà que s'ajoutait à cela la nouvelle ahurissante que Rook était à l'origine des fuites qui avaient renseigné Tam Svejda. D'ailleurs, qui était cette bimbo pour Rook ? Face à tous ces éléments de distraction qui tournicotaient dans sa tête, et lui donnaient grande envie de prendre ses jambes à son cou, Heat recourut à son coupe-feu. Elle se concentra sur la promotion qui l'attendait de l'autre côté de la porte et, avec elle, la possibilité de se voir confier la direction du 20e. Et celle, enfin, de prendre les rênes de l'affaire Graf.

Elle hocha la tête à l'adresse de l'agent.

— Prête.

***

Pas la moindre trace d'un comité de promotion. Une seule personne l'attendait dans la pièce : Zach Hamner, assis face à elle, à l'autre bout de la table de conférence. Les quinze autres chaises étaient vides, mais elle voyait bien, compte tenu des ronds de café laissés sur les serviettes en papier et du désordre des chaises, qu'une grosse réunion s'était tenue là récemment.

La deuxième chose qui l'alerta fut son manque d'expression. De plus, il ne l'invita pas à s'asseoir.

— Nikki Heat, vous êtes relevée de vos fonctions jusqu'à nouvel ordre, annonça-t-il en croisant les doigts sur la table.

Prise de court, Nikki se sentit craquer. Elle battit des paupières, eut la sensation de tomber, de perdre l'équilibre sous l'effet du choc. Pendant qu'elle essayait de reprendre ses esprits, la porte latérale s'ouvrit sur Lovell et DeLongpre, les Men in Black des Affaires internes, qui entrèrent, puis patientèrent.

— Veuillez remettre votre insigne et votre arme à ces messieurs, commanda le Hamster.

ONZE

Nikki posa la main sur le dossier de la chaise devant elle pour s'aider à retrouver l'équilibre, mais elle tourna sur son axe, ce qui ne fit qu'accentuer son sentiment de désorientation. Alors qu'elle était entrée d'un pas confiant pour recevoir sa promotion et tout ce qui allait de pair, il lui avait suffi de franchir le seuil pour se retrouver à la dérive. Brusquement emportée par ses émotions, Heat se sentit partir comme ces voitures qu'elle avait croisées pour venir : perte d'adhérence, perte de contrôle et glissade vers l'inévitable collision.

L'inspecteur DeLongpre lui réclama son insigne. Nikki se força à se recentrer pour se redresser. Puis elle obtempéra. Sur son autre flanc, Lovell tendait la main. Heat ne le regarda même pas.

Elle dégaina son Sig et le lui tendit par la crosse, les yeux toujours plantés dans ceux de Zach Hamner.

— Qu'est-ce que ça veut dire, Zach ?

— Que vous êtes suspendue dans le cadre d'une sanction disciplinaire. C'est assez clair ?

Prenant conscience de ce que cela impliquait, Nikki sentit ses genoux se dérober.

— Sanction disciplinaire ?... Pourquoi ?

— D'abord, pour être allée trouver les médias. Quand

vous avez un problème, c'est à nous qu'il faut en parler. C'est en famille qu'on lave notre linge sale.

— Je n'ai pas parlé aux médias.

— Foutaises. Hier, vous me prenez la tête avec l'enterrement de Montrose en me menaçant d'aller trouver la presse si vous n'obtenez pas satisfaction. Et maintenant, ceci, fit-il en brandissant un exemplaire du *Ledger* marqué de commentaires en rouge. C'est l'exemplaire du commissaire.

— J'étais contrariée. Mes paroles ont dépassé ma pensée.

Nikki baissa la voix pour faire montre de la raison qui lui avait manqué la veille.

— C'était une menace en l'air. Je n'aurais jamais dû dire ça.

— C'est à ce moment-là qu'il fallait y penser. Vous avez rabaissé cette maison, vous vous êtes mal conduite et vous avez manqué une occasion comme il ne s'en produit pas deux dans une carrière. Vous croyez peut-être que c'est comme ça que vous allez être promue ? Vous avez déjà bien de la chance de vous en sortir sans retourner aligner des contraventions dans les rues. Comment diable voulez-vous qu'on vous confie des responsabilités si on ne peut pas vous faire confiance ?

Il la laissa digérer.

— Écoutez : ici, c'est la cour des grands. Il n'est pas mal vu d'avoir de l'ambition, mais jamais, au grand jamais, aux dépens de cette maison, Heat. Parce que, s'il y a bien une chose qu'on ne tolère pas ici, c'est le manque de loyauté. Vous nous avez trahis.

— C'est faux, ce n'est pas moi.

— En tout cas, quelqu'un l'a fait. Avez-vous idée des problèmes que vous nous avez causés ?

Nikki réfléchit bien. Cela n'aiderait pas beaucoup de

montrer Rook du doigt, d'autant que la fuite en paraîtrait plus orchestrée. Même Tam Svejda avait supposé que Heat s'était servie de lui pour faire passer le message. Le Hamster en arriverait à cette même conclusion avant qu'elle n'ait terminé sa phrase. Alors, elle répéta la vérité.

— Ce n'est pas moi.

— Comme vous voulez, Heat. On verra si ça vous réconforte de vous en tenir à ça pendant que vous resterez chez vous.

Zach se leva pour partir.

— Mais je suis sur une affaire.

— Plus maintenant.

Sur ce, le Hamster quitta la pièce avec les deux agents des Affaires internes.

***

Nikki était dans une telle stupeur, si perdue dans ses pensées que, sous la neige, elle passa devant la bleue et blanche de Doberman sans la voir. Harvey l'interpella par la fenêtre en usant du titre auquel, techniquement, elle n'avait plus droit. Elle se retourna, chancelante comme si elle avait bu, et monta en voiture.

— C'est carrément le merdier, là, fit-il remarquer.

Il fallut à Heat une seconde pour se rendre compte qu'il parlait seulement du temps dehors.

— Même vous, vous n'y voyez plus rien.

Il enclencha les essuie-glaces, qui rabattirent de lourds paquets humides et collants sur les côtés, mais le pare-brise se retrouva de nouveau obstrué avant le balayage suivant. Le temps se mettait au diapason de sa vie. Ça se dégradait de plus en plus.

Nikki voulut sortir dans la tourmente. Elle n'avait plus envie que d'errer sous la neige et disparaître.

— Où on va ? demanda-t-il. Retour à la brigade ?

Sa question innocente lui renvoya sa situation au visage. Plus de brigade pour Nikki Heat. Elle détourna le regard et, pour éviter qu'il ne voie les larmes se former dans ses yeux, se mit en tête d'essuyer la condensation sur la vitre du passager.

— Chez moi, dit-elle. Pour l'instant.

***

Rook se précipita pour l'accueillir en glissant sur ses chaussettes dès qu'elle ouvrit la porte.

— Tu ne croiras jamais ce que je viens d'apprendre.

S'il avait attendu, peut-être pris une respiration, il l'aurait senti, il aurait vu les dégâts, il aurait rétrogradé, penché la tête et demandé ce qui se passait.

Au lieu de quoi, il lui tourna le dos pour repartir vers son ordinateur portable sur la table de la salle à manger en brandissant les poings dans les airs.

— *Yess* ! rugit-il.

Nikki le suivit lentement sans même avoir conscience de ses propres pas. Elle avait la sensation de flotter, voire – supposa-t-elle – d'être suspendue.

Le nez plongé dans son MacBook Pro, Rook pétillait d'énergie.

— Ça me turlupinait. Il me semblait bien avoir vu un truc au sujet de Lancer Standard – Lancer Standard : des mercenaires en pétard. Il se tourna vers Nikki pour rire avec elle, mais, à sa grande surprise, elle referma le portable d'un geste sec.

— Pourquoi t'as fait ça ? demanda-t-elle.

Il la regarda en fronçant les sourcils.

— ... Nikki ?

— Oh ! ça va ! Tam Svejda m'a tout dit.

Il lui lança un regard interrogateur.

— Tam ? Tu as parlé à Tam ? De quoi ?

Elle se dirigea vers le bar et revint en brandissant le *Ledger*.

— De ça. L'article à cause duquel je viens juste de me faire suspendre parce qu'ils pensent que la fuite venait de moi.

— Bon sang !

Rook bondit sur ses pieds.

— Ils t'ont suspendue ?

Il fit un pas vers elle.

— Non !

Elle l'arrêta de ses deux paumes.

— Ne me... Laisse-moi.

Il se mit à réfléchir à toute vitesse, ce qui prit quelques secondes, et, le temps qu'il comprenne, elle s'éloignait à grands pas vers la cuisine. Il se précipita à sa suite et la rattrapa au moment où elle ouvrait le réfrigérateur.

— Tu crois vraiment que j'ai quelque chose à voir là-dedans ?

— Je n'ai pas besoin de croire puisqu'on me l'a dit. Ta « Tchèque en bois » justement.

Elle agita sous son nez le journal qu'elle tenait toujours dans la main. Par réflexe, il s'en saisit.

— Tam ? Tam t'a dit que ça venait de moi ?

Se rendant compte qu'il tenait toujours le *Ledger* en cause dans la main, Rook l'envoya dans l'autre pièce.

— Impossible.

— Super. Tu me traites de menteuse, maintenant ?

— Non, non, je te crois. C'est juste que je ne comprends pas pourquoi elle a dit ça.

Tout semblait lui échapper.

— Nikki, écoute-moi, je ne lui ai absolument rien dit de tout ça.

— Ouais, c'est ça. Parce que tu l'admettrais peut-être ?

— Comment peux-tu penser que c'est moi ?

Heat tendit le bras pour attraper une Pellegrino derrière le sancerre. Il valait mieux garder l'esprit clair.

— D'abord, j'ai regardé de plus près cette prose que tu qualifiais de – comment tu disais, déjà ? – presse à sensation ? Moi, j'ai trouvé que ça sentait plutôt le Jameson Rook. Qualifier l'enterrement de « problème que la police ne peut pas enterrer »... Quoi d'autre ? Ah oui : « règlements de comptes à OK Corral » ?

— Enfin, je... Il s'arrêta de lui-même, comme s'il venait de manger un truc pourri.

— C'est donc bien de toi.

Elle laissa tomber l'eau et sortit le vin.

— En quelque sorte, mais je n'ai jamais montré ça à personne. Ça m'a l'air d'être de la télépathie.

— Ça m'a l'air de conneries, oui. Tam dit que tu lui as envoyé tes notes par mail.

— Pas du tout. Jamais.

Nikki indiqua son ordinateur sur la table de la salle à manger.

— C'est quoi ce truc secret que tu tapais ?

— Bon, d'accord, j'avoue tout. Oui, c'est vrai, j'ai bien pris des notes pour un article que j'envisage d'écrire sur cette histoire de Montrose.

— Quoi ?!

— Tu vois ? C'est pour ça que je ne t'ai rien dit. Je ne savais pas trop ce que tu en penserais après mon reportage sur toi.

— Rook, c'est encore plus retors. Tu me le cachais parce que tu savais très bien que je serais contre !

— Non... Si. Mais je te l'aurais dit. Au bout du compte.

— Tu t'enfonces.

— Écoute, je suis journaliste d'investigation et c'est un sujet valable.

— Que Tam Svejda dit que tu lui as fait passer en douce.

— Non.

— Tu lui as fait passer quoi d'autre ?

— Oh ! oh ! oh ! Maintenant, je comprends mieux, déclara-t-il. Je vois le monstre aux yeux verts de la jalousie qui pointe son nez.

Nikki reposa à grand bruit la bouteille sur le bar.

— Ne minimise pas ce que je traverse en me collant une étiquette idiote.

— Désolé, j'ai dépassé les bornes.

— Et pas qu'un peu. Ben, c'est mon tour, maintenant.

Toute l'émotion refoulée de cette terrible semaine se déversa.

— Prends tes affaires et tire-toi.

— Nikki, je...

— Tout de suite.

Il hésita.

— Je croyais que tu me faisais confiance, dit-il.

Mais elle partait déjà comme une furie dans le couloir, la bouteille à la main. La dernière chose que Rook entendit fut la clé qui tournait dans la serrure de la porte de sa chambre.

***

Le lendemain matin, bien que sachant que rien ne l'y obligeait, Nikki se leva à l'heure habituelle, se doucha et s'habilla pour aller travailler. Pendant qu'elle était sous la douche, Raley et Ochoa lui avaient laissé un message de soutien à comprendre entre les lignes. Ayant appris la suspension, comme tout le monde désormais, les Gars voulaient lui remonter le moral à leur façon.

— Salut, euh, inspecteur... Enfin, je sais pas comment on doit vous appeler maintenant, commençait Ochoa.

— Eh ! vieux, un peu de sensibilité, quoi ! enchaînait Raley sur l'autre ligne. Salut, c'est les Gars. On a le droit de recevoir des coups de fil, quand on est sur la touche ? En tout cas, votre tasse à café sale traîne toujours dans l'évier ici au poste.

— Absolument, avait repris Ochoa, et vous pouvez toujours courir pour qu'on vous la lave. Alors, si vous voulez la récupérer, cette tasse, eh ben, vous savez ce qu'il vous reste à faire ?... Bye.

Elle eut envie de rappeler, mais, au lieu de cela, elle s'assit sur le coussin à sa fenêtre pour regarder la voirie dégager la neige tombée dans sa rue la nuit précédente. Ça lui donnait quelque chose à faire.

Tout en paressant ainsi, Nikki se demanda si elle ne devrait pas filmer la rue avec son téléphone portable, au cas où elle aurait la chance de tomber sur un chasse-neige de la ville arrachant le pare-chocs d'une voiture en stationnement. Ça l'aiderait certainement à récupérer son boulot, ça. Une petite vidéo virale, embarrassante pour la municipalité.

Sa solitude ne fut pas de tout repos. Les accusations de Zach Hamner ne cessaient de revenir la hanter sur son perchoir, derrière la fenêtre. Il avait accusé Nikki de manquer de loyauté. Elle avait aussitôt nié, mais maintenant elle se posait des questions. Certes, elle n'avait rien fait de malhonnête, mais son côté objectif – cette partie d'elle-même qui n'était que réactions à chaud et reproches faits à soi-même en pleine nuit – ne pouvait s'empêcher de remuer le couteau dans la plaie. C'est donc ce qu'elle faisait. Heat se demandait si elle avait fait du mal aux autres à cause de sa relation avec Rook. Elle espérait que non. Et puis il y avait l'ambition. Le Hamster l'avait également houspillée à ce sujet, et elle s'inquiétait de savoir si son sentiment d'avoir droit à ce nouvel échelon l'avait enhardie au point de menacer Zach de parler de l'enterrement à la presse.

Ce qui l'ennuyait le plus, c'était l'histoire de la confiance. Il avait dit qu'on ne pouvait pas diriger si on ne pouvait pas vous faire confiance.

Nikki se moquait bien de ce que ce cafard pouvait penser d'elle. Ce qui la rongeait, c'était sa propre perception d'elle-même. Se croyait-elle capable de diriger ?

Son téléphone la ramena tout à coup au moment présent. D'après l'identité de son interlocuteur, l'appel venait du One Police Plaza. Nikki appuya si vite sur le bouton vert que le téléphone lui glissa des mains, mais elle le rattrapa avant qu'il ne tombe par terre.

— Allô ? Vous êtes là ?

— Nikki Heat, c'est Phyllis Yarborough. J'espère que ça ne vous dérange pas que j'utilise votre numéro personnel.

— C'est le seul moyen de me joindre aujourd'hui.

Heat tentait de prendre les choses à la légère. De montrer qu'elle n'allait pas faire d'esclandre.

— C'est ce que j'ai entendu dire, dit la commissaire adjointe. Si je peux me permettre, ça craint.

Cela fit rire Nikki et, même si elle comprit que Yarborough n'allait pas lui annoncer la réintégration qu'elle espérait, son appel lui fit plaisir.

— C'est pas moi qui dirais le contraire.

— Je voulais juste que vous sachiez, au cas où vous ne seriez pas au courant, que la décision n'a pas été unanime. Il y a eu un vote contre, et vous parlez à celle qui l'a émis.

— Oh !... Je ne savais pas. Merci, en tout cas. Ça me touche beaucoup.

— Je dois dire que, de toute façon, je ne suis pas une grande fan du Hamster. Cette fois, on peut dire qu'il ne nous a pas déçus. C'est lui qui a convoqué la réunion, il a attisé le feu, fait pression pour obtenir la sanction, une véritable obsession.

Comme Yarborough marquait une pause, Nikki se dit que c'était à son tour de prendre la parole.

— Je dois avouer que je comprends que Zach l'ait pris comme un affront, après la manière dont je lui étais rentrée dedans pour l'enterrement du capitaine.

— Oh là là, quelle susceptibilité mal placée ! Je vais vous dire, Nikki : non seulement je ne crois pas que la fuite vienne de vous, mais je crois qu'il s'agit purement et simplement de politique. Zach et son réseau de fouines étaient très contents tant que vous m'intéressiez pour mon équipe au Central, mais, après la mort du capitaine Montrose, il y a eu un indéniable changement de cap. Toutes mes condoléances, d'ailleurs, ajouta-t-elle en baissant d'un ton. Je sais ce qu'il représentait pour vous.

— Merci.

La curiosité de Nikki était piquée.

— Pourquoi ce changement, à votre avis ?

— Parce que, si c'était ma candidate – vous, ma chère – qui prenait la place de Montrose, ils s'en trouveraient affaiblis. Il n'y a qu'à voir qui ils ont choisi. Le ravi de la crèche. Ce n'est pas un chef qu'ils veulent à la tête de ce poste, c'est un pantin.

— J'apprécie que vous me défendiez.

— Vu le résultat, je n'ai pas l'impression de vous avoir vraiment rendu service.

— Je crois qu'il est beaucoup plus sûr de travailler dans la rue qu'au One Police Plaza, dit Nikki.

— C'est ça, la politique, c'est pas joli, joli.

— Et ça ne m'intéresse pas, merci bien, fit Heat. Ce n'est pas pour ça que j'ai prêté serment.

— Justement, c'est la raison de mon appel, rebondit la commissaire adjointe. Puisque le coup de poignard dans le dos n'est pas votre sport favori, je voulais que vous sachiez que je vais garder un œil sur vous. Je ne peux pas vous promettre qu'il n'y aura pas d'autres surprises, mais peut-être que je pourrai leur barrer la route, ou du moins vous prévenir.

— Ouah ! C'est très gentil à vous.

— Vous le méritez. Alors, quels sont vos projets pour aujourd'hui ? Feuilletons télévisés ? Scrapbooking ?

Comme Nikki n'offrait aucune réponse, Yarborough continua :

— Bien sûr que non. Ce n'est pas pour Nikki Heat. Écoutez, faites ce que vous avez à faire. En tout cas, si vous avez besoin de quoi que ce soit, n'importe quoi, n'hésitez pas à m'appeler.

— Je n'y manquerai pas. Et, Phyllis ? Merci.

***

Environ une heure plus tard, rendue impatiente par son exil et ne trouvant pas d'antidote à ses idées fixes devant la télévision, Nikki décida de sortir de chez elle. Même le fait de se préparer la renvoya à sa triste situation : par réflexe, elle porta la main à son étui – vide –, marmonna un juron et, pour la première fois depuis ce qui lui sembla des lustres, dut franchir sa porte sans son arme. Le meilleur moyen d'avancer à Manhattan quand il neige, c'est d'affronter le mauvais temps. Comme à son habitude, Nikki prit le métro à Park Avenue Sud et changea à Bleecker Street pour la ligne B qui remontait. En attendant sur le quai, elle se livra au rituel du voyageur impatient : elle se pencha au-dessus de la voie toutes les soixante secondes pour voir si, dans le tunnel noir, la réflexion des phares sur les rails n'annonçait pas l'arrivée de la rame. Cela ne faisait pas arriver le métro plus vite, mais ça évitait d'avoir à regarder les rats farfouiller dans la crasse pour passer le temps.

Nikki vérifia les phares, vérifia les rats et vérifia le quai. Il n'y avait pas de véhicule de patrouille garé en bas de chez elle ce matin-là – pas de Doberman pour la saluer ni à qui apporter un café. Ils lui avaient retiré sa protection en même temps que son insigne. Heat ne repéra aucune forme de menace et monta dans le wagon qui devait la conduire au 20e. Elle se détendit un peu.

C'était toutefois sans compter avec ses démons intérieurs, qui montèrent avec elle et s'imposèrent à côté d'elle. Elle qui avait toujours les idées claires, qui était toujours capable de prendre le temps de réfléchir et de faire abstraction des plus terribles distractions dans le feu de l'action, elle avait du mal à se faire à l'idée qu'en un clin d'œil, toute sa vie venait d'être bouleversée.

Bon sang, que se passait-il ? Elle qui se targuait d'être sceptique mais pas parano, voilà qu'elle envisageait sérieusement la possibilité d'être manipulée. Mais dans quel but ? Et par qui ?

Il lui était difficile d'admettre que quelques lignes dans un journal minable aient pu conduire à sa suspension. Putain d'article. Sans parler de Rook.

Voilà la plus grande angoisse. Elle avait tellement misé sur ce mec. Qu'elle avait tant attendu. Pour qui elle éprouvait quelque chose qui dépassait le cadre du sport en chambre..., qu'ils ne pratiquaient d'ailleurs pas toujours à cet endroit précis. Nikki ne se donnait pas facilement, à cause justement de ce genre de trahison. Elle repensa à sa réponse aux oraux au sujet de son plus gros défaut et reconnut s'être cachée derrière de grands principes.

Certes, elle s'identifiait totalement à son boulot, mais son plus gros défaut n'était pas de trop s'investir. C'était plutôt son refus de se montrer vulnérable. Or, là, elle se retrouvait littéralement désarmée dans sa vie professionnelle comme dans sa vie amoureuse.

C'était le coup de poing à l'estomac qui lui laissait le plus gros bleu à l'âme.

***

Mais que faisait-elle, là, dans la salle de briefing ? Ce n'était pas les autres, mais Heat qui se posait la question.

Quand elle avait enfilé son imperméable, quitté son appartement pour se frayer un chemin sur le trottoir enneigé jusqu'au métro, Nikki avait décidé qu'elle avait besoin de passer chercher certaines choses au bureau.

Ne sachant pas combien de temps durerait cette suspension – ni si elle serait ou non permanente –, il lui fallait rapporter certains documents chez elle. Arrivée à la sortie de la ligne B, au pied du Musée d'histoire naturelle, elle s'était convaincue, en rejoignant péniblement Columbus Avenue, que retourner à la brigade était avant tout une question de dignité. Et, aussi, qu'elle devait s'occuper de cette tasse sale dont les Gars lui avaient parlé.

À la vérité, c'était l'enquêtrice qui mourait d'envie de se mettre au courant des dernières informations. Et ce qu'elle apprit ne fit que renforcer ses soupçons concernant le renversement de sa situation.

Dès son arrivée, les Gars la prirent à part dans un coin tranquille.

— C'est quoi ce bordel ? fit Ochoa.

— Ouais, qu'est-ce que cette idée de vous faire suspendre ? renchérit Raley. Ça craint, c'était vraiment pas le moment.

— C'est pas tant qu'on s'inquiète pour vous, reprit son coéquipier, mais l'enquête sur Graf a atterri dans le fossé, les quatre fers en l'air.

— Inutile de demander pourquoi, j'imagine.

Nikki savait depuis son entretien de la veille.

— À cause d'Iron Man, confirma Ochoa.

Heat paria mentalement qu'il s'agissait du surnom dont ils avaient affublé le capitaine Irons. Ils ne devaient pas non plus être les premiers.

— Il a mis tout le monde sur la mort du SDF alors qu'on sait déjà que ça va finir en overdose accidentelle.

— En fait, l'affaire est morte, déclara Raley en indiquant d'un signe de tête le tableau blanc concernant le père Graf, à moitié effacé et abandonné, là, sur son chevalet avec pour seule indication de son usage précédent quelques traces de marqueurs de couleurs faites par Nikki.

— C'est presque de circonstance, dit-elle.

Ochoa s'esclaffa.

— Vous savez comme on envoie toujours Rook sur les roses avec ses théories du complot ?

Heat hocha la tête tout en essayant de dissimuler la douleur que suscitait ce nom.

— Eh ben, c'est rien comparé à ce qu'on se dit, Raley et moi.

— Je dois répondre ? demanda Heat.

— Une seule chose, dit Raley. Dites-nous si vous avez besoin de quelque chose pendant votre congé.

— Pendant votre « congé », répéta Ochoa, en y mettant les guillemets.

***

La seule satisfaction qu'elle pouvait tirer de ces nouvelles désastreuses à propos de l'affaire Graf était de savoir que Sharon Hinesburg avait été chargée par le capitaine Irons de se faire passer pour une SDF parmi les sans-abri et devait coucher dans le passage souterrain pour piétons de Riverside Park.

— Qu'il neige, fit Nikki.

Sur un coup de tête – oui, un coup de tête, se dit-elle –, Heat alluma son ordinateur pour imprimer un PDF du dossier Huddleston, l'affaire de meurtre sur laquelle Montrose, alors inspecteur, avait enquêté en 2004.

Incroyable. Son mot de passe ne marchait plus.

Accès refusé.

Nikki appela l'assistance informatique. Après une courte attente, le technicien prit l'appel en s'excusant. Compte tenu de son déclassement, l'informa-t-il, elle n'était plus autorisée à utiliser le serveur des services de police.

Après avoir raccroché, Heat prit la mesure de son erreur. Elle qui s'était imaginé qu'il n'était pas possible de se sentir plus abattue et seule. En sortant dans la 82e Rue Ouest, elle se tourna face au vent glacial qui soufflait par rafales des rives de l'Hudson. Peu importait le temps qu'elle resterait là sans bouger, elle savait que jamais ce froid ne suffirait à endormir sa douleur. Elle tourna le dos aux bourrasques et se dirigea vers le métro pour rentrer chez elle.

— Attention ! Attention ! entendit-elle avant la collision.

Nikki se retourna en direction des cris une demi-seconde avant que le livreur et son vélo ne lui rentrent dedans et qu'elle ne tombe dans Columbus Avenue. Ils atterrirent pêle-mêle avec le vélo, au beau milieu de cartons déchirés de plats à emporter. Au menu : brocolis à la sauce d'huître, raviolis écrasés et cuisse de canard.

— Ma commande est foutue, constata-t-il.

— Vous étiez à contresens, fit remarquer Nikki en relevant la tête du caniveau, toujours par terre, le guidon contre la joue.

— Eh ! je vous emmerde, vous, répondit-il avant de ramasser son vélo et d'abandonner sa commande par terre sur le passage pour piétons au bord de l'avenue.

L'espace d'une seconde pendant qu'elle regardait la plaque de neige sale et de sable mêlée de sang sous son visage, Heat alla jusqu'à se demander si le tueur de Montrose ne lui avait pas envoyé ce livreur fou.

Était-ce le terrier du lapin de la théorie du complot ? Si elle y réfléchissait bien, finalement, en qui pouvait-elle avoir confiance en ce monde ?

***

Quand Rook ouvrit la porte, son expression trahit à la fois le choc et la prudence. D'abord, il vit les coulures de sang séché qui dessinaient un éventail de tentacules sur son visage, puis Nikki se tamponner le cuir chevelu avec un mouchoir. Alors, par expérience, il vérifia le couloir pour s'assurer qu'elle n'était pas suivie.

— Bon sang, Nikki, qu'est-ce qui t'est arrivé ?

Elle lui passa devant, traversa l'entrée et gagna la cuisine. Il ferma la porte avant de la rejoindre. Nikki leva la main.

— Tais-toi, ne dis rien.

Il ouvrit la bouche, puis la referma.

— Je suis un excellent flic. J'allais carrément faire l'impasse sur le grade de lieutenant et passer directement capitaine. J'allais obtenir la direction du poste. Et, en tant que flic, s'il y a une chose qui me connaît, c'est le mobile. Alors, quand je m'interroge sur le tien en ce qui concerne ces fuites, je n'y comprends rien. Ce n'est pas logique. Pourquoi donnerais-tu à quelqu'un d'autre tes notes pour un article dont tu aurais l'exclusivité ? Pour le sexe ? Quand même pas. Tam m'a l'air beaucoup trop collante pour être un bon coup.

Comme il faisait mine de vouloir parler, elle se répéta :

— Tais-toi. Sans mobile, je ne vois vraiment pas pourquoi tu as pu faire ça. Alors, je choisis de te croire. Que je le veuille ou non, il le faut. Parce que, quoi qu'il se passe dans cette affaire, ça a pris de nouvelles dimensions, et je ne peux faire confiance à personne à part toi. Tout se casse la figure. On m'a exclue, et l'enquête sur le meurtre pour laquelle j'ai remué ciel et terre est maintenant au rebut parce que le rond-de-cuir empoté par lequel ils ont remplacé le capitaine Montrose n'est en fait qu'un inspecteur Clouseau. Ne dis rien. Bon... Pendant que j'étais par terre il y a quelques minutes sur la voie en direction sud dans Columbus, fauchée par un livreur en vélo qui circulait à contresens et qui ne s'est pas excusé, que je faisais le point, tremblante et en sang, sur le niveau abyssal que ma vie avait atteint, je me demandais si j'allais juste rester allongée là. Et, aussi tentante que m'a paru l'idée de tuer le temps à jouer à Angry Birds[1] chez Starbucks pendant cette parenthèse imposée, en attendant que One Police Plaza m'appelle pour me présenter ses excuses, j'ai décidé que c'était pas possible. Je suis trop têtue et trop personnellement investie pour laisser tomber cette affaire. Mais – petit détail technique – je ne fais plus partie des services actifs de la police de New York. Ni arme, ni insigne, ni accès aux fichiers, ni brigade. Oh ! Et il y a des gens qui essaient de me tuer. Alors, qu'est-ce qu'il me faut ? De l'aide. Pour faire avancer cette enquête, il me faut un coéquipier. Quelqu'un qui ait de l'expérience, des couilles, qui soit doté d'excellentes compétences d'investigation, qui sache ne pas se mettre dans mes pattes et qui ne compte pas ses heures. Voilà pourquoi je suis là dans ta cuisine à pisser le sang sur ton carrelage taillé sur mesure. OK, tu peux parler maintenant. T'en dis quoi ?

Rook ne répondit pas. Il la fit doucement tourner vers le salon du loft et, du bar de la cuisine, elle contempla le tableau blanc que Rook avait reconstitué chez lui. Tout n'était pas là – il manquait les photos, par exemple –, mais les principaux éléments étaient à leur place : la frise chronologique, les noms des victimes et des suspects, les pistes à suivre. Il avait grand besoin d'une mise à jour, mais la base était bien là. Heat se retourna vers Rook.

— Alors ? T'es partant ou pas ?

1. Jeu de tir en ligne. (NDT)

DOUZE

Assise sur le couvercle rabattu des toilettes, dans la grande salle de bain de Rook, Nikki contemplait dans le miroir son visage maculé de sang séché. Penché sur elle, il écartait doucement ses cheveux pour examiner la plaie.

— C'est pas aussi terrible que ça en a l'air, assura Nikki.

— Oh ! Si on m'avait donné ne serait-ce qu'un centime chaque fois que j'ai dit ça dans ma vie...

— À qui, Rook ? Des petites copines sans méfiance qui t'avaient surpris en bonne compagnie dans un bar ?

— Tu me salis avec tes désolantes suppositions. En général, c'était plutôt dans la chambre, ajouta-t-il avant de se tourner vers le miroir pour que Nikki puisse voir son sourire de fierté. Dans un placard, une fois. Bon sang, ce que je regrette le lycée.

Il alla chercher le plat rempli d'eau chaude savonneuse qu'il avait préparé sur le plan de travail.

— À votre avis, docteur ? Il faut des points ou pas ?

Rook trempa un morceau de coton dans la solution et lui tamponna légèrement le cuir chevelu.

— Heureusement, je dirais que nous avons plutôt affaire à des égratignures qu'à des coupures ; alors, pas de suture. Néanmoins, de quand date votre dernier rappel antitétanique, pour la piqûre ?

— Peu de temps, dit-elle. Juste après que ce tueur en série m'a tripatouillée avec ses instruments dentaires là-bas, dans ta salle à manger.

— On a quand même de bons souvenirs ensemble, hein, Nikki ?

Vingt minutes plus tard, douchée, vêtue d'un chemisier et d'un jean propres qu'elle conservait dans le placard de Rook, Heat reparut dans la cuisine.

— Transformation achevée, annonça-t-elle.

Il fit glisser un double expresso sur le bar dans sa direction.

— C'était pas une blague. On a beau t'envoyer au tapis, tu te relèves quand même, toi.

— Et t'as encore rien vu.

***

— Je peux te dire que tu as pris un bon départ ! cria Nikki en donnant un coup d'œil rapide à son tableau blanc.

Rook émergea du couloir noir de son loft avec une cagette en plastique remplie de fournitures de bureau et un chevalet en aluminium pour tenir le bloc de papier géant, posé sur la chaise à côté, en attendant d'être invité à la fête.

— La majeure partie de ce sur quoi on doit se concentrer se trouve ici.

— Un écrivain se doit de savoir prendre des notes, dit-il. Toutefois, au niveau des possibilités, ce n'est peut-être pas aussi dense que le tableau blanc à la Nikki Heat. Disons que c'est le petit frère de la version originale. Je l'ai baptisé « le tableau blanc sud ».

— C'est plus que ce qui reste de celui du nord maintenant.

Elle lui raconta pour le capitaine Irons. Son incompétence avait finalement fait mieux que tous les bâtons que Montrose lui avait mis dans les roues puisqu'il avait réussi à stopper complètement l'enquête sur le meurtre du prêtre.

— Donc, en gros, il n'y a plus que nous sur l'affaire Graf, conclut-elle.

— Montrons-leur de quoi on est capables, dans ce cas ! lança Rook.

Ils passèrent l'heure suivante à mettre à jour ses infos en y intégrant les pistes à envisager et les personnes liées à l'affaire, selon Nikki. Lui s'occupait du tableau. Il le découpa en plusieurs parties correspondant à chaque grande voie à explorer, puis restructura la frise chronologique afin d'y ajouter les derniers éléments découverts.

Elle, grâce aux fournitures apportées par Rook, établissait des fiches. Elle y indiquait tous les détails et listait les questions non résolues, tout cela en fonction des catégories établies sur le tableau blanc. Quelle que soit la confusion dans laquelle leur relation était tombée, elle disparut totalement dans la concentration liée à la tâche présente.

Dès le départ, ils s'organisèrent facilement et sans manières pour la plus grande efficacité possible. Quand le tableau fut enfin à jour, et les cartes, codées et triées, ils prirent du recul pour admirer leur œuvre.

— On forme plutôt une bonne équipe, déclara Heat.

— La meilleure, renchérit Rook. On se complète.

— Ne la ramène pas trop, l'écrivaillon, c'est maintenant qu'on entre dans le vif du sujet. Il est impossible, vu nos ressources limitées, de suivre toutes les pistes et d'interroger toutes les personnes qu'on a notées là-dessus.

— C'est pas grave, fit Rook, on a qu'à en choisir un au hasard et l'arrêter. Ça réduira le champ. Ou, encore mieux, on fait comme Kadhafi : on arrête tout le monde.

— Voilà justement un point qu'il serait bon qu'on..., je veux dire..., que tu retiennes. Je ne peux arrêter personne. Tu te souviens ? Ni insigne ni arme ?

Il intégra l'info.

— On s'en fout de ces maudits insignes, annonça-t-il alors. Quant aux armes, qu'est-ce que ça peut te faire, une bande de tueurs qui traîne, tant que tu as un glaçon sous la main ?

— Tu ferais mieux de t'en souvenir, d'ailleurs, dit Nikki en tenant un crayon pointé dans sa direction.

— C'est noté.

— Étant donné qu'on n'est que deux, il faut établir des priorités.

Elle posa le bloc de papier sur le chevalet et déchira la couverture sur une page neuve.

— Voilà, à mon avis, les cibles essentielles.

Heat déboucha un marqueur et écrivit sa liste en justifiant chacun de ses choix.

— Sergio Torres... S'il n'est pas le meurtrier de Graf, il est lié au tueur d'une manière ou d'une autre – et ses aptitudes dépassent largement le cadre de son casier. Lawrence Hays... Non seulement il a les moyens et le mobile, mais il a menacé le père Graf. D'ailleurs, qu'est-ce qui te tardait tellement de me dire au sujet de Lancer Standard hier soir, juste avant que je t'arrache la tête ?

— Je me rappelais avoir entendu un truc sordide à propos du groupe de Hays ; alors, hier, j'ai contacté une de mes sources à La Haye. J'avais rencontré le type pour un article que j'ai fait sur Slobodan Miločević, mort d'un infarctus juste avant son verdict. Bingo. Regarde.

Indiquant son écran d'ordinateur, il cita :

— *Un groupe de surveillance des droits internationaux de la personne demande que Lancer Standard soit poursuivi en justice devant le Tribunal pénal international pour mauvais traitements perpétrés par ses prestataires en Irak et en Afghanistan, par le biais notamment d'humiliations sexuelles, de simulations de noyade et de* – tiens-toi bien ! – *tortures par neurostimulation électrique transcutanée, ou TENS.*

Il leva les yeux vers elle.

— Et où a-t-on déjà entendu parler de ça, les gars ?

— Joli ! siffla-t-elle. Pour sûr que ça m'intéresse. Horst Meuller... reprit-elle en revenant à sa liste de priorités. Notre danseur allemand a menacé Graf et s'est pris une balle pour une raison qu'on ignore. Même si elle m'était destinée, je veux savoir pourquoi il s'est enfui. Alejandro Martinez... C'était son argent sale de la drogue qui était planqué au presbytère. Je veux savoir pourquoi. *Justicia aguarda...* Des militants violents de filiation révolutionnaire... C'est avec eux que le père Graf a été vu en dernier. Emma... Je ne sais pas encore qui est cette Emma – pas eu le temps de trouver –, mais Graf avait viré un dossier de mails portant son nom. Emma rejoint ma liste. L'homme tatoué... Un inconnu aperçu sur la vidéo de surveillance avec la colocataire de l'une des dominatrices. Je ne sais pas trop quoi en faire, mais je ne peux pas l'éliminer. Le capitaine Montrose... Bon, deux choses. D'abord, son comportement suspect avant sa mort le lie à Graf. À quoi jouait-il et pourquoi ? Deuxièmement, son prétendu suicide. Je n'y crois pas.

Elle reboucha le marqueur et revint au chevalet.

— C'est ça, réduire le champ ? s'exclama Rook.

— Hé ! Tu n'imagines même pas ce que j'ai laissé de côté. Par exemple, en plus des indices concrets que le labo examine, je m'intéresse tout particulièrement à deux chaussettes dépareillées au presbytère : les médicaments trouvés dans la pharmacie de Graf et la signification de cette médaille de saint Christophe disparue.

Elle inscrivit « Ordonnance » et « saint Christophe » sur le tableau, puis se tapota la tempe avec le capuchon du marqueur.

— Eh bien, ça fait pas mal pour un début, commenta Rook. Tu as bien travaillé.

— Toi aussi.

Ensuite, elle ne put s'empêcher de lui lancer une petite pique.

— Au fait, Rook, je ne vais pas voir tout ça publié dans le journal, hein ?

— Eh...

— Allez, t'inquiète, je plaisante.

Il la regarda avec méfiance.

— Euh... à moitié, admit-elle.

Rook réfléchit un instant, puis ramassa l'imperméable qu'elle avait posé sur le tabouret de bar.

— Tu me fiches à la porte ?

— Non, on sort tous les deux, corrigea-t-il en saisissant le sien aussi.

— Pour aller où ? demanda-t-elle.

— Régler son compte à cette moitié qui ne plaisante pas.

***

À Midtown, dans l'ascenseur menant aux bureaux du *Ledger*, Heat répéta à Rook que ce n'était vraiment pas la peine.

— Trêve de susceptibilité. Je t'ai dit que je te faisais confiance.

— Désolé. Je vois bien que tu as encore un peu de mal à me croire. Or, je veux les deux. Que tu me fasses confiance et que tu me croies. Et puis aussi la paix.

Nikki secoua la tête.

— Le Pulitzer, hein ? Pour tes écrits ?

L'ascenseur les déposa au sixième étage qui abritait la rubrique « Actualités locales », une mer de néons éclairant un vaste archipel de box remplis d'hommes et de femmes devant leur ordinateur ou au téléphone, ou les deux. À part le fait que l'espace s'étendait sur la moitié d'un pâté de maisons, le brouhaha de l'activité ambiante rappelait à Nikki la salle de briefing du 20e.

À l'autre bout de la pièce, Tam Svejda leva la tête et, dès qu'elle les vit, leur fit signe des deux bras. Quand ils arrivèrent à hauteur de son box, elle arracha son casque de téléphone, lança un « Salut ! » excité et se jeta sur Rook pour le prendre dans ses bras.

Pour son plus grand plaisir, mais aussi pour son plus grand désespoir, Nikki vit la Tchèque plier le genou et relever son talon droit à la manière des starlettes. À son soulagement, elle n'eut droit qu'à une simple poignée de main, ce qui ne l'empêcha pas d'être gênée par les grands sourires que Tam adressait à Rook en même temps.

— J'étais si contente quand vous m'avez annoncé que vous montiez, tous les deux. C'est à quel sujet ? Je vous en prie, dites-moi que vous avez de nouveaux secrets à me révéler.

— En fait, si on est là, c'est à cause des premiers, expliqua Rook. Nikki... l'inspecteur Heat dit que tu lui as dit que c'est moi qui te les ai divulgués.

— C'est exact.

Nikki leva un sourcil vers lui, puis se tourna vers la salle de presse bruissante pendant que Rook se tortillait.

— C'est quand même un peu dur à imaginer, dit-il, puisqu'on n'a jamais parlé de tout ça. En fait, quand tu m'as sollicité l'autre jour au téléphone, j'ai bien spécifié que je ne pouvais pas t'aider, non ?

— C'est vrai... admit la journaliste.

Heat reporta de nouveau son attention sur le box.

— Alors, comment ça pourrait être moi ? fit Rook.

— « Pouvait », corrigea Heat à voix basse.

— C'est simple.

Tam s'assit et fit pivoter sa chaise face à son ordinateur. Après quelques frappes sur le clavier, son imprimante se mit à cracher des pages. Elle tendit la première à Rook.

— Tu vois ? C'est le mail que tu m'as envoyé.

Heat se rapprocha, et ils lurent ensemble. Il s'agissait d'un mail adressé par Rook à Tam. Le sujet indiquait : « De l'intérieur du 20e ». Suivait une page à interligne simple pleine de notes très détaillées sur les obstacles érigés dans l'affaire Graf ainsi que sur la controverse au sujet du capitaine Montrose. Une fois l'impression des trois pages suivantes terminée, Tam les tendit également à Rook. Il les survola, sauf les derniers paragraphes consacrés au désaccord au sujet de l'enterrement de Montrose.

— C'est beaucoup moins pire qu'il n'y paraît, dit-il en baissant les feuilles, sous le regard hébété de Nikki.

— C'est toi qui le dis ! fit Heat.

***

À leur retour à Tribeca, Magoo les attendait à l'entrée du loft. Si le gourou de l'informatique de Rook n'avait plus l'âge d'être à la fac, il ne l'avait pas quittée depuis longtemps.

En forme de poire, un mètre cinquante-cinq, il portait une barbe clairsemée et frisottante, avec un tel semblant de moustache que Nikki se demanda pour quoi faire. Son pâle visage sérieux disparaissait derrière de grosses lunettes à montures noires dont les verres étaient si épais qu'on ne s'étonnait plus de son surnom. Restait à savoir, question que personne ne formulait, pourquoi Don Revert continuait de se faire appeler Mister Magoo.

— Tu n'as pas perdu de temps pour venir, fit remarquer Rook tandis que son consultant ouvrait sa mallette à roulettes sur le bureau.

— Dès que vous envoyez le Bat-Signal dans le ciel, je fonce.

Magoo sortit des câbles et son équipement de diagnostic – de petites boîtes de mesures noires – qu'il posa à côté de l'ordinateur portable de Rook. Tout en s'installant, il leva plusieurs fois les yeux vers Heat, de gros yeux derrière ses culs de bouteille.

— Jolie mallette, commenta-t-elle, ne trouvant rien d'autre à dire.

— Carrément. C'est la Pelican Protector. Bien sûr, j'ai choisi le modèle avec la mousse et les compartiments capitonnés. Comme vous pouvez voir, je peux la configurer comme je veux en fonction de ce que je dois transporter, grâce aux bandes velcro.

Ça devait avoir valeur de préliminaires, Nikki en aurait mis sa main à couper.

Rook expliqua à sa bête d'informatique l'histoire du mail que Tam Svejda avait reçu, puis lui en montra la version papier.

— Le problème, c'est que je n'ai jamais rien envoyé,

dit-il tant pour en informer Magoo que pour le répéter à Heat.

— *Yesss !* fit Magoo. Venez voir ça.

Rook et Nikki firent le tour pour l'encadrer, mais les lignes de codes et de commandes qui défilaient à l'écran leur parurent du chinois.

— Il va falloir nous traduire ça, mon brave, signala Rook.

— D'accord. Et si je vous disais : « Tu t'es fait mettre, mon pote », ce serait assez clair ?

— Mais encore ?

— Très bien. Vous connaissez ces pubs à la télé et à la radio pour ces serveurs d'accès à distance ? Pour se connecter à son PC avec son bureau et le télécommander à distance ?

— Bien sûr, dit Nikki, moyennant une certaine somme, ils vous permettent d'accéder à votre ordinateur de n'importe où. Ça intéresse surtout les gens qui voyagent beaucoup pour affaires. On se connecte à Internet depuis son ordinateur portable dans sa chambre d'hôtel et on peut travailler et envoyer des fichiers sur son ordinateur fixe à New York ou Los Angeles. C'est bien ça ?

— Tout à fait. En gros, c'est un compte d'accès à Internet qui permet de faire faire à n'importe quel ordinateur distant qu'on désigne ce que l'autre ordinateur lui dit de faire.

Il se tourna alors vers Rook.

— Quelqu'un a pénétré dans votre ordinateur pour y installer un compte d'accès à distance.

— J'ai été piraté ?

Rook se redressa et adressa un sourire rayonnant à Nikki.

— Merveilleux !... Enfin, pas pour l'ordinateur, mais...

Oh là là ! Excellente nouvelle. D'un autre côté, quand même, ça craint. C'est compliqué. Je ne peux rien dire.

Heat était concentrée sur d'autres conséquences.

— Vous pouvez savoir qui a installé cette commande ?

— Non, c'est lourdement crypté. Celui qui a dissimulé ça sur le disque dur touche vraiment sa bille.

— Rook est parti à l'étranger récemment. Ça aurait pu arriver à ce moment-là ?

Magoo fit non de la tête.

— Ça a été installé il y a un ou deux jours. Quelqu'un est venu chez vous ? Vous avez peut-être laissé votre portable quelque part sans surveillance ?

— Hmm, non. Je l'ai toujours avec moi. J'ai travaillé chez elle.

Heat était en train d'y songer quand Rook formula sa pensée à voix haute.

— L'eau sur le bord de la fenêtre dans la salle de bain. Ce n'était donc pas pour voler mais pour m'éplucher. Enfin, mon ordinateur. Je me sens tout... profané.

— Écoutez, dit Magoo, je pourrais essayer de voir qui c'était. J'adorerais relever le défi, même. Mais il faut que je vous prévienne : si je le craque, je risque de déclencher une alerte qui préviendra le pirate qu'il s'est fait débusquer. Alors, je m'y colle ?

— Non, dit Nikki.

Elle se tourna vers Rook.

— Trouve-toi un autre ordinateur.

***

Magoo partit avec, en poche, un chèque pour ses honoraires, plus le coût d'un nouvel ordinateur portable flambant neuf qu'il promit de rapporter dans l'heure.

— Je suis vraiment désolée d'avoir douté de toi, dit Nikki sitôt la porte fermée.

Rook haussa légèrement les épaules.

— J'appelle pas ça douter de moi, moi. C'était plutôt verser de l'acide sulfurique sur ma pauvre petite personne et me déchiqueter virtuellement corps et âme.

Elle sourit.

— C'est fini, maintenant ?

— Tout à fait. Bon sang, je suis vraiment trop gentil, moi, s'empressa-t-il d'ajouter.

Elle se rapprocha pour lui passer un bras autour de la taille et se presser contre lui.

— Allez, je te ferai oublier ça.

— J'espère bien.

— Plus tard.

— Allumeuse.

— Au boulot.

— Quel dommage !

***

Heat commença par sa liste de priorités sur le bloc de papier géant. En premier figurait Sergio Torres. Elle ne disposait peut-être pas de tous les atouts des services de police, mais elle pouvait faire appel au FBI.

Quelques mois auparavant, alors qu'elle poursuivait le tueur en série du Texas qui l'avait scotchée sur une chaise dans cette même pièce, Nikki avait contacté le Centre d'analyse des crimes violents en Virginie.

Au fil de l'enquête, elle avait noué amitié avec l'une des analystes de Quantico. Elle l'appela au téléphone.

Ce qui fait la beauté d'une relation professionnelle dans les forces de l'ordre, c'est qu'il n'est pas utile de s'étendre. Selon Nikki, cela venait de la devise, attribuée à John Wayne, selon laquelle il ne faut « ni jamais se plaindre ni jamais tenter d'expliquer ses choix ».

Heat déclara travailler seule sur une affaire et avoir besoin de vérifier un nom dans les fichiers sans passer par les services de police de New York.

— Ça t'ennuie si je te demande en quoi cet individu t'intéresse ? demanda son amie.

— Il a essayé de me tuer et je l'ai dégommé.

— Ne t'inquiète pas, Nikki, dit-elle sans relever. On va chercher tout ce qu'on a sur ce FDP, même son parfum préféré pour les glaces.

Submergée par l'inattendue vague d'émotion que suscita ce geste, Heat remercia l'analyste avec toute la réserve habituelle des flics, lui affirmant que toute information serait bonne à prendre.

Dans la foulée, comme elle se dit qu'il fallait peut-être profiter de toutes les bonnes volontés qui s'offraient, elle rouvrit son téléphone pour joindre Phyllis Yarborough au numéro correspondant à l'appel qu'elle avait reçu le matin même.

— Je reviens sur votre proposition. J'ai besoin d'un service.

— Je vous écoute.

— Ce type qui a essayé de me tuer l'autre jour à Central Park. Son casier ne reflète vraiment pas ses talents. Si cela ne vous pose pas de problème d'éthique compte tenu de mon statut actuel, je me demandais si vous pourriez vérifier son nom dans la base de données du central.

Pas plus que son contact au FBI, Phyllis Yarborough ne tiqua.

— Épelez-moi son nom, répondit-elle.

***

Déjà levé, Rook travaillait sur son nouveau MacBook Air. Il bondit sur ses pieds dès qu'elle le rejoignit à son bureau, quand elle en eut terminé avec le téléphone.

— J'ai trouvé une info très intéressante sur l'un de nos joueurs, annonça-t-il.

— Vas-y, fit Nikki en s'installant dans le fauteuil visiteur.

Elle s'enfonça confortablement dans les coussins moelleux et, forte d'un regain d'optimisme, admit que cette nouvelle manière de travailler avec Rook lui plaisait.

— J'ai cherché dans Google et dans Bing certains des noms qui figurent sur le tableau blanc sud. Je suis pas vraiment aussi fort que Philip Marlowe dans *Le Grand Sommeil* pour retrouver les méchants, mais ça n'a pas que des inconvénients. Je peux me sustenter, moi, par exemple. Quoi qu'il en soit, j'ai regardé pour nos militants des droits de l'homme de *Justicia aguarda*. Il ressort que Milena Silva est avocate. En revanche, Pascual Guzman... Tu sais ce qu'il faisait avant de partir de Colombie ? Prof de fac à l'Universidad Nacional de Bogotá. Et qu'est-ce qu'il enseignait ?

— Le marxisme ? tenta Nikki.

— L'informatique.

Rook se rassit à son bureau.

— Toutefois, le professeur Guzman avait démissionné, dit-il en se référant à son écran. Pourquoi ? Pour protester contre le fait que les services secrets se servaient, selon lui, de ses programmations pour espionner les dissidents.

Rook leva le poing en l'air en se levant.

— J'y suis. C'est le type qui a piraté mon ordinateur.

— Mais pourquoi ?

— Bon...

Il fit le tour du bureau et se mit à arpenter la pièce.

— Tu veux que je t'expose ma théorie ? Guzman... et un noyau de radicaux recrutés ici à New York se lancent dans une violence que leur ami et allié, le père Gerry Graf, n'apprécie pas. Il est d'accord pour manifester, mais pas pour verser le sang. Ils se disputent. Graf doit être éliminé. Ils tuent Graf, et tout rentre dans l'ordre. Sauf que non. Voilà qu'intervient l'inspecteur Nikki Heat, tout feu, tout flamme. Il faut donc supprimer Heat. Alors, ils essaient de te courser dans le parc, mais ils sous-estiment totalement ta brillante ténacité. Voyant l'impasse, ils tentent une autre manœuvre : me pirater pour que tu aies des ennuis avec le One Police Plaza et que tu sois virée de l'affaire. Boum !

— Allons les arrêter sur-le-champ, dit Nikki.

Coupé dans son élan, Rook se laissa choir sur le bord de son bureau.

— À t'entendre, on dirait que tu trouves ma théorie débile.

Heat sourit.

— Je sais.

— Alors, c'est vraiment totalement débile ?

— Non, pas complètement. Guzman est quand même dans l'informatique. Mais...

Elle marqua une pause pour donner l'exemple en ralentissant.

— ... mais tout ça, ce sont des conjectures. Rook, tu n'as jamais envisagé d'écrire des romans policiers, plutôt ?

— Certainement pas. Je n'aime pas raconter des histoires.

***

Ils réfléchissaient à ce qu'ils allaient faire quand l'impact des températures glaciales leur imposa l'étape suivante. À la télévision comme à la radio, il n'était question que de l'explosion, à la centrale thermique de l'East Side, d'une immense chaudière de trente mètres de haut dont la vapeur chauffait le bas de Manhattan par des tuyaux enterrés.

Un mécanicien était blessé, mais il survivrait ; en revanche, la zone desservie par cette centrale était entièrement privée de chauffage. Les spectaculaires images tournées d'un hélicoptère crevaient l'écran tandis que le présentateur montrait sur une carte la zone affectée qui allait rester sans chauffage pendant deux ou trois jours.

— Écoute : mon appartement se trouve en plein dedans, dit Nikki.

— Mince ! fit Rook. Je plains les immeubles qui n'ont pas de chaudière parce que les proprios trouvent moins cher d'utiliser le chauffage urbain, hein ? ricana-t-il avant de comprendre, à son expression, que c'était le cas du sien. Tu veux rire ? Oh ! j'adore cette ironie du sort. Plus de chauffage pour Nikki Heat[1]. Et les températures doivent encore chuter ce soir, non ? Viens, on va aller te chercher quelques vêtements et tout ce dont une fille a besoin.

— Tous les prétextes sont bons pour que je vienne m'installer chez toi, à ce que je vois.

— Panne de vapeur, coup de bélier, intervention de Dieu, je suis prêt à tout.

***

Il faisait déjà frais dans l'entrée de l'immeuble quand ils arrivèrent chez Nikki. Les portes d'ascenseur s'ou-

1. *Heat*, signifie « chaleur », « chauffer ». (NDT)

vrirent, et plusieurs de ses voisins descendirent chargés de valises et de sacs. Certains partaient à l'hôtel dans l'Upper West Side, d'autres, chez des parents dans le comté de Westchester. Au moment où Heat et Rook allaient monter à leur tour, une main écarta les portes. C'était le concierge, un Polonais enjoué du nom de Jerzy.

— Bonjour, mademoiselle Nikki, et bonjour à vous, monsieur.

— Vous allez avoir froid ce soir, Jerzy, dit-elle.

— Vrai, comme Pologne. Madame Nathan a même descendu poisson rouge, répondit le concierge.

— En effet, ça fait froid dans le dos, fit Rook. Euh, là, je crois qu'il vaut mieux noyer le poisson, reprit-il en voyant Jerzy faire des yeux de merlan frit.

— Mademoiselle Nikki, c'était pour dire à vous que tout en ordre. Moi ouvert à l'homme du câble pour réparation télé.

Par réflexe, Nikki faillit le remercier, mais elle s'interrompit. Elle n'avait fait venir aucune entreprise de dépannage pour le câble chez elle.

— Il est là-haut en ce moment ?

— Sais pas, répondit le concierge. Lui monté il y a une heure.

Heat redescendit de l'ascenseur, et Rook la suivit dans le hall.

— On va prendre l'escalier, plutôt, suggéra-t-elle en ouvrant la marche.

Tout en grimpant vers son étage, Nikki ouvrit son imperméable et, une fois de plus, chercha à dégainer l'arme qui n'était plus là.

TREIZE

Arrivés sur le palier à l'étage de Nikki, ils s'arrêtèrent pour scruter le couloir, où il n'y avait personne.

— On devrait peut-être appeler la police ? chuchota Rook.

Nikki réfléchit et se dit que ce serait mieux, en effet. Mais sa fierté de flic expérimenté l'empêchait d'appeler du renfort pour de simples soupçons alors que la situation d'urgence bien réelle dans laquelle se trouvait la ville requérait la présence d'hommes sur le terrain.

— C'est moi, la police, dit-elle à voix basse. Enfin, si on veut.

Elle fouilla parmi ses clés, puis défit de l'anneau celle correspondant au verrou de sa porte. Cela lui éviterait de faire du bruit et lui permettrait d'insérer les deux clés en même temps pour entrer plus vite et par surprise.

Avançant à pas feutrés dans le couloir, le plus près du mur possible, ils arrivèrent devant sa porte et s'arrêtèrent. Nikki fit signe de la main à Rook de rester où il était, puis, d'un mouvement fluide de danseuse, elle se baissa pour passer sous le judas et rejoindre l'autre côté sans bruit. Toujours baissée, elle écouta à la porte, puis lui fit signe de la tête. En se relevant légèrement, en équilibre sur la pointe des pieds, les genoux toujours pliés, Heat approcha chacune des clés des serrures correspondantes. Elle compta jusqu'à trois en silence, marquant la cadence de la tête à l'adresse de Rook, puis inséra les clés, les tourna et se précipita à l'intérieur en criant :

— Police de New York, on ne bouge plus !

Sur ses talons, Rook observa la procédure qu'il avait apprise à l'époque où il l'accompagnait. Afin que l'éventuel adversaire ne puisse pas faire d'une pierre deux coups, il se décala et regarda si la voie était dégagée tout en la protégeant sur le flanc en cas de mauvaise surprise.

Personne dans l'entrée, la salle à manger ou le salon. Tandis qu'en la suivant, il passait devant la cuisine, puis s'enfonçait dans le couloir pour vérifier les deux chambres, la salle de bain, les toilettes et les placards, Rook remarqua qu'elle s'était munie de son Sig Sauer de secours. Une fois l'appartement sécurisé, elle remit l'arme dans sa cachette, dans le casier du bureau du salon.

— Bravo, belle entrée ! commenta-t-elle.

— Merci. Si tu veux, je peux te montrer quelques variantes, proposa-t-il avec un grand sourire espiègle.

Elle leva les yeux au ciel.

— Oui, bien sûr, c'est toi qui vas tout m'apprendre, Rook.

***

En visionnant la vidéo de sa caméra miniature sur son moniteur sans fil, Jameson Rook se félicita de sa petite visite au magasin de matériel de surveillance. Il fit défiler les images grisâtres en arrière, sans avoir à remonter trop loin, à peine une heure plus tôt environ, pour déceler du mouvement. Un homme avec une casquette au logo de la compagnie du câble entrait avec une grosse boîte à outils, avant de sortir du cadre en s'éloignant dans le couloir.

— Super couverture, remarqua Nikki. Tu pourrais bosser pour les chaînes du câble.

Toutefois, un instant plus tard, l'homme tourna pour entrer dans le salon, où il s'agenouilla et ouvrit sa boîte à outils devant la télé.

— Regarde ça, fit Rook. En plein dans le cadre. Mieux que les chaînes du câble, je pourrais bosser pour la chaîne parlementaire.

Ils zappèrent le quart d'heure suivant durant lequel le visiteur trifouilla la boîte du câble. Une fois qu'il eut terminé, il reboucla sa boîte à outils et quitta l'appartement quatre fois plus vite que les images en accéléré de la vidéo. Rook appuya sur le bouton d'arrêt et quitta le bar pour passer au salon.

— On sait jamais. Comme disait Freud : parfois le type du câble, c'est juste un type du câble.

Il ramassa la télécommande.

— À moins que ce ne soit Jim Carrey, auquel cas...

Tout en plaquant Rook au sol, Nikki remonta le long de son bras pour lui arracher la télécommande des mains.

— Qu'est-ce qui te prend ? s'exclama-t-il quand ils furent tous les deux par terre.

Nikki retourna au bar en tenant délicatement la télécommande.

— Regarde.

Rook se releva pour la rejoindre pendant qu'elle revenait en arrière sur la vidéo. Elle fit un arrêt sur image sur le visage du type du câble au moment où il passait sous la caméra pour sortir.

Il s'agissait de l'homme que Heat et sa brigade avaient essayé d'identifier et de localiser depuis qu'ils l'avaient vu sur la vidéo de surveillance des Délices du donjon. L'homme au tatouage de serpent.

***

Une heure plus tard, lorsque la brigade de déminage eut sécurisé son immeuble et ceux du voisinage, un héros en combinaison de déminage ressortit avec la boîte du câble qu'il plaça dans l'unité de confinement mobile posée sur la remorque au milieu de la rue. Quand il se fut écarté, son sergent appuya sur le bouton de la télécommande, et l'actionneur hydraulique se mit en branle. La porte blindée se referma lentement sur la boîte du câble.

Heat rejoignit le policier qu'un membre des services de secours aidait à retirer sa combinaison de protection. Dès que sa main droite fut libre, elle la lui serra en le remerciant. Malgré son « Mais de rien » nonchalant, il avait les cheveux collés par la sueur sur le haut du front.

Son regard en disait long sur le fait que ces gars ne prenaient jamais la chose à la légère, même s'ils n'en donnaient pas l'impression. Tandis qu'il lui décrivait la bombe, Rook se joignit à eux, de même que Raley et Ochoa, qui avaient tout laissé tomber en entendant l'appel.

Lorsque son chien avait confirmé qu'il s'agissait bien de la boîte du câble après avoir reniflé l'appartement, le démineur avait radiographié l'engin. Le détonateur était un simple interrupteur au mercure qu'on déclenchait en appuyant sur le bouton de mise en marche de la télécommande de la télévision.

— Quel genre d'explosif ? demanda Nikki.

— Le marqueur identifié par évaporation de l'échantillon a montré qu'il s'agissait de C4.

Ochoa siffla.

— Du plastic.

— Ouais, ça aurait gâché la soirée à plus d'un, fit le démineur en buvant une longue gorgée d'eau à la bouteille. Le labo va l'analyser, mais, à mon avis, ils vont constater que c'est du matériel militaire. Pas facile à se procurer.

Rook se tourna vers Heat.

— Pas tant que ça, d'après ce que j'ai pu constater ces derniers mois. Surtout si on a des contacts au sein de l'armée – officieux, bien sûr.

***

Fidèle à sa réputation de roi de tous les moyens de surveillance, l'inspecteur Raley emporta le disque de la caméra miniature afin d'en tirer une capture vidéo du type du câble et de faire circuler sa photo.

Avant que lui et Ochoa ne partent, Heat leur demanda de ne pas se mettre le capitaine Irons à dos. Les deux enquêteurs échangèrent un regard et s'esclaffèrent.

— Hum, voyons... commença Raley. Iron Man ou l'inspecteur Heat ?... Iron Man ou l'inspecteur Heat ?...

— Faites quand même attention, dit-elle.

— Vous aussi, répondit Ochoa. C'est vous qui bossez avec Rook.

***

Comme il était tard, Heat se dit que Lancer Standard devait avoir fermé ; alors, elle chercha l'adresse du domicile de Lawrence Hays parmi les renseignements que madame Borelli lui avait fournis sur la paroisse.

— Tu crois vraiment pouvoir en tirer quoi que ce soit ? s'enquit Rook après qu'elle eut indiqué au chauffeur du taxi l'adresse dans West End Avenue.

— Peut-être pas une réponse directe à mes questions, mais j'aimerais bien coincer ce type. On va lui mettre la pression. Avec un ego pareil, on ne sait jamais.

Heat venait d'appuyer sur le bouton de l'interphone en haut de l'escalier de pierre de la maison mitoyenne, près de la 78e, quand une voix retentit derrière eux.

— Je peux vous aider ?

C'était Lawrence Hays.

Comme il ne portait pas de manteau, Heat en déduisit qu'il les avait vus arriver sur sa vidéo de surveillance et était sorti par une porte latérale pour les surprendre.

— J'ai un bureau, vous savez, inutile de venir me harceler chez moi.

— Bonsoir à vous aussi, monsieur Hays. Je vous présente Jameson Rook.

— Ouais, je sais, le journaliste. Le médecin dit que je suis allergique à la presse ; alors, vous m'excuserez si je ne vous serre pas la main.

— Et moi au sang, alors, ça tombe bien, déclara Rook.

Pour mettre un terme à l'escalade macho, Nikki sortit la photo du type du câble aux Délices du donjon.

— Vous avez déjà vu cet homme ?

— Encore ?

Hays plaça la photo sous la lumière et y jeta un coup d'œil avant de la lui rendre.

— Non. C'est qui ? Un beau mec d'un site de

rencontres qui vous a laissé la facture du motel, mademoiselle Heat ?

— Il a essayé de faire sauter mon appartement, dit-elle sans prêter attention à sa diversion.

— Et un écran plat HD tout neuf, ajouta Rook.

— Avec du C4 militaire. Ça ne vous évoque rien ?

Hays adressa un sourire forcé à Nikki.

— Vous n'avez pas tout à fait l'air de comprendre. Si je voulais vous faire sauter, vous ne seriez pas là maintenant. Vous retomberiez en confettis sur Gramercy Park, à l'heure qu'il est.

— Vous reconnaissez donc savoir où j'habite. Voilà qui est intéressant, remarqua Heat.

— Je vais vous dire ce que je ne sais pas. Pourquoi vous partez en croisade pour un prêtre qui non seulement a protégé ce gros dégueulasse qui a touché à mon fils – mon fils ! –, mais qui, en plus, aidait et encourageait des terroristes sur notre territoire.

— Pourquoi ? intervint Rook. Juste parce que c'était un militant social ?

— Ouvrez un peu les yeux. Graf était à fond avec ces révolutionnaires colombiens.

Nikki en rajouta une couche pour qu'il poursuive sur sa lancée.

— *Justicia aguarda* ? Vous voulez rire, ce ne sont pas des terroristes.

— Non ? Vous les avez vus dans le feu de l'action ? Combien de vos hommes ces lâches ont-ils tués et fait sauter ? Réfléchissez un peu. Si ces socialistes sont capables d'attaquer leurs propres prisons juste pour faire évader leurs laveurs de cerveau d'écrivains, combien de temps croyez-vous qu'ils mettront à faire la même chose ici ?

— Monsieur Hays, reprit Heat, êtes-vous en train

de me dire que certains de vos hommes ont été tués en Colombie par des membres de l'organisation que soutenait le père Graf ?

— Je ne dis rien du tout.

Trop tard. Il se rendit compte que ce qu'il avait laissé échapper constituait un mobile supplémentaire pour le meurtre de Graf.

— Pour des raisons de sécurité nationale, ajouta-t-il en tentant de faire marche arrière, je ne peux ni confirmer ni démentir les actions de l'agence gouvernementale qui m'a engagé.

— Je crois pourtant que c'est justement ce que vous venez de faire, commenta Nikki.

— Vous savez ce que je crois, moi ? Vous feriez mieux de dégager. Parce qu'en plus de votre adresse, Nikki Heat, je sais aussi que vous n'êtes même plus flic. Eh oui.

Il ricana avant de reprendre :

— Alors, fichez le camp de chez moi. Ou j'appelle la police – la vraie !

Il riait encore quand il tourna les talons et disparut dans la nuit.

***

Le lendemain matin, Heat se réveilla le visage de Rook sur le sien.

À genoux à côté du lit, en tee-shirt et en caleçon, il ne lui manquait plus que la laisse entre les dents pour ressembler à un bon gros toutou attendant sa sortie au parc.

— Quelle heure il est ?

— Presque sept heures.

Elle se redressa pour s'asseoir.

— J'ai dormi si tard ?

— Ça fait deux heures que je suis debout, dit-il. J'ai passé quelques coups de fil aux affreux personnages que j'ai été amené à fréquenter au cours de ma plongée dans le monde ténébreux des trafiquants d'armes.

— Pourquoi ?

— Ça m'est venu hier soir pendant que je savourais encore la volupté de nos ébats. Oh oui, quelle volupté !... J'ai tout à coup pensé au C4 d'origine militaire. Et je me suis dit que je devais bien connaître des gens – en dehors de l'armée – capables d'en fournir.

Elle sortait lentement du sommeil.

— À Lancer Standard, tu veux dire ?

— Non, Hays aurait sa propre source ; il n'aurait pas besoin d'aller sur le marché noir. Je me suis renseigné sur une autre organisation marquée sur le tableau blanc sud.

— *Justicia aguarda.*

— Exactement. Et ce que ce type – qu'on appellera simplement T-Rex – m'a appris en rentrant de ce port de choix pour la contrebande qu'est Buenaventura, c'est qu'une cargaison de nature non spécifiée a quitté la Colombie pour Perth Amboy, dans le New Jersey, où elle a été livrée il y a trois semaines, sous le manteau, à un certain Pascual Guzman.

Il leva la main.

— Allez, tope là pour le grand Rook.

Mais, au lieu de lui taper dans la main, Nikki s'assit en tailleur et se passa les deux mains dans les cheveux pour se réveiller.

— Ce T-Rex, il a dit que c'était du C4 ?

— Hum, non. Il a parlé d'une sorte de cargaison, dont il ne savait pas ce que c'était, pour reprendre ses termes exacts.

— Alors, on n'a que dalle. À moins qu'on puisse confirmer que c'était du C4.

— On devrait peut-être quand même parler à Guzman ?

Heat fit non de la tête.

— Règle numéro un, en matière d'interrogatoire : ne jamais partir à l'aveuglette – c'est le capitaine Montrose qui me l'a appris. Il faut savoir ce qu'on veut ou ce qu'on peut obtenir. D'après ce que je sais, Pascual Guzman est un véritable mur. Dans le meilleur des cas, il ne répondra rien, par prudence, et, dans le pire, il déposera de nouveau une plainte pour harcèlement, et je me retrouverai dans le collimateur de Zach Hamner. Il faut qu'on l'aborde par un autre biais.

— Je crois que c'est ce type qui a piraté mon ordinateur, poursuivit Rook, imperturbable. En plus, il a admis avoir attaqué Graf verbalement le jour de sa mort. Je crois qu'on devrait quand même essayer de lui parler de cette cargaison secrète. Ce Pascual Guzman me paraît bien être notre tueur.

— Hier soir, tu étais sûr que c'était Lawrence Hays.

— Je sais. Je m'emballe. Hays était le bel objet brillant du moment.

— Et Guzman, c'est quoi alors ?

Il baissa la tête.

— Et voilà, tu me coupes encore dans mes élans avec ton éternel besoin de raisons.

***

Deux heures plus tard, Nikki demandait à un taxi de les déposer entre la 40e Rue et la 1re Avenue, non loin de Times Square. Les prévisions météo avaient promis que les températures remonteraient ce jour-là ; pourtant, il faisait encore moins vingt à 9 h, et le soleil bas et glacial allongeait les ombres sur le West Side de Manhattan.

Pendant que les Gars montraient la photo du type du câble, Heat comptait essayer de le retrouver grâce à la femme qui apparaissait à ses côtés aux Délices du donjon. Selon le propriétaire de la jeune femme portée disparue, Shayne Watson se prostituait dans le quartier de Hell's Kitchen.

L'ancienne colocataire de la dominatrice n'avait toujours pas refait surface, et Heat avait l'intention de montrer sa photo aux autres prostituées dans les rues en espérant obtenir des informations sur elle.

— Celle-là, c'est pour moi, annonça Rook.

Il prit une photocopie du portrait et s'approcha d'une femme qui fumait, adossée au mur, à côté d'un café-restaurant.

— Bonjour, mademoiselle.

Elle le regarda de haut en bas avant de s'éloigner.

— Juste une seconde, s'il vous plaît. J'essaie de retrouver l'une de vos collègues, une prostituée aussi...

La femme jeta sa cigarette dans sa direction et elle lui rebondit sur le front.

— Connard. Me traiter de pute...

Elle accéléra le pas en criant qu'elle allait appeler les flics, ou un truc du genre mêlé d'injures, jusqu'à ce qu'elle ait tourné au coin de la rue.

Bien que très amusée par les déboires de Rook, Heat n'eut guère plus de succès.

Évidemment, Nikki repérait mieux les filles, grâce à son passage aux mœurs, mais ces dames flairaient le flic et, soit elles se fermaient, soit elles partaient en courant à son approche.

— Ça va prendre un temps fou, commenta Rook.

— Il est trop tôt pour qu'elles soient encore

toutes sorties ; ça ira mieux quand elles seront plus nombreuses.

Elle avait beau dire, mais, à midi, Nikki n'avait toujours pas avancé d'un pouce alors que les trottoirs se remplissaient devant les hôtels de passe.

Ils se réfugièrent au chaud dans un café.

— Elles s'enfuient toutes, fit Rook, toujours sceptique, et tu n'as aucune espèce d'autorité pour les en empêcher.

— Merci de souligner ma toute nouvelle impuissance, dit-elle.

— Je crois que j'ai la solution ! lança Rook. Très astucieux.

— Tu m'inquiètes.

— En deux mots : « bas résille ».

Alors qu'elle commençait à faire non de la tête, il baissa la voix et insista.

— Tu parles toujours de l'époque où tu étais infiltrée aux mœurs, non ? Vas-y, montre-nous. Déballe la marchandise... À moins que tu aies un meilleur plan.

Nikki réfléchit un instant.

— J'imagine qu'on doit pouvoir trouver une boutique de fringues un peu sexy dans les parages.

— Et voilà, tu feras une pute parfaite, dit-il beaucoup trop fort.

Nikki n'eut pas besoin de se retourner pour savoir que tout le café la regardait.

Rook loua une chambre pour l'après-midi aux Quatre Diamants, dont l'enseigne, fit-il remarquer, était l'unique moyen que cet établissement se voie jamais attribuer un seul de ces cailloux.

Il sentait fort le désinfectant et offrait de la glace à gogo, sans aucun doute pour compenser le nombre de brûlures de cigarette qui maculaient le meuble de la salle de bain et la table de nuit. Nikki se changea. Pendant qu'elle se ravalait la façade, Rook lui parlait depuis la chambre.

— On se croirait dans *Pretty Woman*. Je te prendrais bien tout de suite dans la baignoire, sauf que, pour l'instant, ce sont les cafards qui se prennent un bain.

— Qu'est-ce que t'en penses ? demanda Heat.

Elle sortit de la salle de bain et posa, fière de son lourd maquillage, de ses immenses créoles, de ses fausses UGG léopard, de ses collants déchirés et de son imperméable en plastique vert pomme.

— Vise un peu à quoi tu en es réduite ! fit Rook, assis dans le fauteuil au coin du lit.

***

Sur le trottoir, Nikki se tint à l'écart des autres filles de la rue, le temps qu'elles s'habituent à elle. Voyant en Nikki une menace pour leur porte-monnaie, certaines défendaient leur territoire en lui menant la vie dure, d'autres se méfiaient parce que, derrière le mascara et les faux cils, elles percevaient le flic sous couverture. Malgré tout, la plupart se montraient cordiales.

Elles se présentaient, lui demandaient comment elle se débrouillait. Puis, quand elle eut leur confiance, Nikki expliqua qu'elle cherchait sa meilleure amie, pour laquelle elle se faisait un sang d'encre. Ensuite, elle sortit la photo, que chacune étudia et fit passer, sans la moindre réaction.

Le plus difficile était de tenir les clients à distance. Il ne suffisait pas de leur dire qu'elle n'était pas intéressée quand ils sifflaient ou tapotaient le toit de leur voiture du plat de la main. À plusieurs reprises, elle dut se réfugier dans le hall de l'hôtel. Une fois, un type insista.

Un solide ouvrier du bâtiment qui déclarait avoir terminé sa journée. Il gara sa camionnette en double file et voulut monter avant de reprendre sa longue route jusqu'à Long Island.

Là, Rook surgit pour le féliciter de sa participation au tournage du pilote de *Mauvaise Passe*, une nouvelle émission de téléréalité. Problème résolu.

Nikki se tenait à un angle de rue en compagnie de quelques filles quand son téléphone sonna. C'était la commissaire adjointe Yarborough.

— Je vous dérange ?

— Non, Phyllis, jamais, répondit Nikki, ravie de ne pas se trouver sur Skype.

— Je voulais juste vous dire que j'ai fait chercher Sergio Torres dans la base de données. Désolée, mais il n'y a rien d'autre que ce qui figure dans son casier.

— Ah bon. Merci quand même.

— Je n'ai pas l'impression que ce soit Torres, votre principal problème, reprit Yarborough en percevant sa déception. J'ai vu aux nouvelles ce matin que vous aviez reçu la visite de la brigade de déminage.

Heat la mit brièvement au courant des derniers événements.

— Une idée de qui c'était ? demanda la commissaire adjointe.

— Je ne connais pas son nom, expliqua Heat, mais c'est un inconnu que je recherche dans l'affaire Graf. En fait, il porte un tatouage très particulier qu'on a cherché dans votre base de données, mais sans rien trouver.

— Je vais retrouver ça et demander qu'on fasse une nouvelle recherche. Et, pour être sûre qu'on retourne toutes les pierres, je superviserai moi-même la recherche.

Nikki était en train de la remercier quand un klaxon retentit et une voiture pleine de jeunes gens ivres cria :

— Alors, la pouffe ! Vise un peu la poupée ! Elle est bonne !

— Où diable êtes-vous, Nikki ?

— Oh ! je traîne juste chez des amis. On regarde une émission de téléréalité.

***

Vers 16 h, alors que Nikki avait perdu courage et que, morte de froid, elle s'apprêtait à plier boutique, une jeune femme au doux visage, meurtri d'un bleu jaunissant sous un œil, regarda la photo.

— C'est Shayna. Elle est plus jolie que ça, mais c'est Shayna, c'est sûr.

Nikki retourna la feuille pliée et demanda si elle reconnaissait l'homme avec elle, celui qui avait un serpent lové tatoué sur le biceps. Non, mais elle avait vu son amie récemment. Shayna Watson logeait à l'Hôtel des sports, à Chelsea.

***

Certains prenaient la fuite, d'autres se cachaient, d'autres encore se contentaient de ne pas répondre, dans l'espoir qu'on partirait. Shayna Watson fit glisser la chaînette, ouvrit et les invita à entrer.

Elle avait l'air vidée de toute émotion – ou sous automédication, Nikki n'aurait su dire. Quoi qu'il en soit, quand la femme aux yeux caves leur fit de la place sur le lit pour qu'ils puissent s'asseoir, Heat fut soulagée de constater qu'apparemment, ils n'auraient pas à batailler. Rook se fit tout petit pour laisser à Nikki le soin de prendre les choses en main. Tenant compte de sa fragilité, Heat parla gentiment à la jeune femme, sans fournir aucune information risquant de l'effrayer. Ainsi, elle omit totalement de mentionner l'enquête sur le meurtre. Shayna Watson n'avait pas besoin de connaître ces détails. Elle n'avait que deux choses simples à dire à Nikki.

— On ne vous cherche aucun ennui, Shayna, d'accord ? Je cherche juste cet homme, dit-elle en lui tendant la photo. J'aimerais savoir son nom et où je peux le trouver ; ensuite, on s'en va.

— Il est méchant, dit-elle d'une voix distante. Quand Andrea – ma colocataire – est partie pour Amsterdam, il m'a fait voler ses clés du club de bondage où elle travaille. C'est pour ça que j'ai laissé tomber mon appartement. Pourtant, je l'aimais bien. Mais il fallait pas qu'il me retrouve. Oh là là...

Elle pâlit et fronça les sourcils d'inquiétude en regardant la porte, comme si elle revivait un cauchemar.

— Vous m'avez trouvée. Vous croyez que lui aussi, il me retrouvera ?

Nikki la rassura du regard.

— Pas si vous m'aidez à le trouver d'abord.

***

Dans le taxi qui les menait à Hunts Point, Heat décida que cette mission réclamait un peu plus que du bluff et du mascara. Elle appela la police. Selon le protocole, elle aurait dû téléphoner au 41e puisqu'ils se rendaient dans cette juridiction. Mais il aurait fallu fournir des explications ; or, la situation était délicate compte tenu de son statut actuel. Ou alors accepter de mentir et prétendre qu'elle était toujours officiellement sur l'affaire. Elle opta donc pour les Gars.

— Le type au tatouage s'appelle Tucker Steljess, sans deuxième prénom pour l'instant, annonça Heat.

Elle épela le nom de famille pour qu'ils puissent faire des recherches sur ses éventuels antécédents ou sa dernière adresse connue.

— Avec Rook, je quitte maintenant la Bruckner pour aller à l'adresse qu'on a trouvée pour lui. Ça correspond à un atelier de réparations de motos dans Hunts Point Avenue, au niveau du croisement avec Spofford. On n'a pas le numéro, mais vous le trouverez.

— Ça marche, fit Ochoa. Et c'est très citoyen de votre part de nous appeler pour nous donner ce signalement.

— Qu'est-ce que vous croyez ? Je soutiens la police locale, moi, dit Nikki. À ce propos, informez-en le 41ᵉ, par politesse.

— Raley s'en charge à l'instant. C'est quoi, votre plan ?

— J'y serai dans deux minutes. En bonne citoyenne, je vais me contenter d'observer avec Rook en attendant votre arrivée. Je ne voudrais pas que ce FDP nous échappe.

— Contentez-vous de faire attention, citoyenne, fit Ochoa. Laissez les pros se charger du reste.

***

Le soir tomba de bonne heure et, de leurs places derrière la vitre du snack, Heat et Rook virent les lumières s'éteindre en face, au fond du garage de l'atelier de réparations. Puis ils perçurent du mouvement.

Comme le marcel n'était plus de saison, il leur était difficile d'identifier le tatouage sous les tee-shirts à manches longues. Toutefois, Nikki sentit son cœur s'affoler quand elle reconnut Tucker Steljess dans le grand type qui baissait le rideau de fer.

— Il va partir, dit Rook.

Heat appela Ochoa.

— Vous êtes où ?

— On vient de passer le péage du Triborough[1].

— Le suspect s'apprête à partir, dit-elle.

— On a déjà passé l'appel radio, répondit Ochoa. Vous devriez voir les patrouilles débarquer d'une minute à l'autre.

Quand elle raccrocha, Rook avait déjà franchi la porte et il traversait la rue. En jurant, elle le rattrapa devant le rideau fermé.

— À quoi tu joues ?

— Je vais le ralentir. Toi, tu ne peux pas, il te connaît. Je peux entrer et demander mon chemin comme si je m'étais perdu. Ou mieux, même, je pourrais être un orthodontiste en pleine crise de la quarantaine qui voudrait connaître les avantages des Harley par rapport aux BMW.

Derrière Rook, des clés tintèrent. Steljess sortit du bureau et vit Nikki.

Il poussa Rook sur elle et tous deux heurtèrent le rideau de fer, qui tonna sous le choc. Le temps qu'ils se remettent debout, Steljess tournait au coin de la rue. Heat glissa son portable à Rook et cria en courant :

— Appuie sur « bis » et dis à Ochoa que je le poursuis vers l'est dans Spofford.

Lorsqu'elle tourna dans la rue, le fugitif avait déjà un pâté de maisons d'avance. Pour sa carrure, il était rapide, mais Nikki l'était davantage encore. Elle mit le paquet et ne tarda pas à le rattraper. Comme elle

1. Complexe composé de trois ponts qui relient Manhattan, le Queens et le Bronx. (NDT)

n'était pas armée, elle comptait juste le coller suffisamment pour ne pas le perdre de vue jusqu'à l'arrivée des renforts. Elle ne se rapprocha donc pas trop afin de pouvoir lui échapper s'il était armé.

Comme la plupart des suspects en fuite, Steljess perdit de la vitesse en se retournant pour voir où Heat se trouvait, de sorte que, rapidement, elle n'eut plus qu'une petite vingtaine de mètres d'écart à maintenir.

Comme il n'aimait pas la compagnie, il tenta de se libérer de cette laisse invisible. Au niveau de Drake, il tourna subitement à gauche et se faufila dans la circulation intense de l'heure de pointe. Nikki lui concéda quelques mètres en évitant les voitures, mais elle le retrouva au moment où il remontait l'allée d'une casse automobile.

Elle s'arrêta devant le portail pour écouter. L'endroit était idéal pour la semer, surtout s'il connaissait les lieux et s'il existait une autre issue. Mais ce n'était pas l'endroit idéal pour elle, compte tenu de sa vulnérabilité. Comme elle était sans arme, elle s'avança sur le côté du portail ouvert et tendit l'oreille à l'affût du moindre bruit de pas.

Heat aperçut un mouvement dans le miroir convexe au-dessus de sa tête, mais, trop tard. Tucker Steljess pivota autour de la clôture derrière laquelle elle se cachait, l'attrapa par le devant de son imperméable des deux mains et, se balançant d'un pied sur l'autre, la souleva pour la projeter dans la cour.

Nikki atterrit sur le dos contre une portière détachée qui était appuyée contre une étagère en métal chargée de pots de peinture. Il l'avait projetée avec une telle force que l'étagère bascula en avant, entraînant dans sa chute une pluie de matériel sur elle.

Nikki s'empara d'un pot de peinture et le jeta sur lui. Bien qu'elle manquât son tir, son geste pour éviter le projectile lui fournit une précieuse seconde pour dégager le reste des pots et se relever avant qu'il ne revienne à l'attaque. Mais Steljess ne bougea pas. Au contraire, elle le vit se mettre en position de tir tout en fouillant à l'intérieur de sa doudoune sans manche. Elle lui jeta un autre pot qui le heurta à l'épaule sans toutefois le décourager.

En fait, il sourit même.

Voyant alors le Glock, Heat se sentit à la fois stupide et impuissante. Dans un geste futile, elle s'agrippa à la portière, espérant au moins ralentir la balle. À peine Nikki eut-elle fait glisser son bouclier de fortune sur elle que le coup de feu se fit entendre.

QUATORZE

La balle ne lui sembla avoir touché ni la porte ni son corps. Le temps que l'information lui monte au cerveau, intervalle durant lequel Nikki se demanda si elle n'avait rien senti parce qu'elle était déjà morte, elle entendit deux voix familières crier :

— Police de New York, on ne bouge plus !

Puis trois coups de feu se succédèrent, et un corps tomba lourdement contre son bouclier improvisé. Toujours clouée au sol, elle entendit des pas lourds courir vers elle. Puis, à son grand plaisir, elle reconnut le glissement sur l'asphalte d'une arme écartée d'un coup de pied.

— C'est bon.

La voix soulagée appartenait à Dutch Van Meter.

— Heat, il est maîtrisé ! cria l'inspecteur Feller. Ça va ? Heat ?

Feller rengaina son arme et aida Nikki à sortir de sous la pile. Elle eut beau affirmer qu'elle allait bien, il la fit asseoir sur une miteuse chaise de bureau qui pourrissait dans la cour, à côté d'un bac en plastique rempli de mégots de cigarettes. Des bleues et blanches du 41e se rangèrent à l'entrée de la casse, derrière le faux taxi. Des gyrophares clignotaient devant le portail, donnant à la lumière du soir un côté surréaliste, surtout quand les lumières colorées éclairaient Van Meter. Le Smith & Wesson 5906 toujours en main, il se tenait à côté du corps de Tucker Steljess, dont il venait de vérifier le pouls, en vain. Du tranchant de la main, il fit signe à son coéquipier que c'en était fini pour lui.

— Ne vous inquiétez surtout pas pour moi, les gars. C'est juste sur moi qu'on vient de tirer ; à part ça, tout va bien.

Rook s'extirpa de sa cachette derrière un carton sur lequel il était indiqué au marqueur noir « rotors de frein – passables à corrects ». Rook faisait l'indigné, mais Nikki reconnaissait les signes, pour les avoir déjà vus... en avoir déjà fait l'expérience elle-même : il était secoué. Ça faisait toujours quelque chose de se faire tirer dessus.

Dans sa déclaration au coordinateur, Rook expliqua avoir informé Ochoa par téléphone de la progression de la poursuite pendant qu'il courait derrière Heat, informations que les Gars avaient relayées par radio. Après l'avoir suivie quand elle avait traversé Spofford Avenue, il avait vu Nikki se faire entraîner dans la casse. Là, il avait mis un terme à ses commentaires. Il avait rangé le portable de Nikki et s'était faufilé pour jeter un œil par le portail, juste au moment où l'étagère s'était renversée sur elle. Sans la moindre hésitation, il avait bondi vers Steljess, s'imaginant pouvoir le plaquer au sol en le prenant de court. Toutefois, à mi-distance, juste au moment où Heat avait touché son adversaire avec le pot de peinture, Rook l'avait vu sortir son arme. Steljess avait dû l'apercevoir du coin de l'œil, car il s'était retourné au même instant, le Glock pointé dans sa direction. Ne sachant que faire d'autre, Rook avait plongé derrière des cartons juste au moment où il avait tiré. Les policiers du 41ᵉ, plus Raley et Ochoa, qui faisaient également cercle autour de Rook, se retournèrent comme un seul homme vers les cartons. De fait, l'un d'eux était percé d'un trou digne d'une balle de neuf millimètres.

Rook avait cru que c'en était fini pour lui et Nikki, mais il avait entendu les inspecteurs Feller et Van Meter s'identifier, puis trois coups rapides tirés successivement.

Quand ils en eurent terminé avec lui, Rook rejoignit Heat et Feller, qui avaient déjà fait leur déclaration. Comme les trois coups avaient été tirés par Dutch Van Meter, ce dernier était toujours au rapport.

— Aucun problème, affirma Feller. Ça passera en légitime défense.

— Je voulais vous dire, dit Nikki, sans vous...

— Y a pas de quoi, fit Rook. Quoi ?... ajouta-t-il en voyant leur mine amusée. Si ce carton avait été rempli de filtres à air au lieu de rotors de freins, je ne serais peut-être plus là.

— À vrai dire, Rook a réussi à faire diversion pour nous laisser le temps d'entrer, reconnut l'inspecteur Feller. C'était peut-être pas la chose la plus intelligente à faire, mais ça s'est révélé efficace.

Rook lança à Nikki un regard vindicatif.

— Merci, inspecteur. Désormais, je ne regarderai plus jamais *Taxi Cash* sans penser à vous et Dutch. Pour moi, le coup du joker rimera toujours avec « coups de revolver ».

Feller se tourna vers Nikki.

— Ça n'aurait pas pu être un carton de filtres à air, quand même ?

— Sérieusement, Feller, dit-elle en lui touchant l'épaule, le timing était parfait.

— Ça va finir par devenir notre mission première, Heat, de vous sauver la peau. C'est ça que vous appelez être suspendue ?

— Je ne vois pas de quoi vous parlez, objecta Heat. J'ai juste agi en bonne citoyenne.

***

Les Gars les raccompagnèrent à Tribeca dans leur voiture. Dès qu'ils eurent quitté les lieux, Ochoa bondit sur son portable pour appeler le poste et avoir les résultats de la recherche sur Steljess.

— Ouais, j'attends.

Puis il se tourna vers Nikki :

— Ça ne vous ennuie pas que je fasse ça dans la voiture, hein ? demanda-t-il par-dessus son épaule. Je sais que vous êtes retirée de toutes les investigations ; alors, si vous surprenez un quelconque renseignement, je vous fais confiance pour ne pas y prêter attention.

— Oh ! bien sûr, affirma Heat en lui rendant son clin d'œil.

Raley accéléra en s'engageant sur la voie express.

— Qu'est-ce qui vous a pris, Rook ? demanda-t-il. Vous croyez être un super-héros pour vous jeter comme ça au milieu des balles ?

— Il fallait bien que quelqu'un passe à l'action, vu que ces messieurs prenaient leur temps. Dites-moi, si je regardais par terre, là, vous croyez peut-être que je ne verrais pas les papiers vides des hamburgers qui vous ont retenus sur la route ?

Nikki était amusée de voir la facilité avec laquelle Rook maniait l'euphémisme si cher aux flics et échangeait des piques au lieu d'adresser ouvertement des compliments ou des remerciements. Néanmoins, elle n'eut pas envie de biaiser pour le remercier de ce qu'il avait fait pour elle. Elle posa sa main sur la sienne et la serra légèrement. Puis elle la relâcha pour glisser vers l'intérieur de la cuisse. Ils se regardaient toujours quand Ochoa termina son appel.

— Comme je disais, ne faites pas attention, derrière, pendant que je briefe mon coéquipier, d'accord ?

L'enquêteur finit de noter quelque chose sur son calepin, puis se tourna vers Raley :

— Tucker Lee Steljess, blanc, trente-trois ans, plusieurs agressions à son actif. Essentiellement des bagarres dans des bars à motards sauf récemment ; il a pris quarante jours pour avoir cassé la devanture d'un caviste et a été relâché au bout de quinze. Au fait, tu sais avec quoi il a fracassé la vitrine ?

— J'adore quand tu pimentes ton récit, vieux, fit Raley. Avec quoi ?

— Un prox.

— Rien que ça !

— Attends, c'est pas tout. Il se trouve qu'il y a quelque temps, le sieur Steljess était flic. Ochoa lança un coup d'œil rapide à Nikki par-dessus son épaule. Exactement. La circulation pendant un long moment avant de finalement atteindre le rang d'inspecteur de catégorie trois ; ensuite, il a bossé sous couverture pour les stups dans le Bronx.

Il consulta de nouveau ses notes.

— D'après son dossier, il était instable et solitaire. On l'avait surnommé l'Enragé. Il aurait été relevé pour – je cite – « identification excessive avec ses suspects ». Également connu pour harceler les putes. Malgré ces brillants états de service, ils s'en sont séparés en 2006.

— Va comprendre ! commenta Raley.

— Mais vous n'avez absolument rien entendu de tout

ça, vous deux, déclara Ochoa avant de tendre ses notes à Nikki par-dessus le siège.

***

En montant chez Rook, ils n'échangèrent pas un mot dans l'ascenseur. Comme sur la banquette arrière dans la voiture des Gars, ils ne se lâchaient simplement pas des yeux.

L'air entre eux s'épaissit sous l'effet d'un désir sans nom, et tous deux surent qu'il valait mieux ne pas le nommer au risque d'affaiblir la force magnétique qui les attirait réciproquement. Ils se tenaient tout près sans se toucher – ça aussi, ça aurait rompu le charme.

Juste assez pour presque se toucher... Juste assez pour sentir le souffle de l'autre quand les secousses de l'ascenseur amenaient leurs corps à se frôler.

Quand il eut refermé la porte d'entrée, ils se jetèrent l'un sur l'autre. Le feu qui les dévorait couplé à l'euphorie d'avoir échappé à la mort propulsa Heat et Rook dans une dimension de désir sexuel aussi irrépressible que primaire.

Pantelante, Nikki arracha sa bouche de la sienne et lui sauta au cou en accrochant ses jambes derrière les siennes. Rook banda ses muscles pour retrouver l'équilibre et se stabilisa en la serrant fort contre lui. Le visage pressé contre le sien, elle lui mordilla l'oreille. Il gémit de surprise et d'excitation, puis l'assit sur le plan de travail de la cuisine. Pendant qu'il déboutonnait son manteau, Nikki se pencha en arrière sur les coudes pour le regarder.

— Je te veux, finit-elle par dire, ici et maintenant.

***

— Voilà où ça mène, les batifolages, dit-il ensuite.

— Les batifolages ? Dans quel siècle tu vis, toi ?

Elle se releva du canapé, sur lequel leurs corps nus étaient restés paresseusement mêlés, pour saisir la bouteille sur la table basse et resservir un verre de vin à chacun.

— Tu te moques du génie des mots que je suis ? Tu préférerais que j'appelle ça du pelotage, peut-être ? Parce que c'est un peu ce que tu faisais dans la voiture des Gars, tu sais.

— Oh ! je sais.

Nikki lui tendit son verre et ils trinquèrent.

— Tu dis ça comme si tu n'avais jamais été peloté dans une voiture de police.

— Euh, uniquement dans la tienne.

Le portable de Nikki sonna et, tandis qu'elle se levait pour aller le chercher dans son imperméable tout en boule, il continua.

— Mais si tu proposes un jeu coquin qui consisterait à le faire dans des voitures de patrouille, je suis partant.

— J'espère que je ne vous interromps pas en pleins préliminaires, fit Lauren Parry. Miguel a dit qu'à vous voir tous les deux quand ils vous ont déposés, lui et Raley, il valait mieux que j'aie la décence de vous accorder un petit intervalle. En réalité, il a dit « l'indécence ».

Nikki baissa les yeux : elle était nue comme un ver, tout comme Rook, dont elle voyait le joli petit cul s'éloigner dans le couloir.

— Non, on se reposait juste.

— Ouh là, je vois un nez qui s'allonge, se moqua son amie.

— Un nez ?!

Toutes deux éclatèrent de rire.

— Écoute, reprit Lauren, comme je parie que tu n'as rien sur toi, je te laisse une seconde pour trouver de quoi écrire. J'ai un truc intéressant à te raconter, officieusement... Même si l'inspecteur Ochoa me dit que tu n'es absolument plus concernée par l'affaire, vu ta suspension.

Nikki prit un stylo parmi les nombreuses tasses que Rook avait transformées en porte-crayons éparpillés un peu partout dans le loft. L'un des avantages de coucher avec un homme de lettres.

— Je suis prête.

— D'abord, fit la légiste, et c'est la vraie raison de mon appel, parce que je savais que tu serais soulagée de l'apprendre : l'analyse du sang sur le collet du père Graf est revenue et ça ne correspond pas à celui du capitaine Montrose.

— Super.

— Ouais, je savais que ça te ferait plaisir. J'ai déjà demandé au labo de vérifier avec celui de Sergio Torres et je vais y ajouter ce type contre lequel tu t'es battue ce soir – sans arme.

Lauren souligna si bien ce dernier détail qu'il en parut aussi comique qu'insensé. Le point de vue objectif de sa meilleure amie n'échappa pas à Heat.

— C'est vrai, je reconnais que j'ai manqué un peu de rigueur. J'ai encore besoin de m'adapter à toute cette histoire de particulier qui fait son devoir de citoyen sans arme.

— Je ne sais pas quoi te dire, Nikki. Je pourrais te suggérer de te trouver un passe-temps, mais ce serait pisser dans un violon, on le sait toutes les deux.

— N'en sois pas si sûre, objecta Heat. Les groupes

d'autodéfense, c'est peut-être pas mal comme passe-temps.

— Tu traînes trop avec Jameson Rook ; il commence à déteindre sur toi.

Pour la deuxième fois de la conversation, Nikki ne put retenir un sourire.

— J'ai aussi les résultats pour ce petit fragment de cuir, continua Lauren. Tu te souviens ?

Heat revit le minuscule morceau de jambon cru au fond de la fiole que Lauren lui avait montrée dans la salle d'autopsie.

— Bien sûr, celui que tu as trouvé sous l'ongle du père Graf.

— C'est ça. Il provient d'un cuir de marque commerciale.

— Du matériel de bondage ? demanda Nikki.

— Non. Tu dois connaître le fabricant. Bianchi.

Heat connaissait en effet cette marque qui équipait les forces de l'ordre.

— Ça venait d'une ceinture de policier ?

— Ou d'agent de sécurité, clarifia Lauren, toujours précise. Ça vient soit d'un holster, soit d'un porte-menottes. C'est toi qui m'as parlé des marques de menottes au bas du dos de la victime, alors, pour tes conjectures, le porte-menottes me paraît tout indiqué.

— Je me demande... Enfin, à condition que tu connaisses quelqu'un qui puisse en toucher un mot à l'inspecteur Ochoa à cette heure tardive...

— Vas-y, dit Lauren, amusée par l'allusion.

— Je me demande si une perquisition au domicile d'un certain ancien flic décédé ou à l'atelier de réparations de sa moto ne permettrait pas de mettre la main sur un vieux porte-menottes Bianchi récemment abîmé.

Heat entendit des voix étouffées parce qu'on couvrait le combiné de la main. L'une d'elles appartenait à Miguel Ochoa.

— Ce sera fait, annonça Lauren en reprenant l'appareil. Lui et Raley se rendront chez Steljess demain matin à la première heure. Tu veux que je lui demande aussi de regarder le porte-menottes et le holster du capitaine Montrose ?

Heat répugnait justement à formuler cette question à voix haute.

— J'imagine que oui. Enfin, je veux dire que ce serait bien d'éliminer cette possibilité. Aussi peu probable soit-elle, s'empressa-t-elle d'ajouter de peur de trahir la mémoire du défunt.

Rook revint dans la pièce en robe de chambre en lui en apportant une aussi.

— Et, Lauren, puisqu'on parle du capitaine, ça t'ennuie si je t'embête encore avec une chose ?

— Je t'écoute.

— Ils ont dû analyser son arme maintenant.

— En effet. Elle avait bien été utilisée, mais la balle n'a pas été retrouvée. Elle a traversé de part en part et elle est ressortie par le toit.

Heat se rappela le creux autour du trou dans la Crown Victoria de Montrose.

— C'est tout ?

— Bien sûr que non, dit la légiste. Il y avait du sang et du tissu qui lui appartenaient dessus. Et puis les analyses confirment la présence de résidus de poudre et de métaux lourds.

— Combien de balles dans le chargeur ? demanda Heat.

— Toutes y étaient sauf une, selon le rapport... je crois.

— Faites-moi plaisir, mademoiselle Parry. Demandez

à Miguel de bien vouloir vérifier lui-même. Je ne veux pas dire par là que je ne fais pas confiance aux analyses. C'est juste que personne n'arrive à la cheville de l'inspecteur Ochoa – question qualité. Et je suis certaine que ce n'est pas toi qui me diras le contraire, n'est-ce pas, Lauren ? la taquina Nikki.

— Non, non, c'est sûr ! s'esclaffa la légiste. C'est un enquêteur très minutieux.

Lauren riait encore en raccrochant.

***

Rook leur fit livrer du poulet scarpariello et une salade qu'ils partagèrent en robes de chambre, au bar de la cuisine, pendant que Nikki le mettait au courant des dernières informations fournies par Lauren Parry.

— Tout concorde, alors ? fit Rook. Steljess est sur la vidéo de surveillance du club fétichiste, Steljess est un ancien flic qui s'est fait virer, Steljess disposait donc de menottes et d'un porte-menottes, martelait-il sur ses doigts. Il avait forcément une arme ; Steljess est donc notre tueur.

Nikki piqua de sa fourchette une tomate-cerise dans la salade.

— C'est absolument certain. Alors, explique-moi pourquoi. Et pourquoi tous ces tireurs m'ont coincée dans Central Park ? Et qu'est-ce que c'est que toute cette histoire ?

— J'en sais fichtrement rien.

Elle enfourna la tomate dans sa bouche et lui adressa un sourire entendu.

— Je ne dis pas que tu as tort...

— Il est où le hic ? Parce que je te connais, tu vas encore faire la chèvre avec tes « mais ».

— Cependant... ce ne sont que des preuves indirectes, dit-elle. Si les Gars trouvent un trou d'ongle correspondant sur le porte-menottes, là, au moins, on aura du solide. Et encore, ce ne sera toujours pas une preuve. Il me faut du sérieux.

Rook lui servit un autre morceau de poulet.

— Qui a dit qu'il n'y a que les choses sérieuses qui sont drôles ? C'est carrément faux. Je n'arrive pas à me souvenir d'un seul truc sérieux qui m'ait jamais fait rire. Alors que l'intuition et les conjectures, c'est comme... un château gonflable rempli de gaz hilarant.

— Juste pour ton information, je suis entièrement d'accord avec toi : Steljess est notre principal suspect.

Un voile passa sur le visage de Nikki.

— Dommage qu'il ait été abattu. J'espérais lui faire cracher le morceau. Au fond de moi, je suis sûre qu'il a tué Montrose.

Ce fut au tour de Rook de prendre un air de doute.

— Je ne dis pas que tu as tort... mais pourquoi ?

Heat sourit.

— Voilà que tu te mets à raisonner comme un flic.

***

Heat se réveilla dans un lit vide. En bon flic, elle tâtonna du côté de Rook et constata que les draps étaient froids. Elle le trouva devant son ordinateur à son bureau.

— Tu me fous la honte, Rook. C'est le troisième matin de la semaine que tu te lèves avant moi.

— Comme je voyais les heures défiler au réveil sur la table de chevet, que j'étais déconcerté et plus que frustré par cette affaire, je me suis levé et j'ai fait comme toi, Nikki Heat : je me suis planté devant le tableau blanc.

— Et qu'est-ce que ça t'a appris ?

— Que Manhattan est vraiment bruyant, même à quatre heures du matin. Je blague pas. C'est quoi, toutes ces sirènes et ces klaxons ?

En attendant qu'il en vienne au fait, elle s'installa dans le fauteuil en face de lui. Il avait la mine d'un type bien servi aux cartes. C'était pour cela qu'elle le battait toujours au poker.

— Donc, j'ai attendu qu'un des éléments du tableau me saute aux yeux ou que des liens s'établissent entre les uns et les autres. Comme il ne se passait rien, j'ai fait l'inverse. Je me suis demandé ce qui nous manquait, à part faire notre deuil. Et c'est là que j'ai compris. C'est d'ailleurs sans doute pourquoi je n'arrivais pas à dormir – parce que c'était déjà un sujet délicat hier soir.

— Le capitaine Montrose, dit-elle.

— Exactement. Selon toi, il te répétait toujours de chercher la chaussette dépareillée. Nikki, c'était lui la chaussette dépareillée. Réfléchis. Rien de ce qu'il faisait ne ressemblait à l'homme que tu connaissais... À l'homme que tout le monde connaissait, d'ailleurs.

Elle changea de position, pas par contrariété, mais parce que l'énergie circulait en elle. Elle ne savait pas où Rook voulait en venir, mais, d'après son expérience, il posait les bonnes questions.

— Alors, sachant ça, j'ai essayé d'imaginer ce qu'il mijotait. Difficile à savoir. Et pourquoi ?

— Parce qu'il était devenu fermé, secret.

— Exactement. Comportement typique de la chaussette dépareillée. Il avait perdu sa femme, alors, il n'avait plus personne à qui parler. Or, aussi stoïque qu'il paraisse, un homme a besoin de s'épancher – à moins d'être un solitaire grincheux ou de faire partie de la garde royale de Buckingham Palace.

— Le père Graf ? demanda-t-elle.

— Hmm, peut-être. Ce n'est pas à lui que je pensais. Plutôt à quelqu'un de plus intime. L'éternel confident. Le marchand de chemises.

— C'est-à-dire ?

— Le pote que tu peux appeler à n'importe quelle heure du jour et de la nuit, celui qui, sans te poser de questions, vendrait sa chemise pour te sauver la mise, quoi que tu aies fait.

Il vit le déclic dans ses yeux.

— Dis-moi : quelle est la personne la plus proche pour un flic ?

— Son coéquipier, répondit Nikki sans hésitation.

Elle allait prononcer son nom, mais il la prit de vitesse.

— Eddie Hawthorne.

— Comment tu connais Eddie ?

— Grâce au meilleur ami de l'homme : un moteur de recherches. Sur Internet, ils sont souvent cités pour actes de bravoure, tous les deux, aussi bien comme simples agents que comme enquêteurs. Je me suis dit que, s'ils avaient trouvé le moyen de rester ensemble malgré l'avancement, c'est qu'ils devaient être intimes.

— Eddie a pourtant pris sa retraite et déménagé.

Un souvenir lointain la fit sourire.

— J'étais à sa fête de départ.

— Juillet 2008, fit-il en désignant son ordinateur portable. J'adore Google.

Puis Rook appuya sur des touches, et son imprimante s'anima.

— C'est quoi, ça, le taux de cholestérol d'Eddie Hawthorne ?

Il récupéra les deux pages imprimées dans le bac et se dirigea vers Nikki, à qui il en tendit une.

— Nos cartes d'embarquement. On passe nous

prendre dans une demi-heure pour nous emmener à LaGuardia. Eddie nous attend pour déjeuner en Floride.

***

Eddie Hawthorne rangeait sa Mercury Marquis devant le terminal au moment où ils sortirent de Fort Myers. Il descendit de voiture pour prendre Nikki dans ses bras. Quand ils s'écartèrent pour se regarder, les yeux de Nikki se mirent à briller comme cela n'était pas arrivé depuis très, très longtemps. Ils prirent l'Interstate 75 en direction de l'ouest, qui les emmena, deux sorties plus loin, dans un restaurant mexicain près de Daniels Parkway.

— C'est local, c'est bon et c'est assez proche de l'aéroport pour que vous n'ayez pas à vous faire suer pour le vol de retour cet après-midi, déclara Eddie.

Ils s'attablèrent dans le patio, à l'ombre d'un parasol Dos Equis. La première partie de la conversation tourna autour du souvenir de leur ami disparu.

— Charles et moi, on a été si longtemps coéquipiers qu'on ne nous voyait plus comme deux personnes distinctes. Une fois, je suis passé devant le sergent – tout seul, hein ? – et, droit dans les yeux, il m'a dit « Salut, les gars ».

L'ancien flic éclata de rire.

— C'était comme ça. Hawthorne et Montrose, l'épine et la rose, voilà ce qu'on était, ouais. Bon sang, c'était exactement ça.

Comme Eddie Hawthorne semblait plus intéressé par la conversation que par la cuisine, pourtant excellente, Heat et Rook se contentèrent de l'écouter évoquer ses souvenirs en savourant leur poisson grillé et en profitant du beau temps. Puis les rires suscités par l'époque glorieuse s'estompèrent quand il se mit à parler de la femme de Montrose.

— Quelle tristesse ! Jamais vu deux personnes aussi proches que lui et Pauletta. Ça a été un choc pour tout le monde, mais... Charles, ça l'a brisé, je le sais.

— C'est justement à propos de ça, je veux dire de l'année dernière, que je voulais vous parler, déclara Nikki.

L'ancien inspecteur hocha la tête.

— Je me doutais bien que vous n'étiez pas venus jusqu'ici pour la *horchata*[1].

— Non, dit-elle, j'essaie de comprendre ce qui se passait avec le capitaine.

— Impossible. C'est incompréhensible.

La lèvre d'Eddie se mit à trembler, mais il se redressa pour tenter de s'armer de courage.

— Vous êtes restés en contact après la mort de sa femme ? demanda Rook.

— En fait, j'ai bien essayé. Je suis allé à l'enterrement, bien sûr, et on a passé la soirée ensemble à parler. En réalité, on est surtout restés assis ensemble. Comme je disais, j'ai bien essayé, mais il s'est muré, là, expliqua Eddie en se frappant le cœur du poing. Ça se comprend, d'ailleurs.

— C'est assez normal de se refermer sur soi après un traumatisme pareil, dit Nikki. Mais, au bout d'un moment, quand le deuil est fait, la plupart des gens ressortent de leur coquille. Et, à ce moment-là, c'est assez étonnant de voir avec quelle énergie retrouvée.

Eddie hocha la tête pour lui-même.

— Ouais, et comment vous savez ça, vous ?

Nikki sentit la main de Rook effleurer la sienne sous la table.

1. Lait végétal typique de la région de Valence, en Espagne. (NDT)

— En tout cas, continua Hawthorne, il y a trois mois, voilà qu'il appelle brusquement. On parle un moment. Du bon vieux temps, ce genre de choses. Une conversation comme je n'en avais pas eu avec lui depuis des lustres. Et puis il me dit qu'il a du mal à dormir, qu'il passe ses nuits à réfléchir. Je lui suggère de s'inscrire dans un club de bowling et il me répond : « Ouais, t'as raison », mais il recommence à me parler de ses insomnies. Et voilà qu'il me demande : « Edward, ça t'arrive de repenser aux vieilles affaires ? » Alors, je lui dis : « Bon sang, vieux, pourquoi tu crois que j'ai pris ma retraite ? » Là, on rit un bon coup. Mais le voilà qui revient à l'attaque, comme si ça le démangeait. Il en vient au fait et me raconte qu'il pense de plus en plus au boulot et qu'il se demande si ça sert à quelque chose. Il me dit même – tenez-vous bien – qu'il se demande s'il est un bon flic. Incroyable, non ? Alors, il me raconte qu'il passe ses nuits debout à ruminer sur une affaire qu'on avait menée ensemble, qu'il n'a jamais eu l'impression d'avoir correctement réglé le problème et que, plus on l'enfonce sous toute cette merde administrative qu'on lui assène, plus il sent qu'il faut faire quelque chose. Quelque chose pour prouver qu'il est toujours le flic qu'il croit être. Je lui suggère de se servir un scotch et de regarder un peu la chaîne météo, ou n'importe quoi qui lui éclaircisse les idées, mais il se fâche contre moi et me dit qu'il croyait que je serais le mieux placé pour comprendre l'importance – le devoir, dit-il – de réparer. Je lui demande de quoi il parle. Charles m'annonce qu'il n'a jamais cru à une histoire de drogue qui aurait mal tourné. Ça ne colle pas avec la victime ni avec ses antécédents de se retrouver dealer, ou dans ce coin de la ville. Je lui répète ce que j'avais déjà dit à l'époque, que la drogue, c'est dangereux ; si c'est pas elle qui vous tue, ce sont les dealers. Et puis, je lui rappelle que je n'ai jamais cru à un deal, mais à une initiation dans un gang de latinos.

Et voilà, se dit Nikki, la fameuse explication pour tous les crimes non résolus.

— Mais Charles dit qu'il a trouvé des éléments qui sentent le meurtre planifié. Quelqu'un l'aurait couvert. Il dit qu'il pense à une vengeance. De toute façon, qu'est-ce que vous voulez ?

Il haussa les épaules.

— On fait de son mieux sans regarder en arrière. En tout cas, c'est ce que je faisais. Mais lui, il n'était pas du genre à ne pas aller jusqu'au bout.

Sa lèvre se mit à trembler de nouveau.

— Je ne sais pas, c'est peut-être ça qui a eu raison de lui.

— L'affaire, dit Nikki. C'était quelle affaire qui le préoccupait tant ?

Mais elle connaissait déjà la réponse.

— Celle du jeune Huddleston, répondit Eddie.

QUINZE

À défaut d'avoir accès au dossier Huddleston, Nikki se contenta de ce qui s'en rapprochait le mieux. Elle demanda à Eddie Hawthorne de lui raconter toute l'affaire. L'ancien inspecteur se cala au fond de son fauteuil en plastique et, quand sa tête quitta l'ombre du parasol, sa teinture noire fit paraître ses cheveux violets sous le soleil. Sous l'effort de la concentration, ses yeux s'activèrent, puis il soupira fort pour se préparer à cet inattendu exercice de mémoire.

— C'était en 2004, dit-il. Charles et moi, on bossait à la criminelle, au 41e. On a reçu un appel pour une victime par balle trouvée dans une voiture, dans Longwood. Ce quartier était plein de junkies, en fait. Pour blaguer, les patrouilles de rue disaient même qu'il suffisait de donner un coup de bâton à un suspect pour que les fioles de crack tombent en pluie comme les confiseries d'une *piñata*. Quoi qu'il en soit, on y est allés, Charles et moi, pensant que c'était un crackeur. En voyant la M5, on a tout de suite revu notre copie. Les seules BM des environs appartenaient à des dealers, et on les connaissait par cœur. On s'est dit que la victime devait être un jeune de Rye ou de Greenwich peut-être, qui avait regardé *Scarface* une fois de trop et avait fait l'erreur de venir en ville court-circuiter son fournisseur de produits pharmaceutiques. Le profil correspondait quand on a vu le corps. La vingtaine à peine, des vêtements coûteux, un CD de Green Day braillant encore en boucle sur la chaîne customisée. Mais pour pimenter les choses, Montrose m'annonce qu'il connaissait le gamin. Pas personnellement, mais de la télé. Ses papiers et l'immatriculation correspondent à un dénommé Eugene Huddleston Junior, le fils de la star de cinéma, et, là, tout devient clair pour nous. Partout aux infos, surtout sur *Entertainment Tonight*, on racontait qu'il était tombé dans la spirale de la drogue. Rien à voir avec Charlie Sheen, mais assez pour qu'on voie bien le tableau, mon coéquipier et moi. C'était parfaitement logique.

Ce n'était pas que des discours. Nikki voyait bien qu'Eddie ne recherchait pas sa compréhension. Elle haussa vaguement les épaules, juste pour montrer que cela pouvait arriver, en effet. Elle n'oubliait cependant pas qu'un enquêteur suit les pistes, il ne les initie pas. Avec le recul, c'était sans doute ce qui empêchait le capitaine de dormir.

— Comment il avait été tué ? demanda Heat.

— D'une seule balle dans la tête.

— Comment ça, en plein visage ? Ou dans la nuque, comme une exécution ?

— Dans la tempe, dit Hawthorne.

— Comme si un dealer s'était pointé et, en voyant la jolie bagnole, avait pensé à l'épaisseur du portefeuille et lui en avait collé une… là ? demanda-t-elle en pointant son doigt sur la rouflaquette gauche de Rook.

— Justement, c'est là que notre théorie ne collait pas.

Eddie se pointa un doigt à son tour sur la tempe droite.

— L'orifice d'entrée se trouvait là. Côté passager.

Toutes ces années plus tard, Heat remontait le temps, avec Montrose et Hawthorne, pour analyser cette première chaussette dépareillée.

— Vous êtes sûr qu'il avait été tué dans la voiture ?

— Aucun doute. À cause de la cervelle et des bris de verre côté conducteur.

— La vitre était relevée ?

Chaussette dépareillée numéro deux. Cela n'avait aucune importance en soi, mais c'était quand même... curieux.

— Et la vitre du passager, elle était ouverte ou fermée ?

Eddie réfléchit, les yeux levés vers le haut.

— Fermée, ouais, c'est sûr, fermée.

— Alors, le tueur était probablement à l'intérieur de la voiture avec lui, conclut Heat.

— À la place du mort, suggéra Rook.

Devant leurs expressions, il croisa les bras.

— Faites comme si je n'avais rien dit, ajouta-t-il.

— Et aucune empreinte, je présume ? reprit Nikki.

— Aucune qui nous ait été utile. Juste celles de ses copains de virée, de quelques petites copines et de beaucoup d'inconnus sans casier. Tout le monde avait un alibi, précisa-t-il en devançant Nikki.

— Quoi que ce soit d'autre au sujet du corps ? Des marques de coups ? s'enquit-elle, curieuse de savoir si Eddie était au courant des brûlures de TENS.

— Pas de coups, à proprement parler. Il avait des marques aux poignets comme s'il avait été ligoté.

— Ou menotté ?

Il devint pensif.

— Franchement, j'avais jamais pensé aux menottes, mais voilà : on a vérifié dans les immeubles des alentours, bien sûr, et on est tombés sur un quai de chargement vide dans un espace industriel. D'après la vieille enseigne, c'était un de ces hangars loués par les entreprises de textile spécialisées dans les uniformes et les combinaisons de travail pour l'hôtellerie et le bâtiment. La porte n'était pas fermée et, à l'intérieur, il n'y avait rien du tout, à part ce cadre en bois couché par terre au milieu du sol en béton.

Heat et Rook échangèrent un regard.

— Vous pouvez me le décrire, Eddie ? demanda Nikki.

— Oui, c'était comme une grande palette en bois grossièrement clouée en forme de « X » – environ deux mètres de long sur un de large. Mais il y avait des lanières accrochées dans les coins.

— Des attaches, dit Heat.

— Ouais, mais improvisées. Je crois qu'il s'agissait de sangles de fixation, comme ce qu'on utilise pour attacher un kayak sur une galerie. Bien sûr, c'est là où, Montrose et moi, on s'est dit qu'on n'était plus du tout dans l'histoire de drogue qui avait mal tourné. Quelqu'un avait emmené le gamin là pour l'attacher à ce truc.

Hawthorne fit la grimace, comme s'il voyait la chose devant lui, à l'instant présent.

— En plus des traces de frottement aux poignets et aux chevilles, il présentait des marques rouges comme s'il avait pris des coups de soleil. Seulement par endroits. Je veux dire sur la poitrine, les jambes, le... le sexe...

Eddie plissa les yeux.

— Vous imaginez ? On a eu beau faire, Charles et moi, mais compte tenu du fait que le gamin se droguait, qu'il s'était déjà fait pincer et qu'il trempait toujours dans des histoires folles et dangereuses, c'est passé en deal qui avait mal tourné.

— Et les tortures ? demanda Rook. Personne n'en a tenu compte ?

— Oh si !

Hawthorne hocha la tête.

— Le légiste a dit que c'était dû à un truc électrique, un TENS. Ça a juste renforcé la thèse du deal qui tourne mal. On en a déduit que Huddleston n'avait pas été une cible ponctuelle, mais qu'il avait sans doute régulièrement affaire à quelqu'un à qui il devait du pognon et que les tortures et sa mort étaient un remboursement qui devait servir d'exemple aux autres ou renforcer la position du dealer par rapport à ses troupes.

— Sans vouloir accuser, Eddie, juste pour comprendre ce qui pesait au capitaine Montrose, expliqua Nikki avec douceur, vous n'avez pas creusé davantage ?

— On voulait, mais les Huddleston ont supplié qu'on les laisse faire leur deuil. Ils en avaient assez vu. La municipalité a fait pression pour qu'on tourne la page. Ensuite, Charles a eu sa promotion, a pris la tête du 20e, et on a laissé tomber.

Heat lui tendit la photo d'identité judiciaire de Sergio Torres.

— Ce type dealait au nord de la 16e et dans le Bronx à l'époque. Vous l'avez déjà croisé ?

Il l'étudia soigneusement.

— Non, mais ça ne veut pas dire qu'il n'était pas dans les parages. J'étais à la criminelle pas aux stups.

— À ce propos, celui-là vous dit quelque chose ? Il était aux stups à peu près à la même époque.

— L'Enragé, fit Eddie en regardant la photo de Steljess.

— Et qu'est-ce que vous savez à son sujet ?

— Une belle ordure, si vous voulez savoir. Il était infiltré, mais tout le monde savait qu'il franchissait la ligne. Il adoptait les coutumes locales, ça se sentait.

Il rendit la photo.

— Il paraît qu'il s'est fait virer. Bon débarras.

— Bien dit, fit Rook.

— Encore une question, dit Heat après avoir rangé les photos, si ça ne vous ennuie pas, Eddie. C'était qui le gros bonnet à l'époque ?

— Pour la drogue ? Dans Uptown et dans le Bronx ? Il ricana. Il n'y en avait qu'un : Alejandro Martinez.

***

— Joli coup, d'avoir pensé à Eddie, déclara Nikki dans l'avion du retour.

— De rien. Je suis journaliste d'investigation, tu sais.

— Oh ? Et je crois savoir que tu as reçu non pas un mais deux Pulitzer, fit-elle en lui enfonçant son poing dans les côtes.

— Je le dis trop souvent, peut-être ?

— Pas vraiment. Mais si tu portais tes prix autour du cou, ce serait peut-être plus subtil ! s'esclaffa-t-elle. N'empêche que tes talents nous ont bien rendu service. Même si on ne connaît pas toutes les réponses encore, on sait au moins une chose.

— Que, si tu te teins les cheveux en noir, il faut éviter le soleil ?

— Absolument. Plus sérieusement, on sait au moins que le capitaine Montrose était sur quelque chose, qu'il ne trempait pas... tu sais...

— Dans de sales affaires ?

— Et je le savais. Mais maintenant qu'on a parlé à Eddie, je le sais vraiment. Alors, doublement merci, cher habitué du Pulitzer. Pour l'idée et pour le billet d'avion.

Rook se tourna vers elle.

— Je ne sais pas qui tu essaies de racheter, Montrose

ou toi, mais une chose est sûre : tu peux compter sur moi.

***

À leur descente d'avion, de nombreux messages d'Ochoa attendaient Heat.

— Qu'est-ce qui se passe, Miguel ? s'enquit-elle dans la queue pour les taxis.

— Où êtes-vous ? J'entends des avions.

— À l'aéroport. J'étais en Floride avec Rook. Pour déjeuner, ne put-elle s'empêcher d'ajouter.

— Mince, j'en ai des engelures à mes engelures. J'exige d'être suspendu.

— Oh ! ouais, fit Heat, c'est la meilleure semaine de ma vie.

— D'abord, Steljess avait bien encore son ancien porte-menottes et son holster, mais pas la moindre égratignure correspondant au petit morceau de cuir. Idem pour les cuirs de Montrose. Bon, au sujet du capitaine. Avec Raley, je suis allé au labo vérifier personnellement les questions que vous posiez sur son arme. Le chargeur était plein, moins une balle.

Le soulagement que Nikki avait éprouvé après leur entrevue avec Eddie Hawthorne disparut tout à coup, cédant la place à une profonde tristesse.

Le percevant, Rook articula « Quoi ? » en silence, mais elle lui fit signe de la laisser tranquille.

— Attendez, reprit Ochoa. En vérifiant le deuxième chargeur dans sa ceinture, j'ai découvert un truc intéressant.

— Il en manque une, dit Heat en premier.

— Mieux que ça. Non seulement il en manque une, mais celle du dessus dans le chargeur de son arme, c'est justement l'orpheline provenant de ce magasin de secours.

Nikki sentit son moral remonter.

— Aucune empreinte sur la cartouche, pas même de Montrose, continua l'inspecteur Ochoa, ce qui est aussi bizarre.

— Pas juste bizarre, dit Heat, éloquent. Parce que, dites-moi un peu : comment un mort peut-il recharger son arme ?

***

Compte tenu de la circulation dans Manhattan à cette heure de pointe, Rook bénéficia d'une demi-heure supplémentaire à l'arrière du taxi pour développer un scénario à partir des découvertes d'Ochoa.

— C'est trop fort. Avec tout le respect que je dois au tant vanté monsieur le Carré, ça dépasse, et de loin, *L'Appel du mort*. La balle d'un mort. Eh ! Je crois que j'ai trouvé le titre de mon article. Je devrais le noter. Non, je m'en souviendrai, c'est excellent.

Nikki ne prit même pas la peine d'essayer de le ramener sur terre. De toute façon, il était beaucoup plus drôle que la télé encastrée à l'arrière du siège du chauffeur – elle connaissait maintenant les prévisions météo par cœur. Rook était comme une horloge cassée qui parvenait à donner l'heure deux fois par jour.

Pour une fois, ses réflexions à voix haute l'intéressaient, car tout cela la faisait réfléchir, elle aussi.

— Bon, voilà comment je vois les choses, annonça-t-il. Montrose est garé dans sa voiture, et le méchant X, à la place du passager, lui a piqué son arme d'une manière ou d'une autre. On ne sait pas comment, mais il y est arrivé, sinon, ça ne marche pas.

— On verra les détails plus tard, dit Heat. Continue.

— Bien. Donc, l'arme de Montrose est entre les mains de son passager, qui la brandit sur le capitaine ou le prend par surprise. Quoi qu'il en soit, le passager lui colle l'arme sous le menton, et, pan ! Ça expliquerait le tir sous le menton et non dans la bouche.

Jusque-là, Nikki était d'accord.

— Et les réserves de Lauren sur la trajectoire.

— Oui. Maintenant, ça tient peut-être plus de *Mission impossible*, n'empêche que c'est tout à fait faisable. Montrose est mort. Le problème pour le tireur devient donc de faire passer ça pour un suicide alors que les résidus se trouvent sur ses mains, pas celles de la victime. Solution : mettre l'arme dans la main du mort et tirer une autre balle. Problème : il manquera non plus une mais deux balles dans le chargeur, ce qui risque d'entraîner plein de pénibles questions et de compliquer les choses. Alors, le tueur met l'arme dans la main de Montrose, la tend par la fenêtre de la voiture, tire le second coup de feu pour qu'il y ait des résidus sur le capitaine, d'accord ? Ensuite, il remplace cette seconde balle en en prélevant une, avec des gants, parmi celles que Montrose porte à la ceinture dans son deuxième chargeur – pour qu'elle corresponde à son arme. Le tueur la glisse en haut du chargeur. Tir unique, le parfait suicide ; il n'a plus qu'à se tailler.

— Je ne te le dis pas souvent, monsieur « thèse du complot », mais là, je crois qu'on a un truc.

— Oui, mais c'est de la pure hypothèse, non ? dit Rook. Et ça ne tient pas vraiment la route.

— Si peu que, si tu la proposais à la brigade, tu te retrouverais dans le fossé.

— On peut quand même essayer. Tu connais pas un bon dépanneur ?

Ils roulèrent en silence un instant. Nikki contemplait la silhouette des gratte-ciel de Manhattan qui se détachaient sur le ciel verdissant dans la lumière du crépuscule. Puis elle sortit son portable.

— Qu'est-ce qu'il y a ? demanda Rook.

Sans répondre, Heat appela les renseignements et demanda le numéro d'une certaine entreprise de nettoyage spécialisée dans les interventions après sinistres.

— Je pensais plutôt à un garagiste, tu sais, dit Rook.

***

DeWayne Powell, le spécialiste de la rénovation après sinistres, les retrouva devant la résidence Graestone, où Heat avait vu sa camionnette garée le jour de la découverte du corps de Montrose.

— Vous avez fait vite, remarqua-t-elle.

— Il vaut mieux, quand on bosse dans le dépannage. En plus, j'ai deux frères chez les pompiers, vous savez ? Alors, je fais toujours mon possible pour filer un coup de main.

— Ça doit être pratique d'avoir des soldats du feu dans la famille, dit Rook, quand on bosse dans le dégât des eaux.

DeWayne lui offrit un large sourire.

— Il y a bien des avocassiers qui chassent l'ambulance pour inciter les victimes d'accident à engager des poursuites ; ben moi, c'est les camions de pompiers.

— Dites-moi ce que vous faisiez ici l'autre jour, dit Nikki.

— Je serai ravi de vous répéter tout ce que j'ai déjà dit aux autres enquêteurs, mais j'ai pas grand-chose à ajouter vu que j'ai rien vu.

Heat secoua la tête.

— Je ne parle pas des coups de feu. Je voudrais savoir pourquoi on vous avait fait venir.

***

Ils avaient désormais besoin de lampes, mais DeWayne en avait trois dans sa fourgonnette. Arrivé sur le toit, il projeta le faisceau de la sienne sur un ensemble de cônes de sécurité orange reliés par du ruban jaune.

— C'est là que je suis intervenu. L'immeuble va refaire entièrement le toit. En attendant, ça va rester comme ça jusqu'au printemps.

— Une idée d'où provenait la fuite ? s'enquit Nikki.

— Mais oui, absolument.

DeWayne balaya de sa lampe la citerne d'eau en bois sur pilotis qui les dominait. Elle ressemblait aux centaines de ses petites sœurs installées sur le toit des immeubles que Heat regardait dans le taxi.

— J'ai été appelé par des gens du dernier étage qui se plaignaient d'être inondés par le plafond. Avec le froid, on a pensé à un tuyau percé ou un truc du genre. Mais ça venait de la citerne.

Il agita son faisceau lumineux sur une planche de cèdre toute neuve.

— Des centaines de litres ont fui avant qu'on arrive. Ensuite, comme le niveau d'eau avait baissé, ça s'est arrêté tout seul.

— Vous savez à quoi c'était dû ? demanda Rook en regardant Nikki.

Tous deux pensaient à la même chose.

— Non, dit DeWayne. Du moment que ça ne fuyait plus, c'était plus mon problème. Je me suis dit que c'était juste le bois qui s'était fendu à cause du froid. Comme le gars des citernes ne pouvait pas venir avant le lendemain, je n'ai pas su à quoi la fuite était due.

Rook se pencha pour chuchoter à l'oreille de Heat.

— Je parie pour une balle provenant du tir numéro deux.

***

Sur le trajet du retour au loft, Nikki appela Ochoa.

— Informez-moi quand j'aurai épuisé mon compte de petits services, d'accord ?

— Eh ! Mais y a pas de problème. Vu comment ça se passe à la brigade, c'est un plaisir de faire un peu de vrai travail de police.

— Iron Man ?

— L'homme qui plane !

Elle entendit Raley rire dans le fond.

— Raley me dit de vous dire, reprit Ochoa, que le capitaine Irons a fixé une inspection pour huit heures demain matin. C'est pas du bidon. Si on ne peut pas nettoyer les rues, au moins, on rangera nos postes de travail.

— Comme il vaut probablement mieux que ça ne vienne pas de moi, dit Heat, vous recevrez un appel de DeWayne Powell d'ici dix minutes. C'est le type qui a découvert le corps de Montrose. Il va vous expliquer que, plus il y réfléchit, plus il pense que la fuite d'eau pour laquelle on l'a fait venir provenait d'une balle tirée dans la citerne sur le toit de l'immeuble, à côté de la voiture du capitaine.

— Ouah ! s'exclama Ochoa, imaginant déjà les conséquences. Étant donné que celle-là est partie en l'air...

— C'est ça, confirma Nikki. Ça pourrait être l'orpheline de son deuxième chargeur. Écoutez : à mon avis, si une balle a transpercé cette planche de cèdre, elle n'est probablement pas ressortie parce qu'elle s'est trouvée ralentie par une réserve d'eau de trois mètres et demi de diamètre.

— On s'en occupe, ne vous en faites pas.

— Bien, mais attendez l'appel de DeWayne. Je voulais juste vous tenir au courant pour que vous le preniez au sérieux et que vous demandiez aux gars du labo d'aller examiner cette citerne.

— Ce sera fait, dit-il.

— Et, Miguel ? Tout ça, c'est grâce à vous et Raley, parce que vous êtes allés vérifier son arme et ses munitions aujourd'hui. Si on prouve qu'il s'agit d'un homicide et non d'un suicide, vous lui aurez rendu un fier service.

— Vous savez, j'enfilerai moi-même un masque et des chaussons, s'il le faut.

Tout en voyant sur l'écran géant de Columbus Circle que CNN annonçait encore moins vingt, Nikki se dit qu'il en serait bien capable.

***

Rook avait faim, mais elle était trop remontée pour manger. C'est pourquoi il s'offrit le reste de scarpariello de la veille tandis qu'elle tirait une chaise de la salle à manger devant le tableau blanc sud et s'installait pour une méditation.

— C'était bon ? demanda-t-elle quand il eut terminé sa dernière bouchée.

— Meilleur encore qu'hier, dit-il. Mais comment tu sais que j'ai fini ? T'as des yeux dans le dos ?

— Non, mais j'ai des oreilles. Tu as arrêté de gémir de plaisir.

— Ah ! Alors, c'est comme ça que tu sais quand j'ai fini.

Elle se tourna vers lui avec un sourire espiègle.

— Je sais toujours quand tu as fini, mon cher. Tu as fini quand j'ai fini.

— Comme c'est beau, dit-il.

Elle tourna de nouveau son attention vers le tableau, puis se leva avec son marqueur et entoura en rouge l'annotation de Rook : *Montrose – Que faisait-il ??*

— Je crois qu'on a la réponse aujourd'hui, dit-il. Grâce à Eddie.

— Non, la moitié seulement. On sait ce qu'il essayait de faire, mais on ignore quelle piste il suivait. Et il ne m'a rien dit. Soit par fierté parce qu'il voulait y arriver seul, soit parce qu'il ne voulait pas avoir à admettre la défaite en cas d'échec.

— Ou... ce qui est plus probable, il savait que c'était dangereux et il voulait te protéger. Quitte à te mettre en pétard.

— Ou rien de tout ça, dit-elle après réflexion. Mais quelles pistes avait-il ? Que cherchait-il ?

— Tu pourrais demander aux Gars de regarder dans ses dossiers, mais, d'après ce que tu m'as dit, les Affaires internes ont tout transféré au vaisseau mère.

— Connaissant Montrose, s'il voulait agir en secret, il n'aurait rien gardé au bureau. Surtout avec les Affaires internes sur le dos.

Heat tapota le marqueur contre sa lèvre, puis le reposa. Sa décision était prise.

— Je vais aller fouiner chez lui.

***

Il était 21 h 30, une heure encore décente pour ne pas effrayer la voisine du capitaine Montrose, même si Penny se mit à japper à tue-tête lorsqu'ils frappèrent à sa porte. Puis ils entendirent Corinne Flaherty faire taire la chienne pendant qu'elle tirait ses multiples verrous pour ouvrir.

— Du calme, Penny, c'est Nikki, tu la connais, Nikki.

Quand la porte s'ouvrit, les deux femmes se tombèrent dans les bras l'une de l'autre. La cinquantaine bien mûre et mal fagotée, Corinne retoucha ensuite sa coiffure.

— Je suis contente que vous passiez ; bon prétexte pour mettre les hommes dehors.

Dans le salon, le teckel sortit le grand jeu à Rook. Comme la chienne se roulait sur le dos, il s'agenouilla sur le tapis pour lui frotter le ventre.

Totalement sous le charme, elle se mit à battre la queue par terre comme un tambour.

— Après, c'est mon tour, annonça Corinne avec un rire de fumeur.

Quand elle fut sortie de la pièce, Rook se releva.

— Alors, on s'y prend comment ? demanda-t-il à Heat. On saute d'un balcon à l'autre, à la Spider-Man ? Le film, je veux dire, pas la comédie musicale. Chez Montrose, c'est six étages plus bas et je n'ai pas mon attestation d'assurance sur moi.

— Comment on ouvrira la porte-fenêtre chez lui si elle est fermée ? Et elle l'est forcément, non ?

— Hmm, dit-il, tu crois que Corinne aurait un marteau ? Je pourrais en donner un grand coup dans la vitre.

— Tiens, Nikki, dit Corinne en revenant de la cuisine avec des clés.

— Celle-ci, c'est pour la porte, l'autre est pour le verrou.

Rook fronça les sourcils comme s'il réfléchissait intensément.

— Des doubles. Très rusé.

***

Devant la porte d'entrée de Montrose, Rook précéda Heat.

— Je m'en charge.

Il déchira les scellés, puis recula.

— Je ne voudrais pas que tu aies des ennuis avec les flics, ha ! ha ! ha !

Une fois à l'intérieur, Nikki se sentit parcourue d'un frisson qui n'avait rien à voir avec l'absence de chauffage. Ils eurent beau monter le thermostat et allumer toutes les lumières, il lui sembla que jamais plus cet endroit ne retrouverait sa chaleur. Elle garda son pardessus et se posta au milieu du salon.

En tournant lentement sur elle-même, elle essaya de faire abstraction des souvenirs de dîners qu'elle avait partagés avec le capitaine et Pauletta, ou de la fête qu'ils avaient organisée à l'occasion du Super Bowl, trois ans auparavant. Le capitaine y avait convié tous les membres de la brigade, suite aux éloges qu'ils avaient reçus pour leurs performances. Elle se ferma du mieux qu'elle put à toutes ces choses pour pouvoir observer.

En venant, sur le pont du Queens, elle avait dit à Rook qu'il valait mieux ne pas trop attendre de cette visite, car les Affaires internes seraient déjà passées par là, comme au bureau. Elle s'attendait à trouver des meubles de rangement, mais sans aucun dossier ou quoi que ce soit. Ces choses-là auraient été rangées dans des cartons répertoriés et envoyés ailleurs pour examen. Quand il lui avait demandé ce qu'elle cherchait dans ce cas, elle lui avait répondu :

— Ce qui a échappé aux Affaires internes et qui ne m'échappera pas à moi. Eux, ils ne faisaient qu'enquêter sur lui. Moi, je veux l'innocenter.

Ils travaillèrent ensemble méthodiquement. Rook suivait ses instructions à la lettre. Ils s'arrêtèrent d'abord dans les salles de bains. Les flics savent que c'est l'endroit où la plupart des gens cachent leurs biens précieux, car il y a beaucoup d'emplacements à vérifier.

Néanmoins, en ouvrant les placards, ils comprirent que les Affaires internes avaient manifestement eu la même idée : dans les deux salles de bains, les étagères des pharmacies étaient vides, de même que les placards sous les lavabos. C'était à peu près la même chose dans la cuisine.

S'il restait quelques objets sur les étagères de l'office, la plupart avaient été déménagés, sans aucun doute vers les bureaux de l'administration.

La deuxième chambre, convertie en bureau, avait été parfaitement nettoyée, comme Heat l'avait prédit. Sur les étagères, on voyait encore l'emplacement des livres et des vidéos. Les tiroirs du bureau étaient vides, et des marques sur le tapis indiquaient la disparition de meubles-classeurs. Le tour de la chambre principale fut rapide. Le lit avait été entièrement démonté, et le cadre était vide ; le matelas et le sommier étaient appuyés contre un mur.

— C'est pas très prometteur, fit remarquer Rook.

— Ça ne l'est jamais jusqu'à ce que ça le devienne, affirma Heat, mais sans grande conviction. Tu sais quoi ? Je m'occupe du placard pendant que tu te charges de la commode ; ensuite, on s'en va.

Nikki faisait glisser les costumes sur cintre le long de la barre en bois quand Rook s'exclama :

— Oh ! inspecteur Heat ?

Quand elle ressortit du dressing, il était devant la commode. Le tiroir du haut était ouvert.

— Je ne suis pas sûr que ça veuille dire quoi que ce soit, mais si c'est le cas, je te tire mon chapeau.

Elle traversa lentement la pièce pour le rejoindre, puis suivit son regard à l'intérieur du tiroir ouvert. Le tiroir à chaussettes du capitaine Montrose. À l'intérieur, une dizaine de paires de chaussettes noires et bleu foncé étaient soigneusement rangées par deux, mais, au fond, une beige gisait seule, sans sa sœurette. Nikki leva les yeux vers Rook. Tous deux le pensaient sans oser le dire : une chaussette dépareillée. Heat s'en saisit, le cœur battant.

— Il y a quelque chose à l'intérieur.

— Arrête, je vais me pisser dessus.

Nikki ouvrit la chaussette et passa la main à l'intérieur.

— Un morceau de carton.

Elle sortit une carte de visite portant les coordonnées d'un agent artistique.

— C'est l'agent de Horst Meuller.

Quand elle la retourna, sa gorge se noua, et elle étouffa un gémissement involontaire. Elle se couvrit le visage d'une main et se détourna en tendant la carte à Rook. Il la retourna. Au stylo à bille, il était écrit à la main : « Soyez prudente, Nikki. »

SEIZE

À 9 heures le lendemain matin, quand Heat et Rook remontèrent du métro dans la 78e Rue, un brouillard givrant tombait sur Chelsea et enveloppait le quartier d'un froid glacial. Ils traversèrent la 7e Avenue en direction de l'ouest, vers le bureau de l'agent, rejoignant, sur le trottoir, un véritable casting sur le thème du jeune artiste cafardeux. Lorsqu'ils furent arrivés à la 8e Avenue, Rook déclara s'être arrêté de compter les bérets bleu marine.

Quand ils entrèrent dans l'agence, au troisième étage, Phil Podemski était en train de manger un plat à emporter à son bureau. Tout en jetant par terre, pour leur faire de la place, les vieux magazines et journaux liés au métier qui jonchaient son canapé, l'agent reluqua Nikki. Il l'assura avoir des choses à lui proposer, vu sa silhouette et son allure.

— Il faudra vous dénuder, évidemment. Pas pour moi, ce genre de choses ne m'intéresse pas, mais pour le boulot.

— Même si j'apprécie grandement votre offre, dit-elle, ce n'est pas pour ça qu'on est là.

— Oh !... Podemski jaugea Rook en tirant sur sa moustache orange à la Sam le pirate[1]. Ouais, je pense qu'avec un fouet et un chapeau mou, on pourrait vous faire jouer les Indiana Bones. Ou pourquoi pas de la science-fiction ? Vous avez des airs de ce type, là, qui sillonne l'espace et que tout le monde adore.

— Malcolm Reynolds ? demanda Rook.

— Qui ça ?... Non, tiens et pourquoi pas un casque intégral et une simple paire de jambières ? Vous pourriez être... Dark Amore.

Nikki intervint alors pour expliquer qu'ils étaient venus parler de Horst Meuller. Podemski reposa sa fourchette en plastique et finit de mâcher en fronçant les sourcils.

— Vous êtes flics ?

— Vous avez déjà eu affaire à l'un des membres de ma brigade, dit Nikki pour éviter un mensonge éhonté. L'inspecteur Rhymer.

Voyant que cette réponse suffisait, Heat poussa plus avant. Elle ne savait pas très bien quoi chercher, mais le capitaine Montrose s'était donné beaucoup de mal pour lui laisser cet indice posthume. Il lui avait également recommandé la prudence, mais, à son avis, l'agent en lui-même ne présentait guère de danger. Ce personnage haut en couleur lui faisait plutôt penser à un sympathique combinard tout droit sorti de *Broadway Danny Rose*[2].

Nikki expliqua à Podemski qu'elle était avec son client le jour où il s'était fait tirer dessus, mais que Horst ne s'était pas montré très coopératif.

— Vous savez pourquoi il refuse de nous parler ?

— Ce gamin, j'sais pas. Depuis que son petit ami n'est

1. Personnage de dessin animé Looney Tunes de la Warner Bros. (NDT)

2. Film de Woody Allen (1984). (NDT)

plus là, il n'est plus le même. Son numéro de Hans Alloffur, c'était le gros lot pourtant. Mais il m'a complètement laissé tomber quand son copain Alan est mort. Il ne m'a même pas donné sa nouvelle adresse.

Nikki se rappela avoir lu ces réactions dans le rapport de Rhymer, raison pour laquelle elle comptait creuser davantage la piste de l'amant décédé. Elle ouvrit son calepin.

— Parlez-moi du petit ami. Alan comment ?

— Barclay. Gentil. Plus âgé que Horst, la cinquantaine peut-être. En forme, mais avec le teint gris et les yeux caves et des cernes, comme les gens dans les établissements de soins.

— Et dans les boutiques de produits diététiques, ajouta Rook. Nikki lui lança un regard.

— Ben, dis-moi si je me trompe.

Elle se retourna vers Podemski.

— Il avait des problèmes cardiaques, non ?

— Ouais, c'est ça qui l'a tué. Une tragédie, fit l'agent en remuant son plat froid.

Puis il secoua la tête.

— Il m'a jamais fait cette démo pour l'agence comme il avait dit.

— Il était dans la pub ?

— Non, non. Mais caméraman.

Podemski leva les deux mains.

— Vidéaste, pardon.

— Quelle sorte de vidéo, monsieur Podemski ?

— Téléréalité. Vous avez déjà vu *Retour à l'envoyeur* ?

Rook dressa l'oreille.

— J'adore cette émission.

Ne la connaissant pas, Nikki haussa les épaules.

— Tu ne l'as jamais vue ? C'est super. Chaque semaine, il y a une victime différente qui s'est fait avoir par quelqu'un – une relation personnelle, le garagiste, peu importe ; alors, ils organisent une vengeance en caméra cachée qu'ils repassent au salaud assis là, devant le public du studio très remonté qui crie : « Retour à l'envoyeur ! »

— Je vois ce que je rate, en effet, dit-elle. Donc, cet Alan Barclay, il faisait d'autres genres de vidéo ? Porno, BDSM peut-être ?

C'était un coup à tenter, vu l'endroit où l'affaire avait commencé.

— Porno ? Certainement pas. Ma main à couper que non.

— Comment ça ? demanda Nikki.

— Il était trop croyant, Alan. Un fervent catholique. Il aurait voulu convaincre Horst de laisser tomber le striptease et de se ranger. Peut-être faire une école de danse. Il mettait mon gagne-pain en péril, ce gars, Dieu ait son âme. Il a même essayé de le faire convertir par son prêtre.

— Vous savez qui était le prêtre d'Alan Barclay ? lâcha Rook avant que Nikki n'ait eu le temps de poser la question.

— Bien sûr. C'est celui qui s'est fait assassiner. Ça a fait la une le lendemain du jour où je l'ai rencontré.

Heat échangea un regard avec Rook.

— Où l'avez-vous rencontré ? demanda-t-elle.

— Ici même. Le matin de la veille où il a été tué. Il était campé dans le hall quand je suis arrivé pour ouvrir. Il a dit que Horst Meuller lui avait donné rendez-vous là à neuf heures tapantes ; alors, je l'ai fait entrer. Au début, je me suis demandé comment faire la conversation à un prêtre, mais, heureusement, Horst s'est pointé assez rapidement. Évidemment, je lui ai demandé où il était passé, mais il n'a pas voulu répondre – il avait l'air très nerveux, flippé même. Et puis il est parti faire un tour avec le prêtre. C'est la dernière fois que j'ai vu Horst avant d'apprendre qu'on lui avait tiré dessus.

Heat se remémora vivement les événements de la semaine passée.

— Comment se fait-il que vous n'en ayez rien dit à l'inspecteur Rhymer quand il vous a interrogé ?

— Eh ! ne m'engueulez pas. Je n'ai rien dit à personne, comme l'autre flic m'avait demandé de le faire.

Heat sentit son pouls s'accélérer.

— Quel autre flic, monsieur Podemski ?

— Un enquêteur, aussi. Celui qui s'est suicidé.

— Le capitaine Montrose ? demanda Heat.

— Montrose, c'est ça.

Podemski exhuma la carte de visite du capitaine de la pile de papiers en désordre qui jonchaient son bureau.

— Il s'est pointé ici deux heures environ après le départ de Horst avec ce prêtre. Il voulait savoir où ils étaient allés ou s'ils m'avaient laissé quoi que ce soit à garder ou planquer.

— Il a dit ce que c'était ? De l'argent, un objet ? demanda Rook.

Podemski fit non de la tête.

— Il m'a juste demandé de l'appeler si quelqu'un d'autre venait pour la même raison et de ne parler de ça à personne. Pas même à d'autres flics.

— Est-ce que quelqu'un d'autre est venu ? demanda Rook.

— Non.

— Je peux savoir pourquoi vous m'en parlez à moi ? demanda Nikki.

— Parce que je viens juste de me rendre compte que vous êtes la femme flic du magazine. Si on ne peut pas vous faire confiance à vous, alors...

***

Rook dansait quasiment sur le trottoir.

— On le tient, là ! Je te le dis, moi, cet Allemand y est mêlé jusqu'au cou.

— Et comment tu sais ça ? demanda Nikki.

— M'enfin, Meuller s'est disputé avec Graf au club de striptease. Ce même Meuller est parti avec Graf le matin de son meurtre et, pour couronner le tout, il s'est enfui en te voyant... Si tu veux savoir pourquoi il avait laissé tomber son numéro et se cachait, je te renvoie à la théorie de monsieur George Michael sur les pieds coupables qui n'ont pas le sens du rythme.

— Rook, repense un peu à notre frise chronologique. Meuller a quitté l'agence de Podemski avec le père Graf à neuf heures passées. Alors, dis-moi comment Graf a pu se trouver au quartier général de *Justicia aguarda*, bien en vie, une heure et demie plus tard.

— OK, penser différemment, fit Rook comme si de rien n'était. Très bien. Autre chose ?

— Non, une question. Qu'est-ce qu'un stripteaseur pourrait bien détenir que Montrose voulait récupérer et qui serait la cause d'autant de morts ? Il faut reparler à Horst Meuller.

— Super, allons-y.

— Pas tout de suite.

— Absolument, fit Rook, prêt à retourner sa veste sans problème. Mais pourquoi ?

— Parce que Meuller cache trop bien son jeu. J'aimerais en savoir plus qu'il ne croit pour le mettre au pied du mur, expliqua Heat. Alors, réfléchissons et servons-nous de l'aide que Montrose nous a donnée. Il avait forcément une raison de nous mener à cet agent. Vu qu'on connaissait déjà l'existence de Meuller, je crois que c'était pour nous mettre sur la voie de son amant, le vidéaste. Voyons ce qu'on peut trouver sur Alan Barclay.

Rook héla un taxi pour se rendre aux studios Gemstar dans le Queens, où se tournait *Retour à l'envoyeur*. Pendant le trajet, Heat appela madame Borelli au presbytère.

La gouvernante confirma non seulement qu'Alan Barclay était un paroissien de Notre-Dame des Innocents, mais que sa messe d'enterrement avait été dite par le père Graf, qui avait également fait son éloge funèbre deux semaines auparavant.

— Ils se connaissaient très bien, donc ? Ils étaient amis ?

— Pas exactement. Alan traversait une crise morale, et le père le conseillait. Aux derniers jours de sa vie, ça a un peu chauffé pour ce pauvre monsieur Barclay dans le bureau du père Gerry.

— Vous avez entendu à propos de quoi ils se disputaient, madame Borelli ?

— Je crains que non, inspecteur. Je suis peut-être curieuse, mais je n'écoute pas aux portes.

***

Heat indiqua à l'agent de sécurité qu'elle et Rook allaient attendre le producteur dans le hall – essentiellement pour éviter qu'on ne lui demande de présenter son insigne. Si, comme l'affiche le clamait au mur, *la caméra ne pardonne pas !*, l'absence d'insigne pour une flic non plus. Le barbu en manteau de sport et jean qui sortit par les portes vitrées pour les accueillir se présenta comme le producteur exécutif de l'émission. Il s'occupait donc de l'aspect matériel, et notamment de l'embauche des cadreurs. Jim Steele demanda s'il y avait eu des plaintes dans le quartier à cause de dégâts ou de bruit dus aux tournages et se détendit considérablement lorsque Nikki lui expliqua que non.

— Je veux juste vous poser quelques questions au sujet de l'un de vos anciens cameramen. Alan Barclay.

Steele ferma un instant les yeux avant de lui confier que toute l'équipe le pleurait encore.

— Il faut en avoir de la chance pour avoir le bonheur de travailler avec quelqu'un comme Alan. C'était un homme charmant. Très généreux. Et un artiste derrière la caméra. Un grand pro.

— Son nom a été évoqué dans une affaire sur laquelle nous enquêtons, expliqua Nikki, et je fais des recherches sur son passé, en fait.

— Il n'y a pas grand-chose à dire. Il travaillait ici avec moi depuis que je l'avais embauché comme free-lance sur *Tous aux abris*.

— Sacrée émission, fit Rook.

Le producteur lui adressa un regard méfiant avant de continuer.

— Ça devait être en 2005. Alan était si doué que je l'ai fait venir sur *Retour à l'envoyeur*.

— Et avant ça, demanda Heat, il avait travaillé sur une autre émission ?

— Non, d'ailleurs, c'était un peu risqué de ma part parce qu'il venait plutôt du milieu des infos télévisées.

— Sur des chaînes nationales ou locales ? s'enquit Rook.

— Ni l'une ni l'autre. Il bossait pour les agences. Elles fournissent des images aux chaînes locales qui veulent réduire leurs coûts. Vous savez, comme ces chaînes ne peuvent pas légitimement demander aux techniciens syndiqués de faire des heures sup pour couvrir un accident ou un cambriolage, elles achètent leurs images selon les besoins du moment.

— Vous savez pour quelle agence Alan Barclay travaillait ? demanda Heat.

— Gotham Outsource, répondit Steele.

Son smartphone sonna.

— Écoutez, il faut que j'y retourne, annonça-t-il en consultant son écran. Vous avez ce qu'il vous faut ?

— Tout à fait, merci, dit Nikki.

Avant de partir, le producteur posa encore une question :

— Si je peux me permettre : ça vous arrive de comparer vos notes, dans la police ?

— Je ne suis pas sûre de comprendre.

— L'un de vos enquêteurs est passé poser les mêmes questions il y a un peu plus d'une semaine.

***

Le responsable des affectations de Gotham Outsource était aussi grincheux qu'un répartiteur de taxis. Il se détourna à moitié de son écran d'ordinateur pour leur répondre dans le brouhaha d'une douzaine de scanners radio.

— J'ai déjà raconté tout ça à un autre flic en costard il y a une semaine ou dix jours, vous savez.

— Le capitaine Montrose, non ?

— Ouais, celui qui s'est envoyé un 10-80, dit-il en se servant du code de police signifiant « annulez ».

Heat eut envie de le gifler assez fort pour lui enfoncer son casque dans le crâne. Le sentant, ou parce qu'il partageait son dégoût, Rook intervint :

— Racontez-nous encore, ça vous prendra deux minutes. Combien de temps Alan Barclay a-t-il travaillé pour vous ?

— Il a commencé en 2001. On a doublé nos effectifs après le 11 septembre ; c'est comme ça qu'il est arrivé.

— Et vous en étiez content ? demanda Nikki, parvenue à dépasser sa colère pour l'instant.

— Oui, jusqu'au jour où.

— C'est-à-dire ? insista-t-elle.

— Il avait fini par devenir mon meilleur cadreur. Superbes images, gros bosseur, il n'avait pas peur d'aller au plus près de l'action. Et voilà qu'il me claque entre les doigts. *Adios.* Il part sans prévenir, l'enfoiré. Pas de dèm, il ne vient plus, c'est tout.

Agacé, il fit un bruit de bouche.

— Ah ! les free-lance. C'est juste la gamme au-dessus des paparazzis.

Il tardait à Heat de quitter cet imbécile, mais elle avait encore une chose à demander.

— Vous vous souvenez de la date où il est parti si brusquement ?

Des deux bras, il indiqua la pièce remplie de radios de police et d'écrans de télévision.

— Est-ce que j'ai l'air de pouvoir m'en rappeler ?

— Essayez, insista Rook.

— Vous, vous n'êtes pas flic. Pas avec une montre comme celle-là ! s'esclaffa l'homme. Vous n'avez pas à me commander.

Rook passa devant Nikki et lui arracha le casque des oreilles, puis il fit pivoter sa chaise pour le tourner face à lui.

— Eh ! le spécialiste des chiens écrasés, tu crois que ce serait bon pour tes affaires que ta flotte reste au garage un soir ou deux ? Parce qu'il suffit que je passe un coup de fil pour faire venir l'inspection, moi.

Rook marqua une pause.

— C'est bien ce que je pensais.

Puis il griffonna son numéro de téléphone sur un morceau de papier qu'il lui fourra dans sa poche de chemise.

— Ne tarde pas trop à te souvenir, mon gars.

***

En se réveillant sur son lit d'hôpital, Horst Meuller en resta le souffle coupé. Penché sur lui, Rook lui agitait une très grosse seringue sous le nez.

— Ne vous inquiétez pas, Herr Meuller, dit-il d'une voix douce, je ne vous ferai aucun mal.

Toutefois, il ne bougea pas.

— Mais vous voyez comme il serait facile de vous tuer dans votre sommeil ?

Rook agita lentement l'aiguille ; Meuller la suivit des yeux, le regard effrayé.

— Il peut arriver bien des choses, à l'hôpital. J'ai entendu dire que des tueurs à gages se font même passer pour des infirmiers afin d'injecter du poison dans le goutte-à-goutte de leurs victimes.

Meuller tâtonna à la recherche du bouton pour appeler, et Rook sourit, car il le tenait dans l'autre main.

— Pour vivre, appuyez sur « un », maintenant.

Le visage de l'Allemand brillait de sueur. Heat donna une tape sur l'épaule de Rook.

— Je crois qu'il a compris le message.

— C'est vrai. Inutile de rajouter à son malheur.

— Qu'est-ce que vous voulez ? demanda Meuller.

Nikki tira une chaise près du lit.

— Vous faire comprendre que, si vous ne nous aidez pas à mettre la main sur celui dont vous avez si peur, je ne pourrai pas vous protéger. Personne ne le pourra. Vous ne serez jamais en sécurité. Nulle part.

Patiemment, elle le regarda digérer l'info.

— Alors, vous avez le choix : soit vous attendez qu'il vienne, soit vous m'aidez à mettre la main dessus avant qu'il ne vous chope.

Le regard de Meuller passa alternativement de Heat à Rook, qui se tenait derrière. La seringue toujours à la main, ce dernier lui fit un clin d'œil.

— D'accord, soupira l'Allemand.

— Très bien. Qui vous a tiré dessus ? demanda Heat en sortant son calepin.

— Honnêtement, je ne sais pas.

— Le même que celui qui vous a torturé ?

Horst fit la moue.

— Je n'ai pas vu qui a tiré, les autres portaient des passe-montagnes.

— Combien ils étaient ?

— Deux. Deux hommes.

— Pourquoi, Horst ? De quoi s'agit-il ?

— Je ne sais pas qui c'est, mais ils veulent quelque chose. Quelque chose qu'ils croient que j'ai, mais c'est pas vrai. Je le jure, je ne l'ai pas.

En voyant la supplique dans ses yeux, elle le crut. Pour le moment.

— Parlez-moi un peu de ce qu'ils veulent. Ça a quelque chose à voir avec votre petit ami, c'est ça ? souffla-t-elle parce qu'il se repliait sur lui-même. Avec Alan ?

En voyant le convalescent changer radicalement

d'expression, Nikki se réjouit d'avoir un peu déblayé le terrain avant d'être revenue l'interroger.

— *Ja*, c'est ça.

— Et qu'est-ce que c'est, Horst ?

Comme il hésitait, elle lui proposa son aide. Il fallait qu'il continue tant qu'il était d'humeur, mais aussi tant que la fatigue ne reprenait pas le dessus.

— De l'argent ?

Il fit non de la tête.

— Mais quelque chose de précieux.

Il remua la tête en signe d'assentiment. Nikki obtint ainsi de minuscules hochements de tête pour chaque élément de sa liste : bijoux, œuvres d'art, drogue. Jusqu'à ce qu'elle en arrive là où elle voulait.

— Une vidéo, c'est ça ?

Comme il se tortillait, Heat sut qu'elle ne s'était pas trompée. Venant d'Alan, un vidéaste, il était logique qu'il s'agisse d'un bien remplaçable, précieux uniquement en fonction de ce qu'il y avait dessus.

— Dites-moi ce qu'il y a sur la vidéo, Horst.

— Croyez-moi, je l'ignore. Alan ne voulait rien me dire pour les raisons qu'on a vues. Il disait que c'était trop dangereux pour moi de le savoir. C'est pour ça aussi qu'il l'avait gardée secrète toutes ces années. Il disait que des gens tueraient pour l'avoir. Et maintenant...

Il avait la bouche sèche. Nikki lui tendit le gobelet d'eau avec la paille.

— Quelqu'un a tué Alan ; c'est comme ça qu'il est mort ? demanda-t-elle.

— Non, il avait le cœur fragile. À cause d'une malformation de naissance. Il y a quelques semaines, il avait été hospitalisé pour une attaque.

Nikki prit note.

— Et cette attaque, elle avait été provoquée par quoi ?

Quelque chose transparut. L'acceptation ? Non, Heat avait déjà vu cette expression maintes fois lors d'interrogatoires : la résignation.

— Vous allez me forcer à tout dire, hein ?

Comme elle se contentait d'attendre, Meuller ferma, puis rouvrit les yeux.

— Bon, d'accord. Il y a bien eu une enquête de police. L'enquêteur s'appelle Montrose.

Nikki nota l'utilisation du présent.

— Et il demandait quoi ?

— La vidéo. Ce Montrose avait réussi à remonter jusqu'à Alan après toutes ces années. Vous imaginez ? Il a dit qu'il venait de parler à un vigile qui avait vu Alan le soir où il avait fait le film. Mon Alan, mon cher Alan, a nié et l'a envoyé promener, mais il paniquait. Il était sens dessus dessous. On est allés se coucher et, une demi-heure plus tard, j'ai dû appeler les secours à cause de son cœur. C'était affreux. À l'hôpital, on lui a administré les derniers sacrements.

— Le père Graf ?

Il hocha la tête.

— C'est là qu'il a confessé avoir caché la vidéo. Mais le prêtre a dit : « Non, non, Alan, pour te faire pardonner ton péché, tu dois en parler à la police. » Mais Alan refusait. Je sais qu'ils se sont disputés plusieurs fois à ce sujet à sa sortie de l'hôpital. J'imagine que le prêtre a contacté le policier qui enquêtait pour lui remettre quelque chose de la part d'Alan, mais mon petit ami a refusé. Il a aussi refusé que le père Graf lève le... Comment ça s'appelle...

— Secret de la confession ? suggéra Rook.

— C'est ça, *ja*. La loi de l'Église qui interdit à un prêtre de dévoiler une confession, quoi qu'il arrive. Mais quand il agonisait après son deuxième arrêt cardiaque, Alan m'a demandé de faire passer la vidéo au père Graf pour qu'il en dispose à sa guise.

— Pourquoi le père Graf ne l'a-t-il pas simplement remise à Montrose ? demanda Rook.

— C'était ce qui était prévu, mais il fallait d'abord que je la donne au prêtre. J'ai hésité pendant quelques jours parce que, moi aussi, j'avais peur. Finalement, je lui ai donné rendez-vous chez mon agent. Une fois que je la lui ai eu donnée, j'ai pensé que c'était terminé.

Donc, cela expliquait les échanges téléphoniques entre Montrose et le père Graf. Et pourquoi le capitaine avait fouillé le presbytère.

Une fois que Graf avait dit à Montrose que Meuller allait lui remettre la vidéo au bureau de son agent, le capitaine s'était mis à la chercher comme tout le monde.

— Après avoir remis la vidéo au père Graf ce matin-là, où êtes-vous allé ? demanda Nikki.

— Ça, je l'ignore. Comme j'étais totalement parano, je n'arrêtais pas de bouger, vous savez, pour ma sécurité.

Avec l'accent, il prononça « séguridé ».

— Ils vous ont pourtant trouvé, non ? fit remarquer Rook.

— J'ai fait l'erreur de retourner à notre ancien appartement, celui qu'on partageait, Alan et moi. Je croyais que, maintenant que la vidéo n'était plus là, je pouvais tenter le coup. Il y avait des photos de lui que je ne voulais pas laisser. Il me manque tellement.

Nikki lui proposa encore de l'eau, mais il refusa d'un geste.

— Ils m'attendaient.

— Ce sont ces hommes qui vous ont attaqué ? demanda-t-elle en montrant les photos de Torres et de Steljess.

— Je ne suis pas sûr. Ils portaient tous les deux des passe-montagnes. Ils ont monté le son de ma chaîne et m'ont attaché au lit. Avec un bâton en métal, ils m'ont torturé à coups de décharges et de brûlures électriques. Vous devez comprendre : la douleur était insoutenable. Insoutenable.

— Horst ? Comment avez-vous réussi à vous échapper ?

— Quand ils m'ont laissé pour appeler quelqu'un dans la pièce à côté, j'ai défait mes liens. Vous savez, autrefois à Hamburg, j'assistais le magicien Zalman *der Ausgezeichnet*[1]. Ensuite, je suis passé par l'issue de secours et je me suis sauvé.

— Pourquoi ont-ils arrêté de vous torturer ?

Elle referma son calepin pour le scruter. Son regard le mit mal à l'aise.

— Ces décharges électriques, c'est la pire chose que j'aie connue de toute ma vie, je vous jure. Regardez, j'ai encore les marques.

Horst faisait encore valoir la souffrance. Nikki savait pourquoi. Elle ne le jugeait pas, mais elle n'allait pas non plus le dire à sa place ; c'est pourquoi elle attendait.

— Ça faisait vraiment très mal, vous savez.

Des larmes se formèrent dans ses yeux, et il renifla.

— Je suis vraiment désolé, mais je... j'ai avoué. Je leur ai dit que j'avais donné la vidéo... au père Graf.

Puis il éclata en sanglots, honteux.

***

C'est la mine grave et songeuse que Heat et Rook repartirent à Tribeca. À mi-chemin de chez lui, Rook prit la parole.

1. Zalman « l'Excellent ». (NDT)

— Avoir le père Graf sur la conscience, c'est un sacré fardeau.

— Il me fait de la peine. C'est vrai, Rook, qui sait ce qu'on ferait en pareilles circonstances.

Le trajet se poursuivit en silence. Un pâté de maisons plus loin, le portable de Nikki sonna.

— Raley, annonça-t-elle en regardant l'écran. Salut, Raley, quoi de neuf ?

— Quelques petites choses qui devraient vous intéresser. D'abord, votre DeWayne a bien appelé. Au moment où je vous parle, les gars du labo sont en train de vider et de passer au crible la citerne sur le toit du Graestone. Ochoa est sur place pour superviser.

— C'est parfait. Espérons qu'on trouve une balle quelque part.

— Maintenant, j'ai un autre truc dans la catégorie des grandes nouvelles. Pendant mon temps libre, quand le rangement de la salle de la brigade m'a laissé un peu de répit, j'ai lancé une recherche sur les finances du père Graf.

Dieu qu'elle aimait travailler avec les Gars, se dit Heat.

— Devinez ce qu'il en est ressorti, poursuivit Raley. Vous vous souvenez de ce dossier « Emma » sur son ordinateur ? J'ai découvert qu'une certaine Emma Carroll et Graf possédaient un compte joint. Il n'y avait que quelques centaines de dollars dessus, mais c'est monté jusqu'à vingt, trente mille l'an passé.

— Raley, vous êtes le meilleur. Du moins, si vous avez aussi une adresse pour cette Emma Carroll.

Raley la lui donna et, après avoir raccroché, Nikki se pencha vers le chauffeur de taxi.

— Changement de programme. Park Avenue, au niveau de la 66e, si vous voulez bien.

***

D'un étage élevé, à Manhattan, peu importe l'immeuble, on découvre toujours une ou deux terrasses sur les toits environnants. Emma Carroll les reçut sur la sienne. À la grande surprise de Nikki, il y faisait beau et chaud même par moins quinze. Malgré la lumière, le visage de la femme restait néanmoins très sombre. Emma Carroll était plutôt jolie, dans le genre couguar, pourrait-on dire, mais elle avait les yeux gonflés et le regard terne, à cause soit de médicaments, soit de l'abattement, ou les deux.

— Je ne m'en suis pas encore remise, leur dit-elle dès qu'ils se furent assis. Le père Gerry était un excellent prêtre et un excellent homme.

— Vous étiez proches ? demanda Heat.

Elle la scruta, curieuse de savoir si une liaison se cachait derrière tout ça, mais elle n'aurait su dire, ce qui signifiait, en général, que ce n'était pas le cas. Nikki se targuait de posséder un flair particulier pour ces choses-là.

— Oui, mais pas dans ce sens, non. Le père et moi, on partageait la même vision de ce qu'on peut faire, grâce à l'Église, pour défendre les droits de l'homme et la justice sociale.

Elle but une gorgée de la boisson glacée qui était posée sur la table basse.

— Pourquoi tout gâcher avec des choses aussi navrantes ?

— Je vois quand même que vous partagiez un compte

bancaire avec le père Graf. Et gros, à l'occasion, qui plus est.

— Bien sûr. Je suis non seulement une donatrice, mais aussi la trésorière du compte que nous détenions pour les dons destinés au financement d'une organisation des droits de l'homme en laquelle nous croyons beaucoup.

— Ce ne serait pas *Justicia aguarda* ? demanda Rook.

Pour la première fois, Emma Carroll se ragaillardit.

— Oui, pourquoi ? Je suis contente que vous les connaissiez.

— Pas si bien, je vous assure, dit-il, plus à l'intention de Heat. Nous entretenons ce que j'appellerais plutôt des relations par mail.

— Donc, vous collectiez des fonds ensemble pour cette cause ? demanda Nikki sans prêter attention aux soupçons de Rook à l'égard de Pascual Guzman.

— Eh bien, oui, au début. Mais, depuis quelque temps, je m'occupe moins de l'administratif et plus de la recherche de nouveaux donateurs. Je n'utilise même plus le compte bancaire, car j'invite nos bienfaiteurs à verser directement leurs dons à *Justicia*. Ils ont l'air d'apprécier les investisseurs proactifs, et leur administrateur est un homme charmant.

Nikki ouvrit son calepin.

— Puis-je vous demander son nom ?

— Bien sûr. C'est Alejandro Martinez. Voulez-vous que je vous l'épelle ?

— Non, merci, ça ira, dit Heat.

DIX-SEPT

Pour corser son premier café du matin, Rook opta pour un expresso.

— Mère, tu es sûre d'être taillée pour ça ?

— Pour un rôle de riche mondaine ? Pas « taillée », « née » pour ça, mon petit.

Nikki détacha la photo d'identité judiciaire d'Alejandro Martinez du tableau blanc sud.

— Réfléchissez bien, Margaret, voici l'homme que vous devez rencontrer. C'est un dealer notoire qui a fait de la prison. Il prétend s'être rangé, mais il blanchit de l'argent de la drogue par le biais d'une église. Il est peut-être même responsable de la torture et du meurtre d'un prêtre.

— Regardez-moi ce noble menton, dit Margaret Rook. Vous croyez que je laisserais passer une occasion pareille ? Me priver de me faire dévorer des yeux par ce beau ténébreux ?

Quand Rook avait émis l'idée de demander à Emma Carroll d'organiser un brunch avec Martinez pour une fausse donation, Heat avait été partante, car elle y voyait le moyen de l'appâter avec de l'argent qu'ils pourraient marquer et suivre. Lorsqu'elle avait fini par comprendre que c'était la mère de Rook qui servirait d'appât, tout était déjà en branle. Emma avait lancé l'invitation.

— Il n'est pas trop tard pour faire machine arrière si vous avez la moindre inquiétude, avertit Nikki. Il n'y a aucune honte à avoir.

— Mon plus gros souci, c'est de savoir quelle riche mondaine de ma carrière à Broadway je devrais reprendre. Elsa Schraeder, peut-être, de *La Mélodie du bonheur* ?

— Ce n'est pas celle que von Trapp vire pour Maria ? s'enquit Rook.

— Oh !... grimaça Margaret. Je me suis fait voler trop d'hommes par des nounous pour endurer ça encore. Je sais. Je pourrais faire revivre Vera Simpson de *La Blonde ou la Rousse*.

Elle examina de nouveau la photo d'identité judiciaire.

— Non, elle n'en pincerait pas pour lui : trop boudeur. Voyons... Ah ! Je sais. Muriel Eubanks dans *Le plus escroc des deux*. Elle est séduite par un arnaqueur. C'est parfait.

— Ce qui te conviendra, mère, mais il faut le séduire.

— Tu peux compter sur moi.

— Avec ça.

Rook posa un sac Louis Vuitton en cuir epi sur la table de la salle à manger.

— Voilà les dix mille dollars de l'option pour le film qui sera tiré de mon article sur la Tchétchénie. Nikki et moi, on a passé la nuit à enregistrer les numéros de série, alors, pas touche, même pour un pourboire.

— Jameson, tu tiens vraiment à gâcher le plaisir à ta mère, hein ?

***

Heat et Rook arrivèrent dans leur voiture de location une heure à l'avance afin de trouver une place près du bistro Cassis, dans Columbus Avenue. Leur choix s'était porté sur ce restaurant en raison de sa petite taille et de son calme, ce qui leur permettrait de mieux entendre depuis la voiture.

— Comment on va s'y prendre ? demanda Margaret, à l'arrière. À la télé, ils portent toujours des micros.

— Surprise ! Voilà ce que je t'ai trouvé chez mes nouveaux copains du magasin de matériel de surveillance, fit Rook en lui tendant son smartphone.

— C'est tout ? Mon chéri, je croyais que j'allais porter un micro.

— Mais on n'est pas dans *21 Jump Street*[1]. Ce petit joujou dernier cri supprime les bruits ambiants pour une meilleure prise de son. Tu le poses juste sur le siège à côté de toi et on entend tout. Il est aussi équipé d'un GPS. Je préférerais ne pas avoir à te localiser, mais, au cas où, mieux vaut pouvoir le faire.

— J'approuve, dit Nikki en prenant l'accent britannique. Beau travail, Q.

— Et tu n'as encore rien vu.

Il lui tendit un portable.

— Depuis que ma messagerie a été piratée sur mon ordinateur, je m'inquiète aussi pour nos téléphones. Alors, tant que j'y étais, je nous en ai acheté de nouveaux. J'ai déjà synchronisé le GPS et entré les numéros abrégés.

1. Série télé américaine (1987-1991) qui mettait en vedette Johnny Depp. (NDT)

Heat appuya sur l'un des boutons de son nouveau téléphone. Celui de Rook sonna.

— Allô ? dit-il.

— Couillon !

Elle raccrocha.

***

De l'avant de leur Camry, ils regardèrent madame Rook s'installer la première, à une table près de la vitre, suivant leurs instructions. Comme l'avait également demandé Nikki, elle choisit la place côté salle, afin qu'ils puissent garder un œil sur Martinez, et plus particulièrement sur ses mains, depuis la rue.

— Je vais vous dire, cette mise en scène vous convient peut-être, mais moi, je suis en plein courant d'air, fit sa voix par le haut-parleur.

— Ah ! les acteurs ! s'exclama Rook après s'être assuré que son téléphone était coupé.

Pendant qu'ils attendaient en silence l'arrivée du dealer, le portable de Heat sonna.

— Tu es sûre de vouloir continuer à te servir de ton ancien téléphone ? s'étonna Rook.

— C'est le FBI. Je crois que je peux le prendre.

Son contact à Quantico commença par s'excuser de ne pas avoir rappelé plus tôt.

— Ça m'a pris un peu de temps pour te trouver des infos sur Sergio Torres parce que je suis tombée sur un pare-feu. J'ai dû obtenir certaines autorisations...

Heat sentit monter une bouffée d'adrénaline.

— ... mais comme c'était pour toi, j'ai insisté. Le dossier de ton type était classé confidentiel parce qu'il était infiltré.

— Sergio Torres était flic ? s'étonna Nikki.

Rook s'arrêta de tambouriner sur le volant et tourna vivement la tête vers elle.

— Affirmatif, dit l'analyste du FBI. Néanmoins, tout son casier est vrai, y compris la peine de prison effectuée. C'était pour sa crédibilité dans la rue.

— Pour quelle agence il travaillait ?

— Les stups, police de New York, le 41e. C'est dans…

— … le Bronx, termina Heat, je connais.

Au même moment, elle aperçut la silhouette soignée d'Alejandro Martinez qui s'avançait vers eux sur le trottoir. Nikki s'empressa de remercier son contact à Quantico, raccrocha et attrapa Rook par le cou.

— Embrasse-moi.

Elle le tira à elle, et ils s'embrassèrent longuement, puis, tout aussi abruptement, elle s'écarta de lui.

— Je ne voulais pas que Martinez me repère.

— Je ne me plaignais pas, assura Rook. Quand je pense que cette fripouille se permet aussi des léchouilles ! ajouta-t-il en voyant Martinez faire le baisemain à Margaret avant de s'asseoir.

Comme, au restaurant, la conversation s'engageait sur la pluie et le beau temps, Heat en profita pour lui transmettre rapidement le topo sur Torres.

Dans le haut-parleur du portable, Martinez déclara soudain vouloir changer de table.

— Si on s'installait au fond ? Je ne suis pas très à l'aise derrière la vitre.

— Ouh là, je n'aime pas ça du tout, dit Nikki. Il faut la sortir de là.

— Non.

Jamais elle n'avait vu Rook si effrayé.

— Tu ne connais pas mère. Si je la dérange, elle me le fera payer très cher.

Margaret s'en sortit toute seule, et comme un chef.

— Oh ! mais vous ne comprenez pas. C'est ma table habituelle, où j'aime voir et être vue. Surtout en si bonne compagnie, monsieur Martinez.

— Dans ce cas, fit-il d'une voix douce, appelez-moi Alejandro.

— Ça veut dire Alexandre, non ? J'aime beaucoup ce prénom. C'est le deuxième prénom de mon fils, d'ailleurs.

Nikki lança à Rook un regard taquin.

— T'as raison, Nikki, il faut la sortir de là.

— Non, non, j'apprends des tas de choses.

Le brunch se poursuivit comme n'importe quel premier rendez-vous, autrement dit tout en badinages et intérêt feint pour les anecdotes insignifiantes de l'autre.

— J'ai toujours trouvé très désagréable d'écouter les conversations intimes de ma mère, déclara Rook. Ce que je ne fais jamais. Faisais jamais, s'empressa-t-il d'ajouter. Ça me paraît logique d'apprendre que ce Torres ait fait partie des stups, au 41e, affirma-t-il pour changer de sujet.

— Je sens qu'on va encore rigoler.

— Laisse-moi finir avant de mettre en pièces ma théorie.

Elle lui fit signe de poursuivre, à la manière d'une présentatrice de jeu télévisé.

— Premièrement : qui d'autre travaillait aux stups dans ce commissariat ? Steljess. Deuxièmement : qui s'est fait tuer dans cet arrondissement ? Huddleston. Troisièmement : qui était le gros bonnet de la drogue à l'époque dans ce même arrondissement ? Le rendez-vous galant de ma mère. Le gentleman dont le fric était planqué au grenier chez le père Graf. Alors, oui, Nikki Heat, ça me paraît clair.

Nikki lui sourit.

— À mon corps défendant, je t'invite à poursuivre. Qu'est-ce qui est donc si clair ?

— Je flaire une vaste affaire de pots-de-vin organisée par les stups dans le Bronx. À mon avis, les dealers se sont servis du système pour acheter des flics ripoux avec l'argent de la DEA sans avoir à toucher à leurs propres deniers. Élégant, je dirais. Attends une seconde.

Il tendit l'oreille vers la table du Cassis. Martinez riait de l'anecdote que venait de lui narrer Margaret ; il s'agissait de la fois où elle s'était retrouvée nue dans la fontaine du Lincoln Center.

— Si seulement ça avait été de nuit… commenta Rook.

— Ta thèse n'est pas totalement abracadabrante, Rook. Mais que vient faire Graf là-dedans ? Et *Justicia aguarda* ? Ou alors ils n'ont aucun lien ?

— J'ai réfléchi à ces deux points. Tu te rappelles T-Rex, mon contact en Colombie, qui disait que Pascual Guzman, des *Justicia*, avait reçu une cargaison secrète il y a trois semaines ? C'était quoi ? De la drogue ? « Non, sans déc ! » comme dirait Charlie Sheen. Je me disais… Tout comme notre ami, là, qui a la main posée sur le genou de ma mère… Guzman blanchit l'argent de la drogue grâce au père Graf, qui croit innocemment à des dons philanthropiques pour *la raza justicia*. Comme celui-ci découvre que c'est de l'argent de la drogue, bye-bye le *padre*.

Le regard dans le vide, Nikki réfléchit.

— D'accord, mais dans ce cas, pourquoi diable s'enquiquiner avec des Emma Carroll et des Margaret Rook ?

— C'est simple, dit Rook. D'abord, ça fait plus d'argent pour financer les pots-de-vin. Mais surtout pour la façade. C'est probablement ce qui a permis que le père Graf n'y regarde pas de trop près.

— Jusqu'au jour où ?

Rook fronça les sourcils en quête de réponse. Tout à coup, son visage s'illumina.

— Jusqu'au jour où il entend parler de la vidéo. Je te parie que c'est ça. Je parie que cette vidéo qu'ils voulaient tant récupérer révèle le pot aux roses au sujet du 41e.

— Possible, lui accorda-t-elle.

— Tu n'es pas convaincue ?

— Je suis persuadée qu'on tient une thèse. Et qu'elle n'est pas si mauvaise – pour une fois. Mais il nous manque encore quelque chose de solide. Je ne peux pas aller trouver mes supérieurs avec juste une histoire. Surtout en ce moment.

— Qu'est-ce qu'on fait, alors ? demanda-t-il.

— On continue. On attend de suivre l'argent.

***

Après des moules frites et une frisée aux lardons, parfaite à ses dires, Margaret paya l'addition. Derrière ses jumelles, Heat constata que Martinez ne prenait même pas la peine de faire semblant de vouloir s'en charger. Lorsque le serveur eut ramassé le porte-addition, la conversation retomba et, au silence gêné qui s'installa, tout le monde comprit qu'on allait passer aux choses sérieuses. Sans aucun émoi, Alejandro Martinez entra dans le vif du sujet.

— Emma me dit que vous seriez prête à soutenir notre cause.

— Oh oui ! Ça m'intéresse beaucoup. Vous la défendez bec et ongles, n'est-ce pas ?

— Bien sûr. Je ne suis pas colombien moi-même,

mais, comme le disait le grand Dickens : *Charité bien ordonnée commence par soi-même, et la justice commence par autrui.*

Rook se tourna vers Heat :

— La bibliothèque de la prison.

— Mais comme toute chose précieuse, continua Martinez, cela a un prix.

Il marqua une pause.

— Cela nécessite de l'argent. Vous avez apporté la somme, non ? demanda-t-il alors.

— Rusée, fit Nikki lorsqu'ils furent sur le trottoir devant le Cassis, l'idée de ta mère de faire en sorte que Martinez nous tourne le dos.

— Crois-moi, après trente ans de Broadway, s'il y a bien une chose que ma mère sait faire, c'est repousser son partenaire vers le fond de la scène.

Martinez prit le sac Louis Vuitton des mains de Margaret, se pencha pour lui baiser la main, puis tous deux se séparèrent. Comme prévu, elle se dirigea vers le sud ; Martinez passa la bride du sac sur son épaule et partit vers le nord. Nikki félicita au passage madame Rook de son pouce levé, et Margaret répondit par une légère révérence, comme pour un rappel. S'ils avaient décidé de louer une voiture, c'était pour mieux suivre Alejandro Martinez. Ils pouvaient se séparer et partir à pied s'il prenait le métro, mais, s'il était du genre à se sentir vulnérable derrière une vitre, il était peu probable qu'il prenne les transports publics. Au niveau de la 2e Rue, il monta à l'arrière d'une berline de luxe noire qui l'attendait, et la filature démarra.

Comme il n'était pas encore l'heure de déjeuner, la circulation était suffisamment dense pour s'y fondre, mais pas pour disparaître complètement. À l'approche de la 12e Rue, le chauffeur de Martinez annonça, à grand renfort de clignotant, qu'il tournait à droite. Rook ralentit un peu pour laisser quelques voitures entre eux tout le long de Lincoln et de la 1re Avenue jusqu'à Spanish Harlem. Quand la berline tourna soudain à droite dans Marin Boulevard pour se ranger entre une boutique d'enjoliveurs et un dépôt mortuaire, Rook fila tout droit pour ne pas se faire repérer. Un peu plus loin, il s'arrêta à son tour et jeta un coup d'œil dans son rétroviseur latéral. Nikki défit sa ceinture et s'agenouilla sur son siège pour regarder par la vitre arrière. Martinez disparaissait par la porte de *Justicia aguarda*, avec l'argent.

Comme une place se libérait un peu plus loin, Rook se gara juste devant un tex-mex, d'où ils pouvaient surveiller les lieux par les deux rétroviseurs. Tandis qu'ils attendaient, le portable de Rook vibra.

— Tu es sûr de vouloir répondre avec ce téléphone pourri ? le taquina Nikki.

— Tais-toi.

— Non, toi, tais-toi.

— C'est Rook, répondit-il au téléphone. Ouais ?

Il mima qu'il avait besoin d'un stylo. Elle lui en donna un, puis lui tendit son calepin. Il nota une date : le 31 mai 2004.

— Merci, écoutez, je...

Il écarta le téléphone et le regarda fixement.

— Le con. Il m'a raccroché au nez.

— Ton pote de Gotham Outsource ? s'enquit Heat.

Rook confirma d'un hochement de tête.

— Eh ben, moi qui vous croyais amis pour la vie.

Ils regardèrent tous les deux dans le rétroviseur. Aucun signe de Martinez. Pourtant, toujours garé en double file, son chauffeur l'attendait, le moteur tournant, devant l'immeuble.

— Le 31 mai 2004, c'était férié pour cause de Memorial Day, déclara Rook. Monsieur Heureux disait justement qu'Alan Barclay l'avait lâchement abandonné ce jour-là alors que c'est là où il a le plus de boulot parce que toutes les chaînes de télé réduisent leurs équipes syndiquées.

— Le jour de la découverte du corps de Huddleston dans sa BM, renchérit Heat.

— Voilà ce que j'essaie de comprendre.

Rook regarda de nouveau dans le rétroviseur avant de continuer.

— Les brûlures de TENS sur Huddleston. Quand ils s'en sont pris à Horst Meuller et au père Graf, ils essayaient de les forcer à rendre la vidéo. Mais pourquoi torturer Gene Huddleston Junior ?

Heat haussa les épaules.

— Peut-être qu'il avait un lien avec la vidéo ?

— Ça, ça me plaît, dit Rook. Ça plairait aussi à Hollywood, hein ? Il est possible qu'avec Alan Barclay, il ait tourné en secret une vidéo compromettante pour les stups. Pas pour le service public, ajouta-t-il parce qu'elle manifestait ses doutes en secouant la tête d'un côté et de l'autre. Je parle d'extorsion. Pour essayer d'obtenir un meilleur deal, en faisant pression grâce à la vidéo.

— On ne fait pas pression comme ça sur ce genre de types.

— Justement, convint Rook. Je crois qu'il l'a découvert à ses dépens et que, pendant ce temps, le vidéaste a disparu de la circulation – en emportant la vidéo à titre de police d'assurance pour le cas où on le retrouverait.

— Tu me fiches les chocottes, dit Heat. Soit tes théories s'améliorent, soit je deviens maboule à force de te côtoyer.

Il mit ses mains en coupe et respira comme Dark Vador.

— Nikki... rejoins le côté obscur...

Elle sortit son téléphone et, tout en faisant défiler son carnet d'adresses, demanda :

— Je peux te confier la filature de notre ami ?

— Mais absolument. J'ai quand même placé dix mille sur lui.

— Sans te fourrer dans le pétrin ni oublier de m'appeler s'il bouge ?

— Pourquoi ? demanda-t-il. Tu vas où ?

— Diviser un peu pour mieux régner...

Elle trouva le numéro qu'elle cherchait et appuya sur le bouton.

— Allô, Petar ? C'est Nikki, ça va ?

Tout en écoutant son ancien petit ami se réjouir d'avoir de ses nouvelles, elle surveillait le rétroviseur. À un moment, elle jeta un coup d'œil à Rook qui lui retourna un regard mêlé de crainte et de haine. Jamais, depuis qu'il avait croisé son ancien amoureux au cours d'une récente affaire, Rook n'avait vraiment réussi à contrôler sa jalousie. Bien que Nikki n'ait pas répondu aux tentatives de Petar pour renouer, elle voyait bien que le monstre vert ne lâchait pas Rook.

— Écoute, Petar, dit-elle, j'ai un service à te demander. Tu bossais bien en free-lance pour les magazines people en 2004, 2005, non ? Si je te parle de Gene Huddleston Junior autour d'un café aujourd'hui, t'aurais des potins à me raconter ?

— Ce dépravé croate ne sait rien sur Gene Huddleston Junior, dit Rook quand elle eut raccroché. Il veut seulement coucher avec toi. Eh ! tu oublies ça ! ajouta-t-il en lui tendant le nouveau portable tandis qu'elle descendait de voiture. Tu m'appelles après ?

Heat se pencha par la portière du passager pour l'attraper.

— Tu te sentirais mieux si j'avais un chaperon ? Je pourrais peut-être demander à Tam Svejda.

Le sourire aux lèvres, Nikki se dirigea vers la station de métro.

***

Une heure et demie plus tard, Rook était toujours en planque dans Spanish Harlem quand son portable sonna.

— Du mouvement ? demanda-t-elle.

— Rien. Néanmoins, le chauffeur a éteint son moteur. Dis donc, c'était rapide, ce café.

— J'ai ce que je voulais, et Petar devait retourner en réunion.

Son ancien petit ami était coproducteur sur une émission de télévision, un de ces nombreux talk-shows qui se disputaient les insomniaques en troisième partie de soirée.

— Parfait, dit-il.

— Rook, c'est pas très subtil. Tu ne sais même pas ce qu'il m'a appris, tu es juste soulagé de le savoir directement reparti au boulot.

— Oui, bon. Qu'est-ce qu'il t'a appris, alors ?

— Il m'a fourni un lien pour Huddleston, je crois.

— Raconte.

— Il me manque encore une pièce du puzzle. D'ailleurs, il faut que j'aille faire un tour.

— Maintenant ?

— Je n'irais pas si je pouvais m'en passer. C'est pour ça que Dieu a inventé les brigades criminelles : pour qu'on se partage le boulot. C'est toi, ma brigade, pour l'instant, Rook, tu peux te charger de notre latino jusqu'à ce que je revienne ? En comptant le trajet, je devrais être là vers seize heures, seize heures trente.

Il marqua une pause.

— D'accord. Mais tu vas où ? Pas à Disney World, j'espère.

— Ossining, répondit Heat.

— Qu'est-ce qu'il y a là-bas, la prison ?

— Ce qui compte, c'est pas quoi, Rook, mais qui.

***

Dans la boîte à gants, il y avait un petit sac-poubelle en plastique bleu, dont Rook calculait la quantité d'urine qu'il pouvait contenir. S'imaginant essayer de viser dedans, à genoux sur le siège du conducteur, il se mit à rire, ce qui n'aida guère sa vessie. Il se dit que c'est ce qui devait arriver, dans la pub, à ces hommes d'un certain âge qui ratent le match au stade à cause d'une envie de pisser. Il envisageait sérieusement un aller-retour au tex-mex quand il repéra un mouvement dans le rétroviseur central.

Martinez sortait par la porte de *Justicia aguarda*. À sa suite, un homme en veste de camouflage, avec une barbe à la Che Guevara, portait le sac Louis Vuitton. Rook se rappela avoir vu son visage sur le tableau blanc sud. C'était Pascual Guzman.

Comme précédemment, Rook laissa leur voiture prendre un peu d'avance – c'était presque pécher par excès de zèle vu que leur chauffeur n'avait l'air de ne s'occuper que de sa route. Après plusieurs bifurcations pour prendre la 2e Avenue en direction du sud, il mit son clignotant après le carrefour avec la 106e Rue Est. Voyant la berline se ranger un peu plus loin, Rook s'arrêta discrètement à l'angle. Guzman descendit sans le sac noir et rejoignit au trot une *farmacia* familiale. En l'attendant, Rook laissa un message à Heat pour la tenir au courant. Le temps qu'il en ait terminé, Pascual Guzman était ressorti avec un sachet blanc de médicaments. Il remonta à l'arrière sans se retourner, et la filature reprit.

Ils descendirent la 2e Avenue en se suivant, jusqu'à ce que la berline tourne à droite dans la 85e ; elle finit par les mener à une traverse de Central Park, un peu comme celle dans laquelle on avait tendu une embuscade à Nikki. À la sortie, Rook faillit les perdre dans Columbus, quand le taxi derrière lequel il se cachait s'arrêta net pour prendre un client. D'un coup de volant, il dépassa vivement le taxi et parvint à rattraper la berline à un feu rouge au niveau d'Amsterdam. Le feu eut beau passer au vert, la voiture n'avança pas. Martinez et Guzman descendirent pour entrer dans un bar. Guzman avait le sac en cuir noir avec lui. Quand la berline repartit, Rook se rangea sur une zone de livraison à l'angle du pub.

Il connaissait le Brass Harpoon pour plusieurs raisons. D'abord, c'était l'un des bars légendaires fréquentés par les écrivains du vieux Manhattan. Au fil des décennies, des génies alcoolisés aussi divers qu'Hemingway, Cheever, O'Hara ou Exley y avaient laissé le rond humide de leur verre sur le bar et les nappes. C'était aussi un lieu mythique qui avait survécu à la prohibition grâce à ses passages secrets et ses tunnels souterrains, depuis longtemps condamnés, où l'alcool de contrebande avait circulé pour rejoindre des rues à plusieurs pâtés de maisons.

Rook connaissait aussi cette adresse pour une autre raison. Il revoyait son nom, soigneusement tracé en lettres majuscules par Nikki, sur le tableau blanc sud.

En effet, c'était le bar préféré du père Gerry Graf. Il réfléchit à l'heure et demie qui manquait dans l'emploi du temps du prêtre entre le moment où il avait récupéré la vidéo auprès de Meuller et celui où il s'était présenté ivre au quartier général de *Justicia*. Le calcul n'était pas bien difficile.

Alors que Rook se demandait quoi faire, sa vessie se rappela à son bon souvenir. En gagnant l'entrée, il se dit que ni Martinez ni Guzman ne l'avaient rencontré ; il n'avait donc guère de risque d'être reconnu. À moins qu'il n'attende trop longtemps et arrive le pantalon mouillé, ce qui ne manquerait pas d'attirer l'attention. Et encore, au Brass Harpoon, le pantalon mouillé ne sortait probablement pas de l'ordinaire. Aucun souci de toute façon, donc.

Il était à peine plus de 16 h et il n'y avait que six clients à l'intérieur. Toutes les têtes se tournèrent vers lui quand il entra. Les deux qu'il avait suivis n'étaient pas là.

— Qu'est-ce que je vous sers ? demanda le barman.

— Un Jameson, dit Rook en repérant la bouteille de Cutty Sark sur l'étagère du haut, sous le petit hommage rendu au père Graf.

La photo encadrée du prêtre rieur était ornée d'un ruban violet et, dessous, un verre à whisky gravé à son nom reposait sur un petit coussin en velours vert. Rook déposa un peu d'argent sur le bar et annonça qu'il revenait de suite.

Aucun pied en vue au bas des portes des toilettes pour hommes. Rook se hâta de se soulager en lisant au mur au-dessus de l'urinoir : *Écrire dans l'ivresse, mais se relire à jeun – Ernest Hemingway.*

C'est alors qu'il reconnut la voix du brunch : Alejandro Martinez plaisantait et riait avec quelqu'un. Rook remonta sa fermeture éclair et fit le tour des toilettes, sans tirer la chasse, afin de découvrir d'où provenaient les voix.

Elles ne venaient pas d'un mur mais du sous-sol.

Se faufilant hors des toilettes, Rook reluqua le bar et constata qu'on lui avait servi son verre, mais que personne ne semblait s'intéresser pour autant de savoir où il était passé. Il repartit dans le couloir, passa devant le bureau du patron et se retrouva devant un mur de brique.

Comme tout écrivain maîtrisant la gueule de bois, il connaissait la légende. Il se positionna devant le mur pour l'examiner, jouant du bout des doigts à la manière d'un perceur de coffre-fort. Comme il s'y attendait, l'une des briques présentait une légère différence de couleur, car une patine de crasse de doigt s'était formée sur le bord.

Il songea à appeler Nikki, mais quelqu'un arrivait. Peut-être pour utiliser les toilettes ou peut-être était-ce le patron. Rook prit la brique entre le pouce et l'index et tira. Le mur s'ouvrit ; la brique n'était qu'un parement sur une porte. Il en sortit un air frais qui sentait le moisi et la bière éventée. Une fois à l'intérieur, il referma la paroi derrière lui.

Dans la pénombre, il distinguait à peine l'escalier en bois. Il descendit sur la pointe des pieds en veillant à rester sur le côté des marches pour éviter qu'elles ne craquent.

Au bas de la volée, il marqua une pause pour écouter. Puis il fut aveuglé par des torches électriques. On l'attrapa par le devant de sa veste et il fut projeté contre un mur.

— Tu t'es perdu, mon pote ?

C'était Martinez. Rook sentit le Chloé de sa mère sur lui.

— Totalement.

Rook tenta de s'en sortir par le rire.

— Vous cherchiez les toilettes, vous aussi ?

— Non, mais, tu te crois où ? fit une voix à côté de Martinez que Rook attribua à Guzman.

Rook cligna des yeux.

— Vous ne pourriez pas baisser vos lampes ? C'est tuant.

— Éteignez-les fit une troisième voix.

Les faisceaux lumineux s'écartèrent. Rook perçut le bruit d'un interrupteur, et les plafonniers s'allumèrent. Il clignait toujours des yeux quand le troisième homme surgit telle une apparition. Rook le reconnut pour l'avoir vu aux informations et sur ses livres. Là, devant lui, au milieu d'un appartement de fortune aménagé dans ce sous-sol secret, parmi d'anciens fûts et de vieux cartons, se tenait l'auteur colombien en exil Faustino Velez Arango.

— Vous savez qui je suis ; je le vois à la façon dont vous me regardez, déclara Velez Arango.

— Non, désolé. J'essaie juste d'y voir clair après l'examen ophtalmique pratiqué par vos amis, dit Rook en faisant mine de repartir vers l'escalier. Je vois que j'interromps votre petite sauterie et je ne voudrais surtout pas jouer les trouble-fêtes.

Guzman l'attrapa par les épaules et le colla contre un vieux réfrigérateur pour le fouiller.

— Il est pas armé, dit-il.

— Qui êtes-vous et que faites-vous là ? demanda Alejandro Martinez.

— En vrai ? Bon, au brunch ce matin, ma mère vous

a remis dix mille dollars dans ce sac noir là-bas, et je voudrais récupérer cet argent, qui m'appartient.

— Alejandro, il t'a suivi ?

Agité, Pascual Guzman scruta le sous-sol comme si l'intrus était arrivé avec une armée de ninjas.

Au risque de commettre une grave erreur tactique, Rook estima que l'écrivain était l'homme fort du groupe. Il saisit sa chance et décida de s'adresser à lui.

— Détendez-vous. Il n'y a personne d'autre ; je suis venu seul.

Guzman prit le portefeuille de Rook et l'ouvrit pour regarder son permis de conduire.

— Jameson A. Rook.

— Le A, c'est pour Alexandre, dit-il en regardant Alejandro Martinez dans l'espoir que cela apporte un peu de crédibilité à son explication concernant l'argent. C'est joli, non ?

Puis son attention se tourna vers Faustino Velez Arango, qui fronçait d'épais sourcils en le fixant du regard. Lorsqu'il s'approcha, les dents serrées, Rook se prépara à recevoir un coup. L'exilé s'arrêta à quelques centimètres de lui.

— Vous êtes Jameson Rook, le reporter ?

Rook hocha prudemment la tête.

Faustino Velez Arango leva les mains vers lui, puis brusquement lui saisit la main droite et la serra avec un plaisir manifeste.

— J'ai lu tout ce que vous avez écrit.

Il se tourna vers ses compagnons.

— C'est actuellement le meilleur reporter vivant.

Puis il revint à Rook.

— C'est un honneur, dit-il.

— Merci. De votre part, c'est... Euh, j'avoue que j'apprécie surtout que vous souligniez « vivant » parce que je compte bien en profiter encore un peu.

Aussitôt Velez Arango changea d'attitude. D'un geste, il fit asseoir Rook dans le fauteuil, puis il tira un siège en osier à côté. Les deux autres semblèrent se détendre ; toutefois, ils ne furent pas invités à participer à la réunion.

— Je dois dire, monsieur Rook, qu'il faut du courage non seulement pour aborder un sujet sous tous ses angles comme vous le faites, mais aussi pour surmonter les dangereux obstacles érigés sur le chemin de la vérité.

— Vous parlez de mon article pour l'anniversaire de Mick Jagger, c'est ça ?

Velez Arango éclata de rire.

— Je pensais plutôt à ceux sur la Tchétchénie et aussi à celui sur les mineurs dans les Appalaches, mais, oui, celui sur Mick à Portofino était excellent. Excusez-moi un instant.

Au bout de la table, le romancier prit un flacon à côté du sachet blanc de la pharmacie et se versa un comprimé. Tandis qu'il l'avalait avec un peu d'eau, Rook nota l'étiquette sur le flacon. Il s'agissait d'adéfovir dipivoxil. Voilà qui expliquait la mystérieuse présence de ce même médicament dans la pharmacie du père Graf. Le prêtre procurait ses médicaments à Velez Arango.

— Encore un avantage de la vie aux frais de la princesse, dit-il en revissant le bouchon sur le flacon. En prison, un détenu m'a coupé avec sa lame de rasoir, et j'ai attrapé une hépatite B.

— Ce doit être l'enfer de vivre comme Salman Rushdie.

— J'espère seulement écrire aussi bien et vivre aussi longtemps, répondit-il.

— Comment avez-vous atterri ici ?

Pascual Guzman se racla la gorge de manière insistante.

— Faustino, s'il est reporter…

— Monsieur Rook est plus que ça. C'est un journaliste. On peut donc lui faire confiance. Vous n'iriez pas révéler les secrets que je vous aurais livrés, comment dit-on déjà, à titre privé ?

Rook réfléchit.

— Non, bien sûr, rien ne sera publié.

— Pascual et son valeureux groupe de *Justicia aguarda* m'ont sauvé d'une mort certaine. J'avais un contrat sur moi en prison – l'homme au rasoir –, et d'autres tueurs à gages allaient être recrutés. Comme vous le savez, pareil sauvetage était compliqué et très coûteux sur le plan logistique. Le señor Martinez, qui a vraiment retrouvé le droit chemin, a levé des fonds ici à New York pour organiser des actions en faveur des droits de l'homme en Colombie, ainsi que pour assurer ma venue sur cette glorieuse terre d'exil ! s'esclaffa-t-il en montrant d'un geste circulaire le sous-sol dans lequel il vivait.

— Quand êtes-vous arrivé ?

— Il y a trois semaines. J'ai débarqué dans le New Jersey dans une caisse en bois en provenance de Buenaventura. Vous connaissez ?

Rook hocha la tête et repensa au tuyau de T-Rex. La cargaison secrète envoyée de Colombie à Guzman n'était pas du C4, finalement, mais Faustino Velez Arango !

— Aussi restreinte et lugubre que puisse paraître ma vie dans ce sous-sol, c'est le paradis comparé à ce que j'ai quitté. Et j'ai été très aidé par le grand cœur des New-Yorkais, surtout le prêtre et les fidèles de l'une de vos paroisses.

Il plongea la main sous sa chemise et en sortit une grosse médaille accrochée à une fine chaîne en métal.

— Saint Christophe, le patron des voyageurs. Pas plus tard que lundi dernier, un homme formidable, un prêtre qui défendait notre cause, est venu juste pour m'en faire cadeau.

L'écrivain se ferma, son front se plissa.

— D'après ce que j'ai compris, le malheureux est mort depuis, mais quel geste généreux, vous ne trouvez pas ?

— Le père Graf vous a donné ça lundi ?

Rook se dit que ce devait être juste après que le prêtre avait retrouvé Horst Meuller chez son agent.

— *Sí.* Le *padre* m'a dit : « Cette médaille s'impose quand on doit vivre caché. »

Rook ne pipa mot. Il se contenta de se répéter ces mots dans sa tête en regardant la médaille se balancer sur sa chaîne. Son portable sonna ; il sursauta. C'était Heat.

— Je peux le prendre ? C'est ma petite amie, et je sais que c'est important... Écoutez, je ne dirai pas où je suis.

Martinez et Guzman firent non de la tête, mais Velez Arango eut le dernier mot.

— D'accord, mais mettez le haut-parleur.

Rook répondit juste avant qu'elle ne bascule sur la messagerie.

— Salut, toi, dit-il.

— Il t'en a fallu un temps, fit remarquer Nikki. T'es où ?

Martinez se rapprocha d'un pas.

— Toi d'abord, dit Rook.

Martinez se recula d'un poil.

— À Grand Central. J'essaie de choper un taxi. Ossining, c'était énorme, Rook. Énorme.

Comme il réfléchissait pour ne rien dire de travers, compte tenu de la situation, elle reprit :

— Ça va, Rook ?

— Ouais, j'ai hâte de te parler, mais plutôt de visu.

— Tu sais, tu ne vas vraiment pas le croire. Je te rejoins ? Tu surveilles toujours tes sous ?

Il y eut un crissement, et elle gémit.

— Eh ! Qu'est-ce que vous...?

Nikki se mit à crier. Puis la ligne fut coupée.

DIX-HUIT

Rook bondit sur ses pieds et tapa comme un forcené sur l'écran de son téléphone, cherchant désespérément à rappeler Nikki. Tandis que le portable de Heat sonnait dans le vide, il se dirigea vers l'escalier. Guzman lui barra le passage.

— Non, s'il vous plaît, dit Rook, il faut que j'y aille.

Entre-temps, la messagerie s'était mise en route.

— Nikki, c'est moi, rappelle-moi, d'accord ? Dis-moi ce qui se passe. Au plus vite.

— Nikki... répéta Pascual Guzman avant de se tourner vers Martinez. Sa voix me disait bien quelque chose. C'est la flic qui m'a convoqué.

— Moi aussi, dit Martinez en venant épauler Guzman.

D'un pas sur le côté, Rook tenta de leur échapper, mais Martinez l'en empêcha en lui posant sa large paume de main manucurée sur la poitrine.

— Allez, les gars, elle a besoin de moi.

— C'est quoi cette histoire d'Ossining, d'ailleurs ? demanda Martinez, qui y avait purgé une peine.

Depuis qu'il avait découvert, à sa grande surprise, que son argent menait au défenseur des droits de l'homme en exil, Rook avait vu sa thèse sur le blanchiment de pots-de-vin des stups se faire démonter sous ses yeux.

Ça, plus le fait que personne dans ce sous-sol n'avait braqué d'arme sur lui – pas même Martinez –, il tenta le tout pour le tout.

— OK, alors, voilà, dit-il en s'adressant essentiellement à Faustino Velez Arango, qui, assis calmement, le regardait. Ma petite amie est flic, elle est sur une affaire de meurtre qui, je le crois, n'a rien à voir du tout avec vous.

— Toujours le meurtre du père Graf ? demanda Guzman.

Rook réfléchit et hocha la tête. Guzman tira sur son épaisse barbe et dit quelque chose à Velez Arango en espagnol. Rook ne comprit pas tout, mais le ton était vif. Le romancier exilé hocha gravement la tête à plusieurs reprises.

— Une vie est peut-être en danger, plaida Rook quand ils eurent terminé. Je ne peux pas croire que vous, surtout vous, Señor Velez Arango, reteniez un homme de lettres contre sa volonté.

L'homme se leva pour rejoindre Rook.

— Je sais que le père Graf a fait bien plus que de me donner cette médaille religieuse. Pascual me dit que celui qui a tué le *padre* nous a privés d'un saint homme, dévoué à notre cause.

Puis, quittant son sérieux, il esquissa un sourire.

— Et, bien sûr, j'ai lu votre article sur cette Nikki Heat.

Il fit signe en direction de l'escalier.

— Allez-y. Volez à son secours.

Rook voulut s'en aller, mais Martinez l'en empêcha de nouveau.

— Faustino, il va vous balancer.

L'écrivain jaugea le journaliste.

— Non, il ne le fera pas.

Rook se précipita vers les marches, puis se retourna, comme s'il lui revenait quelque chose.

— Une autre faveur ? demanda-t-il à Velez Arango.

— *Qué* ?

— J'aurai besoin de toute l'aide que je peux trouver. Vous croyez que je pourrais avoir ce saint Christophe?

Velez Arango replia le poing sur la médaille.

— J'y tiens beaucoup.

— Vous savez quoi ? Vous n'avez qu'à garder mes dix mille et on sera quittes, proposa Rook.

***

Nikki Heat remontait Vanderbilt Avenue en courant, se frayant un passage dans le flot dense des piétons qui se rendaient à Grand Central. D'un coup d'œil par-dessus son épaule, elle le vit arriver ; son passe-montagne noir détonnait parmi la foule des banlieusards qui rentraient chez eux en cette fin d'après-midi. Tous s'arrêtaient et se retournaient pour regarder cet homme qui les bousculait. Les moins stupéfaits regardaient autour d'eux pour voir s'il y avait des flics ou si on tournait un film.

Ça s'était passé très vite. Pressée d'obtenir un taxi, Nikki avait eu recours à sa botte secrète dans ce quartier : éviter la queue pour les taxis dans la 42e Rue, un excellent endroit pour se faire des amis étant donné que la file n'avance pas. Elle avait donc préféré attendre dans Vanderbilt, près du Yale Club, où de nombreux taxis déposaient leurs clients, ce qui permettait d'en attraper un au vol.

Alors qu'elle était au téléphone avec Rook, attendant qu'un banlieusard ait fini de compter sa monnaie pour donner un pourboire au chauffeur, le type était arrivé par-derrière. Heat n'avait pas remarqué d'où il venait. Elle n'avait perçu que le reflet d'un mouvement derrière elle dans la vitre du taxi couverte de sel. Avant que Nikki ait eu le temps de se retourner, une main lui avait arraché son portable tandis que l'autre lui tirait l'épaule. La surprise l'avait distraite un instant, mais, grâce à son sens du combat, elle avait effectué une rotation en se servant de l'élan de son agresseur qu'elle avait repoussé de l'épaule contre le lampadaire vert près de l'entrée du club. Quand, les fesses sur le trottoir, son attaquant avait porté la main à l'intérieur de son manteau, Nikki s'était enfuie en courant. Elle se trouvait maintenant un peu plus loin au nord, et il gagnait du terrain.

Heat traversa subitement Vanderbilt. Compensant le risque de s'exposer à découvert, elle zigzagua afin de rendre la mise en joue plus difficile. Elle comptait tourner dans la 45e pour se réfugier dans le hall du Met Life, où les vigiles l'aideraient. Derrière, Grand Central ne manquait ni de flics ni d'agents de la Sécurité intérieure.

C'est alors que se présenta la cerise sur le gâteau : une voiture de patrouille s'arrêta au stop de la 45e.

— Eh ! cria-t-elle. Code 10-13 ! Policier en difficulté !

L'agent au volant avait sa vitre baissée et, quand elle se trouva à dix mètres de la voiture, il se tourna vers elle.

— Heat, montez.

C'était Doberman. Sur le coup, elle se demanda si Harvey était toujours chargé de sa protection, mais c'était peu probable. Alors, c'était juste un coup de chance – encore moins vraisemblable ; ce n'était pas sa juridiction. En arrivant au véhicule, elle ralentit à la vue de l'arme sur ses genoux. Elle était pointée sur elle.

— Montez, répéta-t-il.

Heat calculait les chances de le prendre de vitesse en

courant subitement vers l'arrière de sa bleue et blanche quand une main gantée lui colla un chiffon sur la bouche et le nez par-derrière.

Nikki sentit un goût sucré, puis ce fut le noir complet.

***

Raley reprit la communication pour annoncer à Rook qu'il avait vérifié et qu'en effet, il y avait bien déjà eu plusieurs appels au 911 pour signaler qu'une femme était poursuivie par un homme portant un passe-montagne devant la gare de Grand Central. Ochoa lançait un appel radio pour indiquer que ladite femme n'était autre que Nikki Heat. D'après Raley, le temps que Rook se rende sur place, les rues avoisinantes seraient envahies d'unités. Traduction : Rook ne pouvait pas faire grand-chose.

Néanmoins, comme c'était là qu'il l'avait entendue pour la dernière fois, il continua de descendre Broadway. En attendant au feu de Columbus Circle, son cœur s'emballa, car il fit soudain le rapprochement entre le passe-montagne et la bande qui avait torturé Horst Meuller chez lui. Il se repassa l'appel interrompu de Nikki : son enthousiasme à propos de ses découvertes au nord de l'État, puis la soudaine agression et son portable probablement arraché ou écrasé.

Rook consulta le journal des appels récents sur son téléphone. Par habitude ou par dépit, Nikki s'était servie de son ancien téléphone. Ce qui signifiait qu'elle pouvait peut-être encore appeler de l'aide sur le neuf. Rook se demanda si elle l'avait encore et, dans ce cas, s'il était allumé. Il sortit le sien et chercha comment diable actionner le GPS.

***

Quand elle émergea, le sang lui battait aux tempes. Nikki baignait dans un épais brouillard qui lui donnait l'impression d'être sous l'eau. La tête lourde, elle ne pouvait bouger ni les bras ni les jambes.

— Elle revient à elle, fit la voix qui lui parut lui parvenir d'une autre dimension.

Heat tenta d'ouvrir les yeux, mais, saisie par l'impitoyable lumière froide des néons au plafond, elle les referma aussitôt.

Qu'avait-elle aperçu durant ce bref coup d'œil ? Elle se trouvait dans un local industriel. Un atelier ou un entrepôt. Les murs sans finition étaient constellés de clous, et des étagères en métal croulaient sous des rangées de cartons... d'outils et de sortes de pièces détachées. Un autre coup d'œil lui en dirait plus long, sauf si ces lampes l'aveuglaient de nouveau. Elle tenta de se tourner, mais, comme cela lui était impossible, elle baissa le menton et rouvrit les yeux. Harvey, toujours en uniforme, se pencha vers elle, les bras croisés sur un établi. Il portait des gants en plastique bleu. Cette vision déconcertante lui envoya une décharge d'adrénaline suffisante pour dissiper un peu le brouillard. Elle referma les paupières. Ce qu'elle s'en voulait de ne pas avoir envisagé plus tôt la possibilité que Doberman ne la suivait pas pour la protéger mais pour l'avoir à l'œil. Harvey ne s'en était même pas caché. En se rappelant les gaufrettes qu'elle lui avait apportées, Nikki sentit son estomac se nouer.

Quelqu'un d'autre se déplaçait dans la pièce. Avec un gros effort, elle tourna les yeux et reconnut la veste du type qui avait essayé de l'attraper dans Vanderbilt.

Il portait des gants bleus, aussi, mais plus le passe-montagne, ce qui était d'autant plus angoissant, car cela signifiait qu'il se moquait désormais que Nikki puisse l'identifier par la suite. Il se tourna pour venir se pencher au-dessus d'elle.

— Debout, Heat. Il est l'heure, fit Dutch Van Meter.

Elle tenta de se détourner, mais cela lui était impossible, et elle comprit enfin pourquoi. Ce n'était pas à cause des vapeurs du chloroforme. Elle était entravée. Les poignets et les chevilles menottées. Heat s'efforça de lever la tête. Ils l'avaient attachée à deux traverses en bois, leur propre croix de Saint-André improvisée. Van Meter dut voir qu'elle se rendait compte de ce qui lui arrivait.

— C'est ça, cover-girl. Et vu vos talents d'enquêtrice, je parie même que vous connaissez la suite.

On actionna un interrupteur, et un bourdonnement électrique résonna faiblement. Elle tourna la tête vers Dutch. Il tenait un bâton en inox de la taille et de la forme d'un vibromasseur. Deux cordons – un noir et un rouge – étaient branchés au manche dont la poignée était isolée.

— Vous parlez d'une ironie : ces trucs ont été mis au point pour soulager la douleur. Vous voulez voir ?

Heat tressaillit et, se préparant à recevoir un choc, se détourna quand il approcha le TENS de son avant-bras. Au contact du stimulateur, sa peau vrombit légèrement, et le muscle dessous se contracta modérément.

— Inutile de vous faire un dessin ; vous imaginez ce qu'on peut faire d'autre.

Il écarta l'engin et l'éteignit.

— Alors, vous préférez quoi, la manière douce ou la manière forte ?

Nikki se détournait toujours.

— Très bien, dans ce cas, on va commencer en douceur. Où est la vidéo ?

Elle pivota de nouveau la tête vers lui.

— Facile. Je n'en sais rien.

Van Meter hocha la tête, puis jeta un regard par-dessus son épaule à Doberman.

— Ça ne marche jamais, la douceur, Harvey.

— Un conseil, inspecteur, fit Harvey. Dites-le-lui, qu'on en finisse au plus vite. Il a raison, à vous de choisir si vous voulez souffrir ou pas.

— Je vous dis la stricte vérité. Je ne sais pas.

— On va bien voir.

Dutch s'assit sur un tabouret à roulettes et actionna l'interrupteur. Le bourdonnement revint, un petit peu plus fort.

— Pour vous laisser une chance, on va y aller petit à petit.

Il appuya au même endroit sur son bras, seulement, cette fois, la vibration fut plus importante. Le muscle se contracta involontairement, et son coude se plia contre son gré jusqu'à ce qu'il écarte le stimulateur.

— Et ça, ce n'était rien, commenta-t-il. Ça vous fait réfléchir ?

— Absolument, dit-elle. Je repensais à Central Park. La fois où Harvey m'a perdue, comme par hasard. C'était qui au volant du 4 x 4 ?

— Dave Ingram, répondit Doberman à l'autre bout de la pièce. Quinze ans de services d'urgence à son actif. C'était un tireur d'élite que vous avez dégommé sur un coup de chance.

Dutch fit pivoter son siège vers Harvey.

— Il s'était relâché.

— Il m'a sous-estimée, dit Heat à Van Meter avec un regard de défi.

— Eh bien, pas moi. Voilà pourquoi mon petit boîtier noir offre tant de réglages.

Il tourna le bouton, et le bourdonnement s'accrut.

Heat tenta de faire comme si elle n'entendait pas l'horrible bruit et garda les yeux rivés sur Dutch.

— Qu'est-ce qu'Alan Barclay a bien pu filmer ? Qu'est-ce qu'il y avait sur cette vidéo qui vaille la peine de tuer tout le monde ?

— Ce n'est pas à nous, mais à vous de parler, ricana l'inspecteur Van Meter.

Elle porta les yeux sur le stimulateur qui se trouvait maintenant à quelques centimètres de son visage.

— Harvey, ça les fait parler ?

— Tous, sans exception.

— Tous, répéta Dutch, en effet. Le danseur teuton ? Il a donné le prêtre. Le prêtre, il a donné Montrose.

Il marqua une pause.

— Montrose, on n'a pas eu le temps de le stimuler. Il a voulu jouer les héros ; alors, je lui ai accordé un peu de « discrimination positive ». Juste là.

Il enfonça brusquement l'extrémité du stimulateur sous le menton de Nikki. La décharge lui fit trembler la tête de manière incontrôlée, et les muscles de sa mâchoire se raidirent tellement qu'elle en grinça des dents. Tout aussi brusquement, il écarta l'engin.

Heat suffoqua et refoula une nausée. Le sel de sa propre sueur lui piquait les yeux.

— C'était vous, les gars, c'est ça ? dit-elle quand elle eut repris son souffle. C'est vous qui vous en êtes pris au jeune Huddleston. C'est vous qui l'avez tué.

Nikki inspira à pleins poumons. Bon sang ! Elle avait la sensation de se noyer.

— C'était ça, sur la vidéo, non ?

— Nikki Heat. Toujours à mener l'enquête. Vous êtes menottée, on vous torture et vous continuez à poser des questions.

Dutch agita le stimulateur sous son nez.

— Moi, je n'en ai qu'une. Je sais déjà ce qu'il y a sur cette vidéo. Ce que je veux savoir, en revanche, c'est : où est-elle ?

***

Il avait beau savoir que cela ne servait à rien, il fallait qu'il lui laisse encore un message. En raccrochant, Rook se dit que c'était plus pour lui ; il avait besoin d'un contact, même à sens unique. Non, s'il lui laissait un message, peut-être qu'elle vivrait pour l'entendre.

Au croisement de la 12e Avenue et de la 59e Rue Ouest, il renonça à la voiture. Dès qu'il trouva une place, il gara la Camry malgré le panneau interdisant le stationnement. Il avait d'autres soucis que de se prendre une amende et un enlèvement par la fourrière. Le problème, c'est que, s'il fonctionnait bien, son GPS ne localisait qu'à cent mètres près. Debout à l'angle où la bretelle de la Westside Highway passait en surélévation, il observait le clignotement sur la carte en tournant sur lui-même. D'après ses calculs, le téléphone de Nikki pouvait se trouver dans l'un des quatre bâtiments alentour : l'entrepôt de peinture, le fabricant d'enseignes, une bâtisse en briques pâles sans nom qui ressemblait à un garde-meuble privé ou, de l'autre côté de l'autoroute, la zone de chargement des services d'hygiène de New York au bord de l'Hudson.

Il se mit à tomber une bruine glacée. Rook remonta son col et entama ses recherches en parcourant les alentours des trois bâtiments situés de son côté de la rue. Ensuite, il traverserait pour gagner le ponton des services d'hygiène.

***

— Dites-moi une chose, dit Heat, la voix rauque.

En passant la langue sur ses dents, elle sentit un nouvel éclat sur l'une de ses molaires.

— Vous en avez bien collé trois à Steljess pour le faire taire, non ?

— Pas du tout, répondit Van Meter en feignant l'innocence. Je vous ai sauvé la vie, Heat.

— Ouais, c'est ça. Après l'avoir envoyé poser une bombe chez moi. Où avez-vous dégoté le C4 ?

Doberman allait répondre, mais Van Meter lui coupa la parole.

— Tais-toi, Harvey. Ça suffit.

— C'est pas facile à se procurer, l'explosif d'origine militaire, même pour des flics, continua-t-elle. Qui est derrière tout ça ? Quelqu'un de haut placé, non ? Pas quelqu'un de la maison, un gros bonnet au bras long ? Quelqu'un de la municipalité ? Une figure nationale ?

— Vous avez bientôt fini ! s'exclama Dutch. Parce qu'il serait grand temps d'envoyer la sauce. Où est la vidéo ?

Il fit faire un bon demi-tour au bouton rouge en forme de larme, et un bourdonnement résonna aux oreilles de Nikki comme si toutes les ruches du monde s'y étaient réunies.

Derrière, Harvey leur tourna le dos pour ne pas assister à la scène. C'est ainsi que Heat aperçut le profond trou d'ongle dans son porte-menottes vide.

— Dernière chance, annonça Dutch.

Il marqua une pause, puis sortit de son champ de vision en faisant rouler son tabouret pour se positionner au niveau de sa taille. Heat sentit qu'on lui déboutonnait son chemisier. Au même moment, les lumières s'éteignirent, et le bourdonnement s'arrêta.

— Merde. Harvey, tu disais qu'il y avait assez de jus ici pour ce genre de choses.

— Comment je pouvais prévoir, bordel ! C'est vieux ici ; alors, y a des trucs qui tombent en panne. On n'a qu'à vérifier les coupe-circuits.

Le reflet des lumières de la ville sur les nuages filtrait à travers le sommet des gratte-ciel et projetait un pâle éclat lunaire dans l'atelier. À la porte, Van Meter marqua une pause.

— Ne bougez pas, dit-il avant de s'en aller avec Doberman.

Nikki eut beau tirer sur ses menottes : rien à faire, elles ne s'en enfonçaient que plus profond. Elle avait décidé de se tenir un peu tranquille pour combattre la panique quand la porte se rouvrit. En soulevant la tête, elle vit l'inspecteur Feller. Il ne portait pas de passe-montagne non plus.

— Votre coéquipier a jeté l'éponge, siffla-t-elle.

Feller posa un doigt sur ses lèvres et chuchota.

— J'ai bousillé l'électricité pour les éloigner.

Elle sentit une menotte s'ouvrir à l'une de ses chevilles, puis l'autre. Quand il arriva à côté d'elle pour lui libérer les poignets, elle vit l'arme à son côté.

— Vous pouvez marcher ? demanda-t-il.

— Je crois, chuchota-t-elle en se redressant. Ils ont dû me piquer mes pompes.

— On s'en fout, dit Feller, déjà sur le pas de la porte.

Il jeta un œil à l'extérieur avant de lui faire signe de le rejoindre. Il se glissa dehors devant elle. Sous la bruine, elle reconnut immédiatement les lieux. Le bâtiment dont elle sortait, aux dimensions d'un wagon de marchandises, était une remise située au bord de l'Hudson, à l'extrémité du ponton des services d'hygiène de la ville. La journée de travail était terminée, et il n'y avait plus une seule voiture sur le parking, hormis la bleue et blanche de Harvey et le taxi de Van Meter. D'un geste de la main, Feller indiqua l'autre bout du ponton, puis mima un volant.

Ils avancèrent aussi vite que possible sans faire de bruit. Pieds nus sur le béton glacé, Nikki était la plus silencieuse. Au bout de cinquante mètres, ils s'arrêtèrent brusquement. Juste devant eux, des voix sortaient de l'un des baraquements bordant le quai.

— Essaie encore ! aboyait Van Meter, très irrité, à l'adresse de Harvey.

La porte s'entrouvrit. Feller lui tira le bras, et ils traversèrent le ponton en courant pour se dissimuler derrière une benne à ordures. Le visage contre le sien, il lui chuchota à l'oreille :

— C'est le tableau électrique. Ils n'arriveront jamais à réparer.

Il tendit le cou pour évaluer la distance jusqu'à sa voiture, à l'autre bout du quai.

— J'ai passé un appel radio pour demander du renfort ; alors, il vaut peut-être mieux attendre ici.

Ils se tournèrent tous les deux vers la 12e Avenue, dans l'espoir de voir arriver les gyrophares rouge et blanc. Rien pour l'instant.

— Désolée de vous avoir accusé de complicité, dit-elle à voix basse. Je m'imaginais que vous et Van Meter étiez comme les deux doigts de la main.

— On l'était. Mais je ne sais pour quelle raison, il est tombé dans le collimateur des Affaires internes qui m'ont demandé de faire la taupe pour eux. C'est vraiment dégueu de faire ça à son coéquipier, je sais, mais...

Il haussa les épaules.

— C'est pas moi qui vais m'en plaindre, chuchota-t-elle. Comment m'avez-vous trouvée ?

— J'étais au tribunal quand j'ai entendu l'appel à votre sujet à Grand Central. J'ai essayé de joindre

Dutch, mais il ne répondait pas. Sûr de rien, je me suis dit que j'allais tenter le coup et j'ai localisé le transpondeur du taxi ici.

— Joli coup, fit Nikki, tout sourire.

Derrière le ponton, la porte de la remise s'ouvrit en claquant. Van Meter avait dû s'y glisser et maintenant il criait :

— Harvey ! Elle s'est cassée !

Feller émit un juron. Doberman émergea du placard électrique.

— Comment ça ? demanda-t-il.

— On s'en fout, cherche-la. Illico !

De l'autre côté du parking, le faisceau de la torche de Harvey balaya les bâtiments.

— Regarde dans la benne, là ! cria Dutch de nouveau.

Feller glissa ses clés de voiture dans la main de Nikki.

— Allez-y.

Sans attendre, il surgit de derrière la poubelle et fonça sur Harvey, l'arme au poing. Tout en piquant un sprint, Heat entendit deux coups de feu. Elle jeta un coup d'œil rapide par-dessus son épaule. Feller gisait à terre. La lampe de Harvey balayait son corps. Le faisceau se releva et se posa sur elle. Un coup partit, et la neige fondue explosa sur le trottoir à un mètre devant elle. Alors, le moteur du taxi démarra. Van Meter quitta sa place de stationnement en zigzaguant pour prendre Nikki en chasse sur le ponton.

Aucun moyen de semer ce taxi. Heat jeta des regards désespérés de tous côtés, cherchant en vain un endroit où se faufiler entre les bâtiments pour piquer une tête dans le fleuve.

Le moteur ronflait, se rapprochait, les pneus crissaient sur la pente verglacée qui lui engourdissait les pieds.

Au lieu de courir en zigzag, Nikki prit le pari audacieux de partir tout droit, laissant Van Meter prendre de la vitesse, au point qu'il en oublie les conditions de route. Elle accéléra, les poumons en feu, en direction du cortège de camions à ordures garés l'un derrière l'autre devant le hangar de déchargement. Elle maintint le cap, attendant, attendant, jusqu'à ce que les phares se rapprochent et lui éclairent le dos pleins feux. Quand elle put voir son ombre projetée sur la paroi du premier camion, elle piqua subitement à droite et se laissa glisser, l'eau et le verglas accumulés sur le béton formant un véritable toboggan.

Derrière Heat, Dutch Van Meter, qui avait mordu à l'hameçon, eut beau écraser la pédale de frein et donner un coup de volant, le taxi dérapa et partit heurter de plein fouet le camion-poubelle. En se relevant, Nikki le vit affalé sur son airbag, immobile au volant.

Une détonation retentit, et la balle heurta le pare-chocs du taxi à côté d'elle. Heat voulut s'emparer du Smith & Wesson de Dutch, mais Doberman arrivait à toute allure et risquait de ne pas rater le tir suivant. Nikki se précipita vers la porte ouverte du hangar de réception des ordures et courut se mettre à l'abri derrière les piles de deux mètres de haut de ballots en attente.

En entendant les pas de Harvey s'arrêter à la porte, elle s'accroupit pour regarder entre les rangées d'ordures compactées. Il avait éteint sa lampe pour ne pas se faire repérer, mais les lumières du West Side lui suffisaient pour le voir grimacer en se frottant un endroit sensible sur la poitrine. Quand il écarta la main, Nikki distingua, dans son gilet, le trou que la balle de Feller avait percé dans le kevlar, juste sous son insigne.

Au moment où Heat songeait de nouveau à s'échapper en plongeant dans le fleuve, Doberman arriva sur son flanc gauche, lui barrant le passage, sciemment ou non, vers la partie ouverte du hangar où les ordures étaient chargées sur les barges à destination de la déchetterie. Nikki avança accroupie sur la gauche pour se faufiler entre deux piles et remonter la rangée jusqu'à un petit établi.

Des outils, se dit-elle.

Elle étudia la distance à parcourir à découvert pour gagner l'établi. Le risque à prendre valait mieux que d'attendre de se transformer en cible d'exercice de tir.

Heat allait sortir prudemment de sa cachette quand elle l'entendit respirer. Aussitôt, elle s'accroupit entre les ballots et se tint immobile.

Harvey ne faisait pas de bruit non plus. Où diable était-il ?

Sur une étagère au-dessus de l'établi, parmi les pin-up des calendriers et les tasses à café ébréchées se dressait une sorte de trophée de la ville ou peut-être du syndicat. Nikki le fixa du regard et attendit.

Comme prévu, au bout de quelques secondes, dans la coupe en métal, elle distingua le reflet d'un mouvement lent. L'uniforme bleu foncé approchait de l'espace entre les ballots dans lequel elle s'était tapie.

En prenant soin de ne pas les faire tinter, Heat replia le poing sur les clés de l'inspecteur Feller qu'elle tenait toujours dans la main, de manière à ce que deux d'entre elles sortent entre ses articulations. Ça ne ressemblait pas exactement aux griffes de Wolverine, mais ça ferait l'affaire.

Patience encore et toujours. L'agent avançait à sa recherche vers l'ouverture, tout doucement à pas de côté. Son erreur fut de regarder à hauteur d'yeux alors que Heat était accroupie. Quand il se trouva en plein milieu devant elle, elle lui sauta dessus en lui enfonçant les clés dans la joue gauche tandis qu'elle attrapait son arme de la main droite. Sous le choc, il cria de douleur. Elle lui leva le poignet d'une secousse, et un coup partit. La balle se perdit dans le ballot d'ordures derrière elle.

De nouveau, Heat lui écrasa les clés sur le visage et tenta de lui prendre son arme. Il tenait bon et, quand elle y parvint, à la troisième reprise, l'arme vola par terre.

Nikki se baissa pour la ramasser, mais il lui fit un croche-pied par-derrière. Elle effectua une torsion et, retournant son élan contre lui, le projeta le dos contre l'établi.

Puis elle lui asséna trois coups de coude à l'endroit où il avait mal sous son insigne. Chaque fois, il hurla, mais il parvint à lui poser la paume sur la tête et la pousser contre le mur, qu'elle heurta de l'épaule dans un bruit de verre cassé. Heat leva les yeux vers l'intérieur du boîtier en miettes et en sortit la hache d'incendie.

Harvey se redressait, l'arme à la main. Heat prit vivement du recul pour s'élancer. Sachant qu'il portait un gilet pare-balles, elle s'attaqua au bras tenant l'arme et le trancha au niveau du coude.

Il tomba par terre en se tordant et en gémissant dans une mare de sang. Fourbue, Heat laissa tomber la hache et scruta les alentours pour trouver de quoi faire un garrot. C'est alors qu'elle perçut soudain un mouvement à côté d'elle. Elle pivota sur ses pieds, les mains en l'air.

Quelqu'un fonçait vers elle ; elle se prépara à recevoir un coup de feu, mais à l'instant où elle l'entendit partir, elle reconnut l'homme qui la poussait sur le côté. Rook. Tous deux atterrirent par terre à côté de Harvey.

Heat récupéra l'arme de service de l'agent, se redressa avec et, de deux décharges dans le front, abattit Dutch Van Meter qui se tenait sur le pas de la porte, le Smith & Wesson fumant.

Nikki posa l'arme et embrassa Rook, qu'elle tenait toujours dans ses bras.

— Oh ! Rook, je ne sais pas comment tu m'as retrouvée ; en tout cas, il était temps.

Mais Rook ne répondit pas.

— Rook ?

Nikki sentit son cœur s'arrêter et fut prise de suées. Elle avait beau le secouer, il ne réagissait pas. Quand elle l'eut fait rouler sur ses genoux, sa main étala du sang en lui effleurant la joue.

Elle se rendit compte alors qu'il appartenait à Rook. Désespérée, elle lui déchira sa chemise pour voir où il était blessé. Aussitôt, elle constata une plaie sanguinolente sous la cage thoracique.

Des sirènes se rapprochaient.

Nikki refoula ses larmes, puis, à cheval sur Rook, elle compressa la plaie d'une main en lui caressant le visage de l'autre.

— Tiens bon, Rook, d'accord ? Les secours arrivent. Je t'en supplie, tiens bon.

Les sirènes s'arrêtèrent juste devant le hangar que les gyrophares illuminaient.

— Par ici ! cria Nikki. Vite, je vais le perdre.

Le fait de formuler cette pensée anéantit Heat, qui laissa échapper un sanglot involontaire devant le visage livide de Rook.

L'équipe d'urgentistes se précipita pour prendre la relève. Hébétée, Nikki recula et pleura en se masquant la bouche de sa main couverte de sang. Tremblante, elle les regarda découper sa chemise pour la lui retirer et lui prodiguer les soins. Heat aperçut alors une chose qu'elle n'avait jamais vue sur Rook auparavant : la grosse médaille de saint Christophe qu'il portait autour du cou.

DIX-NEUF

— Ils vous attendent.

Nikki regardait dans le vide parce qu'elle ne pouvait rien faire d'autre que de fixer sans les voir les affichettes et les notes de service sur le tableau en face d'elle, dans le couloir du One Police Plaza. L'assistante qui pénétra dans son champ de vision lui adressa un doux sourire en voyant ses yeux gonflés. Encore de la compassion. Pitié, non. Nikki en avait eu son compte au cours de ces douze dernières heures sans sommeil et elle ne savait pas ce qui était pire : l'apitoiement ou les consolations.

Néanmoins, elle se leva et rendit quand même à la femme son sourire bien intentionné. Puis Nikki se réfugia une fois de plus derrière son masque. Si elle pensait à Rook maintenant, elle ne contrôlerait plus ses émotions.

— Je suis prête, déclara-t-elle.

L'assistante lui ouvrit la porte. Heat inspira profondément avant de la franchir. La salle de conférences du dixième étage ne pourrait néanmoins lui paraître plus froide ou plus intimidante que la dernière fois où elle était venue. Ce matin-là, il n'y avait qu'elle et Zach Hamner – abstraction faite du duo des Affaires internes qui lui avait confisqué son insigne et son arme. C'était des plus glacials. Cette fois, elle fit face à une tablée de commissaires adjoints, de directeurs et d'administrateurs, qui interrompirent leurs conversations pour l'examiner de la tête aux pieds.

Zach, qui l'attendait derrière la porte, la conduisit à l'unique place vide au bout de la table. En longeant tous ces visages burinés appartenant aux galonnés de la police de New York, elle remarqua le clin d'œil amical de Phyllis Yarborough. Heat lui adressa un signe de tête et prit place.

À l'autre extrémité de la table, Todd Atkins, le commissaire adjoint aux Affaires juridiques, lui faisait face. Dès que le Hamster se fut perché sur la chaise pliante derrière son patron, Atkins prit tranquillement la parole.

— Merci de vous joindre à nous. Je sais l'épreuve que vous traversez et nous vous assurons tout notre soutien.

Nikki refoula une nouvelle vague de chagrin et parvint à trouver un ton professionnel.

— Merci, monsieur.

— Nous voulions vous voir afin d'aborder ce sujet le plus tôt possible, continua le juriste de la maison. Le commissaire aurait voulu être là en personne, mais le comité se réunit en ce moment même à Washington, et il nous paraissait urgent de pallier l'erreur de jugement de cette commission en ce qui concerne votre statut.

Tandis qu'il continuait à justifier leur foirade dans son langage codé, Nikki se sentit dévaler le tunnel kaléidoscopique qui l'avait avalée au Belvedere Castle après l'attaque. Elle regardait Atkins dans les yeux, mais des images incohérentes tournoyaient autour de lui. Rook sur elle après le coup de feu... Montrose maudissant ses feuilles de performance... Le teint terreux de Rook...

Van Meter tâtant le pouls de Steljess dans la casse... Le sang de Rook dans le lavabo quand elle s'était finalement lavé les mains... Le tableau blanc indélicatement effacé par le capitaine Irons, qui avait laissé des traces rouges de marqueur... Le ton de conclusion d'Atkins la ramena au moment présent.

— Il s'agissait d'un jugement précipité, dit-il, c'est pourquoi nous vous présentons nos plus plates excuses.

— Je les accepte, monsieur. Volontiers, ajouta-t-elle.

Les visages du mont Rushmore se détendirent autour de la table. Certains même lui sourirent.

— Nous avons donc décidé de vous réintégrer immédiatement, inspecteur Heat, continua Atkins. J'ajouterai que quelqu'un s'est largement chargé ici de prendre fait et cause pour vous tout au long de cette épreuve, ce qui n'est un secret pour personne.

— D'autant moins qu'elle s'attachera à faire en sorte que nous ne l'oubliions pas, laissa échapper le chef du personnel avec un rire qui détendit l'atmosphère.

— Et donc, reprit Atkins, je cède la parole à la commissaire adjointe au Développement technologique. Phyllis ?

Au milieu de la table en acajou, Phyllis Yarborough, rayonnante, se pencha en avant et inclina la tête pour mieux voir Nikki.

— Inspecteur Heat... C'est un plaisir de pouvoir le dire de nouveau, n'est-ce pas ? Eh bien, ne vous y habituez pas trop vite, car j'ai le privilège et l'honneur personnel de vous informer que vous êtes non seulement rétablie dans vos fonctions d'enquêtrice, mais que vous montez en grade dès aujourd'hui et que vous allez prêter serment pour devenir lieutenant au sein des services de police de New York.

Le cœur de Nikki battait la chamade. Phyllis attendit que les applaudissements se calment.

— Félicitations. Et puis-je ajouter que nous sommes certains qu'il ne s'agit là que du premier échelon de votre ascension dans cette maison ?

Les applaudissements redoublèrent, accompagnés de quelques bravos. Lorsque le calme revint, les têtes se tournèrent vers Nikki, car il était clair que son tour était venu de prendre la parole.

Heat se leva.

— J'aimerais répéter ce que j'ai dit au jury des oraux il y a quelques jours. Le travail de policier – au sein des services de police de New York – est plus qu'un simple travail à mes yeux, c'est le travail de ma vie. Mon professionnalisme est lié au fait que je m'investis autant personnellement. C'est pourquoi j'accepte sans réserve ma réintégration et vous en remercie.

Il y eut de brefs applaudissements, qu'elle interrompit d'un geste de la main. Une fois le silence revenu, elle poursuivit :

— C'est pour cette même raison que, malgré tout le respect que je vous dois, je refuse la promotion de lieutenant.

Difficile de qualifier d'étonnement les réactions suscitées par cette annonce. Ces flics de carrière aux visages sérieux, impénétrables, usés par la vie, étaient visiblement pantois.

Et sans doute plus particulièrement Phyllis Yarborough, qui secoua la tête en direction de Nikki avant d'interroger les autres du regard pour voir s'ils comprenaient.

— Pour ne pas paraître ingrate – car je vous suis sincèrement reconnaissante –, je vais vous aider à comprendre ma décision, en revenant à ce que je disais il y a un instant. C'est le travail de ma vie. Je me suis engagée dans la police pour aider les victimes de crimes. Et, au fil du temps, j'en suis venue à l'aimer encore plus à cause de la fierté que j'éprouve à travailler avec les meilleurs flics du monde, mais aussi de l'amitié qui me lie à eux. Néanmoins, ce qui m'a amenée jusqu'à cette promotion, ainsi que certaines choses que j'ai vues ces dernières semaines, tout cela m'a fait prendre conscience du fait que monter un échelon signifiait aussi m'éloigner de la rue. M'éloigner de ce pour quoi je suis membre de la police de New York. L'administratif, c'est important, mais les statistiques, les plannings et tout ça, ce n'est pas pour moi. Je préfère m'employer à ce pour quoi je suis faite : résoudre des crimes. Là dehors. Je vous remercie de votre confiance et de votre écoute.

Nikki passa en revue ceux qui étaient présents et vit que, pour la plupart, ils ne savaient que trop bien ce qu'elle voulait dire. Peut-être ne l'avoueraient-ils jamais, mais ils admiraient son choix courageux. Pour être honnête, elle en vit toutefois un ou deux ne pas cacher leur contrariété.

— Donc, suis-je vraiment de nouveau un flic ? demanda-t-elle.

— Je crois que je peux dire au nom de tous, répondit le commissaire Atkins, que ce n'est pas ce à quoi nous nous attendions, mais, oui, inspecteur Heat, oui, bien sûr.

À son signal, Zach Hamner, le cafard politique qui lui avait si durement retiré son poste et sa protection, se leva et se dirigea à grands pas vers l'autre extrémité de la table.

Il remit à Heat son insigne et son arme, en souriant comme s'il s'agissait d'un cadeau personnel.

Nikki plongea la main à l'intérieur de son pardessus, sortit son holster vide et le brandit pour que chacun puisse le voir.

— J'avais bien un secret espoir…

Quelques rires fusèrent.

— … et maintenant que je suis de nouveau un agent assermenté, dit Heat lorsqu'elle eut raccroché son insigne et rengainé son Sig Sauer, je voudrais procéder à une arrestation.

VINGT

Au début, ils crurent à une plaisanterie. Peut-être était-ce la suite de la blague sur le holster vide. Pourtant, l'un après l'autre, ils finirent par comprendre à sa mine que Nikki était sérieuse. Et elle retint toute l'attention de la salle.

— Le meurtre du père Graf était une affaire aux ramifications complexes. Je n'entrerai pas dans le détail, vous trouverez tout dans mon rapport, mais le principal obstacle que nous avons rencontré, c'est une inhabituelle force de résistance au sein de cette maison.

Zach Hamner se pencha en avant pour essayer de murmurer quelque chose à son patron, mais Atkins le chassa de la main. Le Hamster se rassit en fronçant les sourcils à l'adresse de Nikki, expression qu'elle lui rendit jusqu'à ce qu'il cède et baisse le regard sur les documents posés sur ces genoux.

— J'ai suivi des pistes qui m'ont finalement amenée à développer une thèse solide : l'assassinat du prêtre est lié à un réseau de corruption au sein des stups du 41e. De nombreux éléments prêtent foi à cette théorie. Vous connaissez tous les noms des cinq hommes qui ont non seulement tenté de me tuer à Central Park quand j'ai voulu creuser, mais sont aussi impliqués dans les meurtres de Graf et de Montrose...

Elle marqua une pause pour leur laisser le temps de digérer son utilisation du mot « meurtre » avant de reprendre.

— Ainsi que dans l'incident du tir embusqué sur Horst Meuller :

Sergio Torres, Tucker Steljess, Karl « Dutch » Van Meter, Harvey Ballance et Dave Ingram, énuméra-t-elle en comptant sur ses doigts. Tous ont travaillé au 41e à un moment ou un autre.

Ma thèse sur la corruption de ce groupe au sein des stups reposait sur un élément clé : l'argent planqué dans le grenier du prêtre appartenait à la DEA. J'avais tort...

Elle marqua une pause.

— Il s'agissait en fait de l'argent récolté par l'organisation de défense des droits de l'homme dont le prêtre était membre – aucun rapport avec l'affaire. Alors, quel était donc le lien entre ces flics ripoux ? Si ce n'était pas la drogue, de quoi s'agissait-il ? Eh bien, d'une autre sorte de complot, de manigances qui, malheureusement, touchent aux plus hautes sphères de la maison.

La tension était à son comble, les sifflements du vent emplirent son instant de silence.

— Revenons au capitaine Montrose, dit-elle. En 2004, il menait l'enquête sur l'homicide d'une célébrité : le fils de la star de cinéma Gene Huddleston. L'affaire finit par être classée en sombre histoire de drogue ayant mal tourné, mais Montrose n'y a jamais cru et, dernièrement, il avait entrepris de faire de nouvelles recherches de son côté.

Nikki se tourna vers Hamner.

— Vous le saviez, n'est-ce pas, Zach ? Ce sont vos

amis des Affaires internes qui vous ont mis au courant quand ils se sont intéressés à lui ?

— Montrose s'est retrouvé dans le collimateur des Affaires internes à cause de son comportement inhabituel. Son évaluation était parfaitement légitime, dit Hamner comme s'il était question de procédure pure et simple.

— Manifestement, ce n'est pas le seul collimateur dans lequel mon capitaine s'est retrouvé.

Heat se tourna de nouveau vers l'assistance.

— Comme je n'avais pas accès au dossier officiel de l'affaire Huddleston, j'ai eu recours à quelqu'un du milieu, expliqua-t-elle en faisant référence à Petar. Ma source, très bien informée, m'a fait part d'un certain nombre de rumeurs qui circulaient au sujet de ce jeune homme. Le plus pertinent en ce qui nous concerne, c'est que, deux ans avant son assassinat, Gene Huddleston Junior se trouvait aux Bermudes pour les vacances de printemps ; en fait, il faisait partie de la bande de garçons qui ont violé votre fille, Phyllis.

Yarborough, abasourdie, porta sa main à sa bouche. Les larmes lui montèrent aux yeux.

— Inspecteur Heat, dit Atkins, tout cela semble absolument hors de propos.

— Je suis désolée, monsieur, mais il n'existe pas de moyen aisé d'aborder le problème.

— Mais c'est du commérage, intervint le directeur du personnel avant de tendre un mouchoir à Phyllis.

— Que j'ai vérifié en toute indépendance d'esprit, répondit Heat.

— Poursuivez, l'enjoignit Atkins.

— Jeremy Drew, qui a avoué le viol et le meurtre d'Amy Yarborough, a été extradé en 2002 et incarcéré à Sing Sing, où je lui ai rendu visite hier. Au cours de notre entretien, Drew m'a confirmé les dires de ma source. Que la famille Huddleston avait versé plusieurs millions à ses parents – des handicapés – en échange de son silence sur la participation de Gene Huddleston Junior au viol collectif qui avait eu lieu sur la plage ce soir-là.

— Pourquoi a-t-il accepté de vous parler ? demanda le commissaire adjoint aux Affaires juridiques.

— Ses parents sont morts et il s'est converti à la religion. C'était la première fois qu'il avait l'occasion de soulager sa conscience. Au passage, j'ai vérifié auprès des Douanes : le passeport de Huddleston montre qu'il était bien aux Bermudes ce jour-là et qu'il a quitté l'île par le premier vol le matin suivant la découverte du corps d'Amy à la Dockyard.

Heat s'adressa alors à la commissaire Yarborough.

— Vous savez quoi, Phyllis ? Même quand j'ai découvert que Jeremy Drew n'était pas seul ce soir-là avec votre fille, quelque part, je me refusais à croire que vous étiez derrière tout ça. Mais il y avait la croisière que Montrose avait réservée. Quel homme en deuil partirait seul en croisière ? En pleine remise en cause de sa carrière qui plus est, et alors qu'il mène l'enquête en secret ? J'ai rappelé l'agence de voyages. Il s'agissait d'une croisière aux Bermudes.

Tandis que les esprits les plus affûtés de la police de New York enregistraient le mobile, Phyllis Yarborough prit la parole :

— Nikki...

Elle secoua légèrement la tête en signe de désappointement.

— Jamais je n'aurais cru cela de vous, dit-elle, la voix éraillée et ténue. Que vous dépassiez les bornes ainsi. Avec une telle cruauté, qui plus est. Cherchez-vous à m'infliger une double peine avec cette thèse de complot digne d'une feuille de chou à scandale ?

— Je vous présente toutes mes condoléances pour la perte de votre fille, Phyllis. Mais il ne s'agit plus d'une thèse. Le fragment de cuir retrouvé sous l'ongle de Graf correspond au porte-menottes de Harvey Ballance, et le fragment de bouton retrouvé sur la scène de crime provient de l'une de ses chemises. Harvey est à l'hôpital et a tout avoué. À votre sujet. Et au sujet de l'argent que vous avez versé aux cinq flics en 2004 pour s'occuper de Huddleston.

— Allons, inspecteur, fit Yarborough, qui essayait de faire bonne contenance et de prendre du recul pour s'ériger en juge et ne plus paraître en position d'accusée. Si on arrêtait tout cela ? Vous savez bien que les criminels racontent toutes sortes de bêtises pour pouvoir négocier. Tout cela n'est que ouï-dire et conjectures. Qu'est-il donc arrivé à la Nikki Heat qui ne jurait que par les preuves ?

— Des preuves ? répéta Heat.

Elle se dirigea vers la porte à laquelle elle frappa doucement. Lovell et DeLongpre entrèrent. Tandis que les enquêteurs des Affaires internes rejoignaient l'écran plat accroché au mur latéral, Nikki sentit sa gorge se serrer au triste souvenir des ambulanciers découpant la chemise de Rook. Elle avait remarqué la médaille religieuse.

Ensuite, elle avait écouté son dernier message la suppliant de le rappeler et l'informant qu'il avait la vidéo sur lui. Nikki avait sauvegardé l'appel – ses derniers mots avant qu'il soit abattu. Alors, elle avait examiné le saint Christophe, qui n'était pas une simple médaille mais un médaillon. Et, caché à l'intérieur, elle avait découvert une minuscule carte mémoire noire au format microSD.

Debout, Lovell attendait, car il avait fini d'installer le DVD.

— Laissez-moi vous planter le décor, reprit Heat. En 2004, pendant le week-end du Memorial Day, Alan Barclay, un cadreur des informations télévisées, a suivi Gene Huddleston Junior à la sortie d'un night-club de l'ancien quartier des abattoirs. Huddleston, qui sort à peine de désintoxication – une fois de plus –, entraîne jusque dans le Bronx Barclay, qui espère se faire un peu d'argent en filmant le mauvais garçon en train d'acheter de la drogue. Mais ni l'un ni l'autre ne s'attendaient à pareil dénouement. Voyez vous-même.

Lovell lança le DVD tandis que DeLongpre baissait la lumière. La vidéo commença par des images tournées caméra à l'épaule. Un tableau de bord, puis un léger flou, le temps que le vidéaste descende de voiture – en filmant toujours – et traverse une rue sombre. Le même genre d'images que celles que montre régulièrement l'émission de téléréalité *Cops*. Une rue plus loin, l'objectif se porta sur une cachette derrière un muret. L'image cessa de bouger quand le cadreur posa sa caméra au sommet des parpaings. Le zoom fit ensuite apparaître une voiture garée à une trentaine de mètres, devant un entrepôt. Sous le vif éclairage orange des lampadaires, on distinguait aisément un homme, que Heat reconnut comme Sergio Torres. Quand il s'approcha de la M5, Huddleston descendit de voiture pour bavarder avec lui. Ils parlaient trop bas pour qu'il soit possible de comprendre leur conversation, mais tout allait bien ; Huddleston paraissait connaître Torres. Soudain, tout changea.

Des phares approchèrent aux deux extrémités de la rue, et deux voitures de police arrivèrent à vive allure, tous gyrophares dehors, pour prendre la BMW en sandwich en faisant crisser les pneus. Une bleue et blanche et une Crown Victoria banalisée. Huddleston cria à Torres de s'enfuir, mais il n'en fit rien. Au contraire, il attrapa le gamin par la chemise et le plaqua en avant sur le capot de sa M5, puis le menotta tandis que Doberman arrivait de sa voiture de patrouille et que Van Meter et Steljess quittaient le véhicule banalisé pour se joindre à eux.

Personne ne semblait pressé. On avait l'impression qu'il se tramait quelque chose. Huddleston était le seul à s'agiter.

— Oh non ! Vous n'allez pas m'arrêter, gémissait-il. Mon père va me tuer. Vous savez au moins qui c'est, mon père ?

On entendait Steljess maintenant.

— Tu vas la fermer, oui ! s'exclama-t-il avant de lui botter les fesses.

Plié en deux sur le capot, Huddleston criait des insultes auxquelles ils ne prêtaient aucune attention. Ils le redressèrent en tirant sur ses menottes et commencèrent à le conduire vers l'entrepôt.

L'assurance du privilège céda aussitôt la place à la peur.

— Eh ! Où vous...?

Huddleston paniquait.

— Emmenez-moi juste au poste... Qu'est-ce que vous faites ? Eh ?!

Il tenta de se faire la belle. Mais les quatre flics le maîtrisèrent sans difficulté.

L'image trembla le temps que le vidéaste règle l'angle de prise de vue. Lorsqu'elle se stabilisa de nouveau, le groupe approchait de l'entrepôt dont l'enseigne taguée indiquait qu'il avait appartenu à une société de location d'uniformes. La porte s'ouvrit de l'intérieur, et un type les fit entrer. Sans le reconnaître, Nikki se dit que ce devait être le cinquième homme : Ingram, le chauffeur du 4 x 4 qu'elle avait tué à Central Park. Quand Ingram eut refermé la porte de l'entrepôt, Barclay continua de filmer, mais il y eut une pause.

Heat en profita pour regarder autour d'elle. L'assistance était stupéfaite. Personne ne pipait mot. Phyllis Yarborough était la seule à ne pas regarder. Elle baissait la tête sur ses genoux. Les cris de Huddleston résonnèrent dans le noir, saisissant la salle de conférences tout entière.

Les corps changèrent de position, tout le monde se pencha plus avant vers l'écran plat. À sa manière, ce point de vue sur une zone industrielle abandonnée au beau milieu de la nuit, dont l'isolement était rompu par des cris et des gémissements, semblait plus glaçant que de regarder la scène de torture elle-même. Mais tout le monde avait entendu parler du TENS. Et tous savaient ce que le gamin était en train d'endurer. Le son avait beau en dire long sur ce qui se passait à l'intérieur, ce devait être un véritable cauchemar. Les minutes difficiles que dura l'électrocution durent paraître une éternité à la victime hurlante.

Dans l'angoissant silence qui suivit, l'aboiement d'un chien retentit au loin. La porte s'ouvrit, et on vit ressortir le jeune Huddleston, sanglotant, boitant et exténué. Ils le portaient en le tenant sous les aisselles, ses pieds traînaient par terre. Van Meter s'écarta et porta un talkie-walkie à sa bouche. On ne comprit pas ce qu'il dit, mais il y eut un crachotement quand il eut terminé.

Quelques secondes plus tard, une autre Crown Victoria métallisée arrivait.

Et Phyllis Yarborough en descendit.

Entre-temps, ils avaient installé Huddleston dans la voiture de Van Meter. Torres lui avait même bouclé sa ceinture de ses mains gantées. Il s'écarta sur le côté pour qu'elle puisse le voir.

— S'il vous plaît, aidez-moi, je vous en prie... implorait-il.

— Vous savez qui je suis ? demanda-t-elle.

Il la regarda de plus près et, soudain, s'agita.

— Oh ! putain de merde, non...

— Bien, je vois que c'est le cas.

Il cria et bafouilla des suppliques baveuses, puis, quand aux mots succédèrent les sanglots, elle reprit :

— Tu ne l'emporteras pas en paradis, espèce de sale petit enfoiré.

Elle s'éloigna, et Sergio Torres claqua la portière. Puis ils rejoignirent les autres de l'autre côté de la voiture.

— Liquidez-le, fit Phyllis Yarborough.

Steljess ouvrit la portière du passager et se pencha à l'intérieur. Aussitôt *American Idiot* rugit par les haut-parleurs. Sous les beuglements de Green Day, un éclair illumina l'intérieur de la voiture, et la vitre de la portière du conducteur explosa.

L'image remua – on redescendait la caméra de son perchoir. Le plan suivant montra une image brouillée par le déplacement de Barclay qui quittait tout doucement sa cachette. Il dut donner un coup de pied dans une bouteille. Le bruit de verre fut suivi par un cri du côté des flics.

— Il y a quelqu'un, là !

Sans hésiter, Barclay remonta la rue en courant,

faisant trembler la vidéo comme s'il filmait un séisme. Au loin, on entendit les voix des flics s'entremêler :

— Rue...

— Filmé !

— Stop !

Mais Alan Barclay ne s'arrêta pas. Les dernières images montraient la caméra jetée sur le siège passager et roulant par terre dans sa voiture tandis qu'il faisait crisser les pneus. Le vidéaste réussit à s'échapper en emportant le terrible secret. Il le cacherait pendant des années, jusqu'à ce que le capitaine Montrose revienne sur l'ancienne scène de crime et qu'un vieux gardien de nuit dans une boulangerie lui parle de l'homme qu'il avait vu s'enfuir avec une caméra.

***

Les lumières se rallumèrent. Yarborough toisait Heat du regard.

— Les voilà, vos preuves, commissaire. La preuve que vous avez attendu deux ans que l'affaire se tasse avant de vous faire vengeance. La preuve que vous avez payé ces flics, puis manigancé pendant des années pour contrôler tout ça. Par expérience, je pense d'ailleurs que vous avez dû profiter de votre poste à la tête des technologies pour surveiller le moindre remous. Comme la réouverture de l'affaire par Montrose, comme ma recherche du dossier Huddleston dans les fichiers informatiques, comme le piratage de la messagerie de Jameson Rook pour me faire suspendre en transmettant des infos à cette journaliste quand je me suis un peu trop approchée du but... Après l'échec de vos hommes pour me tuer. Ça, je n'ai pas besoin de le prouver.

Heat haussa les épaules.

— Vous vous rappelez ? La première fois qu'on s'est rencontrées, on a parlé de vengeance et de justice. Vous vous souvenez, vous m'avez dit que tout était réglé pour vous ? Je crois qu'on vient d'en avoir la confirmation, en effet.

— Allez au diable !

Phyllis Yarborough se comportait comme si Nikki et elle étaient seules dans la pièce. L'indignation avait disparu, révélant toute la douleur et la blessure toujours ouverte, dix ans plus tard. Elle avait le visage composé, mais les larmes lui coulaient le long des joues.

— Vous, mieux que personne, devriez comprendre ce qu'éprouve une victime, Nikki.

Chaque jour, Heat sentait la triste présence de sa propre souffrance.

— Mais je le comprends, Phyllis, dit-elle doucement. C'est pour cette raison que je vous envoie en prison.

***

Pour la première fois depuis une semaine, un soleil radieux réchauffait le ciel d'acier de Manhattan. Ses rayons se réfléchissaient sur des rangées et des rangées d'insignes devant la cathédrale de la 5e Avenue. Les milliers de poitrines qui les portaient brillaient comme autant de diamants éclatants d'une énorme malle aux trésors. L'élite de la police de New York – mais aussi des représentants des autorités portuaires et de l'État fédéral – se tenait épaule contre épaule, en si grand nombre que le trottoir et la rue étaient complètement assiégés. Fenêtres et murs étaient noirs de monde.

Quand l'inspecteur Nikki Heat émergea en haut des marches, à l'avant du cercueil dont elle portait l'un des coins, elle ne vit rien d'autre, ce matin-là devant Saint-Patrick, qu'un océan d'uniformes bleus et de gants blancs au salut. Une cornemuse entonna seule l'ouverture du sobre mais joyeux *Amazing Grace*. Elle fut bientôt rejointe par d'autres ainsi que par les tambours assourdis de l'Emerald Society. Tout ce qui manquait, c'était Rook. En contemplant la scène, Heat ne put s'empêcher de penser à la description qu'il en aurait faite. Fixant le moment pour l'éternité.

Elle et les autres porteurs, dont les inspecteurs Raley, Ochoa et Eddie Hawthorne, descendirent lentement, portant l'homme tombé en service sous le traditionnel drapeau du NYPD[1] à rayures vertes et blanches.

Lorsque le corps fut installé dans le corbillard, Heat, Raley, Ochoa et Hawthorne traversèrent l'avenue pour se fondre dans la masse sombre des enquêteurs en pardessus. Nikki choisit la place libre à côté de l'inspecteur Feller, qui avait obstinément tenu à abandonner son fauteuil roulant pour témoigner, debout, son respect à la dépouille du capitaine Charles Montrose.

Le maire, le commissaire et tous les autres galonnés descendirent l'escalier de la cathédrale pour rejoindre le trottoir et assister, qui faisant le salut, qui la main sur le cœur, à l'enterrement en grande pompe que Nikki avait finalement obtenu. À la fin du chant religieux, la brigade des motards forma une escorte devant le corbillard tandis que l'orchestre se séparait en deux colonnes derrière le véhicule. Les tambours assourdis entamèrent leur sombre cadence, les motos se mirent lentement en branle, et le corbillard suivit. Puis Nikki les entendit arriver. Le bourdonnement sourd n'était pas plus fort que les cornemuses au début,

1. New York Police Department. (NDT)

mais le bruit s'amplifia jusqu'à secouer les canyons de béton et de verre de Midtown par sa tonitruante vibration. La discipline faiblit, et tous les yeux se levèrent pour regarder les quatre hélicoptères de police vrombir au-dessus de la 5e Avenue. À l'instant où ils survolèrent la cathédrale, l'un d'eux quitta la « formation du disparu » tandis que les trois autres terminaient le salut aérien. Dès qu'ils eurent disparu, Nikki reporta son attention sur le corbillard et salua son capitaine, mentor et ami. Tandis qu'il passait devant les dignitaires, le commissaire de police croisa le regard de Heat et lui signifia son approbation d'un hochement de tête. Du moins, c'est ce que Nikki sembla comprendre au travers du voile de ses larmes.

***

La première chose que fit Nikki en entrant dans la chambre de Rook, aux soins intensifs, fut de vérifier le monitoring. Réconfortée par les bonds réguliers de la ligne verte sur l'écran, elle se pencha sur lui et lui prit la main. Après une légère pression, elle attendit, pleine d'espoir.

En vain. Elle sentait néanmoins sa chaleur ; c'était déjà bien. En évitant soigneusement les tubes de respiration, elle lui embrassa le front, qui lui parut sec. Les yeux fermés, il battit des paupières ; alors, elle lui serra de nouveau les doigts. Aucune réaction. L'un d'eux avait dû rêver.

Épuisée par sa journée, elle tira la chaise en plastique pour s'asseoir à côté du lit et ferma les yeux. Elle se réveilla en sursaut une heure plus tard parce que son portable vibrait. C'était un texto d'Ochoa, qui venait d'avoir la confirmation par la balistique que la balle retrouvée dans la citerne correspondait à celles du chargeur que Montrose portait à la ceinture. Elle venait de lui répondre pour le féliciter quand l'infirmière entra pour changer la poche du goutte-à-goutte. L'infirmière sortit, mais revint un instant plus tard. Elle posa sur le plateau une briquette de jus d'orange et une barre aux céréales croquante pour Nikki, puis s'en alla. Heat resta encore assise là une heure, à regarder la poitrine de Rook monter et descendre, ravie de ces mouvements miraculeux tout en sachant qu'elle n'avait pas fini d'en entendre parler. S'il s'en tirait.

Pendant le bulletin de 23 h, Nikki mangea son en-cas, puis elle éteignit le son de la télévision. Comme le chauffage urbain avait été rétabli partout dans Manhattan, elle pouvait enfin retourner chez elle.

Elle pensa à son lit… au bain moussant qu'elle allait s'offrir. Elle se leva pour prendre son pardessus, mais, au lieu de l'enfiler, elle en sortit un livre de la poche et se rassit.

— Prêt pour un peu de stimulation intellectuelle, monsieur Rook ?

Heat leva les yeux vers lui, puis les baissa de nouveau sur la couverture du roman : *Le Castel de ses désirs infinis* de Victoria Saint-Clair.

— J'aime assez le titre…

Elle entama la lecture du premier chapitre :

— *Ballottée par les ornières du chemin boueux menant au village des seigneurs des terres du Nord, dame Kate Sackett regardait tristement par la fenêtre du carrosse. Elle contemplait la silhouette menaçante du castel de ses ancêtres, au sommet de la falaise, quand un jeune homme arriva au petit galop à hauteur de sa fenêtre. Aussitôt, il imposa à son cheval l'allure de l'attelage. D'un charme voyou, on l'imaginait très bien séduire une femme naïve pour le seul plaisir de l'abandonner ensuite. « Douce matinée à vous, gente dame, dit-il. Ce sont des bois dangereux que vous vous apprêtez à traverser. Me permettrez-vous de vous accompagner ? »*

Heat prit doucement la main de Rook pour entrelacer ses doigts dans les siens. Puis elle le regarda encore respirer avant de revenir à sa lecture. Prête à lire pour lui indéfiniment.

REMERCIEMENTS

Jamais un chef ne cuisine seul. Je l'ai appris à mes dépens, enfant, un jour où, livré à moi-même, je m'ennuyais et rêvais de banane flambée. Qui aurait dit que le cognac prenait si vite ? Et que ma mère, qui brûlait pourtant les planches à Broadway, n'apprécierait pas de trouver les pompiers chez elle en rentrant ?

Écrire, c'est un peu pareil. Cela présente toutefois moins de risques, sauf si on tient compte du malheureux ouvrage dévoré par les flammes dans l'un de mes premiers romans de la série avec Derrick Storm. Je lève donc ma toque aux nombreux chefs qui ont largement contribué à améliorer la sauce.

Comme toujours, je dois beaucoup aux grands professionnels du 12e commissariat qui n'ont pas encore renoncé à me supporter. Grâce à l'inspecteur Kate Beckett, non seulement le métier d'enquêteur n'a plus de secrets pour moi, mais toutes les chansons prennent un sens.

Ses collègues, Javier Esposito et Kevin Ryan, m'ont accueilli comme les frères que je n'ai jamais eus. Quant à feu le capitaine Roy Montgomery, à qui je dédie ce livre, c'était un véritable mentor pour tous ceux qui travaillaient sous ses ordres et un grand homme pour qui le connaissait.

Le Dr Lanie Parish, de l'institut médicolégal de New York, m'a ouvert les yeux pratiquement autant de fois que je les lui ai fait lever au ciel. Je sais que je peux être un emmerdeur parfois, mais j'aime à croire que ça réchauffe aussi l'ambiance de ces environnements réfrigérés.

Puisqu'on en est à la 30e Rue, j'en profite pour remercier chaleureusement la directrice des relations publiques à l'institut médicolégal de Manhattan de tout le temps qu'elle a bien voulu m'accorder pendant mes recherches pour ce livre. Ellen Borakove est un vibrant exemple de la compassion, de la dignité et du respect qui animent de manière si manifeste l'intégralité du personnel de l'établissement. Je suis reconnaissant à Ellen de tout ce qu'elle m'a appris lors de sa visite guidée des lieux – en particulier le tuyau sur la manière de respirer.

Tous ceux de l'immeuble Clinton aux studios Raleigh resteront à tout jamais des héros pour moi. Vous ne cessez de nous étonner et de nous surprendre avec une fraîcheur toujours renouvelée. Terri Edda Miller, toujours à mes côtés, merci pour le choix du titre, tellement plus réussi que *Heat, Heat, Heat*.

La jolie Jennifer Allen continue de m'enseigner le secret de la vie. Pourvu que la leçon dure.

Nathan, Stana, Seamus, Jon, Ruben, Molly, Susan et Tamala, vous incarnez toujours avec la même flamme mes rêves devenus réalité.

Je n'irai pas plus loin sans mentionner ma chère fille Alexis, dont les remarques toujours brillantes, la pureté magnifique et la sagesse me remplissent d'une telle fierté que j'ai dû vérifier de nouveau son acte de naissance. Dieu merci, oui, elle est bien de moi. J'aimerais aussi rendre gloire à ma mère, Martha Rodgers, qui m'a appris qu'une histoire permet parfois de se réaliser, que la vie est un art et que le cognac se verse dans la casserole hors du feu.

Merci à Black Pawn Publishing et, en particulier, à Gina Cowell de m'avoir permis de trouver mon bonheur. Gretchen Young, mon éditrice, reste ma fidèle alliée et collègue adorée. Je lui tire mon chapeau ainsi qu'à Elizabeth Sabo Morick et à tous ceux, chez Hyperion, qui ont cru à ce projet. Grâce à Melissa Harling-Walendy et à son équipe chez ABC, nous continuons de vivre une collaboration de rêve.

Mon agent chez ICM, Sloan Harris, m'épaule depuis notre première poignée de main, il y a des années. Je lui exprime ma plus profonde gratitude pour son inébranlable soutien et la foi qu'il m'a toujours témoignée.

Il y a désormais une chaise vide à notre partie de poker hebdomadaire. Connelly, Lehane et moi, on a décidé de continuer à te servir un jeu, monsieur Cannell, et, Dieu sait comment, tu continues à gagner. Comme dans la vie, mon ami et mentor. Tu m'as eu à Rockford.

Andrew Marlowe est un don du ciel. Il nous inspire, nous guide, il crée, il joue, c'est tout bonnement grâce à lui que tout marche. Combien de gens est-on content d'entendre à l'autre bout du fil quand le téléphone sonne ? Andrew, pour ton talent, ton courage et, surtout, ton amitié, merci. Tom, ta contribution a encore été grandement appréciée. Comme je le disais, les choses peuvent mal tourner quand le chef travaille seul en cuisine. Merci pour le coup de main, merci d'avoir bravé les fourneaux en effectuant plus que ta part d'heures supplémentaires.

Enfin, chers fans, sachez que vous êtes tous admirés et chéris, car tout ceci n'a d'autre raison d'être que vous.

RC
New York, juin 2011

Richard Castle
Série « Nikki Heat »

Vague de Chaleur

Le corps d'un magnat de l'immobilier est découvert au pied de son appartement de Manhattan. Visiblement, quelqu'un lui a donné un coup de pouce pour qu'il fasse le grand saut…

Mise à nu

La plus célèbre des chroniqueuses mondaines est retrouvée morte à son domicile. Assassinée. Nikki Heat est chargée de cette enquête qui s'annonce délicate car la plume au vitriol de la journaliste n'a épargné personne.

Cœur de glace

Le cadavre d'une femme battue à mort est retrouvé dans une valise, au milieu des rues de Manhattan. Pour Nikki Heat, c'est une évidence : ce meurtre a des liens avec l'assassinat de sa propre mère, dix ans plus tôt.

Mort brûlante

Décidée à venger le meurtre de sa mère, Nikki Heat est à la recherche de l'homme qui, autrefois, a ordonné son assassinat. Dans cette enquête, elle est bien sûr épaulée par le célèbre et toujours aussi charmeur Jameson Rook.

Colère Ardente

Un immigré clandestin est retrouvé mort dans les rues de New York. Il est tombé du ciel. Littéralement. Cette mort enflamme l'imagination de Jameson Rook, le célèbre journaliste.

Tout feu, tout flamme

La détective Nikki Heat vient d'être promue capitaine de la police new-yorkaise. Juste à temps pour prendre en charge l'une des affaires d'assassinat les plus épineuses de sa carrière.

Richard Castle

Série « Derrick Storm »

Tempête à l'horizon, Tempête et orage, Tempête de sang

Lorsque Derrick Storm a quitté la CIA, il n'a pas simplement pris sa retraite, il a dû carrément simuler sa mort. Mais aujourd'hui, Derrick Storm est de retour à l'Agence, car son ancien patron lui demande une faveur. L'ancien agent secret doit enquêter sur l'enlèvement du fils d'un sénateur de Washington. Rapidement, la politique internationale s'en mêle…

Avis de tempête

Les plus grands banquiers de la finance internationale sont torturés avant d'être assassinés. Le tueur, surpris fugitivement par une caméra de surveillance, arbore un bandeau sur l'œil et ressemble à un parfait psychopathe. Derrick Storm ne tarde pas à réaliser que son vieil ennemi, Gregor Volkov, est de retour.

Tempête de Feu

Derrick Storm rentre de vacances quand soudain, à plus de 30 000 pieds d'altitude, son avion part en vrille. Heureusement, Storm est là pour sauver la situation et, in extremis, éviter le crash. Dans le même temps, quatre autres avions subissent le même sort et s'écrasent, faisant des dizaines de victimes.